죄인

할렐루야

조르주 바타유

죄인 / 할렐루야

신용호
옮김

KU PRESS
고려대학교
출판문화원

LE COUPABLE

suivi de

L'ALLELUIAH

par

Georges BATAILLE

차례

일러두기

- *Le Coupable*, édition revue et corrigée, suivi de *L'Alleluiah* (*Somme Athéologiquqe II*), Gallimard, 1961을 저본으로 하고, *Œuvres complètes V, La Somme athéologique, I*, Galliamrd, 1973을 참고하였다.
- 원문의 이탤릭체는 굵은 글씨체로, 원문의 대문자는 고딕체로 표기하였다.
- 원주와 옮긴이 주는 각각 밝혔다.
- 본문 중 〔 〕로 부기된 것은 옮긴이의 것이다.
- 저자가 단락 사이에 삽입한 빈 줄을 그대로 존중하여 이 한국어판에서 쪽의 첫 줄에 빈 줄이 놓일 때도 그대로 두었다.

서문*

《죄인》의 첫 출판 시[1] 나는 1942년 당시 내가 한 이방인이 처한 상황 속에서 세상을 살고 있다는 느낌을 (전반적으로) 반영해 주는 다음의 몇 마디를 머리글로 제시한 적이 있다. (어떤 의미에서는 이러한 상황이 내게 놀라운 것만도 아니었다. 카프카의 꿈들은 우리가 이 꿈들에 대해 그렇게 생각하고 있는 것 이상으로 빈번하게, 다양하게 사물의 심층을 보여주고 있다.)

디아누스[2]라 불리우는 혹자가 이 짧은 글들을 써놓고는 죽었다.
그 자신도 스스로를 죄인이라는 이름으로 (반어적으로?) 지칭했다.
이 이름을 제명으로 출판된 모음집은 한 권의 완성된 책이다.

---

* 이 〈서문Introduction〉은 1960년 11월 잡지 《라 누벨 르뷔 프랑세즈La Nouvelle Revue Française》 제95호에 〈두려움La Peur〉이라는 제목으로 게재된 바 있다. (옮긴이)

1 갈리마르, 1944. (원주)

2 디아누스Dianus는 내가 1940년 4월 당시 아브빌Abbeville 시에 소재하는 한 인쇄소를 통해 간행되던 잡지 《므쥐르Mesures》에 처음으로 《죄인》의 첫 장 '우정'을 발표했을 때 사용했던—로마신화에서 따온—필명이다. (원주)

한 통의 편지와 쓰기 시작한 한 작품에 속할 단편적 글들이 부록으로 실려있다.

★

나는—나의 첫 두 작품[3]의 재출판에 따른 소개문과 같은—이 몇 줄의 글을 통해 내 성찰이 어떤 원칙에서부터 비롯되었는가를 찾고자 하는 것은 아니다. 나는 다만 내 사유가 다른 사람들의 사유로부터 멀어지는 듯이 내 눈에 비쳐지는 그 과정만을 여기서 말하고자 할 따름이다. 특히 철학자들의 사유로부터. 이 같은 거리감은 우선적으로 내가 무적격한 탓이다. 나는 아주 뒤늦게서야 내가 원하던 앎들을 얻고자 시도했을 뿐이다. 실은 나는 내가 재능이 있기도 하고 또 어떻게 해야 한다는 등의 평을 듣기는 했지만, 반면 뭇 비평들—《내적

3 〈명상법〉이 추가된《내적 체험》의 제2판이자 수정판. 그리고〈할렐루야〉가 추가된《죄인》의 제2판이자 수정판. 이 두 권의 책은 '신 없는 신학 총서'의 제1, 2권을 이룬다. (원주)

《죄인》은 바타유가 이 저술 전후로 발표한《내적 체험L'expérience intérieure》(1943), 《니체에 대하여—운에로의 의지Sur Nietzsche: Volonté de chance》(1945)와 더불어 '신 없는 신학 총서La somme athéologique'를 이루고 있다. 그는 이 총서의 성격을 굳이 분류할 필요가 있다면 종교사에 관한 저술로 분류되기를 바란다는 자신의 견해를 밝히기도 하였다. 1943년부터 1945년에 걸쳐 이 세 권의 책이 각각 단행본으로 출간되었을 당시 바타유는 이 저술들을 하나의 총서로 묶어볼 의향은 가지고 있지 않았던 것으로 보인다. 그가 '신 없는 신학athéologie'이라는 용어를 처음으로 사용하면서 이에 관한 새로운 편집 계획을 갈리마르 출판사에게 알린 것은 1950년의 일이다. 그 후로 그는 몇 차례 이 계획을 수정하면서 한때는《저주받은 몫La part maudite》(1949)과《에로티시즘L'érotisme》(1957)까지 총서에 포함시킬 의도를 가지고 있었다. 바타유가 위 삼부작만으로 '신 없는 신학 총서'를 결정한 것은 1961년《죄인》의 재출간 직전의 일이다. 그리고 그는 이 재출간을 위해 작성하였지만 결국 수록하지는 않은 한 권두언에서 이 총서의 의미를 한마디로 이렇게 말하고 있다. "이제, 우리들로서는 이끌림을 당할 수밖에 없는 유혹의 빛이, 그리고 내면적인 것임에도 소통 가능한 삶의 광채가 명료히 발하도록 해야 할 때이다." (옮긴이)

체험》에 대해 그 기회를 놓치지 않고 가해진— 에는 냉담하게 대응했다. (내게는 다른 염려들이 있는데, 어쩌면 이 염려들이 보다 마땅한 것일지도…)

나는 두렵다. 오늘 나는 바로 이 제언을 통해 철학자들로부터 나를 멀어지게 하는 한 태도를 설명하고자 한다. 나는 나 자신이 진리를 밝혀야 하는 책무를 걸머지고 있다고 느껴본 적은 없다. 나의 행보는 나날이 더욱 분명하게 병자나 아니면 탈진하여 숨이 끊어질 듯한 그런 사람의 모습을 띠어간다. 두려움에 나는 실려간다, 사유 전체에 걸쳐 관건이 되고 있는 것에 대한 두려움—혹은 공포감—에.

진리 탐구는 나의 강점이 아니다(무엇보다도, 내게 이 말은 진리 탐구를 표상하는 언어 표현의 측면에서 이해된다). 그러니 이제 나는 나의 강점을 내세워야겠다. 내가 원하고 탐구하는 것은 진리보다도 두려움이다. 아찔하게 미끄러지는 가운데 열리는 두려움, 사유의 한계를 넘어서는 가운데 가닿는 두려움.

내게 인간의 사유는 두 개의 한도가 있는 것으로 생각되었다. 신, 그리고 신의 부재에 대한 느낌. 그러나 신은 **성스러움**(종교성)과 **이성**(효용성)의 뒤섞임에 불과한 까닭에, 신은 효용성과 성스러움의 뒤섞임이 안전한 행보의 기초가 되는 세계에서만 설 자리를 갖는다. 이성과 동일한 것이 아닌 신은 (파스칼과 키르케고르의 경우에서처럼) 공포를 자아낸다. 그러나 만일 신이 더 이상 이성과 동일한 것이 아니라면, 나는 신의 부재 앞에 놓여지게 된다. 그리고 신의 부재는—더 이상 아무런 효용적인 것이 없는—세계의 최후의 양상과도 구별되지 않으면서 **미래**의 상벌과도 전혀 무관한 것인바, 결국에 가서도 질문은 계속 제기된다.

— … **두려움… 그래 두려움이지, 오직 사유의 한계를 넘어섬으로써만 이 가닿는…** 두려움, 그래, 그런데 무엇에 대한 두려움이지?

대답이 우주를 가득 채운다, 대답이 나를 우주로 가득 채운다.

— … **물론** 아무런 대상이 없는 **두려움이지…**

★

물론, 이 세계에서 나를 두렵게 하는 것이 이성에 의해 한정되지 않는 이상 나는 떨 수밖에 없다. 놀이의 가능성이 나를 유혹하지 않는 이상 나는 떨 수밖에 없다.

하지만 인간적으로 보면, 정의상 열려있는 것인 놀이는 결국에 가서는 어쩔 수 없이 실失로 귀착된다.

놀이는 노동이 요컨대 제공해 줄 수도 있는 물질적 결과만을 문제화하는 것이 아니라 노동 없이 놀이를 통해 얻어지는 그 같은 결과까지도 문제화한다. 놀이 혹은 운명. 무사의 운명은 용기와도, 힘과도 다를 바 없는 것이다. 하지만 용기와 힘은 궁극적으로는 운의 형태들이다. 만일 용기와 힘이 노동과 맞물리면, 어쨌든 노동은 그 순수한 형태에 이르지 못하게 된다. 그렇지만 노동은 그 자체로 놀이하는 자의 운을 증가시키는 데 기여한다. 즉, 놀이하는 자가 적절한 방식으로 노동함에 따라, 노동은 놀이하는 자의 운을 증가시킨다.

그러나 노동이 놀이와 어우러지면, 결국은 노동이 우위를 점하게 된다. 노동이 놀이에 기여하는 몫은 결국에 가서는 희석되고, 노동이 전 자리를 차지하게 됨에 따라 놀이가 설 자리는 단지 불가피한 것에만 한정된다.

이렇듯, 놀이가 내게 길들을 열어줄 수 있었다 해도, 그 길들이 내게 실질적 출구가 되었던 것은 아니다. 설령 내가 나 자신의 성향으로 인해 번민에 빠져들지 않았다 해도 말이다. 결국 놀이는 번민으로만 이끌 따름이다. 그리고 노동만이 우리에게 가능한 유일한 것이다.

번민은 진정으로 인간에게 가능한 것이 아니다. 천만에! 번민은 불가不可함이다! 불가함이 나 자신을 규정하는 의미에서 번민은 곧 불가함이다. 인간은 자신의 죽음에 정확하게, 불가함의 무게를 실을 줄 아는 유일한 동물이다. 왜냐하면 오직 인간만이 이 닫힌 의미 속에서 죽는 유일한 동물이기 때문이다. 의식은 완결된 죽음의 조건이다. 내가 죽는 것은 죽는다는 의식을 지님으로써이다. 그러나 죽음이 의식을 앗아가 버림으로 인해, 나는 죽는다는 의식을 갖지만 또한 동시에 죽음은 내게서 이 의식을 앗아가 버린다.

인간은 정점일지도 모르나 단지 어떤 재앙의 정점일 따름이다.

광란의 석양마냥, 죽음에 의해 매장되는 자는 자신 너머로의 찬란함 속으로 지게 된다. 자신 너머로의 찬란함, 왜냐하면 자신을 위대하게 하는 찬란함이기에. 그 순간, 눈물은 웃음으로 흘러나오고, 웃음은 울음으로 터져 나오며, 그리고 시간은… 시간은 시간을 소멸시키는 단순함에 가닿는다.

★

실은, 내가 쓰고 있는 언어는 오직 나의 죽음을 통해서만 종결될 수 있을 것이다. 물론, 우연이 나의 죽음에 줄 수도 있는 격렬하고 극적인 양상을 곧 나의 죽음으로 혼동하지 않는 조건하에서 말이다. 죽음은 사라짐이다. 죽음은 너무나도 완벽한 소멸인바, 또 죽음에 대해 말하는 것은 불가능한 것인 만큼, 정상의 가득한 침묵은 곧 죽음의 진실이다. 여기서, 나는 침묵을 부른다. 물론 밖에서부터, 멀리서부터가 아니면 다가갈 수 없는 침묵을.

다음 말을 덧붙이고자 한다. 만일 내가 지금 죽는다면, 용납할 수 없는 고통도 당연히 내 삶으로 받아들여져야 할 것이다. 내 고통은 살아있는 사람들에게 나의 죽음을 보다 가혹한 것으로 되게 할 수도 있겠지만 나 자신을 그 대상으로 삼는 소멸에 어떤 변화를 가져오지는 않을 것이다.

이러한 방식으로, 나는 죽음에, 즉 언어의 종말에 이른다. 잠재적으로는 아직도 언어라면 언어라고 하겠지만, 반면 의미라면 의미가—벌써 의미의 부재가—언어에 종말을 가하는 단어들 속에 주어지고 있는 언어이다. 단어들은 어쨌든 침묵(종지부를 찍는 침묵)이 즉각적으로 뒤따르는 경우에 한에서만 의미를 지닐 뿐이다. 요컨대 단어들은 결정적으로, 순간적으로 망각 상태로 빠져들어 **잊혀졌을** 때에만 그 충만한 의미를 지니게 될 것이다.

그런데 나는, 우리는—어쨌든—도달 가능한 것이라고는 오로지 침묵의 한계, 그것뿐인 그러한 영역에 머물고 있다. 황홀함의 모호한 침묵도 어찌 보면 도달 불가능한 것이라 할 수 있다. 아니면—죽음처럼—순간적으로 도달 가능한 것이든지.

내 사유가 서서히—은밀하게, 또한 가능한 한 속임수를 피우지 않고—침묵과 어울리도록 놔두어야 하지 않을까?[4]

4 안 돼, 아직은! 내 사유가 다른 사람들의 사유와도 가까워지도록 해야 할 텐데! 다른 모든 사람들의 사유에 말인가? 그건 가능하지. 왜냐하면 나는 **이미 마련된** 출구에 이르기 때문이지. 사유의 가능성들을 전체적으로 합성하는 것도 궁극적으로 우리에게 가능한 일이지 않을까? (아마도 어떻게 보면 익사한 헤겔이 그렇게 했던 것처럼…) (원주)

LE COUPABLE

죄인

… 술잔 속은
하늘에서 별들이 떨어지는
축제의 밤

나는 벼락을 흠뻑 죽 들이마시니
심장에 벼락을 담고
터져나갈 듯 웃어대겠지…*

* 시집《천사장》. (옮긴이)

우정

I
밤

어떤 우연의 일치에 의해 내가 그날(1939년 9월 5일) 글을 쓰기 시작한 것은 아니다. 뭇 사건들이 글의 발단이 되고 있기는 하나, 나는 이 사건들을 말하고자 하는 것은 아니다. 다른 일은 해낼 수 없는 처지라 이 짧막한 글들을 쓰고 있을 뿐이다. 앞으로는 자유로움과 변덕스러움에 나를 맡겨버려야겠다. 갑자기, 우회하지 않고 말해야 할 순간이 내게 온 것 같다.

나로서는 책을 읽는다는 것이 불가능하다. 어쨌든 대부분의 책의 경우, 읽고 싶은 마음이 없다. 과도한 일에 지치다 보니 신경이 부서져 버린 것 같다. 나는 자주 취할 정도로 마신다. 술을 마시고 마음에 드는 것을 먹으면 삶에 충실해진 느낌이 든다. 삶은 언제나 경이로움이며, 잔치이며, 축제이다. 짓누르는 꿈, 알 수 없는 꿈이지만 내가 한껏 맛보는 어떤 매력으로 인해 풍요로워진 꿈이라고나 할까. 삶은 어쩌면 운일지도 모른다는 느낌이 내게 어려운 운명에 직면해 볼 것을 요구한다. 운은 이론의 여지 없는 하나의 광기인즉, 그렇지 않은 운은 운이라 할 수 없을 것이다.

사람들로 꽉 찬 기차 속, 그 틈바구니에 서서 나는 폴리뇨의 안젤라[1]의 《환시록》을 읽기 시작했다.

내가 어느 정도로 타들어 갔던가를 표현할 수 없어 다음 말을 옮겨 적는다. 베일은 여기서 찢겨나가고, 나는 무력함에 발버둥 치던 안개 속을 빠져나온다. 성령이 성녀에게 말하기를, "길을 가는 동안 내내 너에게 말하겠노라. 내 말은 끊이지 않을 것이고, 네가 과연 다른 말을 듣고자 할지는 두고 보도록 하자. 내가 너를 묶어버리지 않았느냐. 그리고 네가 이곳으로 또다시 오지 않는 한 너를 풀어주지 않을 것이며, 그때 너를 풀어준다 해도 그것은 오늘의 이 기쁨에 비추어서일 뿐이리라. 하지만 그 밖의 것은, 만일 네가 나를 사랑한다면,

---

1 "아시시에서 십여 리 떨어진 곳에 있는 폴리뇨Foligno에 얼마 전에 종교에 귀의한 한 여인이 살고 있었다. 그녀에게는 남편과 아들이 있었다. 그녀는 경이로운 속죄의 길로 들어섰다. 나는 이에 대한 증거들을 가지고 있다."《환시록》을 대필한 아르노 사제는 이 책의 서문에서 이렇게 폴리뇨의 안젤라(1248-1309)를 소개하고 있다. 성녀들 가운데 신비적 사랑을 가장 깊이 체험했으며 또 아빌라의 데레사(테레사 데 헤수스)를 예고하는 영혼의 삶과 가시적 실재가 일체화된 생애를 보냈다고 평가받는 이 성녀가 프란체스코 교단에 몸을 담은 것은 영주였던 남편과 아들을 잃은 후인 37세 때의 일이다. 원제가 '환시와 가르침'인 이 책은 성녀가 글을 몰랐던 까닭에 아르노 사제에게 자신의 이야기를 받아쓰게 한 것인데, "표현할 수 없는 것"에 대한 말의 부족함을 격렬히 드러내고 있다. 아르노 사제는 이렇게 전하고 있다. "안젤라가 말하니 나는 받아썼다. 그러나 그녀의 말은 하는 수 없이 하는 말이었다." 안젤라의 이야기는 그녀가 처음으로 죄의식을 가졌던 순간에서부터 시작된다. 이 순간을 두고 신을 향한 첫걸음이라 표현하고 있는《환시록》은 신에 대한 느낌에 가닿는 열여덟 번째 발걸음까지 총 18걸음과 프란체스코 교단에 몸을 담은 후의 43개의 성찰로 구성되어 있다. 바타유가 여기서 인용하고 있는 안젤라의 이야기는 바로 이 분수령을 이루는 아시시 순례 중 그녀가 겪었던 체험의 이야기이다. 아시시로 오르는 "좁은 오솔길"에 그녀가 도착했을 때 성령이 나타나 그녀를, "오, 나의 사랑하는 딸이여! 오, 나의 사랑하는 아내여! 오, 나의 신전이여! 오, 나의 기쁨이여!"라고 부르면서 그녀에게 성령을 향한 사랑을 불어넣는다. 바타유는《죄인》보다 한 해 앞서 발표된《내적 체험》(1943), 바타유를 프랑스의 일반 독자층까지 파고들게 하면서 철학적·신학적 논쟁을 불러일으켰던 이 책에서도 수차에 걸쳐 안젤라의 이야기를 빌리고 있다. (옮긴이)

결코, 결코." 뒤이어 표현되고 있는 것은 너무나도 뜨거운 사랑이매, 마치 극형이 이 화로에 필요한 나무인 것 같다. 기독교인들의 눈에는 나는 돼지처럼 살고 있으나 이 우스꽝스런 생각에는 개의치 않는다. 내가 이를테면 갈구하는 것은 타버리는 것이다. 나는, 죽음을 사랑하는 존재의 숨결처럼 들이마실 수 있을 만큼 죽음에 가까이 다가갈 수 있도록 그렇게 나 자신도 타버리지 못하는 것이 고통스럽다.

모든 일이, 뜨겁게 달구어진 어렴풋한 빛 속에서, 교묘하게 의미가 결여된 어렴풋한 빛 속에서 일어나고 있다. 대지를 먹이처럼 사로잡고 있는 악, 역정을 돋우기도 하고 정신을 고취시키기도 하면서 침묵 속에 달아나는 그 무엇과도 같은 악을 나로서는 붙잡을 길이 없는 것 같다.

둔탁한 반향의 경보 소리가 배어있는 음흉한 시대(F…에 있는 작은 계곡에서, 저 멀리 연무에 잠긴 숲과 하늘, 큰 수목들과 낡은 집들 사이로 들려오는 괴이한 공장의 통곡 소리). 악몽은 나의 진실, 나의 벌거벗은 육신이다. 악몽에서 논리적 줄기를 찾으려 드는 것은 가소로운 태도라 하겠다. 나는 내가 속한 이 신세계의 품에 안겨, 안개처럼 드리워진 불확실한 현실 속에 기꺼이 나 자신을 묻어버린다. 이처럼 더러운 안개 속에 내포된 (외치고 싶을 정도로) 용납할 수 없는 것은… 밀물에 휩쓸린 채 나는 홀로 있다. 바다의 운동만큼이나 감미롭고, 바다의 운동만큼이나 자애自愛적인 그런 유쾌함에 휩쓸린 채. 나의 밤의 그 광대한 빛 속에, 나의 차가운 취기 속에, 나의 번민 속에 나는 드러눕는다. 모든 것이 헛된 것임을 안다는 것, 이는 내가 버텨낼 수 있는 조건이기도 하다. 아무도 전쟁을 이처럼 미친 듯이 받아들이지는 않는다. 그렇게 할 수 있는 자는 나 **혼자**뿐이다. 다른 사람들은, 극형을 가하듯 고통스러운 취기에 빠져들어 삶을 사랑하는 것도 아니며, 악몽의 암흑 속에서는 자신을 알아보지도 못한다. 그들로서 알 수 없는 것은, 행복한 웃음에서부터 출구 없는 흥분 상태로 이어지는 몽유병자의 길이다.

내가 말하고자 하는 것은 전쟁이 아니라 신비체험이다. 내가 전쟁에 무관심한 것은 아니다. 나는 기꺼이 내 피와 내 피로와 게다가 우리가 죽음에 임박해 도달하는 그 야만의 순간들마저도 헌납해 버릴 수 있다. 하지만 어떻게 내가 단 한순간이라도 내 무지를, 또 나는 지하실 통로에서 헤매고 있다는 사실을 망각할 수 있겠는가? 이 세계는, 하나의 천체이자 별이 빛나는 하늘인 이 세계는 내게는 단지 하나의 무덤일 뿐이다(이 무덤 속에서 내가 질식당하고 있는 건지, 울고 있는 건지, 아니면 일종의 알 수 없는 태양으로 변화되고 있는 건지는 나도 모르겠다). 전쟁이라고 해서 이처럼 완벽한 밤을 밝힐 수 있는 것은 아니다.

부드러우면서도 아주 노골적인 (향내가 풍기고, 변태적인 장신구를 걸친) 여인의 육체에 대한 욕망. 바로 이처럼 고통스러운 욕망 속에서는 내가 나 자신에 대해 오해할 수 있는 여지는 최소화된다. 일종의 환각적인 어둠은 조금씩 내 정신을 앗아가고, 그 속에서 내게 전해지는 것은 불가함을 향해 온통 뻗쳐있는 존재의 뒤틀린 모습이다. 즉, 어떤 알 수 없는 폭발을 향해, 뜨거운 열기 속의 화사하고도 치명적인 어떤 폭발을 향해… 이러한 폭발을 통해 나는 세계와 나 사이의 튼튼한 관계에 대한 환상에서 벗어난다. 유곽은 나의 진정한 교회이다. 왜냐하면 유곽은 욕망을 가라앉혀 주지 못하는 유일한 교회이기에. 나는 탐닉하듯 어떻게 성자들이 자신을 불태웠는가를 추구할 수 있다. 하지만 나의 가벼움은 성자들의 기원인 "편히 잠드소서"를 저주한다. 황홀하고 계시적인 안식을 내가 체험해 보지 않은 것은 아니다. 그러나 만일 이러한 안식이 내게 안정을 가져다주는 것이라면, 나는 얼핏 본 왕국에서 설령 추방당한다 할지라도 이러한 안식을 저주하지 않을 수 없을 것이다.

신비체험은 충만한 성취가 가능하다는 점에서 에로티시즘과는 다르다. 에로티시즘 성향의 과도함은 심리적 침체, 역겨움으로 귀착되며 또 참고 지속할 수 있는 여지를 없애버린다. 더불어 충족되지 않은 욕망에 고통은 더할 나위 없게 된다. 에로티시즘은 인간의 힘을 넘어서는 것이다. 윙거가 전쟁에 대해서 한 말, 잔해 속 식탁 밑에서의 깨어남, 이 말은 모든 성의 향연에서 관건이 되고 있는 달랠 길 없는 고뇌 속에 이미 담겨져 있다.[2]

---

2 '잔해 속 식탁 밑에서의 깨어남réveil sous la table au milieu des débris.' 사실 이 표현은 '식탁 밑 잔해 속에서의 깨어남'으로 번역되어도 무방할 것이다. 이는 단지 언어상의 문제가 아니라 의미상의 문제로서 바로 전쟁과 에로티시즘, 즉 공포와 황홀감 간의 본질적인 상응성을 시사한다. 잔해, 즉 폐허는 전쟁과 에로티시즘에 공통된 진실이다. 그리고 이 진실에 의한 깨어남은 취기로 몽롱해진 눈빛이 말해주는 폐허 속의 깨어남, 즉 몽롱한 의식 속의 깨어남이다. 이 깨어남은 곧 폐허 속에서의 물음이다. 바타유는 그의 일반경제학 저술《저주받은 몫》(1949)을 위한 15년간의 성찰 과정에서 1939년부터 1945년에 걸쳐 이 저술의 초안을 작성한다. 〈유용함의 한계〉라는 제명의 이 초안에서 바타유는 '전쟁', '희생 의식', '신비주의적 삶' 간의 상응관계를 모색하는 가운데 에른스트 윙거 Ernst Jünger의《전쟁, 우리들의 어머니》(1922)를 수차에 걸쳐 인용하고 있다. 그가 인용하고 있는 윙거의 말 가운데 다음의 물음은 아마도 전쟁과 에로티시즘에 공통된, 몽롱한 의식 속의 깨어남에 따른 폐허 속의 고뇌에 찬 물음일 게다. "수년 동안 우리는 이 황폐화된 버려진 땅들을 거쳐가고 또 거쳐갔건만 그곳으로 다시 들어설 때면 언제나, 마치 어떤 광기의 순간이 걷히면서 깨어날 때처럼 전율이 한동안 온몸을 휘감았다. 도대체 우리는 어디에 있었던 것인가? 화산들로 가득한 달 속의 그 어느 곳이었던가? 우리는 지옥의 밑바닥으로 내던져졌던 것인가?" (옮긴이)

오늘 밤 내가 지켜본 (몸을 던진) 성의 향연은 저속하기 이를 데 없었다. 그렇지만 나는 단순하기 때문에 최악의 수준에도 곧바로 나를 위치시킬 줄 안다. 곳곳에서 고함과 괴성이 터져 나오는 가운데에서도, 곳곳에서 육체가 추락하는 가운데에서도 나는 아무런 적대감 없이, 조용하고 다정한 자세를 잃지 않는다. 내 눈에 비치는 광경은 소름 끼치는 것이다(그러나 더욱 소름 끼치는 것은, 이 공포로부터 자신을 보호하고 또한 이 공포 외에는 다른 출구가 없는 욕구로부터 자신을 보호하고자 다른 사람들이 끌어들이는 수단들, 이유들이다).

자책할 것도, 수치스러울 것도 없다. 에로티시즘, 즉 묵중한 젖가슴에 절규의 입술을 지닌 여인들의 군상을 지평으로 하는 이 에로티시즘은 모든 희망을 밀쳐버린다는 점에서 내게는 더욱 갈망의 대상이다. 나는 빛에 대한 약속을 지평으로 삼는 신비주의는 원치 않는다. 내게 신비주의는 감내하기 힘든 것인 까닭에, 나는 황급히 에로티시즘의 구토로, 그 어떤 것도 그리고 그 누구도 안중에 두지 않는 이 구토의 무례함을 찾아 되돌아와 버린다. 더러운 밤 안으로 들어가 그 속에 의연히 나 자신을 가둬버리는 것에서 나는 감미로움을 만끽한다. 나와 함께 방에 올라온 창녀에게는 침묵에 가까운, 아이의 단순함이 배어있었다. 책상 위에서 바닥으로 격렬하게 나가 떨어지는 단순함은 표출되지 않은 어떤 부드러움과도 같은 것이었다. 무감각해진 나의 취한 눈에 비친 절망적인 부드러움이라고나 할까.

어떤 사람이 정치에 관여하듯 신이 세상사의 본질에 관여하지는 않는다. 신에게 전쟁이나 매춘은 좋을 수도 나쁠 수도 없는, 오직 신성할 뿐인 세상사의 본질에 불과한 것이다.

신들은 자신들에게 생기를 불어넣는 이성을 비웃는다. 그만큼 신들의 이성은 심오하고 여타 이성들의 언어로는 표현될 수 없는 것이다.

신(인간의 비천한 창조자이자 인간의 의사로서의 신[3]의 의미가 아닌 신성의 의미로서의 신), 힘, 권능, 취기, 자아를 강탈하는 희열, 더 이상 존재하지 않는다는 기쁨, "죽지 않음으로 죽는다"는 기쁨, 나의 모든 삶, 열병에 걸린 여인처럼 동요하는 내 마음, 그리고 이와는 또 다른 양상으로 메마름, 해소할 길 없는 갈증, 더불어 어떠한 시련에도 무감한 차가움.

나는 하늘이 찢겨나가기를 고대했다(알고 있는 것임에도—생소하기만 한—대상들의 가지적인 질서가 단지 가슴으로만 인지할 수 있는 어떤 현존에 자리를 내주는 그때를). 나는 이를 고대했으나, 하늘은 열리지 않았다. 배고픔에 갉아먹힌 채 웅크리고 있는 야수의 기다림이라고나 할까. 이러한 기다림은 해결 불가능한 무언가를 내포하고 있다. 즉, 모순 말이다. "내가 찢어버리고 싶어 하는 것이 신이란 말인가?" 내가 정말로 야수이기라도 한 듯 말이다. 그러나 나는 이보다도 더 병든 상태이다. 이유인즉, 나는 나의 배고픔을 비웃으면서 아무것도 먹고 싶어 하지 아니하기 때문이다. 오히려 내가 먹혀야 하는 걸 텐데. 사랑이 나를 산 채로 갉아먹는다. 지체 없는 죽음, 그 밖의 또 다른 **출구**는 없다. 내가 기다리는 것은 곧 나를 감싸고 있는 어둠 속에서의 어떤 응답이다. 아마도, 으깨져 버리지 못한 탓에 나는 잊혀진

---

3 바타유의 이 "비천한" 혹은 "예속적"이라는 신에 대한 격렬한 표현은 '자아'로서의 신을, '자아'의 창조자로서의 신을 뜻한다. (옮긴이)

폐기물로 남게 될지도! 나는 안절부절못하다 지쳐있건만, 아무런 응답도 없다. 모든 것이 공허하다. 그런데 만일…, 하지만 내게는 애원할 신이 없다.

만일 내 삶을 신만이 유일한 처방이라고 생각하는 혹자가 있다면, 나는 그에게 더할 나위 없이 단순한 부탁을 하나 하고 싶다. 한순간만 침묵을 지켜달라고, 또 행여라도 그때 진정한 침묵을 만나게 되면 물러서는 것을 두려워하지 말라고. 왜냐하면 그는 자신이 말하고 있는 것을 보지는 못했기 때문이다. 반면 나는 정면으로 **불가지한 것**[4]을 바라보았다. 그 순간, 나는 그보다 더한 무엇도 상상할 수 없을 만큼 그토록 크나큰 사랑의 불길로 타올랐다. 나는 서두름 없이, **행복하게** 살아간다. 나는 웃음을 멈추지는 못할 듯하다. 왜냐하면 나는, 사람들이 신에 대해 말하는 그 순간 걸머지게 되는 무거운 짐과 평안을 가져다주는 예속성을 떨쳐버렸기 때문이다. 살아있는 자들의 이 세계는 **불가지한 것**에 대한 고통스러운 비전(죽음의 빛을 발하면서 죽음에 의해 승화된 비전, 그러면서 또한 영광스러운 비전) 앞에 놓여있으나, 또한 동시에 신학이 제공하는 정연한 전망은 이 세계를 유혹한다. 만일 이 세계가 버려진 세계임을 스스로 인식한다면, 또 만일 수수께끼 자체인 이 세계가 해결책의 부재와 그 자체에 대한 진부한 해결책 사이에서 속수무책임을 겸허히 받아들인다면, 이 세계에는 단지 상처받은 것만이 남을 뿐이다.

---

4 '이 불가지한 것'이 신을 뜻하지는 않는다. 이 지칭은, 우리가 이 단어를 사용했던 자들처럼, 그리고 이 단어에 연계된 신앙 행위처럼 어떤 어린아이의 어머니에게 구원을 청하는 것 외에는 다른 방도가 없는 당혹감에 빠져들 때 겪게 되는 것을 의미한다. '실질적' 고독 속에서라면, 신자는 '환영적인 것'에서 답을 구하나 비신자는 '불가지한 것'에서 답을 구한다. (원주, 1960)

그 까닭은 이러하다. 만일 궁극적으로 어떤 영원한 만족이 가능하다면, 왜 나는 버려져 있다는 말인가? 하지만 나는 **알고 있다**. 만족은 만족시키지 않는다는 것을, 또 영광과 불만족 위에 위치하는 것은 아무것도 없음을 의식하는 데서 곧 인간의 영광이 비롯한다는 것을. 어느 날 나는 비극의 정점에서 죽을 것이다. 나는 그날의 빛 속에 미리 놓여져 있는바, 오직 그날의 의미만이 나 자신의 존재론적 의미로 주어질 뿐이다. 내게 다른 희망은 없다. 기쁨과 사랑과 느긋한 자유는 나의 내면에서는 만족에 대한 증오와 맞닿아 있다.

게 한 마리가 내 머릿속에 들어있는 것 같다. 게인지, 두꺼비인지, 무슨 수를 써서라도 토해버려야 할 공포인지.

술 마시거나, 성적 타락에 빠지거나, 아니면 투쟁하는 것, 오직 이것만이 이 어두운 불가不可함의 순간에 내게 남아있는 유일한 탈출구이리라. 나의 심층에서는 모든 것이 조여들고 있다. 그렇지만 아찔함을 참아내면서 공포를 견뎌내야 할 것 같다.

나는 어느 정도로 내게 적극적 의지가 없는지를 알고 있다. 출구 없는 상태에서 벗어나려는 의지가 나보다 더 약한 사람은 아무도 없다. 나는 항상 모든 가능성을 피해서 나 자신을 가두고자 했다. 환한 곳에 가닿을 듯하면서도 잠은 나의 도약을 무겁게 하곤 하였다. 내가 능동적으로 되고자 하면 이 한계는 개입하고 나선다. 내가 내면의 세계의 비밀을 밝히고자 할 때면 이 한계는 개입하고 나선다. 이따금 어떤 결정적인 정열, 어떤 우발적인 분출이 생기기도 한다. 하지만 곧이어 혼미한 무기력함이 찾아들고. 요컨대, 해결책으로 제시되는 그 어떤 것도 듣지 못한 채 멍한 눈으로 자신의 수수께끼 속에 빠져 있는 스핑크스의 부동성이라고나 할까. 이 두 상태에서 오락가락하는 것이 나를 마비시킴을 내가 모르는 바는 아니다. 하지만 나는 이런 오락가락함이 내포하는 동물적 지혜를, 어떤 지혜보다도 더 변덕스럽고, 더 확신에 찬 이 지혜를 사랑한다.

이 같은 마비 상태에 빠질 여지가 다분한 처지에서 나는 하늘로, 땅으로 서서히 내 존재를 통솔해 나간다. 나는 "땅속에 뿌리박고 있는 나무"이다. 나는 느린 만큼 튼튼함도 지니고 있다. 이따금 나는, 여러 힘들을 하나로 묶고 축적하는 이러한 알 수 없는 발육을 내면적으로 느껴야 할 필요성에 당면하기도 한다. 강해지면 강해질수록 그만큼 더 약해지고 있다는 생각을 떨쳐버릴 수는 없다.

나 자신을 원망하고 싶었다. 밤과 창문을 마주한 채 침대에 걸터앉아 나는 내 스스로가 기필코 하나의 **투쟁**이 되고자 혼신의 힘을 기울였다. 그러자 나의 내면에서는 희생양을 찾으려는 격한 감정과 희생양이 되려는 격한 감정이 마치 치차축의 작동에 따른 두 개의 톱니처럼 서로 맞물리는 가운데 대립하기 시작했다.

이른바 **실체**라 불리는 것은 힘의 발산(손실)과 축적 사이의 일시적 균형 상태에 불과한 것이다. **안정성**은 상대적이면서 그다지 지속적인 것도 아닌 이 균형 상태 그 이상의 것이 결코 아니다. 더구나 안정성이 결코 정체성을 뜻하는 것 같지는 않다. 삶은 그 자체가 이러한 균형 상태들과 직결되어 있는 것이다. 하지만 상대적 균형이란 단지 삶은 가능한 것임을 의미할 뿐이다. 그렇지만 삶은 힘의 축적과 손실이며, 삶의 전제 조건인 균형의 끊임없는 타협이다. 따라서 분리시킬 수 있는 실체란 있을 수 없는 것이며, 또 오로지 우주만이 이른바 실체라 불리는 것을 보유할 수도 있을 따름이다. 그런데 우리가 인지하고 있는 바, 실체는 일체성을 갖고자 하며, 또 일체성은 연장을 배제하는 응축·폭발 체계를 갖고자 한다. 우주에 속하는 것은 이렇듯 실체와는 전혀 다른 성질을 지니는 것 같다. 왜냐하면 실체는 일시적 특성에 불과한 것으로서 단지 외양상으로 개별적 존재들과 연계되는 것이기 때문이다. 우주는 파안대소나 애무로 축약될 수도 없지만 또한 이처럼 게으른 실체 개념으로도 축약되지 않는다. 파안대소나 애무는 개념을 낳지는 않지만 반면 대상을 조작 가능한 것으로 만드는 데 필요한 관념보다는 한층 진실되게 "그 무엇으로 있는 것"에 이르는 길을 마련해 준다. "그 무엇으로 있는 것"을—이를테면, 우주를—하나의 이용 대상과 유사한 것으로 축소하려 드는 것보다 더 우스꽝스러운 일도 없지 않겠는가! 웃고, 사랑하고, 나아가 격한 감정을 못 이겨 울어버리거나 지적 무력함에 울어버리거나 하는 이 모든 것들은 하나같이 인식 수단이다. 이러한 인식 수단은 지성의 차원에 속하지 않는다. 오히려 지성은 웃음이나 사랑이나 눈물을, 객체들 사이에서 일어나는 여타 방식의 작용·반작용과 동일선상에서 접근하는 단계에서만 비로소 이러한 인식 수단과 결합될 수 있을 뿐이다. 웃음과 사랑과 눈물은 지성의 측면에서 보면 일단은 실재의 부차적 양상들처럼 비친다. 하지만 웃음이나 여타 비생산적 감정들은 지성을 불구로 만들어버리는 힘을 지니고 있다. 지성은 스스로의 비참함을 의식하기 마련이다. 그렇지만 우주에 대한 서로 일치될 수 없는 두 가지 경험은 어떤 식으로도 혼동될 수 없는 것이다. 신을 거론하는 것은 단지 지성의 혼란과 종속성에서 비롯될 따름이다. 노예로서의 신은 끊임없이 이어지는 사슬 구조 속에서 내게 제2단계의 노예 상태를 강요한다. 내 삶은 우주를 비웃음으로써 해방되었다. 나는 웃음을 통해 중압감에서 벗어난다. 나는 이 웃음에 대한 지적 해석을 거부한다. 노예 상태는 이 지적 해석에서부터 다시 시작될 것이다.

죽음 너머로 나아가야 한다.

"내가 있던 곳에서 나는 사랑을 찾았으나 더 이상 사랑을 찾아내지 못했다. 나는 그 순간까지 이끌고 갔던 사랑마저도 잃고 말았다. 그리고 나는 사랑 아닌 사랑이 되어버렸다"(폴리뇨의 안젤라, 《환시록》, 제26장〔'크나큰 어둠'〕, 엘로Hello 번역).[5]

신에 대해 말하고 있는 폴리뇨의 안젤라는 노예로서 말하고 있다. 그럼에도 그녀가 한 말은 전신을 떨게 할 정도로 내게 와닿는다. 나는 더듬거린다. 성녀의 말이 내게는 또 하나의 더듬거림처럼 느껴진다. 나는 시간에 의해 이미 처분되어 버린 뭇 현황들의 반영 같은 것에는, 지금은 풀린(다른 방식으로 다시 닫힌) 뭇 연쇄 구조들의 반영 같은 것에는 연연해 하지 않는다.

성녀가 계속해서 말하기를,

"… 신이 어둠 속에서 출현할 때면, 웃음도 열정도 경건함도 사랑도 생겨나지 아니하고, 얼굴에서도 가슴 속에서도 아무것도 일어나지 아니하며, 떨림 하나도 최소한의 미동도 없다. 영혼의 눈을 뜨고

---

5 《환시록》 중에서 가장 널리 인용되고 또 가장 많은 해석을 불러일으킨 표현 "사랑 아닌 사랑"은 프랑스어로는 'Non-amour'로 번역되고 있다. 성녀의 책 속에 단 한 번밖에 사용되고 있지 않은 이 단어를 이렇듯 부정적 어법으로 번역하는 이유는, 바타유가 사용하고 있는 'Non-savoir'(앎 아닌 앎)와 'Athéologie'(신 없는 신학) 등의 표현들이 시사하듯 바로 대상의 부재(혹은 내용의 상실) 때문이다. 바타유에게 이러한 부정적 어법은 그 자체가 곧 불가不可함의 표현이다. 신학의 경우 이 어법의 필요성은 성 디오니시오Dionysius에 의하면, "신은 스스로를 명명하지도, 스스로를 설명하지도 않는다. 신의 위엄은 절대적으로 도달될 수 없다"는 데 있다. "따라서 신학자들은 부정적 어법을 통해 신에게 나아가기를 꾀하였다." 신의 이름은 곧 이름 아닌 이름이다. 이렇듯 부정적 어법이 내포하는 대상의 부재와 그에 따른 주체의 소멸 간의 관계는 《죄인》의 흐름을 전반적으로 결정하는 문제로 계속 제기되고 있다. (옮긴이)

있으나, 육체는 아무것도 보지 못한다. 육체는 쉬며 잠들고, 혀는 잘라져 움직이지를 않는다. 신이 나에게 보낸 형용할 수 없는 그 수많은 우정의 표시, 그리고 신의 갖가지 부드러움과 베풂, 또한 신의 말과 행위, 이 모든 것들은 광활한 어둠 속에서 내가 주시하는 그분에 비하면 왜소하기 이를 데 없다…"

어느 정도 격한 웃음을 터뜨리는 순간, 그때부터는 모든 한계가 사라진다.

이 짧막한 글들은 마치 아리아드네의 실타래처럼 나를 나와 같은 사람들에게 이어준다.[6] 그 외에는 모두 내게 헛된 것 같다. 그렇지만 나는 이 글을 나의 어느 친구에게도 읽게 할 수는 없을 성싶다. 그래서인지 무덤 속에서 글을 쓰고 있는 기분이다. 이 글이 내가 죽은 후 출판되었으면 하지만 내 생전에 출판될 수 있을 정도로 내가 오래 살 수도 있을 듯하다. 이러한 생각이 나를 괴롭힌다. 물론 나는 달라질 수 있다. 하지만 그 사이에 번민은 어쩔 수 없다.[7]

---

6 자신이 사랑하는 테세우스가 인간의 몸에 황소의 머리를 한 괴물 미노타우로스를 죽이려고 크레타 섬에 있는 미로 속에 들어갈 때 그가 입구를 다시 찾아 나올 수 있도록 아리아드네가 그에게 건네준 실뭉치. 여기서 바타유는 에로티시즘의 조건을 사유의 조건으로 제시하면서 남은 곧 나의 사유의 출구임을 표명하고 있다. (옮긴이)

7 사실 나는 1940년 초 (디아누스라는 필명으로) 잡지《므쥐르Mesures》에 이 책의 발췌문을 기고해야 했다. 피란길에서 돌아왔을 때 나는 이 잡지들이 노르Nord 지방 전투 시 아브빌Abbeville 역에 보관되었음을 알게 되었다. 그런데 이 도시가 극심한 폭격을 당했던 까닭에 나는 출판 기회가 아주 오랫동안은 사라져 버린 것이라 생각했다. 그러나 잡지들은 무사했었다. 1943년《내적 체험》이 출간되었다.《죄인》은 1944년 초, 2월에 초판이 나왔다. (원주, 1960)

서문의 원주에 이어 여기에서도 바타유는 '우정'의 첫 발표에 관계된 기억을 더듬고 있다. 20여 년 전에 있었던 이 일이 마치 '우정'을 따라다니는 글의 운처럼 기억되고 있는 것은 동시에 이 글에 대한 바타유의 애착을 말해주고 있는 것 같기도 하다. 1960년 그는 '신 없는 신학 총서에 관한 구상'을 정리하는 가운데 '신 없는 신학 총서'는 여타의 내가 "기쁨을 파는 여자" 두 명과 나눈 대화보다 더 화사하고 더 순진한 것은 나로서는 상상해 볼 수 없다. 암늑대인 양 그녀들은 얼음과 색광의 숲 속에서 벌거벗고 있었다. 도덕적 교훈들은 나를 순진하게도 "야생적"이 되게 한다.

그의 글들과는 다른 글임을, 특히 '우정'은 이 총서 속의 여타의 글들과도 다른 글임을 말하고 있다. 더불어 그는 이 글이 당시 잡지 주간 장 폴랑Jean Paulhan의 요청에 의해서, 그리고 필명으로 발표한다는 조건하에서 잡지에 수록되었음을 밝히고 있다. "필명으로 내가 택한 이름은 한 위대한 라틴 신의 이름, 야누스Janus 혹은 디아누스Dianus였다. 이 이름은 당시 내가 몸을 담고 있었던 종교적이면서 역설적인 분위기에 부응하는 것이었다." 영어 'January', 프랑스어 'Janvier' 등 1월의 이름의 어원인 야누스는 시작(시원)의 신으로서 유피테르(제우스) 위에 군림한 두 얼굴의 신이다. (옮긴이)

II
"충족된 욕망"

"나는, 한 아내에게서 찾고 싶으니,
뭇 사람들이 창녀에게서 찾아내는
충족된 욕망의 증표를."[1]

충만감을 만끽할 수 있는 호기가 내게 왔다는 데 행복해져 나는 글을 쓴다. 다시금, 도달할 수 있다는 생각이 들고 삶은 가능한 것으로 보인다. 하지만 어떠한 결정도 내리지 않았다.

날카로운 정적 속에서, 별이 빛나는 검은 하늘 앞에서, 검게 물든 언덕과 나무들 앞에서, 나는 내 마음을 재로 뒤덮힌 잉걸불로, 하지만 내적으로 타오르는 잉걸불로 만들어버린 것을 되찾았다. 황홀함을 통해 스며드는 일종의 벼락의 침묵이랄까, 어떤 개념으로도 축소될 수 없는 무슨 현존에 대한 느낌이랄까. 마치 내 삶이 하늘의 먹물을 가로지르는 유유한 강물이 되어 흐르기라도 하듯, 나는 자아 밖으로 한없이 달아난다. 그럴 때면 나는 더 이상 나 자신이 아니다. 그러나 나에게서 빠져나온 것은 하나의 경계 없는 현존을, 나 자신의 상

1 윌리엄 블레이크. (원주)

실과도 같은 이 현존을 꼭 껴안아 그 껴안음에 의해 이 현존에 도달하고 또 그 껴안음 속에 이 현존을 가두어버린다. 그것은 더 이상 나도 아니고 남도 아니다. 그러나 입술의 한계가 없어지는 깊은 애무는 바로 이러한 황홀함으로 이어진다. 하늘의 상실을 가로지르는 땅의 흐름만큼이나 이 애무는 어두우면서도 또 우주의 성질을 띠고 있다.

그 순간, 희생은 시작될 수 있다. 그 순간, 불만족, 분노, 긍지는 재개된다. 침묵 속에는, 날개가 불편한 검은 새 한 마리. 이 새는 증오로 가득 차 자신마저 증오하고, 아직도 애정 혹은 사랑이라 불리는 것을 소멸하는 데 애태운다. 황홀함은 더 이상 용납될 수 없고, 단지 텅 빈 정력만이 남아 . . . .
. . . .[2] 나는 다시 고독해진다. 궁극적으로 내 앞에 펼쳐지는 것은 거대한 장묘 건축물처럼 깊숙이 파고 들어가 건설된 정원. 내 발밑으로 열린 채 너무나 깊고 침침해 하나의 심연 같기도 한 정원.

나의 글은 불확실하고 어쩌면 이해될 수 없을 것 같기도 하다. 나는, 자신이 살아있다는 것을 어떤 몸짓을 통해 마지막으로 알리고 싶어 하는 임종 직전의 사람을 머릿속에 그려본다. 몸짓은 무슨 일이 있음을 가리키는데, 무슨 일일까? 그렇지만 나는 독자들이 내 글을 따라올 수 있으리라 생각하며 또 나의 충실함에 동감하리라 생각한

---

2 바타유가 점으로 비워놓고 있는 이 대목은 그의 일기 원본에서는 다음의 내용으로 채워져 있다: "그것은 마치 춤과 같다. 각각의 소멸된 현존이 곧바로 다른 곳에서 더욱더 삶에 타들어가는 그러한 춤 말이다. 밤 속에 도끼를 내려치는 듯한 번갯빛처럼 부드러운 로르Laure의 현존은 갑자기 '도둑처럼' 잠입하여 밤의 숨결만큼 그렇게 깊고, 그렇게 가볍고, 그렇게 신선한 포옹의 서두를 꺼낸다. 그러나 나는 강한 의지로 또한 그녀의 현존에서 벗어나야만 한다. 그녀의 현존조차도 강력하게 이를 요구하고 있다." (옮긴이)

다(나의 충실함은 이 책의 후반부보다 전반부에서 더 여실히 나타나고 있다).

황소도 죽여버릴 정도로 심한 혼돈 속에서. 견고한 농부의 머리 같은 내 머리는 지탱해 낸다. 술기운이 내리치는 망치질은 이제는 내게 하나의 "충족된 욕망"에 대한 내면적 표시일 따름이다. 한 삶이 지니는 별 대수롭지 않은 비일관성을 이 글의 무질서 속에서 알아보기란 어려운 일이다. 만일 아직도 나에게 어떤 용기가 남아있다 해도, 나는 이 용기를 뭇 상황들의 저속성을 극복하는 데, 규정지어질 수 없는 사람으로 되는 데, 또한 나를 가두고 있는 것처럼 보이는 그러한 것으로부터 말없이 빠져나오는 데 다 써버린다.

나는—우회해서라도—마들렌 성당 앞을 지나가려고 한다. 그곳에 서면, 부르봉 궁 위로 그 뾰족한 끝이 앵발리드 병원의 황금빛 돔 지붕과 짝을 이루고 있는 오벨리스크가 가브리엘 궁의 열주 사이로 보인다. 내 눈에는 한 국민이 거기에서 연출한 비극의 무대로 보인다고 할까. 이 기념비적인 정연한 배열의 열쇠였던 왕정은—악의에 찬 군중의 야유 속에—피로 물들며 타도되었다가, 행인들의 무관심으로는 꿰뚫어 볼 수 없는 묵묵한 돌의 침묵 속에서 다시 태어나고 있었다. 앵발리드 건축 속에 묻혀 찬양되고 있는 "세계의 영혼"을 생각할 때마다 나는 내심 흥겨워한다. 정신이 좀더 단순한 사람들을 맺어주는 도취에서 벗어나기란 나로서는 용이한 일이다. 그러나 이중으로 무너져 내린 헤겔식 건축물이 지니는 웅장함은 내 마음속에 먼 옛날의 반향을 불러일으킨다. 영고성쇠와 침묵은 어떤 알 수 없는 신비를 조성하고, 이 신비의 밑바닥에서부터 오벨리스크는 솟아오르지 않았던가. 전쟁이 발발한 이래 나는 두 번 이 거석 밑을 지나갔으나 여태까지는 이 같은 어둠 속에서 이 거석을 본 적이 없었다. 현시대의 밤 속에서 접근해 보지 못한 탓에 거석의 지극한 위엄은 느껴질 수 없었다. 밑에서 올려다본 화강암 덩어리는 하늘 깊숙이 사라져 별들의 반짝거림을 따라가며 그 반짝이는 윤곽을 드러내고 있었다. 세워진 돌덩어리는 밤에는 산맥의 위엄을 지니고 있었다. 그것은 죽음과 모래사장처럼 침묵을 지키고 있었고, 어둠처럼 아름다웠으며, 북소리처럼 균열을 일으키고 있었다.

내가 이야기하고 싶은 것은 어떤 신비체험인바 단지 겉으로만 거기에서 벗어나고 있는 것처럼 보일 뿐이다. 그런데 내가 끌어들이고 있는 혼돈 속에서 그 누가 어떤 길을 식별해 내겠는가?

벌거벗은 채 드러내놓은 육체는 무관심하게 바라볼 수 있다. 마찬가지로 자신 위에 있는 하늘을 어떤 공空처럼 바라보기란 쉬운 일이다. 그렇지만 내 눈에는, 드러내놓고 있는 육체라 할지라도 성 유희의 경우와 같은 힘을 지니고 있는 것으로 비친다. 또한 나는 드넓게 명암이 교차하는 하늘에 상처를 내어 마치 벌거벗은 여자의 육체에 나 자신을 밀착시키듯 그 상처에 나 자신을 밀착시킬 수도 있다. 남자가 여자를 껴안으면서 뇌리에서 체험하는 황홀함은 나체의 신선함을 그 대상으로 한다. 마찬가지로 특이한 내 명상은 텅 빈 공간 속에서, 깊숙이 열려있는 우주 속에서 나를 해방시켜 주는 대상에 가닿는다.

위의 글은 오늘 저녁 검은 구름을 마주한 채 명상하는 가운데 겪은 바를 적어놓은 것이다. 구름이 와해되는 모습은—사지를 꼬고 뒤트는 듯이—"곡예적"으로 보였다.

나의 성적 타락과 신비성을 향한 나의 삶, 내가 이 둘을 구별하지 못하는 것은 아니다. 엘리아데의 저술 속에 수록된 탄트라교 교리에 대한 기술은 내게 혐오감을 불러일으켰다. 나는 성적 타락에서든 신비체험에서든 거침없이 쓸려가 버리는 것만으로 족하다. 탄트라교 교리의 계산된 무기력과는 거리가 먼 타협의 시도들이라 할지라도 나를 이런 유형의 가능성에서 더욱 멀어지게만 하였다. 이 같은 시도들에 대해서는—차후에—내 체험의 맥락을 이루는 야생 상태를 증언하는 가운데 언급하고자 한다.

섬광을 발하며 균열을 일으키고 있는 저 깊은 곳에 빠져서 외치고 싶을 정도로 사랑하는 것. 이럴 때면 심연의 저 밑에 **있는 것이 무엇인가**를 아는 것은 더 이상 중요하지 않다. 나는 아직도 화상을 입은 채 글을 쓰고 있다. 그리고 나는 더 이상의 것은 쓰지 않을 것이다. 덧붙일 수 있는 것이라고는 내게 아무것도 없다. 하늘의 화재를 내가 말로 그려낼 수는 없다. 즉, 어린애의 임종의 순간이 그러하듯 그처럼 날카롭고, 그처럼 부드러우며, 그처럼 단순하고, 그처럼 잔혹한 그 무엇이 갑자기 드러나는 모습을 내가 말로 그려낼 수는 없다. 지금 말한 몇 마디의 말을 글로 적다 보니 두려움이 나를 사로잡는다. 바로 **나 자신과도 다를 바 없는** 텅 빈 침묵에 대한 두려움이, … 앞에 서 있는 것에 대한 두려움이. 이처럼 강한 빛을 견뎌내고 또 어떠한 지성의 자만에도 빠지지 않기 위해서는 굳은 의지를 가져야 한다. 단 하나뿐인 진실이 선명하게 드러날 때 약해지지 않기 위해서는 굳은 의지를 가져야 한다. **그 무엇으로 있는 것**을 하나의 지적 범주 속에 가두고자 하는 것은 당당한 유쾌함의 결핍으로 귀결되며, 이러한 결핍은 결과적으로 신에 대한 믿음을 초래한다. 빛 속에 굳건히 버티고 있으려면 황당한 무지의 무모함이 있어야 한다. 기쁨에 겨워 외치면서 자신을 불사르고, 알지도 알 수도 없는 어떤 현존에 부응하여 죽음을 기다리며, 스스로가 곧 사랑과 눈먼 빛으로 되어가고, 태양의 완벽한 무지성無知性에 가닿으려는 그런 무모함이.

나체에 대한 욕망의 비밀을 파고들기 전에는 이 정력적 무지성에 도달할 수 없다. 우리는 우선적으로 금기들을 위반해야 한다. 금기들을 준수하려고만 하는 것은 신의 초월성으로 인도할 뿐이며, 따라서 인간의 한없는 수모를 유도할 뿐이다.

인간의 거대한 잔해는 우리의 이성적 언어의 소음에는 귀 먼 큰 강물 따라 끊임없이 표류 중이다. 그러다 갑자기 폭포의 굉음 속으로 빠져드는데…

벌거벗은 엉덩이의 거칠고 눈부신 모습. 이는 하늘과 바다가 움푹 패인 곳에 자리한 절벽의 부정할 수 없는 진실이다. 양차 세계대전 사이는 거짓이 술 못지않게 삶에 필요했던 시대이다. 해결책의 부재는 말로 표현될 수 없다.

III
천사

에로티시즘은 가혹한 것이다. 에로티시즘은 참담한 빈곤을 야기하고 또 완전한 탕진을 그 요구 조건으로 내세운다. 에로티시즘은 너무나 비싼 값을 치러야 하는 것이기에 더욱이 고행과는 연관되지 않는다. 반면, 신비체험, 황홀함의 체험은 물질적 또는 도덕적 몰락을 초래하지는 않지만 또한 자기 학대 없이는 가능하지 않은 것이다. 이 두 유형의 과도한 행위가 초래하는 상반된 결과는 양자에 대한 내 경험에 비추어보면 명백하게 드러난다. 에로티시즘에 젖어있는 내 습관을 떨쳐버리기 위해서는 나는 나 자신을 십자가에 못 박을 수 있는 새로운 방법을 찾아내야만 할 것이다. 아마도 이 방법은 술 못지않게 취기를 불러일으키는 것일 게다.

불타버린 눈, 튀어나온 뼈. 어느 고행자의 얼굴이 나 자신에 대한 생각 속에 떠오르면서 나를 짓누른다. 동공은 푹 파이고, 코는 여윈 새의 그것처럼 길고, 고통에 겨워 외치며, 소리 없는 웃음을 길게 흘려보내던 눈 먼 내 아버지. 나는 그를 닮고 싶다! 나는 암흑 속을 타진하지 않을 수 없다. 본의 아니게 고행자가 되어버린 이 고행자를, 보는 이의 마음을 죄어놓는 이 고행자를 어린 시절 내내 눈앞에서 대했다는 사실에 온몸이 떨려온다!

불가피한 운명과 마주칠 때면 누구나 우선 뒷걸음질부터 치기 마련이다. 성적 타락과 황홀함에서 벗어나면서 나는 금욕의 길을 찾아냈다. 오늘 아침, 고행을 생각하는 것만으로도 나는 삶을 돌려받았다. 그 이상 바랄 것은 아무것도 없는 것 같았다. 그런데 지금은 그 똑같은 모습을 머릿속에 떠올리기만 하면 역겨운 느낌이 든다. 야위어 눈은 움푹 들어가 있고 삶을 적대시하는 사람은 되고 싶지 않다. 만일 이러한 모습이 내 운명이라면 나로서는 이를 피할 길이 없겠지만 그렇다고 이를 견뎌낼 수 있는 것도 아닐 것이다.

완전한 단순성. 이는 내가 나 자신에게 제안하는 첫 번째 고행의 형태이다. 극도의 유동성, 즉 고취된 상태와 침체된 상태를 번갈아 오가기를 반복하다 보면 삶은 그 내용을 비우게 된다. 이러지도 저러지도 못해 심히 애태우는 것보다 더 나쁜 것은 없다. 결국 내 생각으로는, 가난이 곧 치유된 상태를 말해주는 것 같다.

황홀경이 어떠한 것인지를 (불완전하게나마) 보여주는 한 이미지를 글로 옮겨본다. “하늘에 한 천사가 나타난다. 밤의 두께와 어둠을 지닌 반짝이는 점 하나가. 천사는 내면의 빛처럼 아름답다. 천사는 감지할 수 없는 떨림 속에서 수정검을 치켜든다. 하지만 그 수정검은 부서져 버리고.”

이 천사는 바로 “범세계의 운동”이다. 하지만 나는 이 천사를 다른 존재들과 유사한 어떤 존재처럼 사랑할 수는 없다. 이 천사는 상처 또는 균열 그 자체이다. 한 존재를 “부서져 나가는 수정” 같은 것으로 만들어버리는 숨겨진 상처, 숨겨진 균열 말이다. 나는 이 천사를 한 명의 천사처럼 사랑할 수도, 하나의 개별적 실체처럼 사랑할 수도 없다. 그렇지만 이 천사가 내게 알려주는 것을 통하여, 죽음에 대한 욕망 그리고 더 이상 존재하지 않아야 할 필요성을 고취시키는 내면의 움직임은 시작된다.

슬픔은 아픔을 야기할수록 그만큼 더 희열을 느끼게 한다. 슬픔의 희열을 하나의 통속적인 문학 제재로 전락시키는 것은 비천한 일이다. 희열이 고행의 두 눈을 가질 때, 또 마음이 순진하게도 고뇌에 갉아먹힐 때, 이때 문제가 되는 것은 문학사 속에 자리하고 있는 것이 아니라 바로 하늘 속에, 밤 속에, 추위 속에 자리잡고 있다.

폴리뇨의 안젤라가 말하기를(55장), "신은, 일찍이 또 앞으로도 자신의 아들만큼 가난한 자는 없을 정도의 그런 가난을 사랑하는 자신의 아들에게 주었다. 하지만 신의 아들은 대존재를 소유한다. 그는 실체를 소유한다. 실체는 너무나도 신의 아들에게 속한 것이기에, 이러한 귀속은 인간의 말 너머의 영역이다. 그렇지만 신은 자신의 아들을 가난하게 만들었다. 마치 실체가 신의 아들에게 속한 것이 아니기라도 하듯".

성녀의 이 말이 담고 있는 것은 단지 기독교의 미덕인 가난과 겸허함일 뿐이다. 불변의 실체는 신을 위해서도 지고한 충만일 수 없으며, 또 완전한 결핍과 죽음은 영원한 축복으로 **존재하는** 그분의 영광에—실체의 환상적 속성을 나름대로 지니고 있는 모든 이의 영광을 위해—필요한 초월적 세계이다. 이것이 바로 진실인즉, 이처럼 파괴적인 적나라한 진실에 가닿는 것은 성녀에게는 불가능한 일이었다. 그렇지만, 황홀함을 낳는 어떤 투시가 있는 순간, 그때부터 이 진실은 피할 수 없게 된다.

허약성, 즉 실체의 부재로 인한 고통스러운 상태를 고행을 통해 도피하려는 의지, 여기에 기독교의 가련함이 있다. 하지만 기독교는—실체의 토대를 마련하려는 그 힘겨운 노력에서 벗어나—실체를 **희생**시켜야 할 것이다.

균열 없는 존재란 없다. 하지만 우리는 운명적 균열로부터, 실추된 상태로부터 영광으로(균열에 대한 사랑으로) 나아간다.

기독교는, (인간적으로) 영광스러운 것에서는 도피하는 가운데 영광에 가닿는다. 기독교가 우선적으로 생각하고 있는 것은, 실체성을 지니는 것은 이 세계의 사물들의 허약성에 대항하여 보호되고 있으리라는 점이다. 이로 인해 신의 희생이 가능하게 되며, 또 신의 희생은 필연성으로 제기된다. 이렇듯 이해된 기독교는 곧 인간 조건에 대한 적확한 표현이기도 하다. 즉, 인간은 불안정성으로 인한 갈등에서 벗어날 때만이 희생의 영광에 가닿게 되는 것이다. 그렇지만 기독교는 쉽게 약해지는 자들—내일 없는 취기(에로티시즘의 취기, 축제의 취기)를 견뎌내지 못하는 자들—, 그들의 수준에 위치하고 있다. 넘치는 충만함, 이는 곧 우리가 기독교의 끈을 놓아버리는 단계이다. 폴리뇨의 안젤라는 이 단계에 가닿았으며 또 이 단계를 기술하고 있다. 하지만 그녀 자신은 이를 모르고 있었다.

우주가 있다. 그리고 인간은 자신의 밤 한가운데에서 우주의 부분들을 발견하고 또 자신을 발견한다. 하지만 이러한 발견은 항상 미완의 발견일 따름이다. 인간은 죽으면서 누구나 자신의 사후를 살아가는 생존자들을 남긴다. 그리고 그들은 그가 믿었던 것을 붕괴시키고 또 그가 추앙했던 것을 모독할 수밖에 없다. 나는 지금 우주가 이런 것이라고 알고 있지만, 내 후대 사람들은 틀림없이 내 오류를 보게 될 것이다. 인간의 앎은 그 완성 속에 근거를 두어야 한다. 미완의 앎은 **앎**이 아니다. 미완의 앎은 앎에 대한 의지가 낳은 불가피한, 그리고 위태로운 산물에 불과한 것이다.

앎의 완성을 앎의 조건으로 삼았다는 데 헤겔의 위대함이 있다(마치 지식의 정립이 지식이라는 이름에 걸맞는 지식을 출현시키기라도 하듯이 말이다!). 하지만 헤겔이 남기고자 했던 건축물에서 존속하는 것은 그의 시대 이전에 있었던 건축을 표상하는 도식이다(헤겔 이전에 수립된 적이 없고 또 그 후로도 수립된 적이 없는 도식).[1] 《정신현상학》이라는 도식은 결과적으로 하나의 시작에 불과한 것이기 마련이다. 그것은 결정적 실패이다. 왜냐하면, 인식 행위의 유일한 완성 가능성은 인간의 삶에 대해 다음과 같이 말하는 데 있기 때문이다. 즉, 인간의 삶은 결코 완성되지 않는 시작이라고. 미완의 시작으로서의 삶이 그 궁극의 가능성에 가닿을 때면, 삶에 만족이란 있을 수 없는 것이다. 요컨대 우리의 내면에서 살아 숨쉬는 요구들에 대한 만족 말이

1 여기서 바타유가 말하고자 하는 것은 지식의 역사적 측면이다. 미완의 앎은 앎이 아닌 까닭에, 역사적으로 볼 때 지식 건설은 곧 지식 파괴를 의미한다. 지식은 전대의 지식이 후대의 지식에 의해 부정되는 변증법적 진행이다. 역사의 매 시점에서 지식 건설 및 파괴의 진행은 동일한 현상일 뿐이다. 파괴를 통한 건설은 앎의 형성 방식이다. 그리고 파괴를 통한 건설은 영원한 미완을 앎의 본질적 문제로, 역사의 본질적 문제로 제기한다. 앎이 미완이듯, 역사는 미완이다. 파괴를 통한 건설은 앎과 역사를 미완의 상태, 즉 자체에 대한 부정을 내포하는 상태로 국한시킨다. 이렇듯 자체에 대한 부정을 내포하는 앎과 역사는 또한 자체에 대한 물음을 내포한다. 즉, 파괴를 통한 건설은 어디까지 계속되어야 하는가? 이 물음은 앎과 역사의 본질적 물음이다. 그리고 이 물음에 대한 대답은 단 하나뿐이니, 그것은 바로 절대이다. 헤겔의 절대앎이 역사 의지의 표현이듯이, 절대는 완성을 향한 의지의 표현이다. (옮긴이)

다. 삶은, 반쯤 잠든 상태의 삶에게 주어지는 어떤 진실이 내리는 판단에 따라 이러한 요구들이 잘못된 것이라고 규정지을 수도 있을 것이다. 하지만 이 진실은 그 고유의 규칙에 따라 다음의 조건하에서만 진실이 될 수 있을 따름인즉, 나의 죽음이 곧 이 조건이다. 내가 죽으면 인간이 지니는 미완의 것도 나와 함께 죽는다. 그리고 내 고통이 제거되면, 사물들의 미완의 상태로 인해 붕괴되었던 우리의 충분함도 더 이상 붕괴되지 않게 됨에 따라, 삶은 인간으로부터 멀어지게 될 것이다. 삶이 멀어지면, 인간은 아득하면서도 불가피한 자신의 진실과도 멀어지게 될 것이다. 인간의 진실은 말한다. 미완성, 죽음, 달랠 길 없는 욕망은 결코 아물지 않는 존재의 상처라고, 이 상처 없는 존재는 무기력함에—죽음 속으로 흡수하는 죽음 속에, 아무것도 변화시키지 못하는 죽음 속에—갇힐 것이라고.

성찰을 끝까지 밀고 나가게 되면, 앎의 기본 요건들은 어떤 결정적 우주관을 갖는다는 것을 불가능하게 한다는 점에서 그 가치가 있음을 알게 된다. 앎이 고정관념들에 대해 과거에 수행했던, 또 지속적으로 수행해 가는 붕괴 작업은 곧 앎의 위대함을, 보다 분명하게는 앎의 진실을 축성하는 것이다. 앎은 그 역동성을 통해 환영적 출현들로 가득한 어둠으로부터 가식 없는 삶의 이미지를 도출시킨다. 앎을 통해 밝혀지는 것은 다름 아닌 아는 데 집착하는 존재, 붙잡을 수 없는 앎의 가능성 앞에 놓인 존재, 결국은 지적 노력의 예기치 않은 결과처럼 자신의 현학적 무지 속에 남게 되는 존재이다. 나는 존재와 실체에 대한 질문을 던졌었다. 그리고 내게 생생히 드러나는 것은 (내가 글을 쓰는 순간, "범세계의 심층"이 내 앞에 열리게 하고, 또 나의 내면에서 지식과 황홀한 "지식의 상실" 간의 모든 차이를 지워버리는 것은), 이렇듯 내게 드러나는 것은 바로 인식 행위는 존재를 찾다가 미완을 발견하였다는 점이다. 만일 미완의 앎이, 완성 불가능한 것인 앎이 대상 역시 미완이며 완성 불가능한 것임을 인정한다면, 대상과 주체(인식 대상과 인식 주체)는 동일성으로 맺어진다. 그때부터는, 미완성인 것(인간)이 완성인 것(신)을 찾아내야 하는 필요성을 절감함에 따라 비롯하는 압박감은 해소된다. 미래에 대한 무지(니체가 사랑했던 *Unwissenheit um die Zukunft*[2])는 인식 행위의 궁극의 상태이며, 또 인간의 이미지이기도 한 우발성은 바로 범세계의 미완을 적절하게 (따라서 부적절하게) 보여주는 이미지인 것이다.

미완에 대한 제시를 통해 나는 지적 충만함과 황홀함은 서로 일치하는 것임을 알게 되었다. 이 점은 내가 거기까지 나아갈 수 없었던 것이기도 하다. 나는 헤겔의 입장—즉 인식 대상과 인식 주체 간의 차이의 소멸—에 도달하는 데는 그다지 연연해하지 않는다(비록 이러한 입장이 근본적 어려움에 응하는 것이라 할지라도). 나는 아찔한 비탈을 오른다. 그리고 그 비탈에서 나는 지금 (헤겔이 완성을 토대로 진실을 건립했듯이) 미완을 토대로 한 진실을 목격한다. 하지만 이 토대는 단지 외양상의 토대일 뿐! 나는 인간이 목말라하는 것을 포기하

---

2 미래에 직결되는 무지. (원주)

니체의 이 말은 "미래에 대한 무지이자 미래에 있어서도 한결같은 무지"를 의미한다. 바타유는 이 말을 통해 단지 출구를 모르는 전쟁의 진실만을 말하고 있는 것은 아니다. 이 전쟁의 진실은 역사의 진실이요, 앎의 진실이다. 역사는 출구를 모르며, 앎은 출구를 모른다. 하지만 헤겔은 절대앎을 통해 역사의 출구와 앎의 출구를 마련하고 싶어 했다. 만일 앎에 출구가 있다면, 만일 역사에 출구가 있다면, 그것은 곧 앎의 진실, 역사의 진실일 것이다. 즉, 역사는 출구를 모른다는 것, 그리고 앎은 출구를 모른다는 것. 역사도 앎도 언제나 이 출구 아닌 출구에 위치한다. 그렇기에 니체는 '우리의 위대하고 아득한 왕국', '차라투스트라의 왕국'에 대해 이렇게 말하고 있다. "이 '아득함'이 아무리 아득한 것인들, 내게 무슨 상관이겠는가"(《차라투스트라는 이렇게 말했다》). (옮긴이)

였다. 나는 형언 가능한 모종의 운동에—영광을 누리며—실려간다. 이 운동은 너무도 강력하여, 그 무엇도 이를 멈추게 하지 못하며 또 그 무엇도 이를 멈추게 할 수도 없을 것이다. **일이 그렇게 벌어지는 것**을 어찌하겠는가. 이것은 어떤 원칙들에 의해 합리화되거나 배척되거나 할 수 있는 것이 아니다. 이것은 하나의 입장이 아니다. 이것은 가능성으로 주어지는 각각의 정신 작업을 한계선상에서 유지시키는 모종의 운동이다. 나의 사유관은 찢겨진 인간 본위주의이다. 나는 그 무엇으로 있는 것을 예속성으로 마비된 삶에 귀착시키거나 동화시키고 싶지는 않다. 내가 원하는 것은 그 무엇으로 있는 것을 야생적 불가함에 귀착시키고 동화시키는 것이다. 야생적 **불가함**, 이는 곧 자신의 한계를 기피할 수도 지탱해 낼 수도 없음을 말해주는 나의 존재 양상이다. 이럴 때면, *Unwissenheit*, 사랑하는 무지, 황홀한 무지는 희망 없는 예지의 표현이다. 사유는 그 성장이 정점에 가닿으면 희생의 세계 속으로 훌쩍 뛰어 곤두박칠치면서 자체의 "사형"을 갈망한다. 하나의 감정이 통곡의 그 찢겨진 순간까지 증폭되듯이, 사유는 그 자체의 충만함에 실려 어느 세찬 바람이 사유를 쓰러뜨리고 결정적 모순이 맹위를 떨치는 경지로 나아간다.

접근 가능한 모든 실재 속에서, 각각의 존재에게서 찾아야 하는 것은 희생의 장소, 상처이다. 존재는 무너져 내리는 바로 그 지점에서만 깊은 상처를 입는다. 여인은 치마 속에서 깊은 상처를 입고, 신은 제물로 바쳐진 동물의 목에서 깊은 상처를 입는다.

이기적 고독을 증오하여 황홀함을 통해 자신의 상실을 도모하였던 자가 하늘의 광막함을 목을 조르듯 죄었다. 왜냐하면, 하늘의 그 광활함은 피를 흘려야 하고 또 외침이 있어야 하기 때문이다. 벌거벗은 한 여인이 환희의 들판을 열어 보인다(그녀가 정숙하게 차려입고 있을 때는 모든 것이 잠잠했다). 이렇듯 공허한 광활함은 찢겨지고 또 그 찢겨짐을 통해—마치 내게 몸을 내맡기는 나체 속에 내 육체는 상실되듯—그 속에서 자신을 상실하는 자에게 열린다.

역사는 미완이다. 이 책이 독자를 만나게 되는 시점에서는 현재 가장 나이 어린 아이조차도 지금의 전쟁의 결과를 알고 있을 것이다. 하지만 내가 글을 쓰고 있는 지금, 이 아이의 앎을 내게 줄 수 있는 것은 아무것도 없다. 전쟁의 시대는 역사의 미완을 너무나 분명하게 하는바, 종전을 며칠 앞두고 죽는다는 것은 어처구니없는 일이다(모험소설을 읽다가 결말이 열 쪽밖에 남지 않았는데 그만 책을 덮어버리는 것처럼 말이다). 살아있는 자들에게—죽음 속에 내포된—역사의 미완과의 일치가 도달 가능한 것으로 주어진다는 것은 아주 이례적인 일이다. 오직 니체만이 말하였다. "*Ich liebe die Unwissenheit um die Zukunft*"[3]라고. 하지만 눈 먼 레지스탕스 대원은 자신이 갈망하는 결과를 확신하는 가운데 죽는다.

앎은 역사처럼 미완이다. 나는 본질적 문제들에 대한 아무런 대답도 듣지 못한 채, 또 인간의 시각을 변화시킬 결과들(생존자들의 시각에 변화를 가져올 결과들, 내 시각을 바꿔놓을 수 있는 결과들)에 대해 영원히 모른 채 죽을 것이다.

존재는 타 존재에 비추어 미완이다. 동물은 인간에 비추어 미완이며, 인간은 신에 비추어 미완이고, 신은 단지 상상의 존재로서만 완

3 나는 미래에 직결되는 무지를 사랑한다. (원주)

성된 존재이다.

인간은 자신이 미완임을 안다. 그러기에 인간은 완성된 존재를 상상하며, 완성된 존재는 참된 존재이리라 생각한다. 그때부터, 완성된 것은 인간의 의지에 속한 것이 되며, 또 그로 인해 미완의 것 역시 인간의 의지에 속한 것이 된다. 그때까지 미완의 것은 인간의 무력함에서 기인하는 것이었다. 하지만 완성된 것이 인간의 의지에 속한 것으로 됨에 따라, 인간의 내면에서는 주체할 수 없는 인간의 권능으로 인해 미완의 것에 대한 욕망이 고개를 든다. 뜻하는 대로 인간은 겸허해질 수도 가난해질 수도 있으며, 또 신을 통해 자신의 겸허함과 가난을 향유할 수도 있다. 왜냐하면 인간은 신 역시 미완에 대한 욕망, 가난한 인간이 되려는 욕망, 극한의 고초 속에서 죽음을 맞이하려는 욕망에 허물어지리라 상상하기 때문이다.

신학은 시대와 장소를 가리지 않고, 또 골고다의 밤 속에서까지, 한 완성된 세계의 원칙을 고수한다. 즉, 신이 존재하는 것만으로 족하다. 하지만 세계를 미완의 불구성 속에서 파악하기 위해서는 신을 죽여야 한다. 이때 생각하지 않을 수 없는 것이 있으니, 어떤 대가를 치러서라도 이 세계를 **완성**시켜야 한다라는 것이 바로 그것이다. 하지만, 불가함이, 미완의 것이 엄연히 있지 아니한가. 실재하는 모든 것에 균열이 일고, 실재하는 모든 것이 파열됨에 따라, 흐르지 않는 큰 강물에 대한 환상은 사라진다. 잔잔하던 강물이 모두 흘러내려 갔으니, 나는 다가올 폭포의 굉음을 듣는다.

옷을 차려입은 여인, 그녀의 모습은 곧—인간적으로—제시된 완성에 대한 환상이다. 그렇기에 그녀가 조금만 속살을 드러내도 그녀의 동물성이 눈에 보이고 나의 내면에서는 내 본연의 미완이 활기를 띠는데… 뭇 존재들이 완벽한 듯 보인다는 것은 곧 그들의 격리성과 폐쇄성을 말해주는 것이다. 하지만 뭇 존재들은 미완의 상처를 통해 열린다. 미완, 동물적 나체, 상처라 불리는 것을 통해 격리된 여러 존재들은 서로 **소통**하며, 상호 간의 **소통** 속에서 자신을 상실하는 가운데 생명을 얻는다.

오래전 스트라스부르 생드니 지하철 정거장에서 있었던 일이다. 나는 취기 상태에서 한 벌거벗은 여자의 사진 뒷면에 터무니없는 말 몇 마디를 끼적거려 놓았었다. 그중 하나는 이렇다. "소통의 기피, 이것이 정확히 의미하는 바는 피로 물든 소통의 필요성이다." 나는 제정신이 아니었지만 의식은 잃지 않고 있었으며, 또 외치고 싶고 벌거벗고 싶은 그 고통스러운 욕구에 묵묵히 시달리고 있었다. 자신을 상실하고 싶은 욕구는 삶 전체를 아픔으로 감싸는바, 동일한 고통이 삶의 모든 측면을 관류한다. 하지만 존재는 이 욕구를 통해 완성에서 벗어난다. 역사의 동요 속에 새겨진 불만족, 휴식의 여지를 없애 버리는 앎의 역동성, 극한의 고초 외의 다른 출구가 없는 그런 신의 이미지, 병든 몸임에도 더 이상 참지 못하고 치맛자락을 걷어 올리는 창녀, 이 모두는 "나체처럼 진동하는 소통"의 방편들이다. 이러한 소통 없이는 모든 것이 공허할 뿐이다.

IV
황홀함, 그 찬란한 점

모든 것을 되묻게 하면서 또 내가 허우적거리며 빠져들었던 온갖 일들에서 나를 벗어나게 해준 한 변혁을 계기 삼아 내가 이 글을 쓰기 시작한 지도 한 달이 넘었다. 전쟁의 발발로 인해 나는 기다릴 힘을 잃어버렸다. 정확히 말해서, 나로서는 바로 이 책의 의미이기도 한 해방을 기다릴 힘을.

무질서는 이 책의 조건이다. 이 무질서는 모든 측면에서 극심하기가 이를 데 없다. 내 기분과 내 지나친 언행에 목표가 없음을 **나는 사랑한다**. 그렇지만, 내 조급함을 무시해 버리면서 처하게 될 위험에도 아랑곳하지 않은 채 나아가는 한 은은한 의지가 있다. 이를테면, 동요 너머로, 한정된 야망과는 무관하게, 어떤 명백한 운명의 끝까지 나아가고자 하는 욕망이 내게 있다고나 할까. 사랑하는 이 못지않게 명백하고, 사랑하는 이 못지않게 규정될 수 없는 이 운명에, 나는 이 운명에 죽고 싶다.

나는 황홀함을 원했고 또 찾아냈다. 나는 내 운명을 **사막**이라 부르며 또 이 메마른 신비에 짓눌리는 것을 두려워하지 않는다. 내가 가닿았던 이 **사막**이 다른 사람들에게도 도달 가능한 것이기를 바란다. 아마 그들 역시 이 사막의 **결핍**을 절감하고 있을 게다.

다른 사람들도 똑같은 방식으로 황홀함에 이르기를 바라는 마음에서, 나로서는 최대한 간략하게 내가 어떤 길들을 통해 황홀함을 만끽했었던가를 말하고자 한다.

삶은 불안정, 불균형의 산물이다. 하지만 삶을 가능케 하는 것은 뭇 형태들의 고정성이다. 운동이 한 극에서 다른 극으로, 한 욕망에서 다른 욕망으로, 침체에서 흥분된 긴장으로 급박하게 전개되면, 단지 폐허와 공허만이 있을 뿐이다. 우리는 충분히 안정된 경로들에 경계를 지어야 한다. 근본적 안정을 두려워하는 것은 그것을 깨뜨리기를 주저하는 것 못지않게 소심한 일이다. 또한 끊임없는 불안정은 엄격한 규칙보다도 더 무미건조하다. 왜냐하면 우리가 불균형을 초래할 수 있는(희생시킬 수 있는) 유일한 대상은 다름 아닌 그 무엇으로 있는 것이기 때문이다. 균형의 파괴, 즉 **희생**은 그 대상이 균형 속에 자리잡고 있는 것일수록, **완성된 것**일수록 그만큼 더 그 정도가 커진다. 이러한 원칙들은 교대운동을 적대시하는, 따라서 획일적일 수밖에 없는 그러한 도덕과는 대립한다. 이러한 원칙들은 낭만주의적 무질서의 도덕뿐만 아니라 그와 상반된 도덕을 함께 붕괴시킨다.

황홀함에 대한 욕망은 방법을 거부할 수 없다. 이에 대한 통상적인 반론들은 나에게는 고려 대상이 될 수 없다.

방법이란 타성에 가해진 폭력을 의미한다.

하나의 방법은 글로 전달될 수 없다. 글은 길을 따라간 자취를 전하나, 다른 여러 길들도 가능하다. 유일한 보편적 진실이 있다면, 그것은 불가피한 상승과 긴장이다.

엄격성도 인위성도 수치스러운 것이 아니다. 방법은 흐름을 역행하는 헤엄이다. 흐름은 모욕적인 것이다. 역행 수단은 고통스러운 것일수록 내게는 더 감미로운 것으로 보인다.

밀려왔다 밀려가는 명상 속의 운동은 꽃망울이 피어오를 때 식물에 생기를 돋우는 운동과도 흡사하다. 황홀함을 통해 밝혀지거나, 합당화되거나, 설명되는 것은 아무것도 없다. 황홀함은 그저 꽃과 같은 것일 뿐. 황홀함은 꽃 못지않게 미완을 꽃 피우다 지는 것이다. 유일한 출구는 꽃 한 송이를 들고 꽃과 일치하기까지 쳐다보는 것. 미완을 꽃 피우다 지는 **것으로서**의 꽃이 설명해 주고, 밝혀주고, 합당화해 줄 수 있도록.

길은 삭막한 고장을, (낙원인지 공포의 땅인지 알 수 없는) 그렇지만 혼령들이 출몰하기도 하는 고장을 가로지른다. 저 너머로는, 두 팔은 치켜들고 눈은 부릅뜬 채 태양을 직시하다가 그만 자신이 내적으로 빛이 되어버린 한 장님의 허우적거림. 실체의 개념이 공허한 것이 될 정도로 그처럼 격렬하게 일어나는 어떤 변화를, 그처럼 급격히 솟구치는 어떤 불길을 상상해 보기를. 그럴 때면 한편으로 장소, 외재성, 이미지 같은 많은 말들은 공허하게 들릴 것이나, 다른 한편으로 이에 가장 상응하는 말들—**융해**, **빛**—은 붙잡을 수 없는 성질의 것들이다. 불타버린 말, 힘없는 말인 **사랑**을 말로 표현하기는 어려운 일이다. 그 이유는 **주어**와 **목적어** 때문인즉, 통상적으로 주어는 주어

대로 또 목적어는 목적어대로 자체의 무력함 속에 사랑이라는 말을 매몰시킨다.[1]

영혼을, 신을 말로 표현하겠다고? 이 두 한도의 단어를 맺어주는 사랑에 대해 운운하겠다고? 일견 매몰된 정도가 가장 약한 듯 보이는 이 두 한도의 단어를 사용한다고 해서 일종의 번갯불 같은 사랑이 표현될 수 있기라도 한다는 건가? 만일 그렇다면, 그때는 정도가 가장 심한 매몰이리라.

전차가 생라자르 역에 들어온다. 나는 역사 안 창가에 기대어 앉아 있다. 나는, 역 풍경을 우주의 광활함에 비추어 무의미한 것으로만 보는 허약함과는 거리가 멀다. 우주에 완성된 총체의 의미를 부여하는 것도 무방하다 하겠다. 하지만 만일 미완의 우주 같은 것만이 존재하는 것이라면, 각각의 부분은 전체 못지않은 의미를 갖게 될 것이다. 혹시라도 내가 황홀함 속에서 찾는 것이 이를테면 나 자신은 완성된 우주의 차원으로 상승시키면서 "역에 들어오는 기차"에게서는 의미를 제거해 버리는 식의 어떤 진실이라면, 이는 내게 수치스러운

---

1 바타유가 앎의 문제, 역사의 문제로 제시하고 있는 미완은 또한 인간의 언어가 안고 있는 문제이기도 하다. 앎과 역사는 미완이듯, 언어는 미완이다. 언어에 대한 이러한 제언은 언어를 의미체계로 이해하는 이들에게는 무의미한 제언처럼 들릴지 모르나 사랑을 말로 표현해 보려고 애쓰는 이들에게는 언어의 본질을 시사하는 제언으로 들릴 것이다. 완성된 언어는 언어에 대한 환상에 불과하다. 이는 곧 의미가 실재에 대한 환상에 불과한 것과 같다. 완성된 언어는 언어가 의미체계에 입각하여 주어와 목적어를 수직관계에 설정할 때 찾아오는 환상이다. 하지만 사랑의 언어는 미완의 언어이다. 왜냐하면 사랑의 언어는 주어와 목적어의 문법적 구별을 초월하기 때문이다. 사랑의 언어는 주어와 목적어의 융해 속에서 이루어진다. 이는 바로 사랑은 의미를 말하지 않기 때문이다. 사랑이라는 말은 의미의 교만함을 모른다. 그렇기에 사랑의 모든 말은 침묵으로 흘러든다. (옮긴이)

일이리라.

황홀함은 두 한정어 간의 **소통**이다(이 한정어들이 반드시 규정지어질 수 있는 것만은 아니다). 소통은 한정어들이 지니지 못한 효력을 지닌다. 소통은 한정어들을 소멸시킨다—별빛이 (서서히) 별 자체를 소멸시키는 것과 같이.

미완, 상처, 소통에 필요한 고통. 완성은 소통의 반대이다.

소통에 필수적인 것은 어떤 결점, 어떤 "갈라진 틈"이다. 소통은 죽음처럼 갑옷이 갈라진 틈을 파고든다. 소통이 이루어지기 위해서는 두 개의—나의 내면에서의, 그리고 타인의 내면에서의—찢겨짐 간의 일치가 있어야 한다.

아무런 "갈라진 틈" 없이 안정된 듯 보이는 것은 일견 완성된 듯 보이는 어떤 전체의 양상을 띤다(한 집, 한 개인, 한 거리, 한 풍경, 한 하늘). 하지만 결점, "갈라진 틈"은 예기치 않게 생겨나기도 한다.

하나의 전체는 그것을 수용하는 시각을 필요로 한다. 하나의 전체는 단지 시각 속에서 하나의 일체일 뿐이다. 마찬가지로 전체상의 결점 역시 시각의 문제일 뿐이다. "전체"와 "전체상의 결점"은 각기 주관적 요소들에 근거하는 것이다. 다만 "전체상의 결점"은 **깊고 깊은** 실재성을 지닌다. 전체는 임의적 건설인바, 결점을 지각한다는 것은 곧 건설의 임의성을 인식하는 것과 같다. 그리고 "전체상의 결점"이 **깊고 깊은** 실재성을 지닐 수밖에 없는 그 유일한 이유 역시 바로 "전체상의 결핍"은 임의의 불완전성을 통해 지각된다는 데 있다. 불완전성은 건설처럼 비실재의 영역에 위치하나 또한 실재의 영역으로 환원된다.

굳이 분류하자면,

유동적이며 변화하는 조각들, 즉 객관적 실재

완성된 전체, 즉 외양, 주관성

전체상의 결점, 즉 외양상의 변화이기는 하지만 어떤 붙잡을 수 없는, 유동적인, 조각난 실재를 밝혀주는 변화.

서로에게 이끌린 남녀는 육욕의 향연을 통해 서로 맺어진다. 이 둘을 뒤섞는 소통은 이들의 적나라한 찢겨짐에서 비롯한다. 둘 사이의 사랑이 의미하는 것은, 서로 상대방에게서 상대방의 존재를 목격하는 것이 아니라 바로 상대방의 상처를, 자신을 상실하고 싶은 욕망을 목격하고 있다는 것이다. 상처뿐인 존재가 또 다른 상처뿐인 존재에 대해 갖는 욕망, 이보다 더 큰 욕망은 없다.

상처뿐인 외로운 한 인간이 자신의 상실을 갈망할 때면, 그는 우주 앞에 놓인다. 만일 그가 우주 속에서 어떤 완성된 전체를 목격하게 된다면, 이제 그는 신 앞에 놓인다. 신은 모든 우발적인 것들의—인간의 습성에 부합하는—집체이다. 외양적 전체의 찢겨짐은 그 자체가 곧 외양상의 찢겨짐이다. 그렇기에 십자가에 못 박힘은 신자가 신과 소통하는 상처이다.

니체는, "붙잡을 수 없는, 유동적인, 조각난 실재"에로의 회귀를 궁극적으로 유발하는 그러한 "신의 죽음"을 생각했다.

동일한 차원에 놓아야 하는 것은,

가소로운 우주,

전라의 여인,

극형.

극형에 처해진 자의 모습으로 나 자신을 머릿속에 떠올리다 보니 전율이 나를 휘감는다.

나체는 내게 그것을 힘껏 껴안고자 하는 그 고통스러운 욕구를 불러일으킨다.

하지만 우주는 나의 관심 밖이다. 우주는 내게 웃음을 촉발하지 않는다. 그러니 우주는 여전히 하나의 텅 빈 개념에 불과하다.

사실, 황홀함은 우주를 그 대상으로 하지 않는다. 그렇다고 황홀함의 대상이 여인인 것도, 극형인 것도 아니다. 여인은 내가 그녀 속에서 나 자신을 인간적으로 잃어버릴 것을 요구한다. 또 극형은 공포심을 불러일으킨다. 철저히 공포스러운 것은, 또 너무나 인간적인 것은 황홀함의 대상이 될 수 없다.

가소로운 우주에 대해 다시 말하겠다. 요컨대 우주가 가소로운 것이라면, 이 같은 우주는 그것에 대한 생각이 내게 웃음을 촉발하지 않는 그런 우주와는 다르다 하겠다. 그런데 "가소로운 우주"는 분명 어떤 각색에 의한 것이다. 즉, 나는 어떤 가소로운 요소를 상상하는 가운데 한편으로 이 요소의 감각적 양상은 머릿속에서 유지시키는 반면 사유상으로는 이 요소에서 개별적 양상을 부정함으로써 이 요소를 각색했던 것이다.

애초부터 나는 특별한 그 어떤 것도 고찰 대상으로 삼지 않았다. 나는 가소로운 것이라면 아무거나 고찰 대상으로 삼았다. 이제 나는 이야기 하나를 꺼내고자 한다(이 이야기는 내가 가장 근래에 들었던 이야기이다). 한 사람이 의자 위에 올라 전구를 푸른색으로 칠하려 했는데, 붓은 간신히 전구에 가닿았다. 그때 한 사람이 그에게 다가와서 무척이나 진지한 어조로 말했다. "붓에 매달려. 내가 의자를 치울테니까." 내가 어떤 이야기를 빌려오지 않았어도 무방했을 것이다. 하지만 이 경우는 특별하다 하겠다. 즉, "변화가 외양의 차원에서 일어나고 있다"는 점이다. 정신에게 고찰 대상으로 주어진 것은—전구와 붓과 화가로 형성된—어떤 일관된 전체이다. 하지만 일관된 전체는 단지 정신 속에 실재하는 것일 따름인즉, 정신의 운동만으로도 이러한 전체는 취약해진다. 그리고 그때 출현하는 것은 공허가 아니다. 외양의 장막이 찢겨나가는 찰나 정신은 그 찢겨짐을 통해 "가소로운 우주"를 목격한다.

"외양의 차원에서 일어나는 변화"는 "붙잡을 수 없는, 유동적인, 조각난 실재"에로의 회귀를 위한 필요조건이었다.

"여인", "극형", "가소로운 우주". 여기에는 일종의 동일성이 자리하고 있다. 이 모두는 내게 나 자신을 상실하고 싶은 욕구를 불러일으킨다. 하지만 이렇게 말하는 것 역시 국한된 고찰에 지나지 않는다. 중요한 것은 익숙한 질서를 변화시키는 일이며, 또 궁극적으로는 균형의 여지를 없애는 일이려니…

졸음 때문에 끊긴 이 문제에 대한 논의는 나중에 다시 하고자 한다(이 문제는 지겨운 난제들에 봉착케 한다).

조금 전 나는 극형 장면을 보여주는 사진 두 장을 보고 있었다. 이 장면들은 내게 친숙한 것이 되어버렸다. 그럼에도 그중 하나는 너무나 공포스러운 것이어서 더 이상 보고 싶은 마음이 없었다.

글 쓰는 것을 멈춰야 했다. 자주 그랬듯이 나는 열려있는 창가에 가 앉았다. 앉자마자 나는 일종의 황홀함 속으로 빠져들었다. 지난번에는 나는 이러한 상태가 에로티시즘의 희열보다 더 강도 높은 것은 아니지 않을까 의문시하면서 심히 괴로워했지만, 이번에는 내게 더 이상 이러한 의문은 없었다. 내게 보이는 것이라곤 아무것도 없다. **그것**은 가시적인 것도 감각적인 것도 아니다. **그것**은 죽지 않고 있음을 슬프게 하고 무겁게 한다. 만일 내가 고뇌 속에서 내가 사랑했던 모든 것을 떠올린다면, 아마도 나는 내 사랑이 붙잡고자 했던 그 스쳐 가는 실재들 하나하나를 마치 한 덩어리의 구름처럼, **그 무엇으로 거기에 있는 것**을 그 뒤에 숨기고 있는 그런 구름처럼 간주해야 할 것이다. 넋을 빼는 모습들은 숨겨진 것이 있음을 암시한다. **그 무엇으로 거기에 있는 것**은 전적으로 공포의 영역이다. 공포가 그것을 불러왔던 것이다. 요컨대, **그것이 거기에 있기 위해서는** 격렬한 파열이 있어야 했던 것이다.

이번에도 또다시, **그 무엇으로 거기에 있는 것**을 불현듯 머릿속에 떠올리다가 나는 그만 울음을 터뜨리고 말았다. 사랑한 나머지, **넋 잃은** 나머지, 나는 텅 빈 머리를 치켜세운다. 이제 어떻게 내가 이토록 강도 높은 황홀함에 이르게 되었던가를 말하고자 한다. 외양의 벽에 나는 폭발과 찢겨짐의 모습들을 투사하였다. 우선 나는 최대한의 침묵이 나의 내면에 자리잡게 하였다. 이는 내가 원하기만 하면 거의 해낼 수 있는 일이기도 하였다. 대개의 경우 무미하기만 했던 이 침묵 속에서 나는 상상할 수 있는 모든 찢겨짐들을 머릿속에 떠올렸다. 이럴 때면 음란한 장면들이, 우스꽝스런 장면들이, 죽음이 깃든 장면들이 연이어 스쳐갔다. 나는 어떤 화산의 심부나 전쟁 혹은 나 자신의 죽음을 상상해 보기도 하였다. 황홀함은 신을 떠올리지 않아도 가능하리라는 것을 나는 더 이상 의심치 않았다. "보편성을 위해 개별성을 포기하는" 수도승들이나 수녀들을 생각할 때면 장난기 섞인 혐오감이 느껴지곤 하였다.

외양의 벽이 무너지던 첫날, 나는 한밤중 숲속에 있었다. 그날 한때 나는 격렬한 성욕에 시달리기도 하였지만 이를 만족시키려 들지는 않았다. 나는 이 욕망을 자아내는 여러 모습들을 아무런 역겨움 없이 "성찰"하는 가운데 이 욕망의 끝까지 나아가고자 결심하였다.

어두운 날들의 연속이다. 축제의 은밀한 교감이 결여된 경우 기쁨은 용납할 수 없는 것이다. 말하자면 인파가 음식은 제쳐두고 공연히 들떠있다고 할까. 나는 삶의 찬란함을 외쳐야 했었으나 그렇게 할 수가 없었다. 기쁨이 지나치다 보니 공연한 흥분으로 바뀌어버렸다. 나는 하늘을 향해 외치는 천여 개의 목소리로서만 존재해야 했었다. "비극의 밤에서부터 한낮의 눈부신 영광으로" 나아가는 뭇 운동들은 자기 방에 앉아있는 사람을 멍청하게 만든다. 오로지 대중만이 이 운동들을 지탱해 낼 수 있으리라…

대중이 지탱해 내고 또 뜨겁게 타오르게 하는 것은 내 사지를 찢어놓는다. 나는 내가 무엇을 원하는지 더 이상 모르겠다. 그러다 보니, 파리떼처럼 달라붙으면서 내면을 검게 태우는 불확실한 흥분 상태가 계속된다고나 할까. 수차 부딪쳐도 보고 고립 상태로 있어보기도 하고 되돌아오기를 거듭했지만, 탈진된 순간에 나타나는 결과란 단지 방황뿐인 것 같다—불가함 그 한계선상의.

이러한 방황은 불가피한 것이리라 생각된다. 이 갈증 없는 갈증은, 무엇을 원하는지도 무엇을 슬퍼하는지도 모르면서 요람에서 울고 있는 아이의 이 눈물은, 살아있는 태양을 삼켜 배부른 우리의 죽은 태양들의 세계에는 **최후의 말***ultima verba*이, 마지막 발언이 될 것이다.

갓난애의 부조리 없이는, 어느 누구도 이 조그만 갈증들과 조그만 눈물방울들의 세계로 들어설 수 없을 것이다. 이 부조리 없이는, 그 누구의 말도 허공에 분해되어 버릴 것이다. 또한 어느 누구도 말을 통해서는 진정 이 세계로 들어설 수 없을 것이다. 누구나 말하는 가운데서는 각각의 단어가 어떤 의미를 지니는 통상적 세계에 만족하게 된다. 아마도 그러한 자는 말해진 것에 **최후의 말**을 덧붙이고 있다는 그 기만적인 생각 속에서 자만감에 빠질 따름이리라. 그는 **최후의 말**은 더 이상 말이 아님을 알지 못할 것이며, 모든 것이 뒤범벅된 상태에서는 아무런 **할 말**도 없게 됨을 알지 못할 것이다. 울부짖는 갓난애들은 언어를 창조할 수 없지만, 그 필요성도 느끼지 않는다.[2]

---

2 '최후의 말'을 염두에 두고 말하는 이는 실로 아무도 없다. 그리고 '최후의 말'을 염두에 두지 않는다는 것은 곧 말의 가능성을 확보하는 것이기도 하다. 말의 가능성은 '각각의 단어가 특정한 의미를 지닌다'는 데 있다. 하지만 모든 것이 특정한 의미의 말로, 즉 말의 가능성으로 주어질 수 있는 것이 아니다. 말 가운데에는 말의 가능성을 넘어서는 말들이 있다. 말 가운데에는 특정한 의미가 아닌 모든 것을 가리키는 말들이 있으니, 세계라는 말이 그러하고, 존재라는 말이 그러하고, 신이라는 말이 그러하다. '최후의 말'은 '갓난애의 울부짖음'처럼 특정한 의미 너머로 모든 것을 말하는 말이다. 그러기에 최후의 말은 곧 세계의 말이요, 존재의 말이요, 신의 말이다. 하지만 어느 누구도 '최후의 말'을 들을 수 없다. 인간적으로, 최후의 말을 두고 우리는 유언이라 한다. 세계의 말, 존재의 말, 신의 말은 내게는 곧 나의 유언과도 같은 것이다. 나는 나의 유언을 통해 세계의 말, 신의 말, 존재의 말에 가닿는다. 즉, 임종의 순간 입 밖으로 흘러나오지 않는 무언의 말을 통해… (옮긴이)

내가 알고 있고 또 말할 수 있는 것은 이러하다.

갈증 없는 갈증은 과음을 원하고, 또 눈물은 도가 넘친 기쁨을 원한다. 그리고 과음은 갈증 없는 갈증을 원하고, 또 도가 넘친 기쁨은 눈물 섞인 감정 속에서 울 수조차 없게 되기를 원한다. 비록 나의 과도함만이 눈물과 갈증의 유일한 요인이기는 하나, 어쨌든 나의 과도함은 이러한 눈물과 이러한 갈증을 원한다. 그런데 갈증을 호소하면서, 울면서, 혹은 눈은 말라있는 상태에서 **말도** 같이 하려 드는 자들이 있다면, 그들은 아이들보다도 더 나의 비웃음을 살 것이다. 그들은 속임수를 쓰고 있으나 속임수를 쓸 줄을 모른다. 나는 외치거나 우는 경우, 나의 기쁨이 이런 식으로 터져 나오고 있음을 이제는 잘 알고 있다. 마찬가지로, 천둥소리가 멀리서 들리는 무언가 굴러가는 소리로밖에 내 귀에 들려오지 않는다 할지라도, 이 소리는 여전히 천둥소리인 것이다. 내게 기억이 부족한 것도 아니다. 그럼에도 (마치 기억의 절반 정도 혹은 사분의 일 정도밖에 없는 것처럼) 나는 거의 갓난애에 가깝다. 자신의 슬픔을 먹고 살아가는 철학자나 혹은 저주받은 시인에 가깝기보다는 말이다. 더욱이, 이 같은—무언의—가련함과 고통이 우리라는 어떤 존재가 내뿜는 **마지막 숨**이라는 사실은 마치 하나의 비밀처럼—사물들의 그 붙잡을 수 없고 불가지한 자연과의 비밀스런 공모처럼—내 내면의 밑바닥에 자리 잡고 있다. 신생아의 기쁨에 찬 외침, 유아의 웃음, 너무 일찍 찾아온 무기력함, 나는 이 모든 것들로 이루어져 있다. 이 모든 것들은 나를 발가벗긴 채 추위에, 내리치는 운명에 나를 내맡긴다. 하지만 나는 마음속으로 진정 **바라마지 않는다**, 내맡겨지기를, 발가벗겨지기를.

가닿을 수 없는 것이 내게 열림에 따라 나는 첫 번째 의혹, 즉 감미로우면서도 무미한 축복에 대한 두려움을 떨쳐버린다. 내 황홀함의 대상을 힘들이지 않고 관조함에 따라 나는 이 대상에 대해 이렇게 말할 수 있다. 이 대상은 난도질하는 것이라고. 이 대상은 면도날처럼 베고, 또 이 점點은 외치며 눈을 멀게 한다. 이 점은 하나의 점이 아니다. 왜냐하면 이 점은 엄습해 오는 것이기에. 도발적인 나체, 신랄한 나체는 이 점을 향해 당긴 화살이다.

이 점에서부터 한 존재에로, 한 존재에서부터 이 점으로 "전해지는" 것은 어떤 격렬한 상실이다.

자신을 상실하고 싶은 욕망은 가장 내밀한 진실이자 가장 아득한 진실이다. 뜨거운 진실, 요동치는 진실, 이 진실은 이른바 실체라는 이름의 것과는 하등 관련이 없는 것이다.

상실과 그에 따른 융해가 있기 위해서는 개별성이 있어야 한다. 개별성(지구상의 한 지점에 위치하는 것, 역에 들어오는 기차, 아니면 그처럼 공허한 어떤 것) 없이는, "해방된" 그 무엇도 있을 수 없을 것이다. 희생(성스러움)과 신의—신학적—실체 간의 차이를 분간하기란 용이한 일이다. **성스러움**은 실체의 반대이다. 기독교의 치명적 과오는 성스러움을 "개체의 창조자로서의 보편"에 결부시키는 데 있다. 개별적인 것(비록 개별적이기를 멈춰버리지만)이 아니었던 것은 그 무엇도 성스러운 것이 아니다.[3]

3 희생(성스러움)은 바타유가 그의 사유를 '신 없는 신학'이라는 이름으로 제시하는 데 있어 그 토대가 되고 있는 문제일 뿐만 아니라 '도발적이고 신랄하면서도' 애원에 가까운 그의 언어를 빚어내는 문제이기도 하다. 여기서 바타유는 이 문제를 우선 개별성의 문제를 통해 제시하고 있다. 하지만 바타유가 개별성과 보편성을 반대 개념으로 설정하고 있는 것은 결코 아니다. 그가 지적하고 있는 기독교의 과오는 실은 개별성과 보편성을 반대 개념으로 설정하는 데서 비롯한다. 실체로서의 신은 보편성만을 지닐 뿐 개별성은 지니지 않는다. 그러나 성스러움은 (또한 아름다움은) 보편성을 의미하지만 동시에 개별성을 내포한다. 개별성은 보편적 성스러움의 (보편적 아름다움의) 토대이다.

황홀함은 피동적인 성적 쾌락과는 상이한 것이며, 제공받은 쾌락에 보다 흡사한 것이다.

나는 아무것도 제공하지 않는다. 나는 외부로부터 오는 (비개인적) 기쁨으로 환히 빛난다. 이 기쁨이 실재한다는 것은 나로서는 의심의 여지가 없는 것 같다. 나는 이 기쁨을 헤아린다. 그리고 나는 가슴속 깊이 껴안은 여인에 의해 소진되듯이 이 기쁨을 헤아리는 가운데 서서히 타들어 간다. 요컨대, 내가 앞서 언급한 "외치는 점點"은 인간 존재의 "쾌락점"과도 유사하며, 또 내면적으로 이 점을 연상해 보는 것은 경련의 순간에 있어서의 "쾌락점"을 연상해 보는 것과도 유사하다.

최대한 간명하게 "황홀함의 여러 방도"에 대해 말하고 싶었다. 그다지 잘 된 것 같지가 않다. 그렇게 되었으면 좋으련만.

명상법은 희생 의식상의 기법과도 흡사하다. 만일 내가 자폐적인 개별성을 내적으로 부숴버리면, 황홀점은 적나라하게 드러날 것이다. 마찬가지로, 제사장이 동물을 죽이고 파괴하는 순간 **성스러움**은 동물을 대체한다.

어떤 극형 장면이 우연히 내 눈에 들어온다고 하자. 나는 공포심에 고개를 돌려버릴 수도 있을 것이다. 반면, 만일 내가 그 장면을 지켜

실체로서의 신이 아닌 성스러움으로서의 신은 보편성과 개별성을 동시에 지닌다. 왜냐하면 희생은 오로지 개별성의 차원에서 일어나기 때문이다. 희생은 성스러움을 밝히는 빛이다. 그렇기에 희생은 '개체를 창조하는 보편'에 역행한다. 희생은 '보편을 창조하는 개체'를 의미한다. (옮긴이)

보고 있으면, 나는 **자제할 수 없을 것이다**. 소름 끼치는 극형 장면은 내 개인적 개별성이 갇혀있던(제한되어 있던) 영역을 세차게, 세차게 열어젖히고 찢어버린다.

그렇다고 내가 찢겨짐을 통해, "범세계의 심층"이라는 분명치 않은 용어로 지칭하고 있는 초월적 세계에 가닿는 것은 아니다.

지나치게 모호한 이 용어는 수용될 수 없는 것이지만 또한 그대로 견지되어야 한다. 사실 이 모호성은 단지 **부정적** 명시에 의해서만 완화될 수 있을 따름이다.

제1부정적 명시

—"범세계의 심층"은 신이 아니다. 이 "범세계의 심층"이 목격된 이상, 한 가소로운 단어가 예고했던 불변의 정체停滯에 대한 가능성은 결정적으로 무산된다.

제2부정적 명시

—"범세계의 심층"은, 공포감을 자아내는 깊은 광막함으로부터 솟아오르는—솟아오를 수도 있는—견고한 것을 죄다 심연 속으로 휩쓸어가면서 우리도 같이 그 속으로 휩쓸어가 버리는 그 파괴적인 아찔한 격변과도 조금도 대립하지 않는다.

(사실 "범세계의 심층"을 투시한다는 것은 그 무엇에 의해서도 제한받지 않은 어떤 보편화된 재앙을 투시하는 것이다. 그리고 "신의 죽음"을 투시한다는 것은 곧 우리를 신학의 잠에 거세게 부딪히게 하는 것이요 또 요컨대 가장 정직한 요구에 유일하게 응하는 것이매 기실 이와 다르지 않은 것이다.)

인간에게 죽음은 얼마든지 감당할 수 있는 것이매, 인간은 공포의 먹이가 되기보다는 공포를 목격함으로써 해방된다.

나는 찢겨짐을 회피하기보다는 오히려 심화시킨다. 극형 장면은 내게 심한 충격을 가했으나, 곧바로 나는 그것을 덤덤하게 대하였다. 지금 나는 빈사 상태의 수많은 사람들이 당하고 있는 그 부지기수의 극형을 머릿속에 떠올리고 있다. 결국(아니 어쩌면, 한꺼번에) 거대한 인류는 한없는 공포에 예정되어 있을지도…

잔인할 정도로 나는 상처를 늘여 당긴다. 그 순간, 나는 황홀점에 가닿는다.

연민, 고통, 황홀함은 상응한다.

사람은 누구나 이따금 유용한 대상들로부터 벗어나고 싶어 한다. 다시 말해 유용한 대상들의 명령에 따른 노동으로부터, 노동의 예속성으로부터 말이다. 더불어 유용한 대상들은 폐쇄된 개별성(이기적인 짧은 안목)과 삶의 모든 세속성을 강요하였다. 노동이 인류의 틀을 닦았다. 하지만 정상에 올라선 인류는 노동으로부터 해방된다.

인간의 삶을 제한된 활동에서 슬그머니 앗아오고 또 기계적 운동의 필요성에 잠의 묵직한 유기성遺棄性을 대립시켜야 할 때가 오고 있다. 사변체계의 말이 새어 나오는 것을 정신 속에서 중단시켜야 할 때가, 또한 불현듯 찾아오는 이미지들 및 단어들을 무관하고 매력 없는 것으로 보이게 하는 그런 침착함을 가지고 사변적 말의 유혹을 이텅 빈 상태 속으로 흡수시켜야 할 때가 오고 있다.[4]

---

4 노동, 즉 유용성과 세속성에 대한 바타유의 사유는 놀이, 즉 에로티시즘의 욕망과 성스러움에 기초하고 있다. 바타유가 노동으로부터의 해방을 인간 소외의 측면에서 고찰

단순한 **정신집중**은 허위적이며 되레 짜증나게 한다. 이러한 행위는 밖으로 향하는 삶의 본연적 운동에 반하는 것이다(그런데 사실대로 말하자면, 통상적으로 이 운동은 일어나다 말며, 또 유용한 대상에 귀착되어 버린다). 정신이 들어서는 그 그윽하게 몽롱한 상태는 그것이 인위적 수단에 의한 것일수록 지겨운 것이다.

이완된 자세이기는 하지만 안정감이 있으면서 또한 "솟구치는" 듯한 그런 육체의 자세를 지켜보는 것도 괜찮은 방편이다. 개인적으로 여러 좋은 기회들을 가질 수도 있겠으나, 우선 어떤 효과적인 방편에 의거해도 좋을 것이다. 이를테면, 숨을 깊이 들이마신다든지, 눈치챈 인생의 비밀에 온 정신을 집중하듯 숨결에 정신을 집중한다

하고 있는 것은 아니다. 그는 이 문제를 인간 정신의 측면에서, 특히 헤겔의 철학적 입장에 비추어 고찰하고 있다. 사유와 노동을 구분하지 않는 헤겔의 노동철학이 변증법적 정신 성장을 통해 제시하듯이, 노동은 인간 소외의 현장이 아니라 인간 복구의 현장이다. 물질적으로 유용성을 생산하는 노동은 정신적으로는 실제성을 생산한다. 노동은 유용성과 실제성의 생산을 통해 '인류의 틀을 닦았다'고 할 수 있을 것이다. 정신적으로 노동이 실제성을 생산하는 것은 바로 노동은 내용을 생산하기 때문이다. 정신적으로 노동의 산물인 내용은 실제성을 지니는바, 인간은 실제적인 내용을 통해 정신의 허구를 견제한다. 인간은 노동이 생산하는 내용만을 정신의 내용으로 삼음으로써 실제적 정신의 인간이 된다. 이 내용은 곧 앎의 토대이며, 또 내용의 성장은 곧 정신의 성장이다. 그런데, 모든 성장이 그러하듯 정신의 성장은 결실을 지향한다. 이러한 결실로서의 앎은 곧 노동의 결실이다. 이렇듯 모든 차원에서 노동은 결실(실제성)의 요구, 즉 결과(유용성)의 요구를 내포한다. 이는 바로 노동이 세속적일 수밖에 없는 이유이기도 하다. 인간은 놀이를 통해 노동으로부터 해방된다. 즉 인간은 놀이를 통해 결과의 요구로부터 해방된다. 세속성은 결과의 요구에서 비롯하매, 결과의 요구에 예속된 것일수록 세속성은 더해간다. 그러기에 노동의 세속성은 자본의 세속성에 비하면 그 정도가 비할 바 없이 약하다. 바타유가 말하는 노동으로부터 해방된 인간의 삶은 이렇듯 결과에 대한 기대, 결실에 대한 기대로부터 자유로운 삶을 의미한다. 즉, 에로티시즘의 욕망처럼 자유로운 욕망의 삶을. (옮긴이)

든지. 그러고 나서 이미지들이 밀려오면 또 그에 따라 생각들도 이런저런 식으로 서로 합쳐지는 가운데 새어나갈 터인즉, 이를 막고자 하면 다음과 같이 해보는 것도 좋을 것이다. 즉, 뇌리를 떠나지 않는 문장이나 단어를 빌려 큰 강물의 변치 않는 밑바닥 같은 것을 상상해 보기를. 물론 이에 대한 반론도 가능할 것이다. 하지만 이를 부인하는 자들은 흔히들 이보다 더한 것은 용인한다. 이들은 이 같은 방식들이 그 종지부를 찍어버릴 수 있는 기계적인 삶의 명령을 따를 뿐이다.

개입하려 드는 것도 **가증스러운** 일이지만(혐오하면 기분 좋을 것을 피치 못해 사랑해야 할 때도 있기 마련이다), 가장 심각한 것은 피동적으로 당하는 제약이 아니라 지나치게 유혹당할 위험이다. 시작의 단계에서는 해방감이 느껴지기도 하고 어떤 큰 매력이 느껴지기도 한다. 하지만 해방감은 결국 역겨움을 자아내며, 또 매료된 채 살아가는 것은 무미하며 정력적이지 못하다.

며칠 동안, 텅 빈 어둠에 가닿은 삶을 살고 있다. 그러다 보니 긴장이 풀리고, 그런 상태가 경이롭기까지 하다. 우주가 욕망의 손아귀에 들려있으니, 정신은 무한한 권능을 감지한다. 하지만 이내 동요가 일기 시작한다.

시작의 단계에서는 전통적 방식들이라 할지라도 무조건 수용해도 무방할 것이며 또 그 효과는 참으로 대단하다. 이 방식들은 동양 문헌을 통해 그것을 알게 된 한 친구가 내게 전해준 것이다. 내가 기독교의 수행법을 모르는 바는 아니다. 기독교의 여러 수행법들은 실로 극적인 것들이다. 그러나 이 수행법들에는 시작의 단계가 결여되

어 있다. 시작의 단계를 거치지 않으면 우리는 사변체계에 종속되고 만다.[5]

사변체계에서 탈피하여 황홀함의 영역에 이른 기독교인들은 극소수에 불과하다. 이들의 경우, **기독교에 본질적인 사변적 성향에도 불구하고** 이들에게는 불가피하게 신비체험으로 나아갈 수밖에 없는 어떤 경향이 있었으리라고 가정해 보아야 한다.

그윽함, 축복은 내게는 혐오스럽기만 하다. 나는 동물적 기분 그 이상의 것은 아무것도 모른다.

---

5 여기서 '사변체계'라는 표현은 프랑스어의 단어 'discours'에 대한 번역이다. 바로 조금 전 우리는 이 단어를 '사변체계의 말'이라는 표현으로 번역하였으며, 또 뒤이어 나오는 이 단어의 형용사 'discursif'는 '사변적'이라는 표현으로 번역하고 있다. 통상적으로 한국에서 'discours'라는 단어는 '담론'이라는 표현으로 번역되고 있으나, 사실 이 단어에 대한 가장 적절한 번역은 한마디로 '말'일 것이다. 정치적인 말, 철학적인 말, 언어에 관한 말, 성에 관한 말 등등. 더욱이 '말'은 'discours'의 본뜻이기도 하다. '말' discours는 이성(신의 이성, 인간의 이성)의 원칙에 입각한다. 이성의 원칙에 따라 나아가는 '말' discours는 뒷말이 앞말을 변론하는 변론의 연속이다. 변론의 연속으로서의 '말' discours, 이것은 바로 플라톤이 전해주는 소크라테스의 언어, 요컨대 철학의 언어이다. 철학의 언어는 이렇듯 내적 변론의 언어이다. 변론의 연속을 이름하여 우리는 추론이라 하며, 또 '말' discours는 변론의 연속을 통해 내적으로 체계를 형성해 나간다. '말' discours는 체계를 지향하며, 체계로서의 '말' discours는 곧 사변체계이다. 우리가 철학 체계, 신학 체계라 부르는 것은 모두 변론의 연속에 따른, 즉 이성(철학의 경우 인간의 이성, 신학의 경우 신의 이성)의 심화에 따른 사변체계이다. (옮긴이)

V
공범

… 어떤 흔치 않은 운—나한테 따르는 운—이 갈수록 참혹해지는 세계 속에서 나를 떨게 한다.

삶의 여러 상황들이 나를 마비시킨다.

혹시나?

그렇기는 해도 나는, 살아있는 것과 죽은 것을 막론하고 "그 무엇으로 있는 모든 것"을 언젠가는 투명하게 지각하게 되리라 확신한다. 황혼녘, 반쯤 내려앉은 밤, 별들로 반짝이면서도 긴 줄기의 구름띠들로 가로 쳐진 하늘, 구릉… 그 너머로—어쩌면—단지 이런저런 꿈에 불과한 어떤 공간들이, 협소함에서 벗어나고픈 이런저런 욕망들에 불과한 어떤 공간들이 펼쳐져 있을지도. 이 공간들을 보고 싶은 마음은 내게 별로 없다. 용납할 수 없는 이 세계처럼 용납할 수 없는 내 웃음, 내 울음만으로도 내게는 족하다. 나는 웃음과 울음을 통해 짓궂은 장난을 치고 있다. 그리고 현실로 받아들여질 수 없는 것이 나의 짓궂은 장난을 용인해 주면서 또 그 속에서 스스로를 지켜보고 있다. 현실로 받아들여질 수 없는 것은 다음 번에는 스스로를 달리 지켜볼 것이다.

동물적인 생활로 돌아와 나는 침대에 쭉 뻗고 드러누워 있다. 곁에는 붉은 포도주가 담긴 조그만 단지 하나와 잔 두 개. 태양이 무수한 장밋빛 구름 아래로, 이토록 찬연하게 핏빛과 금빛으로 물든 하늘 속으로 잠겨드는 것을 나로서는 이제껏 본 적이 없다. 순결함, 변덕스러움, 그리고 이 같은 일종의 붕괴된 찬란함이 서서히 나를 고취시킨다.

운은 매혹적인 술이나, 운은 말이 없다. 기쁨이 절정에 달할 때 운을 **감지하는** 자는 그만 숨이 끊긴다.

극형에 처해진 자의 다리를 무릎 높이로 자르고 있는 사진 속의 중국 망나니의 모습이 뇌리를 떠나지 않는다. 눈동자는 뒤집히고 머리는 뒤로 젖혀진 채 기둥에 묶여있는 희생자, 그 일그러진 입술 사이로 그는 이를 드러내놓고 있다.[1]

무릎의 살을 파고든 칼날. 그런데 과연 누가 감당해 낼 수 있겠는가? 이처럼 엄청난 공포는 바로 "그 자신이 무엇인지"를, 자신의 벌거벗은 본연을 충실하게 표현하고 있다는 사실을.

---

1 1925년 바타유가 그의 한 친구로부터 받은 이 사진은 1905년 4월 10일 베이징에서 찍은 사진으로서 청조의 형벌 중 중범자에게 가해졌던 인체를 토막내는 형(LengùTch'e)의 장면을 담고 있다. 이 사진은 원래 1913년 카르포Carpeaux의 책《떠나가는 베이징》에 실렸으나 바타유는 이를 모르고 있었다. 그가 이 사진을 처음으로 접하게 된 것은 조르주 뒤마Georges Dumas의 저술《심리학 개론》을 통해서이다. 이 사진은 바타유의《에로스의 눈물》에 실려있다. (옮긴이)

몇 달 전에 있었던 한 뜨거운 체험에 관한 이야기이다. ―밤이 되자 나는 한 숲으로 향했다. 한 시간 정도 걷다가 나는 무겁게 짓누르는 성적 강박에서 벗어나고 싶은 심정에 어두컴컴한 숲길에 몸을 숨겼다. 그러고는 내 내면에서 축복을 부숴버리는 일이―어떤 점에 있어서는―본질적인 문제라고 생각하였다. 나는 머릿속에 "자기보다 더 작은 새의 목을 가르는 어떤 맹금"의 모습을 떠올렸다. 어둠 속에서 나의 상상에 스며든 것은, 나에 대항하여 또 축복에 대항하여 맹금의 분기를 발산하는 높은 나뭇가지들과 검은 나뭇잎 더미였다. 을씨년스러운 새가 나를 덮쳐 내 목을 갈라놓는 것 같았다.

이 같은 감각의 환상은 다른 환상들보다는 설득력이 떨어지는 것이었다. 나는 몸을 흔들어댔다. 아마도 그때 나는 극심한 공포와 의혹을 떨쳐버리고 웃어대기 시작했던 것 같다. 칠흑 같은 어둠 속에서 모든 것이 선명했다. 돌아오는 길에 극도의 피로에도 불구하고 나는 마치 가벼운 그림자인 양 보통 때는 내 발을 삐걱거리게 했던 큰 자갈들 위로 걸어갔다. 그 순간, 나는 아무것도 찾지 않았으나, 하늘이 열렸다. 나는 **보았다**. 일부러 원한 중압감으로 인해, 오로지 그것으로 인해 보지 못하는 것을 나는 **보았다**. 숨 막혔던 하루의 부질없는 동요는 마침내 껍데기를 부숴서 증발시켜 버렸다.

나는 걸었다. 내 앞에서 검은 하늘은 매순간 밝아왔다. 어딘가 저 멀리서 쏟아지는 폭우로부터 휘청거리는 번갯빛이, 소리 없는 번갯빛이, 거대한 번갯빛이 연이어 솟구쳤다. 갑자기, 대낮 같은 허공에 나무들은 드높이 그 침침한 윤곽을 드러냈다. 하지만 하늘의 축제는 태동하는 여명에 비하면 창백한 것이었다. 여명이 정확히 나의 내면에서 태동한 것은 아니다. 사실 나로서는 바람 못지않게 붙잡을 수 없고 또 바람 못지않게 급작스러운 것에 자리매김 할 수가 없다.

여명의 빛이 사방에서 내게 와 닿았다. 나는 이를 확신하였다. 나 자신에 대한 의식이 거의 없는 상태였기에 나는 이 여명 속에 상실되었다. 이 여명 곁에서는, 격렬함도 물렁물렁함에 불과하고, 가장 날카롭게 갈린 면도날도 이 빠진 날에 불과하다. 불필요한 축복이랄까, 원하지도 않았던 축복이랄까, 맨손으로 날을 꽉 쥔 채 기쁨에 겨워 피 흘리는 축복이랄까.

나로서는 최대한 열정적으로, 또 내게 가능한 만큼의 냉혹한 명철함 속에서 내가 마음속 깊이 원했던 것이 있다. **삶이 옷을 벗는 것**. 전쟁 상태로 접어들면서부터 나는 이 책을 쓰고 있다. 내 눈에 다른 모든 것은 공허할 따름이다. 나는 그저 살아가고만 싶을 따름이다. 술, 황홀함, 벌거벗은—당혹해 하는—여인처럼 그렇게 벌거벗은 삶.

내 존재 그 자체인 삶이 내게 밝혀짐에 따라, 그리고 내가 아무것도 숨기지 않고 삶을 살았던 까닭에 또한 삶이 밖에서도 보이는 것이 됨에 따라, 나는 단지 속으로 피 흘리고, 울고, 갈망하는 수밖에 없다.

나의 행복한 웃음, 기쁨에 찬 나의 밤, 그리고 나의 호전적인 짓궂음, 찢긴 채 바람에 실려가는 이 구름은 어쩌면 어떤 기나긴 통곡에 불과할지도. 이 구름 속의 나는 가닿을 수 없는 나체들에 대한 욕망에 버려진 채 얼어붙어 있다.[2]

---

2 여기서 '가닿을 수 없는'이라는 표현은 프랑스어의 단어 'impossible'의 부득이한 번역이다. 우리는 이 단어를 때로는 '불가함', 때로는 '있을 수 없음', 때로는 '용납할 수 없음', 때로는 '어찌할 수 없음' 등으로 문맥에 따라 달리(단지 표현상으로만 달리) 번역한다. 사실 이 단어는 비단 이 글의 이해에 있어 핵심이 되는 단어일 뿐만 아니라 바타유의 사유 전반에 걸쳐 사유의 줄기를 이루고 있는 단어이다. 더욱이 이 단어는 바타유가 1947

내가 탐욕스럽게 힘껏 껴안는 것. 그러다가 더 나아가면 내가 껴안지 않게 되는 것, 이는 불가함과 경이로움이다. 모든 것은 딸꾹질 한 번으로 해소되어 없어진다.

딸꾹질 같은, 삐걱거리는 마룻바닥 같은 전라의(반라의) 창녀들.

황산 증기가 내뿜는 얼음장같이 차가운 그 무엇, 눈이 묵인해 주는 가운데 긴 스타킹 위로 드러내놓고 있는, 아무런 희망이 없는 배. 이는 나체가 지니고 있는 야수적인 면모이자 또 잔인하리만큼 감미로운 면모이다.

불같은 쾌락이 탐욕스럽게 번민을 갈망하는 것만큼 여자의 나체는 탐욕스럽게 남자의 나체를 갈망한다.

파이프 한 개, 하얀 목깃 두 개, 푸른 목깃 한 개, 여성용 검은 모자

년 발표한 또 다른 책의 제명이기도 하다. 그 책에서 그는 이렇게 말하고 있다. "나는 가可함possible은 규정지을 수 있지만, 불가함impossible은 규정지어질 수 없는 것이다." 그 이유는 간단하다. 가함은 힘의 영역이나, 불가함은 힘 너머의 세계이기 때문이다. 만일 모든 것이 힘의 영역, 즉 도전의 영역에 속한다면, 우리는 얼마든지 이렇게 말할 수 있을 것이다. 내게 '불가능'은 없다고. 그리고 자신의 한계에 도전하려는 끊임없는 노력 역시 실로 바람직하다고 하겠다. 하지만 도전의 영역으로 주어진 한계는 애초부터 한계가 아니다. 이는 단지 그렇게 생각하고 있는 것일 뿐. 이는 단지 자신의 가능성을 묻어놓고 있었음을 반증하는 것일 뿐이다. 무엇보다 우리는 언어의 본뜻에 충실해야 한다. 한계는 오직 한계일 뿐이다. 사전에 설정된 한계란 없다. 한계는 시작되는 것이다. 인간의 한계는 인간이 불가함에 봉착할 때 비로소 시작된다. 그리고 인간은 인간의 염원 속에서 불가함에 봉착한다. 평화를 염원하는 자에게 전쟁은 불가함(있을 수 없는 일)이요, 사랑을 염원하는 자에게 사랑은 불가함(가닿을 수 없는 것)이듯이, 인간의 염원은 불가함을 창조하는 실로 진정한 힘이다. 더불어 불가함은 인간에게 (내면의) 항변을 불러일으킨다. 그리고 이 항변에는 두 개의 목소리가 담겨있으니, 하나는 염원이고 또 하나는 애원이다. 바타유의 글은 애원에 가까운 글이나 또 그 애원 속에 염원이 담겨있는 글이다. 왜냐하면, 애원과 염원은 하나이기에. (옮긴이)

네 개—십자가 대신 무덤 위에 놓아두어야 할 형태가 다른 모자 네 개.

뭇 존재들의 나체는 그들의 무덤만큼이나 도발적이다. 나체는 악취를 풍기고, 또 나는 그 악취에 웃는다. 무덤은 발가벗기에 못지않게 불가피하다.

불가함의 먹이가 되라. 이는 사랑하는 존재에게 해야 할 요구 사항이다.

(앞 문장들은 내가 술을 마셨던 탓에 냉철하게 쓰지 못한 글이다.)

내게 문장들이란 가증스럽기만 한 것인데… 내가 단언한 것이든, 내가 동참했던 신념들이든, 모든 것이 가소롭기만 하고 또 아무런 생기가 없다. 나는 다만 침묵일 뿐이다, 우주는 침묵이다.

말의 세계는 가소롭기만 하다. 위협, 격렬함, 그리고 마력적인 힘은 침묵의 권한이다. 깊은 공범 관계는 말로 표현될 수 없다.

주인으로서의 태도를 견지한다는 것은 곧 보고할 대상이 없음을 뜻한다. 내 행동에 대해 해명한다는 것은 혐오스러운 일이다.

침묵 속에 있지 않은 존엄함은 실추된 거나 다름없다.

태동 중인 성품聖品 sainteté은 악을 갈망한다.[3]

---

3 바타유는 이 글의 초고에서 성자에 대해 이렇게 말하고 있다. "성자는 자신 속에서 인간을 발가벗기고자 하는 욕망으로 살아간다." 한편, 바타유는 1950년 '신 없는 신학'의

정의를 말하는 자는 곧 자신이 정의이며, 정의를 말하는 것은 곧 어떤 심판자를, 어떤 아버지를, 어떤 인도자를 추천하는 것이다.

나는 정의를 추천하지는 않는다.

나는 공모의 우정을 제공한다.

축제에, 향락에, 어린애의 즐거움에 빠져든 듯한—그 악마에 홀린 듯한—기분을.

오로지 "존엄한" 존재만이 황홀함을 체험한다. 만일 황홀함이 신의 동의에 의한 것이 아니라면 말이다!

내 체험과 직결된 밝혀짐을 말하자면 이러하다. 즉, 자기 자신의 눈에 밝혀진 자기 자신. 이러한 밝혀짐은 도덕적 제어 장치로는 멈추게 할 수 없는 어떤 음란함, 어떤 가혹함을 상정하는 것이다. 나아가 이는 그냥 음란할 따름이고 그냥 가혹할 따름인 인간에게 주어지는 행복한 우정이 있음을 암시하는 것이다. 벌거벗은 채 자신 앞에 선 인간에게 법은 곧 자기 자신이다.

신 앞에 선 신비주의자는 **신하**의 자세를 취하였다. 반면, 자신 앞에 존재를 위치시키는 자는 **군주**의 자세를 취한다.

성품은 존재가 음란함, 냉혹함, 조소에 은밀히 응할 것을 요구한다.

성자는 음란하고 냉혹하고 조소적인 인간에게 우정, 공모의 웃음

제4권으로《악의 성품》이라는 제명의 글을 준비하기도 하였다. 계획에 그친 이 글 속에서 그는 이 제명에 대한 근거를 이렇게 제시하고 있다. "선은 세계의 기초이나, 악은 세계의 정점이다." (옮긴이)

을 제공한다.

성자의 우정은 배반당하리라는 것을 알면서도 주는 신뢰이다. 이 우정은, 죽게 되리라는 것을, 죽는다는 것에 도취될 수 있으리라는 것을 알고 있는 가운데 인간이 자신에게 주는 우정이다.

VI
완성될 수 없는 것

사유는 우주를 반영한다. 또한 변화가 가장 심한 것이 이 반영이다. 그렇지만 사유는 우주의 실재성을 지닌다. 그리고 크고 작은 부분이란 없는 까닭에, 또 가장 미세한 부분도 전체 못지않은(더하지도 덜하지도 않은) 의미를 지니는 까닭에, "그 무엇으로 있는 것"은 시간에 따라 달라진다. 어떤 결집점—(헤겔의 경우) 시간의 끝에, (플라톤의 경우) 시간의 밖에 위치하는 결집점—에 대한 생각을 품는다는 것은 분명 정신의 요구이다.[1] 정신의 요구는 실질적인 것이다. 왜냐하면 정신의 요구는 곧 어떤 의미의 조건이기 때문이다. 어떤 의미 너머에서, 어떤 의미 없이 사유는 아무것도 품을 수 없다. 하지만 정신의 요구는 변화하는 것이다. 그렇다면 이 변화하는 전망들을 부동의 객관적 실재성과도 상치되는 주관적 실재성에 국한시켜야 할 이유

---

1 첫 장의 마지막 절 '완성될 수 없는 것'은 1940년 1월부터 3월 사이에 쓰여진 일기를 토대로 하고 있다. 그런데 여기서부터 바타유의 일기는 글이 쓰여진 날들을 그다지 분명히 명기하고 있지 않은바 이 번역에서도 더 이상 이 날들을 회생시키지 않고자 한다. 다만 그의 일기는 이 첫 대목이 1940년 1월 1일 쓰여진 것임을 알려주고 있다. 새해 첫 날 그는 혼돈의 세계 어느 한 구석에서 미완의 문제를 생각하고 있다. 신의 실체라는 이름의 완성의 표상에 역행하여, 또 철학적으로 제시된 뭇 형태의 완성에 역행하여. 여기서 바타유는 헤겔의 절대정신과 플라톤의 이데아를 염두에 두고 있는 것 같다. (옮긴이)

가 어디 있겠는가? 세계를 주체와 대상 간의 융해처럼 바라볼 수 있는 가능성은 주어져 있는 것이다. 그리고 이 융해를 통해 주체와 대상뿐만 아니라 양자 사이의 융해까지도 지속적인 변화를 거치게 될 것인즉, 결과적으로 주체와 대상 간에는 여러 형태의 동일성이 있게 되는 것이다. 이는 사유가 필연적으로 실재에 가닿게 됨을 뜻하지는 않는다—하지만 어쩌면 사유는 실재에 가닿고 있는지도? 이는 바로 오로지 조각들만이 고려될 수 있음을 뜻한다. 어쩌면 실재는 일체성을 지니지 않는 것일지도, 또 어쩌면 실재는 연계적인 또는 공존하는 (서로 간에 어떠한 고정된 경계도 없는) 조각들로 이루어져 있는 것일지도.

인간의 항구적인 오류는 완성될 수 없는 것으로서의 실재의 특성을, 나아가 진실의 특성을 반영하고 있는 것일 게다. 만일 인식 대상이 본연적으로 완성될 수 없는 것이라면, 그 대상에 부응하는 인식은 사방으로 성장해 나갈 것이다. 또 전반적 차원에서 인식은 파괴와 건설이 동시에 행해지는 건축, 겨우 어느 정도 체계가 잡혀있을 뿐 전체적 일관성은 결여된 어떤 거대한 건축이라 할 수 있을 것이다. 문제를 이런 식으로 조망해 보면 인간으로 존재한다는 것도 즐거운 일이다. 만일 이런 식이 아니라면 우리들의 둔감한 정신과 어리석음의 원인으로 작용하는 어떤 부족함을 생각한다는 것 자체가 미친 짓이 아니겠는가? 적어도 신—완성된 존재—이 마치 진정으로 위대하지 않아서 그 극미한 부족함을 채워줄 수 있는 것에 대한 욕망에 사로잡혀 있기라도 하듯 미완으로 남아있는 것에 대한 욕망에 사로잡혀 있지 않은 이상 말이다! (신에게 **위대함**은 있을 수 없는 것일 게다. 왜냐하면 차이나 비교는 신에게 있을 수 없는 것이기에.)

이렇듯 인간과 인간의 오류 그 자체는, 완벽하지도 않지만 그렇다고 변형시키지도 않는 어떤 거울을 보여주고 있다 하겠다. 말하자면, 우리는 자연을 비추는 거울이며, 자연은 이 거울 속에 비친 하나의 조각에 불과하다.

이 제언은 성립될 수 없다(결정적인 질문들에는 어느 누구도 답할 수 없다). 질문들—답의 부재—은 우리들의 몫이기도 한 실재의 일부에게 주어질 수밖에 없는 것이다. 그런데 만일 내가 부분들을 종속시킬 수 있는 그 어떤 보편적인 것도(부분들을 부분 그 이상의 것에 속하게끔 하는 그 어떤 보편적인 것도) 없음을 인정한다면? 질문들—답의 부재—은 여러 가능성들 속에 어떤 식으로든 자리 잡고 있는 한계이다.

이 제언들과 이 전제들은 성립되지도 또 결코 성립될 수도 없다. 여타 가능성들을 배제시키는 어떤 필연성에 근거하지 않는 이상 아무것도 성립될 수 없을 것이다. 이 제언들과 전제들은, 기반 구축이 끝나고 나서 한참 후에 폐허가 될 대로 된 시점에서 말하고 있는 그런 부류의 인간에게나 해당하는 어떤 찌꺼기 더미만을 형성할 따름이다.[2]

---

2 여기서 말하는 '이 제언들', '이 전제들'은 어떤 특정한 문장들을 지칭하는 것이 아니라 실은 바타유의 모든 문장을 지칭한다. 이 표현은 문장 본래의 의미를 말하는 것으로서 바타유는 자신의 글이 문장 본래의 의미를 저버리지 않음을 말하고 있다. 우리가 '제언'이라고 번역하고 있는 프랑스어 단어는 'proposition'이다. 일반적으로 이 단어는 '제안'을 의미하며 또한 프랑스어에서는 '문장'이라는 의미로 사용되고 있다. 문장이란 곧 제안하는 것이다. 즉 문장은 그 자체가 전제에 불과하거나 아니면 기껏해야 제언에 불과한 것이다. 왜냐하면 문장은 실재를 말하기 때문이다. 문장은 실재의 반영일 뿐 실재는 아니다. 그러기에 문장은 결코 필연적일 수 없다. 하나의 문장은 얼마든지 다른 문장들로 대체 가능한 것이다. 문장은 "건설과 파괴가 동시에 행해지는" 현장이다. 여기에 문장의 슬

"2 더하기 2는 4." 이를 달리 생각하기는 여의치 않다. 이는 그 여하한 실재적인 것에도, 그 여하한 가능한 것에도 적용되는 진실이 아니겠는가! 그러기를 바라는 경우라면 그럴 수밖에… 공허한 광막함 속에서 찾아낼 수 있는 것이라곤 오직 이 자명한 공식뿐, 그 역시도 공허한 이 공식뿐.

만일 누군가가 이 공허한 단 하나뿐인 확신을 어떤 고집스러운 권위의 주춧돌로 삼으면서 그 위에 자신을 건립하고자 한다면, 어찌 내가 "2 더하기 2는 5"라는 발상보다도 이 사람을 더 비웃지 않고 배겨낼 수 있겠는가? 내가 내심 "왜 2 더하기 2는 5가 아니겠어?"라고 능청을 떨 때면, 실은 내게 이에 대한 생각은 아무것도 없다. 왜냐하면 그 순간 모든 것이 내게서 달아나 버리기 때문이다. 하지만 **모든 대상이 내 내면에서 달아나 버림에 따라** 나는, "2 더하기 2는 4"에 영원한 진실이 있다고 여김으로써 사물의 비밀에 가닿고 있다고 생각했던 때 못지않게 인식의 위협하에 놓인 것에 가까이 다가간다.

글을 쓰고 있는데 무당벌레 한 마리가 전등불 아래에서 날아다니다 내 손등에 앉는다. 나는 벌레를 집어 들어 종잇장 위에 올려놓는다. 예전에 나는 이 종이 위에 헤겔이 제시한, 극에서 극으로—*Allgemeinheit*에서 *Einzelheit*로[3]—나아가는 여러 형태들에 대한 도식을 옮겨 적어 놓았었다. 무당벌레는, *allgemeines Geist*에서부터 *Volk*, *Staat*, *Weltgeschichte*를 거쳐[4] *sinnliches Bewusstsein*(*Einzelheit*)까지 단계별로 제시된 *Geist*의 항목에서 멈추었다.[5] 다시 갈피를 못 잡고 걸

픔이 있다. 그리고 문장의 슬픔 속에는 실재를 향한 문장의 염원이 담겨있다. (옮긴이)

음질 치던 무당벌레는 이번에는 자신의 영역인 *Leben*[6]의 항목으로 쓸려 내려오나 싶더니 이윽고 중앙에 위치한 항목, 단지 자신의 이름에만 관계될 뿐인 항목 "불행한 의식"에 이르렀다.[7]

작고 예쁜 벌레가 내게 수모를 안겨준다. 이 벌레 앞에서 나의 의식은 행복하지 못하다. 요컨대, 나와 같은 사람들의 불행이 불러일으키는 불편한 마음을 떨쳐버리는 것도 여간 어렵지가 않다. 가식적 지식인들에 의해 착취된 불행. 이 불행에 동참하다 보니 나도 그런 지식인이 되어버린 느낌이다.

숯쟁이 장수에게 비누가 필요한 만큼 불행한 철학자에게는 술이 필요하다. 그런데 모든 숯쟁이 장수들은 시커멓고, 철학자들은 술을

3 보편성에서 개별성으로. (원주)

4 세계정신에서부터 국민, 국가, 세계 역사를 거쳐. (원주)

5 감각적 의식(개별성), 정신. (원주)

6 삶. (원주)

7 프랑스에서 무당벌레는 또 다른 친근한 이름으로 '연민의 신이 내린 벌레'라 불린다. 바타유의 일기는 다음의 말을 덧붙이고 있다. "'연민의 신이 내린 벌레'라는 이름 속에는 '의식의 불행'이 언어에 가중시키는 모든 것이 담겨있다." '의식의 불행'은 다름 아닌 회의를 뜻한다. '불행한 의식'은 헤겔이 그의 《정신현상학》에서 지적하고 있는 것처럼 모순에 빠져 모순에 시달리는 의식이다. 자신에 대한 회의, 신에 대한 회의, 역사에 대한 회의가 말하듯, 모순에 의해 양분된 의식은 항상 갈림길에 놓여있다. 헤겔이 유대교에서 보고 있듯이, 신에 대한 믿음과 신에 대한 부정 그 갈림길처럼. 회의는 단순한 의구심의 표현이 아니다. 회의는 내면의 모순에 따른 갈등을 내포한다. 즉 회의는, 상반된 것 사이에서 그 어느 쪽으로도 향하지 못한 채 양자 사이를 오락가락하는 데 빚어지는 내면의 갈등을 뜻한다. 그러기에 회의에 따른, 내면의 모순과 내면의 갈등에 따른 '불행한 의식' 속에는 바로 인간의 한 목소리가 담겨있으니, 그것은 다름 아닌 불행의 목소리, 즉 신음이다. '불행한 의식'은 항상 신음소리를 들려준다. 그리고 신음은 '불행한 의식'의 소유자, 특히 지식인들의 입에서 흘러나오는 가식적 고통 소리이다. 바타유는 신음하지 않는다. (옮긴이)

절제한다.

결론적으로는? 나는 내 사유에 술 한 잔을 권하고는 햇볕 가득한 의식으로 복귀한다!

내 사유의 흐름은 철학적 불행이라기보다는 사유의—틀림없는—도산에 대한 다행스런 공포이다. 내가 술을 필요로 하는 것은 다른 사람들의 먼지로 더럽혀지기 위함이다.

로트레아몽이나 랭보 앞에서 겸허해하는 것은 불행한 의식의 새로운 형태일 뿐이다. 이 새로운 형태는 그것을 지켜주는 충성스런 근위병들 같은 가식적 지식인들을 거느리고 있다.

전부터 알고 있었던 한 힌두교 승려가 쓴 "한담" 두 편을 읽어보았다. 나는 그를 한 시간 정도 대면한 적이 있다. 장밋빛 승려복을 걸치고 있는 그의 자태에서 우러나오는 우아함, 아름다움, 그리고 그의 웃음에 깃든 부러운 생동력이 내 마음에 들었다. 그런데 서구인들의 도덕에 부합하는 이 문학에 그만 나는 낙담하고 말았다.

나는 다음의 말을 힘껏 강조하고 또 분명히 주지시키고자 한다. 즉, 사람들이 고립 속에서 자신을 고찰하는 곳에 진실이란 없다. 진실은 대화, 함께한 웃음, 우정, 에로티시즘과 더불어 시작되며 또 그 자체가 **한 존재에게서 다른 존재로 옮겨감**으로써만 생겨나는 것이다. 나는 고립에 연연하는 존재의 모습을 싫어한다. 나는, 자신 속에 세계를 비춘다고 자처하는 외톨이 인간을 비웃는다. 그는 자신 속에 세계를 비출 수 없다. 왜냐하면 그는 자신이 곧 성찰의 중심인 까닭에

중심을 갖지 않는 것에 부응하지 못한다. 내 생각으로, 세계는 고립되고 폐쇄적인 그 어떤 존재와도 상이한 것으로서 바로 우리가 웃을 때 또 우리가 사랑할 때 **한 사람에게서 다른 사람에게로 옮겨가는 것**과 닮은 그런 것인 듯하다. 이 옮겨가는 것을 생각할 때면 광막함이 내게 열리고, 나는 그 광막함 속에서 상실된다.

그럴 때면 나 자신은 전혀 중요치 않다. 더불어 **상호적으로**, 어떤 존재가 나와 아무런 공통점이 없다는 것 역시 전혀 중요치 않다.

나는 신을 믿지 않는다. 나 자신을 믿지 않는 탓에.

신을 믿는다 함은 곧 스스로를 믿는다 함이다. 신은 자아를 보장해주는 것에 불과하다. 만일 우리가 **자아**를 절대에 바치지 않았다면, 우리는 자아를 비웃을 것이다.

만일 내가 나의 삶을 살아가야 할 삶, 잃어버려야 할 삶, 즉 삶 그 자체에게 바친다면(신비체험에게라고는 말하고 싶지 않다), 나는 상처입고 찢겨지고 **희생된** 상태에서만 내가 의미를 지니게 되는 그 세계에, 또 마찬가지로 신성神性 역시 찢겨짐, 죽음, 희생에 불과한 그 세계에 눈을 뜨게 될 것이다.

내가 들은 바에 의하면, 전기 불꽃을 일으키려면 한 극이 다른 극에 필요한 것 못지않게 명상의 수련자에게는 신이 필요하다고 한다. 또 황홀함이 분출하기 위해서는 어떤 대상이 있어야 한다는 것이다. 이유인즉, 그 대상은 설령 점點에 불과한 것으로 축소된다 할지라도 가슴을 찢어놓는 힘을 지니고 있는 것이기에 때로는 그것의 이름을 불러주는 것이 기분을 좋게 하거나 편하게 하기 때문이라 한다. 그런데 거기에는 위험이 따른다고 한다. 이를테면, 신의 이름으로 명명된 한계(무거움)가 황홀함의 섬광보다도 우선시된다는 것이다. 사실, 내 앞에 있는 대상 또는 점은, 즉 황홀함을 유도하는 대상 또는 점은 다름 아닌 다른 사람들이 신을 말하는 가운데 목격했던 것, 묘사했던 것 바로 그것이다. 명료하게 말로 옮겨지는 것은 우리를 안심시킨다. 뭇 존재들 및 자연의 원리로서 작용하는 어떤 불변의 자아를 규정짓는다는 것은 명상의 대상을 명료한 것으로 만들어버리고자 하는 유혹을 낳는다. 이 같은 규정은 그 무엇으로서의 우리들 자신을 무한과 영혼 속으로 투입시킨다. 개인적 존재에 대한 생각은 황홀함을 유도하는 대상에게 위치를 부여하는 결과를 낳는다(대상의 위치는 황홀함 속에서 분명히 찾을 수도 있는 것이다). 그렇지만 대상의 위치란 어쨌든 증오스러운 한계이다. 황홀함의 불꽃이 튈 때면 이에 필요한 양극, 즉 주체와 대상은 필시 소진되어 없어질 수밖에 없는 것이다. 이것이 의미하는 바는 이러하다. 즉, 주체가 명상 속에서 상실되는 순간, 대상—신 또는 하느님—은 곧 빈사 상태의 제물에 다름 아니라는 점이다. (만일 그렇지 않다면, 일상적 삶의 상황—유용한 대상에 얽매인 주체—은 유용성을 규칙으로 삼는 행동에 내포된 예속성을 그대로 유지하게 될 것이다.)

나는 대상으로 신을 택하기보다는 인간을 택하였다. 극형에 처해져 (무릎 뼈에 칼날이 박힌 채) 온몸에서 피를 줄줄 흘리고 있는 사진에서 본 젊은 중국 죄수를. 공포와 우정의 끈은 나를 이 불행한 자에게 묶었다. 그러나 내가 **일치에 이르기까지** 그의 모습을 바라보았을 때, 그의 모습은 나 혼자만의 나로 존재해야 할 필요성을 내게서 없애버렸다. 동시에 내가 택했던 대상도 광막함 속에 해체되어 고통의 폭풍 속으로 상실되어 버렸다.

인간은 누구나 우주와는 무관하다. 인간은 제각기 물건, 식사, 신문 등에 자신을 귀속시킴에 따라 각자의 **개별성** 속에 갇혀 그 밖의 모든 것에 대해서는 무지한 상태에 빠진다. 각자의 삶을 **그 밖의 모든 것**과 맺어주는 것은 죽음이다. 죽음을 직시하는 자라면 누구나 더 이상 자기 방이나 주위 사람들에게 자신을 귀속시키지 않는다. 그는 다채롭게 펼쳐지는 하늘의 자유로운 놀이를 향해 나아간다.

이를 보다 잘 이해하기 위해, 물리에서 대립 체계를 이루고 있는 파동과 입자에 대해 고찰해 보도록 하자. 파동 체계는 파波(빛, 공기의 진동, 파도 등)에 의한 현상들을 가리키며, 입자 체계는 원자나 분자를 가장 단순한 복합체로 하고 있는 여러 입자들—중성자, 양자, 전자—의 세계를 형성한다. 사랑과 광파光波 간에, 혹은 개인적 존재들과 입자들 간에 어떤 관계를 설정하는 것은 아마도 자의적이며 억지일 것이다. 그러나 물리가 제기하는 문제는 삶의 두 가지 모습, 하나는 종교적이거나 에로스 지향적인 모습(열림), 또 하나는 세속적이거나 물질 지향적인 모습(닫힘), 이 둘이 어떻게 대립되는가를 이해하는 데 도움을 준다. 사랑은 고립된 존재에 대한 너무나 철저한 부정이어서 우리는 어떤 곤충이 불사름을 추구해 스스로를 불살라 죽는 것을 당연한 것으로, 나아가 어떤 의미에서는 경이로운 것으로까지 생각한다. 그럼에도 우리는 이러한 지나침에 대한 보상을 상호 소유에 대한 의지 속에서 찾아내려 한다. 이 같은 보상의 필요성은 에로티시즘의 정열을 변질시킬 뿐만 아니라 다시금 신자와 어둠 속에 현존하는 신 간에 상호 귀속 관계를 설정케 하는 것이다(신자가 신의 소유물이듯 신은 신자의 소유물로 되어버린다). 여하한 필요성도 그에 따른 결과를 빚어내기 마련이다. 하지만 결과를 알고 있다고 해서 내가 꼭 단념해야 하는 것은 아니다. 내가 앞서 언급한, 그 외치며 폐부를 파고드는 "점"은 (비록 죽음과 다름없는 것이라 할지라도— 아니

바로 죽음과 다름없는 것이기에) 삶을 완전히 빛으로 태워버리매, 꿈이나 욕망의 대상은 이렇듯 일단 적나라하게 드러난 이상 이 점과 분간할 수 없게 되면서 생동하는 생물처럼, 타오르는 불꽃처럼 강한 현존성을 갖기에 이른다. 인격의 신은, 비록 그렇다고 주장하는 것에 불과한 "현현"이라 할지라도 그 "현현"의 순간부터는 사랑받는 존재 못지않게, 또는 자신의 나체를 포옹토록 헌납하는 여인 못지않게 그다지 어렵게 굴지 않는다. 상처뿐인 신은, 쾌락에 기꺼이 응하는 아내는 황홀함의 귀착점인 "외침"을 "옮겨 적는 것"에 다름 아니다. "옮겨 적기"는 용이한 일이며 더욱이 불가피한 일이기도 하다. 왜냐하면 우리는 대상을 우리 앞에 고정시킬 필요가 있기 때문이다. 그렇지만 "외침" 속에서 대상에 가닿는 순간 나는 대상이라는 이름에 부응하는 것을 파괴해 버렸음을 알게 된다. 그리고, 더 이상 그 어떤 것도 나를 나의 죽음과 분리시킬 수 없는 것처럼(나의 죽음을 부르는 이 걷잡을 수 없는 쾌락을 만끽하는 순간 나는 나의 죽음을 사랑한다), 나는 찢김과 소멸을 알리는 신호를 나의 사랑하고픈 마음에 응하는 형상들과 다시 맺어주어야 한다.

운명의 길에서 사람들이 마주친 것은 연민의 정, 도덕, 그리고 가장 상반된 입장들, 나아가 고뇌, 또 심지어 빈번하게는 공포. 그러나 우정에는 거의 접하지 못했으니. 니체까지도…

글을 쓴다는 것은 붙잡을 수 없는 실재와 함께 노는 놀이일 뿐이다. 그렇기에 어느 누구도 할 수 없었던 것을, 즉 우주를 만족스러운 문장들 속에 가두는 일을 내가 하려고 들었던 것은 아닐까 적이 걱정되기도 한다. 나는 **살아가는 사람들**—이 세상이 주는 갖가지 쾌락에 행복해하는 사람들과 불경한 사람들—도 그들과는 가장 거리가 먼 것처럼 보일 수도 있는 정신적 열광(이제까지는 혐오스러운 금욕주의가 홀로 독차지하려고 들었던 정신적 열광)에 가닿을 수 있게끔 하고 싶었다. 만일 아무도 쾌락(혹은 환희)을 추구하지 않는다면, 또 만일 오직 평온(만족)과 균형만이 중요시된다면, 내가 가져온 선물은 아마도 헛된 것일 게다. 이 선물은 다름 아닌 황홀함인즉, 이것은 바로 벼락이 놀이하는 것이려니…

요즘 들어 계속 잠이 시끌시끌하다. 극심한 피곤만큼이나 꾸는 꿈들까지도 나를 짓누르고 격렬하기만 한데…

그제 나는 에트나 화산처럼 생겼으나 펼쳐져 있는 모습이 오히려 사하라 사막 같은 한 거대한 화산 기슭에 있었다. 그 화산의 용암은 짙은 빛깔의 모래로 되어있었다. 내가 분화구 가까이 이르렀을 때는 밤이라 할 수도 낮이라 할 수도 없는 어두컴컴한 미정의 시점이었다. 분화구의 윤곽이 눈에 대충 선명하게 들어오기도 전에 나는 화산이 활동 중임을 알았다. 내가 멈춰있던 곳(나는 정상에 거의 다다랐다고 생각했다)보다 훨씬 위로는, 모래밭과 같은 색깔과 안정성을 지녔으나 매끈하고 깎아지른 거대한 암벽이 솟아있었다. 장차의 대재앙을 예시하듯 불덩이가 어둠 속에서 암벽을 타고 서서히 흘러내리고 있었다. 나는 돌아섰다. 그러자 낮게 깔려 기어가는 긴 줄기의 화산 연기로 얼룩무늬를 띠고 있는 사막 같은 풍경이 눈에 들어왔다. 나는 피할 길 없는 위험에 처해있고 또 이제는 끝장이라는 생각에 산등성이를 허겁지겁 달려 내려오기 시작했다. 극도의 공포가 느껴졌다. 이에 나는 장난을 치고 싶었지만, 장난질은 도리어 공포감만 더했다. 화산 연기를 가로질러 재빨리 산 아래에 당도했다. 그러나 출구가 있으리라 기대했던 곳은 사방이 기어올라야 할 비탈로 둘러싸여 있었다. 나는, 갈라진 내부 벽면의 틈 사이로 곳곳에서 묵중한 화산 연기가 기다란 흰 줄기를 이루며 솟아오르고 있는 불규칙한 깔때기 꼴 분화구 밑바닥에 처해있었다. 죽음에 대한 확신이 나를 억눌렀으나 나는 갈수록 힘든 길을 계속 따라갔다. 그러자 어느 동굴 입구에 이르렀다. 환상적인 동굴의 바위는 나비 날개처럼 기하학적으로 배열된 노랑, 검정, 파랑의 원색의 빛을 발하고 있었다. 나는 이 피신처 안으로 들어갔다. 그 안은 건축의 아름다움과 기하학적 조화가 입구 못지않은 하나의 거대한 방이었다. 그 안에는 몇 명의 인물들이 있었으나, 그들은 어떤 궁륭형 출입문을 장식하는 조상들만큼 주위로부터 선명하게 부각되고 있지는 않았다. 그들의 거대한 체구와 초연한 자태는 무서움을 자아냈다. 이제껏 나는 이보다 더 완벽한 존재들을, 이보다 더 강력한 존재들을, 이보다 더 명석한 조소를 머금고 있는 존재들을 눈으로 본 적도, 상상해 본 적도 없었다. 그들 중 한 명은, 위엄 있게 그리고 얼음장같이 차갑게 축조된 형체 속에서 내 앞에 우뚝 솟아있었다. 그 형체는 앉은 자세를 취하고 있었으나, 그 자세는 마치 맑고 정화된 어떤 웃음의 파문이, 폭풍의 격랑만큼이나 경계지어 있지 않고 또 그처럼 격렬한 이 파문이 곧 이 형체를 구성하는 여러 형상들의 질서 체계이기라도 하듯 가볍기 그지없는 것이었다. 자신이 발산하는 달빛 같은 내면의 빛에 흠뻑 취해있는 이 석조의 인물 앞에서, 나는 그에게 생명력을 불어넣고 있는 그 치명적인 유쾌함을 나도 나눠 가질 수 있으리라는 확신과 걷잡을 수 없는 절망 사이를 오가고 있었다. 그러던 중 전율이 엄습해 옴과 동시에 내가 찾아낸 것이 있으니, 그것은 바로 **나 자신을 알아볼 수 있는** 힘, 웃을 수 있는 힘이었다. 나는 그 인물에게 말을 건넸다. 혼란한 상태에 있었음에도 불구하고 나는 말하는 데 별 어려움이 없다는 듯 내가 겪은 일을 애써 쉽게 이야기했다. 요컨대, 나는 그와 유사한 존재라는 것을, 또한 그보다 더 먼 곳에서 그리고 더 깊은 어둠 속에서 자취를 드러내면서 나의 극도의 공포와 상상할 수 없는 무모함을 비웃기에 열중인 그의 동족들과도 나는 유사한 존재라는 것을. 그 순간 긴장은 극에 달했고, 나는 잠에서 깨어났다.

이보다 하루인가 이틀 전 나는 막연한 몽상에 빠져있었다. 더 이상 아무것도 기대할 것이 없는 때가, 숨을 다시 들이쉴 수 있을까 생각할 여지조차 없이 나 자신을 소모시켜야 할 때가 내게 오고 있다고. 나는 내가 갈망하던 것에 완전히 사로잡혀 있다 보니, 걷잡을 수 없이 쏟아져 나오는 말과 같은 무언가 주체할 수 없는 기운들에 의해 들어 올려지는 것 같았다. 내가 갈망하던 것은 화산의 그 한층 신비로운 꿈 속에서처럼 늘 죽음이었다. 두려움의 대상이자 욕망의 대상인 죽음—본질적으로는, 꿈속에서만 가닿을 수 있는 그 공허한 위대함과 그 처절한 웃음으로 이루어진 죽음—, 그것은 늘 초월적인 죽음, 완벽한 어둠 속의 어떤 미지의 존재와 맺어주는 권능으로서의 죽음이었다.[8] 영원히 미지로 남을 수밖에 없는 그 미지의 존재는 유혹

8 죽음, 이 소망의 언어. 이는 바타유가 줄곧 우리에게 들려주고 있는 언어이다. 사실, 소망은 비단 이 글의 흐름일 뿐만 아니라 그의 사유 전반의 흐름이다. 마치 그의 삶 자체가 소망의 삶이기라도 하듯 바타유의 사유는 소망의 사유이며, 바타유의 글은 소망의 글이다. 특히 이 글의 제명인 '죄인'이 우리에게 말하는 것은 다름 아닌 소망의 인간. 에로티시즘, 성스러움, 나체, 우정, 소통 등 이 모든 사유의 문제는 바로 소망의 인간이 표현하는 삶의 의지이다. 삶의 의지는 죽음을 전제로 한다. 죽음은, 죽음에 대한 통상적 이해에서처럼 곧 '하늘나라로 오르기', 즉 '… 너머로 오르기', '훌쩍 뛰어 넘어가기', '피안의 세계로 나아가기'를 뜻한다. 죽음은 초월적이다. 본 번역에서의 '초월적 죽음'이라는 표현도 '훌쩍 뛰어 넘어가기'를 뜻하는 프랑스어 'saut'에 대한 번역이다. 이렇듯 인간에게 죽음만큼 초월적인 것은 없다. 더욱이 인간에게 죽음은 유일한 초월의 길이다. 에로티시즘, 성스러움, 나체, 우정, 소통 등으로 표현되는 삶의 의지는 개별적 존재를 넘어서려는 초월의 의지이다. 죽음, 이 소망의 언어는 바로 초월의 의지의 표현이다. 그리고 기독교에서 이 초월의 의지는 신의 아들로서의 부활을 예고하는 한 소망의 인간의 죽음, 그리스도의 죽음으로 제시되고 있기도 하다. 죽음 없는 부활은, 죽음 없는 새로운 탄생은 없다. 그렇기에 소망의 인간은 말한다. 이렇게 니체처럼. "나는 내가 모르는 이의 꿈이

적이며, 영롱하기 이를 데 없는 빛깔들에 비해서도 뒤지지 않는 그의 유혹은 바로 그에 대해 밝혀진 것이라곤 아무것도, 단 한 점의 최소한의 조각도 없다는 데 있다. 왜냐하면, 그 미지의 존재는 인식력을 갖추고 있었던 체계의 철저한 파괴 그 자체이기에.

1939년 9월-1940년 3월.

되고 싶다"라고. (옮긴이)

현시대의 불행

I
피란

노르Nord 지방 전투가 한창인 이때 나는 두 번째 수첩을 시작하고 있다. 무슨 이유들로 내가 이리하고 있는 건지는 잘 모르겠다. 왠지 이리하지 않으면 안 되기 때문인 것 같다. 내 내면에는 온통 격렬하고, 부딪히고, 웅크려 든 것들뿐이다. 모든 것이 저주받고 있다.

5월 9일 밤의 일이다. 내게 부지불식간에 일어난 이 일은 나로서는 전혀 예기치 못한 것이었다. 나는 연거푸 자다 말고 깨어났다. 그러고는, 아마 난생 처음으로 그리했던 것 같다. 나는 베개에 얼굴을 파묻고 중얼거리다가 그만 애처롭게 외쳐댔다. 불쌍히 여기소서!…

아침에 나는 햇볕이 활짝 든 공원에 내려갔다가 철책을 사이에 두고 푸른색의 정원사 앞치마를 두르고 있는, 여기서는 "대장"이라고 부르는 노인네와 마주쳤다. 품위 있는 농부의 말투 같은 차분한 어조로 그는 라디오에서 들었던 독일군의 벨기에와 네덜란드 진군 소식을 상기된 상태에도 불구하고 그저 들었던 대로 내게 전해줬다.

내 머리가 가장 단단한 머리들 중 하나여서인지 나는 낭만주의에 대해 증오심을 갖고 있다. 내 내면의 무질서는 사용되지 않은 힘 때문이다. 나는 X…에게 보낸 편지를 찢어버렸다(아니면 잃어버렸든가). 그 편지에서 나는, 역사의 완성과 더불어 부정성은 그 용도를 잃게 되리라는 생각을 피력했었다.[1] 부정성, 다시 말해—기존의 상태를 기존의 상태로 있지 못하게 하는—행위(이는 헤겔을 가리키고 있다). 용도 없는 부정성은 그것을 생활화하는 자를 파괴시키고 말리라. 요컨대, **희생**은 역사의 완성을 환히 비추리라고, 또 **희생**을 통해 역사의 여명은 밝아오리라.

오늘날의 희생이 "역사 시대" 초기의 그것과 같은 것이라고 할 수

---

1 다시 찾게 된 이 편지 원문은 〈부록〉 맨 앞에 실려 있다(233쪽). (원주)

여기서 바타유가 이미 보낸 편지를 두고 찢어버렸는지 잃어버렸는지 자신의 기억을 더듬고 있는 것은 이 편지를 보내는 과정에서 그가 작성했던 여러 개의 편지 초안이 있기 때문이다. 사실 그는 이 초안들 중 하나를 알렉상드르 코제브Alexandre Kojève에게 보낸다. 당시(1937년) 코제브는 알렉상드르 코이레Alexandre Koyré의 부탁으로 파리의 고등연구원(EPHE, École Pratique des Hautes Études)에서 헤겔 철학 강의를 맡고 있었다. 1902년 모스크바에서 태어난 그는 1917년 10월혁명 이후 그의 부르주아 출신 성분 때문에 대학에 들어갈 수 없게 되자 1920년 독일로 이주해 하이델베르크대학에서 카를 야스퍼스의 강의를 들었다. 그 후 1928년 파리에 정착한 후 1933년부터 1939년 전쟁 발발 직전까지 매주 월요일 헤겔의 《정신현상학》에 관한 세미나 형식의 독서를 맡았었다. 레몽 아롱Raymond Aron, 레몽 크노Raymond Queneau, 자크 라캉Jacques Lacan, 로제 카유와Roger Caillois, 메를로퐁티Merleau-Ponty, 앙드레 브르통André Breton 등이 참석했던 이 독서회에 바타유가 처음으로 참석했던 것은 1934년이었으며, 이때 바타유는 처음으로 헤겔 철학을 접하였다. 그에게 헤겔과의 만남은 사유상으로는 니체와의 만남에 못지않은 것이었다. 하지만 니체와의 만남이 그에게 어떤 우정의 계기로 작용했던 것과는 달리 헤겔과의 만남은 그에게 '무리 없는' 삶과 '무리 없는' 사유의 철학자에 대한 반감을 불러일으킨다. '용도 없는 부정성'은 바로 이 반감의 근거이다. 바타유의 사유를 이해하는 데 가장 어려움을 불러일으키고 있는 이 용어는 이 책의 부록에 실려있는 코제브에게 보낸 편지 속에 보다 구체적으로 언급되어 있다. 그리고 이 용어가 '희생' 문제를 내포하고 있는 것에 대해 그의 일기는 이렇게 덧붙이고 있다. "제물로 바쳐진 동물의 목을 가르는 것은 비단 칼날만이 아니라 칼날에 대한, 칼날에 의해 베어져야 할 필연성에 대한 명철한 의식이다. 헤겔은 이를 모르고 있었다." (옮긴이)

없을 것이다. 우리들은 있을 수 없는 평정을 체험하고 있다. 진실을 아는[2] 성품聖品은 파괴의 필연성을, 비극적 출구의 필연성을 절감한다.

나는 (몇 시간만 거기에 머물 생각으로) 어린 시절에 대한 끔찍한 기억들이, 언젠가는 저주받은 기억들처럼—웃으면서—떨쳐버려야 할 기억들이 나를 붙잡고 있는 고장(내 가족의 고향)으로 향하고 있다.[3] 비극적 종말에 다가선 듯한 기분이다. 이 기분은 나를 때로는 마비시키지만 또 때로는 흥겹게 하는데… 그런데 이를 글로 옮겨야 할 이유라도 있는 것일까? 나는 내 삶의 먼 옛일들이 되살아나 오늘 내게 소중한 것과 서로 부딪치며 서로 뒤섞이는 바로 그날에 이르고 있다(이제는 그 무엇도 내가 제단에 내 피를 뿌릴 정도로 제단의 계단에 발길질하는 것을 막지 못할 것이다).

베일 속으로는, 안개 속에 빛나는 메마름. 시커멓게 타버린 감정들에 대한 의식이랄까, 불길 잡힌 화재들로 만들어진 평화에 대한 의식이랄까. 가장 확실한 힘, 가장 슬픈 침묵. 심장이 더 이상 피 흘리지

---

2 여기서 '진실을 아는' 혹은 '명철한'으로 번역될 수 있는 프랑스어 단어 'lucide'는 'science'의 본래의 성격으로서, science가 science의 내적 어둠을 들여다볼 줄 아는 것을 뜻한다. 즉, science는 자체의 어둠을 들여다볼 줄 아는 빛을 지니기에 science인 것이다. 이 단어가 만일 한국어로 '명철함'으로 번역될 수 있다면, '명철함'은 곧 '스스로의 진실을 알다'를 의미할 것이다. 그렇기에 바타유는 '명철함'은 '냉혹하다'라고 말하고 있다. (옮긴이)

3 프랑스 중앙산맥에 위치한 면 소재지 크기의 농촌 마을 리옴에스몽타뉴Riom-ès-Montagne. 매독에 걸려 눈빛 없는 환자만의 눈으로 허공을 향한 채 요강에 앉아있는 아버지에 대한 어린 시절의 기억들은 1934년 루이 30세라는 필명으로 발간된 바타유의 단문체 이야기 〈꼬마〉의 바탕을 이루고 있다. (옮긴이)

않은 탓에 진실한 것은 더 이상 아무것도 없다.

참혹한 대사건들은 견디내기 힘들다. 하지만 설령 이런 사건들이 시시각각으로 한층 끔찍한 일들을 가져다준다 할지라도, 내게 이런 사건들은 내가 그것들 없이 살기를 바라지 않았을 정도로 받아들이지 않으면 안 되는 것들이다.

자주 나 자신이 꾀죄죄하다는 생각이 든다. 이런저런 상념에 빠져 있다 보니 숨쉬기기 힘들어진다.

내가 아주 좋아했던 H가 죽었다. 그는 혼령(아주 다정다감한 늙은 혼령)처럼 소리 없이 살짝 나타나곤 했다. 나는 그를 자주 만나지는 않았다. 뭇 사건들에 의해 갉아먹힌 사람, 공포에 사로잡혀 있던 사람. 이해될 수 없는 제물이련가![4]

예전에 공포정치의 무대였던 콩코르드 광장을 여러 차례 오갔다. 민중은 모든 권리를 갖는다. 민중은 민중이 지니는 필요성에 부응하지 않는 자들을 제물로 삼기도 하지 않는가! 민중은 민중이 강요하

---

4 '악몽의 시대'에 시달린 모리스 엔Maurice Heine(1884년 파리 태생, 의사이자 출판업자)의 죽음. 앙드레 브르통과 아폴리네르 등 초현실주의자들에 의해 사드Sade 작품이 처음으로 인용된 이래 계속되고 있는 사드에 대한 연구들은 모두 한 세기 이상 독일과 프랑스에 흩어진 채 망각과 금지 속에 묻혀있었던 사드의 작품 원고를 찾아 20여 년 이상의 시간과 재산을 바친 모리스 엔의 정성에 빚지고 있다 하겠다. 그는 1934년 바타유가 그의 친구인 화가 앙드레 마송André Masson과 더불어 초현실주의를 공격하기 위해 창간한 잡지《미노토르Minotaure》에 참여하기도 했다. 한편 바타유는 1937년 12월 어느 날 세찬 눈보라 속에서 모리스 엔의 인도로 사드가 도토리들을 그 위에 뿌려달라고 유언했던 그의 무덤을 찾아간 적도 있었다. (옮긴이)

는 고통들을 몰라도 될 권리마저 갖는다. H가 죽은 것은 당연한 일이며 또 **적나라한** 사실이다.

나 자신이 민중과 다를 바 없으니 "나는 민중을 사랑한다"라고 말하는 것은 나를 아주 우스꽝스런 사람으로 만드는 짓일 게다. 찢겨진 나, 하지만 **부재하는** 나. 나의 고통은 혼란함이 더해가고, 특히 나의 부재가 그러하다. 나로서는, "나는 … 사랑한다"라고 말할 수는 없을 것 같다. 무엇보다도 입을 연다는 것은 짜증스러운 일이다. 침묵만이 나의 고통에 응하는 것일 게다.

글을 쓰면서 타고 가는 기차가 이번 월요일 폭탄 피해를 입은 지방으로 들어서고 있다. 무시해도 될 만한 엉큼한 종기들인지, 페스트의 첫 증후군인지.

정면을 직시하는 용기가 없는 자에게 불행이 따르리라! 쉽게 예상할 수 있었던 일이었지만, 바로 오늘 아침 모든 상황이 급박해졌다![5]

내가 쾌활하게 (차라리 쾌활하게) 받아들이는 것이 있다. 즉, 죽음으로 인도하는 발걸음을 닮지 않은 것은 그 어떤 것도 나는 글로 쓸 수 없다는 것. 또 이 점만이 어떻게 달리 설명될 수 없는 이 상기된 짤막한 글들에게 일관성을 부여하고 있다.

내가 계속해서 쾌활하게 있고 싶을지 잘 모르겠다…

---

5 1940년 5월 15일 네덜란드 항복, 5월 28일 벨기에 항복, 5월 27일부터 6월 4일까지 전개된 뒹케르크Dunkerque 철수 직후 시작된 독일군의 4일간의 대공세에 의한 프랑스군 최후의 저지선이었던 솜Somme 전선의 붕괴, 그리고 시작된 파리 시민들의 피란. (옮긴이)

상처 입은 황소가 죽음을 기다리고 있을 수밖에 없는 투우의 순간을 가리키는 말, **진실의 시간**이라는 이 두 단어를 앞 글머리에 쓰고 싶었다. 죽음에게 속임수를 쓰고 있는 건가? 하지만 어떻게 속임수를 쓰지 않고 배겨낼 수 있겠는가? 속임수를! 요 전날 나는 죽기로 작정했었다. 그러나 고뇌가 가져온 것을 바람이 휩쓸고 가버렸다.

오후에 한동안 "훈장 선생 같은 늙은이"와 왔다 갔다 하며 거닐었다. 나는 그를 이미 화요일에 만났었다. 그때 나는—모든 것이 능선을 따라 있는 시점에서—그와 의견이 거의 대부분 일치하고 있다는 사실에 적이 놀랐었다. 그의 생각으로는, 자율과 소통의 변증법보다 더 명백하고 더한 의미를 지닌 것은 아무것도 없었다. 그는, 다른 어떤 나라도 해낼 수 없고 또 어떠한 패배도 소멸시켜 버리지는 못할 무언가를 내 나라에게서 기대하고 있었다.

그 노인은 지난 6월 5일에도 한동안 내게 말을 건넸다. 그는 논리가 불분명한 험악한 세상에서도 우리에게 불가능한 것만은 아닌 "성자들의 삶"에 대해 말했다. 나는 지금 파리를 떠나는 마당에 이 글을 쓰고 있다. 아침 8시 파리는 시커먼 구름으로 덮여있다. 나는 시내 중심에 있는 한 호텔에 투숙 중이다. 음산한 세상이다. 세상의 종말이다. 일어나는 일들마다 모두 알 수 없는 것들이다. 6층에서 나는—글을 쓰면서, 끔찍한 안개 속을 헤매면서—명상 속으로 잠겨들려고 애쓰고 있다. 공포가 목을 조여온다. 그렇지만 나는 솟아나는 힘에 의해 들어 올려진다. 그 힘은 내 내면에서 한 그루의 나무처럼 가지들을 뻗친다. 사람들은 진절머리가 날 정도로 스스로 고통을 가하기도 하지만 또한 주체할 수 없는 힘이 그들을 사로잡고 있다.

피로가 (나를 무너뜨릴 정도로) 극심한 탓인지, 한없는 재앙이 일어나고 있는 것 같은 느낌이다. 내 개인적으로는 이 재앙에서 벗어나고 있지만—완전히 벗어난 것은 아니지만—죽은 어린애들과 울부짖는 아낙네들 그리고 악착스러운 군중들에 대해 여기저기서 들리는 이야기들은 이 한없는 재앙을 실감케 한다. 투르Tours 시의 야간 대화재, 그리고 방공포가 뿜어대는 포탄들의 빛줄기. 그렇지만, 이따금 도달 불가능한 것으로 비쳐지기도 했던 어떤 오아시스의 근처에 가까워진 기분이다. 가장 어려운 일이 남아있기는 하나, 서서히 걷혀지지 않는 어려움은 없었다(기다림이 욕망을 무력하게 했었다). 조금만 더 힘을! 힘을 조금만 더 내라고? 이 지경에 이른 나는 나 자신을 비웃으며, 또 하늘의 혹독함을 맛보도록 등록된 자처럼 나 자신을 바라본다. 성전의 고요함. 그러나 성전은 재앙의 신들에게 바쳐져 있다.

내가 이 글을 쓰고 있는 순간, 죽음은 그 "훈장 선생 같은 늙은이"에게 다가가고 있다. (그는 두 달 후 죽음을 맞이했다.)

인간의 얼굴에는 우회책과 도피책이 한없이 복잡하게 얽히고설켜 있고, 이러한 복잡함은 모든 것의 기반인 정신 매매에 부응한다. 태양의 단순함만으로 삶을 살려는 생각은 더 이상 찾아볼 수 없다. 그렇지만 우리들 각자의 내면에는 이 단순함이 자리하고 있다. 다만 우리는 **자아**에 대한 탐욕스러운 번민에 종속됨에 따라 이 단순함을 망각한 채 우연의 복잡함으로 향하고 있는 것이다.

인간 조건의 어리석음에 휩싸여 곤욕을 치르고 있는 별을 상상해 보기를! 태양을 "마음씨 좋은 내 아저씨"라고 부른다는 것 자체는 벌써 우주와 인간 간의 차이에 대해 많은 것을 시사하고 있다.[6]

그 어떤 것도 내가 웃는 것을 잊어버리게끔 하지는 못한다. 그러나 사람들은 "태양"을 닮은 데라곤 없다. 사람들의 왜소함에 웃음을 터뜨릴 만한 용기도 내게 남아있지 않다.

어떤 것의 기반이 약해질 때마다 응시의 눈길로 **단순함**을 찾고 또 갈망하는 것은 당연한 일이다.

산 채로 깃털 뽑힌 우리들! 우리들은 깃털을 갖고 있었다! 하지만 날아본 적은 없다.

돈을 주고 빌린 차로 이 도시에서 저 도시로, 혼잡함으로 뒤덮인 처참한 도시들, 괴멸의 광경이 계곡을 따라 펼쳐져 있다. 낮게 깔린 구름, 끝없이 내리는 비.

자동차는 산비탈에 걸려있는 구름을 가로질러 산길로 접어들었다. 안개 속을 빠져나올 때 이따금 나타나는 광경보다 더 슬픈 세상의 광경을 상상하기란 불가능한 일인 것 같다. 삭막하고 적의에 찬

---

6 프랑스 중부 지방으로 피란길에 나선 바타유는 1940년 6월 14일 자 일기 원본에서 이렇게 적고 있다:

"길을 계속 떠나가던 중 드니즈가 내 딸아이에게 자주 불러주던 희가극 노래 한 곡이 떠올랐다.

큰 구름 덩어리에 양 다리를 걸치고
어디로 달려가나요, 마음씨 좋은 내 아저씨?
우리집에 잠깐 들어오셔서
여행의 피로를 풀도록 하세요.

달이 태양에게 이렇게 말을 건네자, 태양은 '갈색머리 여자아이'를 벌써 만난 기억이 떠올랐다." (옮긴이)

폐허가 어떤 광막함에 대한 가눌 길 없는 마음을 불러일으킨다.

만일 구름이 걷혔더라면, 어떤 비할 바 없는 아름다운 풍경이 우리를 매혹시켰을는지도. 마음을 짓누르는 벌거벗은 광경은 찬연한 빛깔들로 꾸며져 있었을는지도. 절반의 천국이라 할 만큼 눈부신 공간이 다양한 원경 속에서 그 기이하고, 무궁무진하고, 가파르게 찢겨나간 자태를 드러냈었을는지도. 하지만 그렇다 해도, 오로지 고원의 적나라함에 따른 고뇌와 삭막한 공간이 자아내는 우수만이 우리를 이 광경 앞에 가쁜 숨을 몰아쉬게 하며 붙잡아 두었을 것이다.

이 피난처 저 피난처를 전전하다 들어가 본 방들은 피란민들, 아녀자들, 아이들로 꽉 차있었다. 가장 빽빽이 사람들이 들어찬 방들 중 한 곳에서는 킁킁대는 돼지 소리 같은 것이 들려왔다. 고통으로 일그러진 창백한 얼굴의 한 꼬마 여자아이가 쥐의 다리를 가진 괴물인 양 소파에 드러누워 이 소리를 내면서 숨을 몰아쉬고 있었다.

A의 생각은, 키르케고르가 욥에게 하나의 권리를, 요컨대 하늘에까지 외칠 권리를 주고 있다는 것이다. 나는 외침을 증오한다. 내가 **원하는** 것은 바로 "측량사"의 요건, 즉 A의 표현을 빌리면, 가可한 것을 불가不可함 속으로 주입시키는 그런 놀이이다. 그런 놀이 속에서는, 어쨌든 말과 언어상의 범주에 의해 해결될 수 있는 것은 아무것도 없다.

이 마을에서의 내 생활이 비록 공허한—이상스럽고 또 무언가 뒤틀린—것이기는 해도, 모든 것에 매몰되고 싶지는 않다.

나 자신에 관대해서일까? 체념해 버린 탓일까? 그렇지만, 어쩔 수 없이 "측량사"라면? 내가 웃고 있는 것 같은데, **나**로 있다는 게 죄?

남으로 있지 않은 게? 죽지 않고 있다는 게? 그렇다고 해두자. 나는 죗값을 치른다. 나는 죗값을 기꺼이 치르련다. 그러니 어찌 내가 웃지 않을 수 있겠는가?

나의 명랑함은—비할 바 없이 강력하게 당겨진—화살이다.

불행은 날로 퍼져나가고 있다. 머지않아, 나를 탄생시킨—나를 이런 존재로 만들어준—세계는 하나의 붕괴된 추억으로만 남게 될 것이다.

고뇌는 키르케고르의 진리이며 특히 (카프카의) "측량사"의 진리이다.[7] 그런데 나 자신은? 만일 내가 웃는다면, 혹은 만일 내가 웃으면서 그 무엇으로 거기에 있는 것을, 한층 멀리 있는 그 무엇을 감지

---

7 잠시 '진리'라는 말에 대해 언급하고자 한다. 여기서 '진리'라는 표현은 프랑스어 단어 'vérité'의 번역이다. 이 단어는 진리, 자명한 이치, 실체, 실상, 참모습, 진실 등으로 다양하게, 즉 혼란스럽게 번역될 수 있다. 이러한 혼란은 비단 번역상의 문제일 뿐만 아니라 프랑스어가 내포하는 혼란이며, 또 이러한 언어상의 혼란은 사유상의 혼란을 반영한다. 흔히들 우리는 생활 속의 자명한 이치를 가리켜 진리라 한다. 이를테면, '얕아도 혼탁한 물은 깊어 보이나 깊어도 맑은 물은 얕아 보인다', '길은 가면서도 묻는 것이다', '콩 심은 데 콩 나고 팥 심은 데 팥 난다' 등. 이것들은 진리를 통해 밝혀지는 앎, 즉 단순한 자명한 이치들일 뿐 단순한 진리는 아니다. 진리가 단순한 것은 바로 진리는 참된 길을 뜻하기 때문이다. 그리고 참된 길은 참으로 가지가지이다. 키르케고르나 카프카에게 고뇌가 참된 길이라면, 바타유에게 고뇌 어린 웃음은 참된 길이다. 고뇌는 진리요, 웃음은 진리이듯, 참된 길로서 에로티시즘은 진리요, 사랑은 진리요, 우정은 진리요, 신 또는 부처의 말씀은 진리요, 또 도덕은 진리이다(특히 노자의 경우). 이렇듯 진리는 실로 가지가지이며, 또 '진리 탐구'는 진리를 탐구 목표로 하지 않는다. 길은 스스로를 목표로 하지 않는다. 그러기에 실은 '진리 탐구'라는 말보다도 부적절한 표현은 없다. 적절한 표현은 '진실 탐구'이다. 즉, 진리를 통한 '진실 탐구'. 왜냐하면, 진실은 참된 길로서의 진리가 인도하는 곳이기 때문이다. 신의 말씀(진리)이 신성(진실)으로 인도하고 부처의 말씀(진리)이 불심(진실)으로 인도하듯, 바타유의 경우 고뇌 어린 웃음(진리)은 '한층 멀리 있는 그 무엇'(진실)으로 인도한다. (옮긴이)

한다면, 나와 교감하려는 이들에게 무슨 할 말이 내게 있겠는가? 고뇌가 그들을 동여매기를!

아주 낮게 내리 깔린 안개 속의 공포에 휩싸여서 마지막 숨을 몰아쉬지 않는 자는, 밝은 빛이 자신에게 당연스레 주어진 것으로 생각하는 어리석은 자가 그러하듯 밝은 빛을 향유한다. 그런 자는 세계 속에 죄인의 범주를 설정하니, 그런 세계 속에서 어찌 그가 순결할 수 있겠는가? 반면, 마지막 숨을 몰아쉬며 빠져든 안개 속의 공포를 망각하지 않는 자는 자신을 도취시키는 그 밝은 빛에 자신을 빚지고 있음을 안다.

나는 존재들의 큰 강물이 통째로 흘러가 버리는 그 지점으로 나아가는 길을 제시했었다. 취기와 고통의 이 강물은 쉬지 않고 영광이라는 대양 속으로 흘러든다. **영광, 결코 어떤 특별한 존재의 소유물이 아닌**.

벌거벗은 산비탈을 마주한 채 "명상"에 빠질 때면 나는, 그 산비탈이 추위와 폭풍우 속에서는 얼마만큼 공포를 자아낼지 상상해 본다. 아마도 산비탈은 서로 싸우는 곤충들처럼 적의에 차있을 게고, 삶보다는 죽음을 더 반길 것 같다.

사랑의 질퍽한 진실은 치맛자락을 걷어 올리는 자에게 열리듯, 공간의 가소로운 진실이 내게 열린다.

그러나 에로티시즘은 과도한 힘의 소모를 요하고… 또한 긴장을 늦추는 즉시 모든 것은 물거품이 되고 만다. 사드마저 간과하고 있었던 것은 바로 악의와 음란성은 계모 같은 자연의 뜻에 의한 것이 아니라 인간 육체의 **성품**聖品—전율—에 의한 것이라는 점이다. 나는 비밀을 쟁취한 이유로 글을 쓰고 있는데… 만일 내가 그만큼 자주 창녀들의 치마를 벗기지 않았더라면, 비밀은 저 멀리 달아나 버렸을 것이다. 그렇지만 더욱 멀리 나아갈 수 있는 힘이 내게 있어야 했다. 내가 부여받고 있는 것은 목구멍 깊숙이 내리치는 벼락이고… 이보다 더 바랄 만한 광채는 없다.

덧붙이자면, **영광**의 문턱에서 나는 밴드가 있는 긴 검정색 스타킹으로 장식한 나체의 모습을 하고 있는 **죽음**을 발견했다. 이보다 더 인간적인 존재에 다가간 이 어디 있겠는가, 이보다 더 무시무시한 지옥의 여신을 감당한 이 어디 있겠는가. 이 지옥의 여신은 내 손을 잡고 나를 나의 지옥으로 인도했다.

내 이마를 재로 덮어버릴까? 사람을 잃은 슬픔은 짙은 안개 속에 실려 산속으로 퍼져나가고… 하지만 나는 죽음과 친숙하다. 내 시선은 먼지더미와 거미가 최후의 진실을 밝히는 곳으로, 움푹 파인 벽구멍 속으로 사라진다. 허물어져 조금만 틈새가 생겨도 덮쳐들 기세로 그 틈을 노리는 순결한 잔인함이라고 할까. 버려지기가 무섭게 파리떼로 뒤덮인 암소의 상처.

지난 9월부터 6월까지, 전쟁이 엄연한 현실임에 따라 전쟁에 대한 나의 의식은 고뇌 그 자체였다. 내가 전쟁 속에서 목격한 것은 일상적이라고 불리는 삶에는 결여되어 있는 것, 말하자면 두려움을 자아내는 것, 공포와 고뇌를 야기하는 것이었다. 나는 내가 전쟁 속에서 목격한 것을 사유의 틀로 삼음으로써 내 사유가 공포 속으로 상실되기를 바랐다. 내 눈에 전쟁은 극형, 지붕에서의 추락, 화산의 폭발과도 하등 다를 바 없는 것으로 비쳐졌다. 나는 싸우기 위해 전쟁을 좋아하는 자들의 취향을 증오한다. 내가 전쟁에 이끌리는 것은 전쟁이 내게 고뇌를 불러일으키는 까닭이다. "전사"들에게 이러한 감정은 무관한 것이다. 그들에게 전쟁은 자신의 필요에 부응하는 활동이다. 그들은 고뇌를 피하고자 앞으로 전진한다. 그들에게 필요한 것은 최대한의 힘을 동원하는 일이다.

그런데, 사창가를 기피하는 어느 기독교인처럼 전쟁의 위험을 기피하는 자들이란! 그런데, 고뇌 속에서 대항할 용기가 없는 자들이란!

척박한 야지野地 위로 내리쬐는 햇볕 속에서 벌레떼 소리가 하늘을 온통 가득 채우고 있다. 나는 아랍식의 광적인 도취 상태를 머릿속에 그려본다. 이사위야 신도들의 고함 소리 같은 대기 중의 보이지 않는 벌레떼의 고함소리. 대기마저도 전율 속에 빠져든다.[8]

저 멀리로는 닳은 산봉우리들, 황량하게 벌거벗은 산봉우리들이 인간의 질서 체계로서는 가닿을 수 없는 계곡들의 어둠을 뚫고 솟아 있다.

붕괴된 지 두 달이 지났다(비시를 거쳐 가고 있는 중이다).[9]

내가 그 무엇보다도 증오하는 것, 그것은 자신들이 바라보는 것을 왜소하게 줄여버리는 그 왜소한 부자들이다. 가련한 창녀들! 그들을

---

8 이사위야 교파Aïssaouahs는 16세기 모로코에서 창설되어 북아프리카에 퍼진 이슬람교 신비주의 교파이다. 그 교도들은 육체적 경련과 전율을 종교적 실천 수단으로 삼았으며, 이러한 상태 속에서 불길을 돌며 춤을 추면서 육체의 무감각한 상태에 이르고자 했다고 한다. (옮긴이)

9 1940년 6월 22일 파리 북부 콩피에뉴Compiègne 숲 속을 지나는 철로 위에 세워둔 기차 안에서—이 무대는 독일이 1918년 11월 11일 제1차 세계대전의 종지부를 찍는 항복 문서에 조인했던 바로 그 무대이다—행해진 프랑스의 항복 조인 이후 1940년 7월 10일 페탱Philippe Pétain 원수를 중심으로 한 비시Vichy 정부의 발족을 말한다. (옮긴이)

보고 있노라면 그만 말문이 막힌다. 아무리 무거운 죽음의 침묵인들 그들의 혀를 동여매기에는 역부족이다. 하지만 재앙은 너무나 커지기만 하고, 기만은 너무나 뻔히 드러나고 있다.

고뇌 속에서. 끝이 보이지 않는 고뇌. 모든 것이 지긋지긋하다. 장애가 너무도 많다 보니 나도 이제 지쳐있다.

고뇌에 반항하는 사람들도 있다. 그들은 웃고 노래한다. 그들은 **순결**하나, 나는 **죄인**이다. 그런데 그들의 눈에 나는 무엇으로 비쳐지고 있는 거지? 조소적이며, 속은 꼬여있고, 불편한 한 **지식인**으로. 그런데 이토록 고지식한 사람으로, 가증스러운 사람으로, 오해나 받는 사람으로 있다는 것을 어떻게 참아내지? 내가 보기에도 놀랄 정도라서 나는 그만 인정해 버리고 만다.

위선자! 글을 쓴다는 것, 진솔하게 알몸으로 있다는 것, 어느 누구도 그리하지 못한다. 나는 그리하지 못할 일을 바라지는 않는다.

격렬하고, 너무나 격렬하기만 한 충동. 제어할 생각은 내게 없다. 그렇다고 내가 나 자신을 아무렇게나 가는 대로 내버려 두는 것도 아니다. 내가 누구인지 모르는 까닭에 나는 그 어떤 것에서도 멈추지 않는다. 내게는 표류물의 과감성이 있다. 매 순간 심장이 열리며 피가 흐르고, 찡그리는 얼굴 밑으로 죽음이 서서히 잠입한다.

기독교인에게 웃음은 곧 자신의 나락을 말한다. 나는 타격도 상처도 모두 감수한다. 눈이 다친 걸까? 아랫배가 다친 걸까? 그럼에도 나는 힘을 원한다. 병이 아니라, 틀림없는 힘을.

"아무 남자와도 잠자리에 드는 마리" 같은 철학의 헤픈 여자… 그리고 어둠의 친구인 그 조소적이며 방정치 못한 어느 "성자"처럼. 개의 (감춰진) 정력.

어찌하면 충분히 강해질 수 있을까? 어찌하면 받아들일 수 있을까? 어찌하면 사랑할 수 있을까?

나무의 위엄(사유상의 위엄이 아니다. 내 생각 속으로 들어온 것은 실오라기 하나 남아있지 않을 때까지 발가벗고 또 발가벗는다), 당치도 않은 부드러움. 술독에 빠진 연인, 웃는 연인, 다정함과 정성으로 가득 찬 연인, 심지어는 반 정신 나간 연인, 그리고 순결함에 있어서는 적나라한 성기에 결코 미치지 못하는 연인, 그러한 연인으로 마치 한 여자와 함께 있는 것처럼 삶과 더불어 있기를.

힘은 비밀을 아는 데 있고, 비밀은 고뇌하는 자에게 밝혀진다. 행복한 웃음을 머금고 있는 아이는 세상 사람들의 불면을 모르기에 황홀함도 고뇌도 모른다. 아이의 순박함은 아이를 격리시키매, 아이는 최악의 것으로부터 보호받는다. 그런데 여기에도 여전히 고뇌가 따른다. 말하자면, 행여라도 아이가 입을 다물어버리면 어떡하나.

좌절, 공허, 이별, 고통은 나를 위해 있는 것. 내가 기대할 수 있는 것은 짐승의 고독이다.

방 안의 벽들을 응시하고 있었더니 내 눈이 뒤집혀져 버렸다.

순간, … **보인다**. 외칠 것만 같다. 마치 나 자신의 힘에 내가 뽑혀나가듯, 웃음이 나오고 숨은 급박해진다. 나는 두려움의 외침을 통해 보고 있다. 더 이상 나는 나의 죽음과 분리되어 있지 않다. 그런데 내가 여태 살아있다고 생각하니, 생존해 있다는 것도, 더 이상 목졸림 당하지 않는다는 것도, **아무것**도 보지 못한다는 것도 곧 나의 나락일진대…

근엄함 속에는, 자기 자신을 대할 때 허용하는 어떤 뻔뻔함과 남과 거리를 두려는 적대적인 비속함이 자리잡고 있다. 자기 방임 속에는, 잘도 속는 멍청이의 친근함—그렇지만 한없이 부드러운 수줍음—이 자리잡고 있다. 내가 꿈꾸는 것은 광채를 발하지 않는 어떤 고행, 남들과는 거리를 두면서 슬픔에 차있기는 하지만 규율에서 벗어난 그런 삶의 색조를 띠고 있는 고행이다. 이러한 고행은 해일로부터 안전치 못할뿐더러 그 어떤 식의 위험한 과도함도 마다하지 않을 것이다.

나 자신에 대한 끊임없는 "소송"에 그만 죽고 싶은 심정이랄까…

일종의 광휘라고 할까, 이 육체의 행복을. 이보다 더 격렬한 행복이 또 어디 있으련가. 나는 담벽의 도마뱀이다! 피로 홍건한, 햇살 가득한 혼돈이다.

운 닿는 대로… 어제 같았으면 나는 고뇌만을 운운했을 것이다. 그런데 오늘 나는 나의 "명철한 무감각함"에 대해 자화자찬하고 있지 않은가—또 당연히 그래야 하고—! 기분이란 본래가 변덕스러운 것이다. 태양이나 빗방울을 그 척도로 삼는 동물적 삶은 언어상의 범주들을 무시한다.

1940년 5월-8월.

II
고독

현시대가 새로운 진실을 밝히는 데 유리하게만 작용하는 것은 아니다. 사람이 갖고 있는 주의력은 미약한 것이다. 내 경우, 몇 가지 덧셈 같은 가장 단순한 어려움에도 내가 사랑하는 것을 한동안 망각하게 된다. 그리고 다른 것들의 경우, 시간은 하염없이 늘어지기만 한다. 반면, 역사적 여건들의 변화는 으레 주의를 온통 사로잡기 마련이다. 나는 자연히 시사時事에 집중하게 되고, 또 그러다 보면 먼 훗날은 시야에서 사라진다. 하지만 먼 훗날이 없으면, 시사는 하찮은 것이다.

변화와 동요는 모욕적인 발언을 조장한다—평화 시는 거의 그렇지 않다. 사람과 사물이 겪게 되는 혼란은 모호한 진실들을 정복하는 좋은 계기이다—정체 상태는 그렇지 않다. 분만은 죽음의 고통을 치루는 어머니에 의해 이루어지고, 우리는 고막을 뚫는 외침의 와중으로부터 태어난다.

멀리서 현 세상을 바라보는 자—어찌 보면 현 세상에서는 죽고 없는 자, **순식간에** 밀려왔다 **순식간에** 밀려가기를 수세기에 걸쳐 반복하고 있는 깊은 물결들에 비추어 현 세상을 바라보는 자—, 그런 자는 어찌할 바를 몰라 물결에 쓸려 온 아무 잔해물이나 움켜잡고 허둥대는 수많은 사람들을 뒤로 한 채 지나가는 새로운 파도를 보고는 웃음을 머금는다. 그는 허약한 연계성과 굳어버린 문장들을 빌려, 뭇 시대의 심층으로부터 솟구치는 물결들이 끊임없이 격렬하게 연속되는 것만을 보고 있을 따름이다. 또 그의 귀에 들려오는 것은 단지 붉게 피로 물든 급물결들이 부딪치며 부서지는 소리일 뿐. 아찔한 하늘과 광막한 운동마저도(그가 알고 있는 것은 **광막함**이라는 말뿐이다) 그는 이 하늘과 운동의 기원과 끝을 모르기 때문에 그의 눈에는 그저 자기 자신에 다름없는 인간의 자연을, 자신의 내면에서 휴식의 욕구를 분쇄하는 인간의 자연을 표상하는 것으로 비칠 따름이다. 그런데 실은, 이 같은 광경은 너무나 엄청난 것이어서 그를 불행으로 후려치고 있는 것이다. 그는 심한 충격 속에서 숨이 막힌다. 그러나, 그는 이 광경을 목격하기 전에는 인간이 아니었다. 그는 외침을 억제할 수 없는 찬미가 어떤 것인 줄 모르고 있었다.

운명에 부딪혔을 때 인간이 처하게 되는 고독의 정도를 알 수 있는 자는 아무도 없다.

모든 것이 적나라하게 드러나는 지점은 무덤 못지않게 인간을 짓누른다. 그 지경에 이르게 되면 인간은 어김없이 **신성한 무력함**에 도취된다. 신성한 무력함은 인간에게 눈물의 아픔을 심어준다.

이제 나는—웃는 마음으로—나와 같은 사람들에게 돌아와 있다. 그러나 그들의 걱정거리는 더 이상 내게 와닿지 않는다. 눈도 멀고 귀도 먼 채 나는 그들 사이에 있다. 나한테서 통용되는 것은 아무것도 없다.

한 인간에게 있어, 사막의 메마름이나 (주위에 있는 모든 것이) 계류된 상태는 자신을 뽑아버리는 데 아주 좋은 여건들이다. 벌거벗음이란 적의에 찬 고독 속에 갇혀있는 자에게 밝혀지는 것이다. 이는 가장 힘든 시련이자 가장 확실한 해방을 가져오는 시련이다. 즉, 자신의 모든 친구들로부터 버림당하기를. 이는 깊은 우정이 바라는 바이다. 자유로운 우정은 친밀한 관계에 연연해하지 않는다. 떠나버린 친구들 또는 떠나버린 **가까운** 독자들 그들 저 너머로 나는 지금 죽은 자가 찾아낼 수 있는 친구들과 독자들을 찾고 있는 중이다. 그리고 나는 벌써 그들을 보고 있다. 충직한 그들을, 헤아릴 수 없이 많은 수의 그들을, 묵묵히 있는 그들을, 하늘의 별들을! 나의 웃음과 나의 광기는 당신들이 있음을 밝히고, 나의 죽음은 당신들과 합류하리라.

만일 나의 내면에서 어떤 전투가 벌어지고 있다면, 이는 파도의 모순이 터져 없어지는 거품 띠로 어느 한 지점에서 존재하기 위함이다. 내가 다른 사람들 사이에서 단절의 지점으로, 또 소통의 지점으로 존재한다는 의식은 나에게 나의 아픔과 나의 성난 욕망을 비웃기를 요구한다. 나는 나의 성난 욕망에 이방인일 수는 없다. 설령 내가 나의 성난 욕망을 비웃는다 해도, 그것은 나의 성난 욕망이려니…

너무나 엄청나게 확산되어 버린 사건들 앞에서는 **결국** 침묵밖에 없다. 내 문장들은 나 자신과는 거리가 먼 것 같다. 그것들에는 **숨결의 끊어짐**이 결여되어 있다. 오늘처럼 나 자신에 대해 확신했던 적도 없지만 오늘 나는 말을 더듬거리고 싶다. 내 사유의 섬광은 나의 내면에서 눈을 멀게 하는 비밀스런 빛의 놀이가 되고 또 그럼으로써만이 나를 완전히 표현한다. 나를… 찢겨지고 있다 보니—눈앞에 있는 모든 것이 흔들거릴 정도로, 먹은 음식이 코로 넘어올 정도로—아픈 사람을 상상해 보기를… 취한 상태로—아무런 신경의 장애 없이 유쾌하게 취한 상태로—있기만 하다면(죽기라도 할 것처럼) 머릿속에서 땅이 뒤집혀진다 해도 견뎌낼 수 있는 사람을 상상해 보기를…

이토록 고통스러운 것은 농담하지 않고는 못 배긴다. 나의 의지는 굳건하고, 내 두 어금니는 튼튼하니… 나는 내면의 소요를 비웃으며 이 사람 저 사람 모두에게 나의 고독을 추천한다. 내면의 소요 없이 어찌 나의 고독을 고독이라 하겠는가?—나의 고독 없이 어찌 내면의 소요를 소요라 하겠는가?

온갖 의지, 갖가지 기다림, 갖가지 규율, 열정의 삶이 견지하는 갖가지 끈들 및 다양한 형태들, 이 모든 것들은 건물이나 국가처럼 너나 할 것 없이 죽음의 위협하에 놓여있고 또 내일이면 사라져 버릴 수 있는 것들이다. 하늘 높은 곳에 있는 신들조차도 언제 죽을지 모를 전사 못지않게 그 높은 곳에서 추락할 위험을 안고 있다. 이 점을 인지하고 또 이 점에 대해 더 이상 의심치 않다 보니 나는 이 때문에 유쾌하게 웃거나 두려움에 휩싸이거나 하지는 않는다. 내 삶은 거의 항상 부재 중이다.

예전보다 한층 멀리 나아가다 보니 지난 밤 나는 한층 명철해진 듯했다. 나는 잠을 이룰 수가 없었다. 그건 괴로운 일이기는 해도 잃은 물건을 찾는 것 그 정도의 일에 불과했다. 우리는 물건을 잃어버리면 괴로워하나, 되찾은 물건은 더 이상 즐겁게 하지도 않는다. 견고하고 확신에 찬 삶이 하루 종일 내게서 떠나지 않았었다. 말을 찾아냈다는 생각이 들기도 했지만 그런 것은 헛된 것처럼 생각되었다. 어이 없을 정도로 단순한 그 말을 제시하기는 어렵지 않은 일이다. 하지만 찾아내려는 생각은 그 자체가 나의 내면에서는 소통과 상치되는 것이다. 그 순간, 권태감이 찾아들고 용기도 없어진다.

어제 나는 대기권의 고도를 알아볼까 하고 사전을 찾아보았다. 우리가 견뎌낼 수 있는 공기의 무게는 자그마치 17톤은 되리라고 한다. 나는 "대기권Atmosphère"이라는 단어 가까이에 있는 한 도시의 이름, **아틀릭스코***Atlixco*라는 멕시코 푸에블로 주 포포카테페틀 화산 아래 위치한 도시의 이름에 눈길을 멈췄다. 이 도시가 아마도 스페인 안달루시아 지방 남부의 도시들과 비슷할 거라 추측하다가 불현듯 나는 이 작은 도시의 모습을 머릿속에 그려보았다. 그 어떤 잊혀짐 속에서—세계의 다른 곳에서는 있는지조차 모르는—이 도시는 그토록 끈질기게 존속하고 있는 것일까? 어쨌든 이 도시는 끈질기게 존속하고 있다. 그곳의 어린 소녀들이, 가난한 여인네들이, 그리고 어쩌면 어질러진 방에서 땀과 눈물로 뒤범벅된 한 소년이… 오, 오늘의 세계여! 통곡에 목은 멜 대로 메고 (폐병 환자처럼) 천연덕스럽게 피를 토하는 세계여! 폴란드 평원에서는? 차라리 아무것도 생각하지 않는 것이. 어느 부상자의 외침! 전쟁의 혼돈보다 더 극심한 혼돈이 자리 잡고 있는 내 고독의 밑바닥에서 나는 아무것도 듣지 못한다. 단말마의 외침마저도 내게는 공허한 것 같다. 나의 고독은 하나의 제국이다. 이 제국을 차지하고자 모두들 싸우고 있다. 이 제국은 잊혀진 별—술과 앎—이다.

어떤 과도한 일을 맡아보면 어떨까? 아니면 일이란 일은 모두 제쳐두는 삶을 살아갈까? 아니면 양쪽 다. 나는 회피하지는 않을 것이다. **나는 승부를 걸 것이다**. 나로서는 회피할 수도 승부를 걸지 않을 수도 없다. 나는 쓰디쓴 맛을 감수함에 따라 승리할 것이다. 다른 사람들이 양식으로 삼는 미끼들을 거부하는 가운데 말이다. 하나의 압박은 다른 압박들로 가중되기를 요하듯, 마침내 나는 뭔가 장악하고 있다는 느낌 속에서 이를 하나의 기정사실로 받아들이고 있다. 나는 확고하고 명철한 통제 그 자체이며, 동시에 결단 그 자체이다. 다른 사람들에게는 더 이상 헤어날 길 없다고 생각될지 모를 그런 지경일지라도 나는 거기에서 멈출 수 없을 정도로 그만큼 나 자신에 대한 확신에 차있다.

1941년.

운

I
죄[1]

내가 만일 죄에 관해 언급하지 않는다면, 이는 본질적 문제를 누락하는 것일 게다. 내가 희생에 관해 거론하는 가운데 실은 죄의 문제를 제기하고 있었음을 누가 몰랐겠는가? 죄, 그것은 곧 희생을 말함이요, 소통은 곧 죄를 말함이다. 흔히들 육신의 죄를 두고 비너스

1 원래 이 〈죄〉는 바타유가 '천사 같은 피에르'라는 필명으로 1937년 발표한 글《마담 에드와르다》의 머리글로 예정되었으나 완성되지 못한 채 초고 상태로 남아있었던 글이다. 그 초고는 현상학자들(키르케고르, 헤겔, 하이데거)에 대한 바타유의 견해를 담고 있다. 이 초고에서 몇 개의 문장을 발췌해 제시하고자 한다. "아마도 나는 하이데거와 야스퍼스의 사유가 이룩해 낸 결과에 그다지 덧붙인 것도 없고 키르케고르의 지평에 머물고 있을지도 모른다. 하지만 나는 그들 위로 '소통'의 날이, 영광의 날이 밝아옴을 보았다. (…) 본질적인 문제, 즉 내밀하기 이를 데 없는 삶과 죽음의 결혼은 현상학자들(키르케고르, 그리고 헤겔)로부터 벗어나 있다. 단지 니체만이 영광과 웃음의 편에 서 있다." 인간에게 죄는 무엇보다도 고뇌를 낳는다. 우리는 죄를 말하는 순간 고뇌를 피할 수 없다. 바타유가 앙리 위베르Henri Hubert와 마르셀 모스Marcel Mauss의 종교사회학 저술에서 인용하고 있는 옛 사람들의 희생 의식은 실은 모두 고뇌의 표현들이라 하겠다. 또한 바타유는 여느 기독교인과 다를 바 없이, 예수의 희생과 더불어 사람들은 고뇌를 짊어지게 되었음을 말하고 있다. 고뇌는 진리이다. 그러기에 고뇌 속에 밝혀지는 것은 제물(신성과의 매개로서의 예수 또는 동물)을 통해 열리는 진실에로의 길일지도 모른다. 바타유가 말하는 니체의 입장, "영광과 웃음의 편에 서있다" 함은 곧 제물의 "영광과 웃음"을 향한 인간의 모습을 뜻한다. 우리에게 한층 친숙한 생활 속의 풍경을 빌려 말하자면, 제물의 "영광과 웃음"은 목이 잘려나간 돼지머리의 "영광과 웃음"이다. (옮긴이)

에게 바친 희생이라고 말한다. 예전에 시인은 이렇게 말했다. "나는 가장 달콤한 희생을 완수했노라"라고. 옛 사람들의 표현을 경시해서는 안 될 것이다. 사랑은 곧 희생이듯, 마찬가지로 희생은 곧 죄이다. 위베르와 모스는 제물의 죽임에 대해 이렇게 말하고 있다. "그것은 범죄의 시작, 일종의 신성모독이다. 따라서 어떤 제례들에 의하면 제물을 처형 장소로 데려가는 동안 신에게 바치는 향연 의식 및 속죄 의식을 치루도록 되어있었다. (…) 또 제물을 죽이는 임무를 맡았던 자는 편형鞭刑에 처해지거나 유배형을 당하는 식으로 처벌되기도 했다. (…) 희생 후 제사장이 치러야 했던 재계는 범죄자의 속죄와 유사한 것이었다"(《희생의 본질과 기능》). 예수를 죽게 하면서 사람들은 속죄될 수 없는 범죄의 멍에를 짊어지게 되었으니, 이는 희생의 정점이다.

〔키르케고르의〕《고뇌론》을 읽는 데 있어.

찢겨짐 속에서 소통을 감지하는 자에게 소통은 곧 죄를 말함이요, 소통은 곧 악을 말함이다. 소통은 기존 질서의 단절이다. 웃음, 성적 쾌감, 희생, 그리고 사람의 애를 찢어놓는 모든 인간적 허물어짐, 이 모두는 하나같이 고뇌의 현상이다. 이러한 현상 속의 인간은 자신을 꼭 껴안고, 조이고, 사로잡는 고뇌에 시달리는 피동체이다. 하지만 고뇌는 바로 뱀이요, 유혹이다.

이에 대한 깊은 이해를 바라는 자에게는 다음의 세 가지 원천이 필요하다. 즉, 아이의 태평스러움, 투우의 힘(투우장에서는 실망스럽기 짝이 없는 힘이긴 하지만), 자신이 취하는 자세의 세세한 면들 하나하나에 집착하는 어떤 조소적인 투우의 취향.

말하건만, 소통은 곧 죄이다. 그런데 오히려 그 반대로 말해야 하지 않겠는가! 오로지 이기주의만이 죄이리라고![2]

최악의 것은 **불량 조명**이다. **포도**에서 흘러나오는 빛을 기피하는 이는 아무도 없다. 더욱 현혹적인 빛이 있으니, 이는 (어디로부터인지 알 수는 없지만) 도처에서 흘러나오다가 어느 한 측면에서 포도의 빛과 일치하는 불확실한 빛이다. 이 불량 조명 속에서 동요된 인간은 합리적 신앙의 먹잇감이다. 자신이 버려진 존재라는 생각은 그에게서 찾아볼 수 없는 것이다. 그는, 우선적으로 자신이 버려진 존재임을 알아야 한다는 것도, 나아가 버려짐을 원해야 한다는 것도, 그리고 급기야는 버림받으려는 의지 그 자체가 되어야 한다는 것도 모르고 있다. 버려짐 속에 가장 열린 소통 수단이 자리하고 있음을 어찌 그가 감지할 수 있겠는가? 게다가 **뭇 진실들**은 언제나 투명하게만 나타나고, 그를 매료시키는 진실의 빛줄기들은 형성되었다가도 또한 해체되어 버리는데… 그는 지치지도 않고 계속해서 진실의 빛줄기들을 조금씩 바꾸어가며 재구성한다. 그런데 만일 가장 현명한 인간이 등장한다면, 그는 그 모든 빛줄기들을 하나로 묶을 것이다. 그렇다면, 그 묶음이 해체될 때 마침내 진실 전체가 흩어져 버리는 것일까? 전혀 그렇지 않다. 요컨대, 지칠 줄 모르는 밤의 인내는 다시 시작된다. 인간은 망각을 통해 자신의 무력함을 떨쳐버린다. 그리고 자신의 무력함이 어떤 오류에서 기인한 경우에는 더욱 그러하다. 그

---

2 이 글의 초고에서 바타유는 이렇게 덧붙이고 있다. "이 격한 망언은 무엇을 뜻하는가?" 뒤이어 그는 예수회 소속 다니엘루Daniélou 신부와의 대화를 싣고 있는데, 이 대화의 요지를 발췌하자면 이러하다. "죄를 그 본질로 하지 않는 '소통'이란 없다. 마찬가지로, 죄는 희생의 본질이다. 그러기에 희생이 신과 인간 사이의 소통의 토대임은 아무도 부정할 수 없다." (옮긴이)

렇기에, 아무도 빛을 진정으로 원하지는 않는다. 헤겔마저도 빛을 원하지 않았다. 지성知性은 **불량 조명**으로 향하면서 어떤 잡히지도 않는 반짝거림을 추구한다. 아무래도 빛은 모든 것을 파괴하지 않겠는가! 빛은 곧 어둠이려니! 이렇다고 쓰고 있는 나 자신에게 있어서도 지성의 작업은 끊이지를 않으니…, 나는 적어도 내가 말하고 있는 것은 알아야 되는 숙명에 처해있다. 아마도 죽기 전에는 나는 밤 속에 상실될 수는 없을 것이다.

인간의 삶이 소통으로 나아가는 조건들에 대한 나의 상기 설명이 진지하게 받아들여지고 있다고 가정한다면, 나는 설명을 **계속해** 나가지 않으면 안 될 것이다. 그러나 아무도 설명을 계속해 나갈 수 없다. 설명 가능한 것은 결국 설명 불가능한 것으로 바뀌고 만다. 우리는 경우적 진실들을 매우 그럼직한 것으로 인정해 버리나, 이러한 그럼직함은 번민의 요인으로 작용할 수 있는 것 중 최악의 것이다. 실은 우리는 우리들 자신을 기술하고 있을 따름이며 또 진실인 듯한 것을 식별해 내고 있을 따름이다. 내가 이 **기술된** 것의 일관성을 이유로 그것에 어느 정도의 객관성을 부여하는 것 역시 불가피한 일이라 하겠다. 하지만 내가 할 수 있었던 것은 기껏 문제의 관점을 달리하는 것에 불과했다. 그렇다고 무슨 바뀐 것이 있겠는가? 인간과 우주의 연계, 즉 주체와 대상의 연계가 순수 주체를 대체한들 무슨 중요성이 있겠는가. 주체이든 연계이든 양자 모두 있기 마련이다. 연계는 있을 수 있는 불량 조명들 중 하나이다.[3]

---

3 바타유의 글의 전개 방식을 말해두도록 하자. 글—사유—의 전개 방식은 실은 어쩔 수 없는 전개 방식이다. 이 방식은 한마디로 순환 방식이다. 구체적으로 이러하다. 이 말부터 시작하도록 하자. "소통은 곧 죄이다." 달리 '설명'하자면, 죄는 소통의 본질이다. 달리 '설명'하자면, 소통은 고뇌 속에서 이루어진다. 달리 '설명'하자면, 고뇌는 악에 대한

애석하게도, 지성은 고통에 민감한 이빨의 감수성을 갖고 있지 않으니… 시름시름 앓고 있는 곧은 나의 몫이다. 하지만 나는 홀로이고…

지성은 그 자체의 변변찮은 처지를 알게 되는 순간 어떻게 그러한 처지에 놓일 수밖에 없는가를 설명 원칙에 입각하여 또다시 설명해야 하리라! 이 마지막 작업을 수행하는 데 있어 지성은 여타 작업들을 수행하는 데 있어서보다 한층 잘 무장되어 있는 것도 아니지만 그렇다고 무장이 덜 되어있는 것도 아니다.

아이가 어머니의 팔에 달라붙듯이, 인간은 어떤 축소된 영역의 내부적 일관성, 혹은 어떤 확실한 예견의 가능성, 혹은 숫자들 간의 상관관계가 갖는 절대성 등 이런 허약한 기둥들에 달라붙는다. 그런데 만일 숫자들의 일관성과 절대성을 가둬버리는 어떤—전혀 다른—초월적 세계가 존재한다면, 이러한 특성들에 무슨 의미가 있겠는

의식인즉, 악에 대한 의식을 바탕으로 하지 않는 소통이란 없다. 달리 '설명'하자면, 악은 소통의 원천이다. 달리 '설명'하자면, 소통의 원천으로서 악은 곧 성품이다… 바타유의 글은 이런 식의 설명들로 이어지고 있다. 개가 제 꼬리를 잡으려고 제자리에서 빙글빙글 돌듯, 이렇듯 모든 설명들이 원점에서 빙글빙글 돌고 있다. 결국 아무것도 설명된 것이 없다. 모든 설명들은 실은 설명 아닌 설명일 따름이다. 우리는 단지 '문제의 관점만을 달리하고 있을 따름이다'. 설명 아닌 설명들로 원점에서 돌고 있는 바타유의 순환적 사유는 인간 지성의 전개 방식이다. 이 모든 설명들은 지성에 의한 것이지만, 궁극적으로 지성은 설명 불가능한 것에 봉착한다. 궁극적으로, "소통은 곧 죄이다" 함은 설명될 수 없는 것이며, "악의 성품" 역시 설명될 수 없는 것이다. 그러기에, 모든 설명—설명 아닌 설명—은 한낱 "불량 조명"에 불과한 것이다. 지성은 단지 "불량 조명"만을 낳을 따름이며, 또 지성은 "불량 조명"에 대한 의식 그 자체이다. 그러하니, 참으로 딱한 것이 인간 지성이요, 이는 인간 지성의 진실이다. (옮긴이)

가? 그리고 이러한 세계가 존재하지 않다든가 이 같은 일관성만이 전부인 경우라면 또 무슨 의미가 있겠는가? 허물어지는 자에게, 일관적·절대적인 것으로 주어지는 것은 고뇌를 키우기만 할 뿐이다. 끊임없는 동요만을, 확신의 부재만을. 그러하니 기둥이 전무하다는 것마저 의심스러울 따름이다. 실재, 가능한 것, 일관성 그리고 일관성 너머로의 세계, 이 모든 것들은 마치 집요한 적이 그러하듯 사방에서 인간을 에워싸고 있다. 평화도 휴전도 생각해 볼 수 없는 전쟁, 승리도 패배도 바랄 수 없는 전쟁… 우리는 결정적 진실을 부르며 평화를 꿈꾼다. 하지만 또다시 전쟁은 거듭된다.

밤 속에서 나는 나에게서 이탈한 나를 보고 있다. 높이 솟은 산, 휘몰아치는 찬 바람. 추위와 바람과 어둠을 막아주는 것이라곤 아무것도 없다. 나는 끝이 보이지 않는 비탈을 기어오르며 휘청거린다. 내 발밑으로는 밑바닥이 있을 것 같지 않은 허공이 열리고. 나는 이 허공이요, 동시에 자신의 충만한 존재를 밤 속에 감추고 있는 봉우리이다. 내 가슴은 일어날 듯 말 듯한 구토처럼 이 밤 속에 숨겨져 있다. 나는 알고 있다. 떠오르는 태양과 더불어 나는 죽으리라는 것을.

조금씩 빛이 하늘의 부재를 잠식해 들어간다. 처음에는 무언가 편치 않은 기운이 엄습해 오는 것처럼. 결국 편치 않은 기운은 구토를 일으키고, 날은 솟아오른다. 나는 알아차린다. 내 가슴은 구토 속에 태양을 숨기고 있음을, 나는 지금 증오하고 있음을. 서서히 태양은 빛 속으로 솟아오른다. 나는 죽어가지만 더 이상 외칠 수 없다. 왜냐하면, 절규에 가까운 나의 외침은 끝없는 침묵이기에.

기독교인들이 알려고 하지 않는 것은 신 앞에서의 그들의 아이 같은 태도, 신 앞에서의 정력의 부재이다. 우리는 신을 부정할 때—오로지 이때만—정력적이다. 한정어에 대한 정의, 즉 신에 대한 정의는 바로 이 점에 토대를 두고 있는 것이지 철학자들의 사변에 토대를 두고 있는 것이 아니다.

라디오에서 들었던 어느 신부의 목소리는 신부에게 허용될 수 있는 유일한 목소리, 겸허한 아이 목소리였다.

통상적으로 받아들이고 있는 것과는 정반대로 언어는 소통이 아니다. 오히려 언어는 소통에 대한 부정이다. 적어도 전화(또는 라디오)에서처럼 부분적 부정이다.

자신의 몸 속에 남자의 성기[4]를 담고 있음에 취해있는 한 아리따운 여자의 나체가 찬양받지 못한다면, 사유상으로 또 도덕상으로 빈한한 것들 일색일 것이다. 이 나체의 영광에서 등을 돌리는 것은 태양에서 눈을 돌리는 것에 다름 아니다.

지적 강인성, 진지함, 버림받음 속에서의 굽힐 줄 모르는 의지. 완전무결한 정력. 선하고 가련하고 유약한 것이라면—어쨌든 지적 삶에서—멀어지게 하기. 창녀가 아름답지 않아도 그만이고, 그녀의 행동이 그녀를 나락으로 몰고 가도 그만이다.

우리가 향락 속에서 오래 견뎌내지 못하고 그저 이런저런 행운선[5]

---

4 1944년판에서, 나는 단어 2개를 점들로 대체해야 했었다. (원주, 1960)

5 손금 중의 하나. 점쟁이 용어. (옮긴이)

이나 만났다가 이내 내팽개쳐지고 또 그때부터는 갖가지 고민거리들로 체험한 쾌락의 대가를 치르게 된다는 사실은 바로 향락이 순수성에 이롭지 않음을 지적하고 있다. 그런데 존재의 순수성이 시간의 흐름 속에서의 조화임을 고려한다면, 조화의 의지는 가식적 부정으로 귀결된다는 점 역시 염두에 두어야 할 것이다. 조화의 의지는 **그 무엇으로 있는 것**을 위장하는 결과를 초래한다.

나는 마치 내가 다른 사람들의 도덕을 책임지고 있는 식으로 다른 사람들을 염려하고 있으니! 한 여자가 최악의 상태로 빠져드는 비탈에 놓여있는데도, 나는 용기도 없을뿐더러 그 여자도 비탈도 떠받치지 못한다!

혹자들의 오만(방만한 주장)은 뒤따르는 사람들까지 호도한다. 인식은 주기적 오류 속에 빠져든다. 나는 일련의 사유상의 변화들을 하나의 연대적 운동으로 생각한다. 일단 오류가 시작되면, 우리는 그 제반 결과를 감당할 수밖에 없고 또한 오만해지지 않을 수 없다. 앎 아닌 앎—밤 속으로의 추락—의 완성된 오류마저도 오만하게 요지부동하기를 요구한다. 설령 그럴 때면 나는 다른 사람들의 오만이 갖는 부당성을 이유 삼아서라도 나 자신의 오만을 부당하게 정당화시켜야 할지라도 말이다.[6]

---

6 앎 '아닌' 앎, 앎은 앎이되 인간의 밤으로 열리는 앎. 신의 이름 그 이름 '아닌' 이름, 이름은 이름이되 인간의 밤으로 열리는 이름. '아님'은 단순히 부정만을, 극복해야 할 대상으로 주어지는 오류만을 의미하지 않는다. 헤겔의 정신 노동이 보여주듯 인식은 오류 의식을 통한 내적 부정 그 이상도 그 이하도 아니매, 인식 주체로서의 인간 정신은 기실 스스로 '아님'을 말할 줄 아는 정신에 다름 아니다. 스스로 '아님'을 말할 줄 아는 정신은 서구에서는 소크라테스 이래 줄곧 제시되어 온 철학적 정신이다. 철학사는 곧 스스로

니체의 원칙(적어도 한번쯤 우리의 웃음을 자아내지 않는 것은 거짓된 것으로 간주하라), 이는 비단 웃음과 관계될 뿐만 아니라 동시에 **황홀함 그 자체인 의식의 상실**과도 관계되는 것이다.

'아님'을 말할 줄 아는 정신의 역사이다. '아님'은 정신에 그림자를 드리우고, 정신은 '아님'의 그림자를 추적한다. 인간의 정신적 오만은 '아님'의 그림자에 대한 추적을 멈추는 순간 시작된다. 철학적 정신은 '아님'의 그림자를 통해 오만한 오류를 견제한다. 다만, 그림자는 그림자일 뿐 밤은 아니다. 앎 '아닌' 앎, 이름 '아닌' 이름, 여기서 '아님'은 밤의 열림—"밤 속으로의 추락"—을 뜻한다. "철학의 헤픈 여자" 바타유에게 이 '아님'은 내적 체험으로 인도한다.《죄인》보다 한 해 앞서 1943년 '신 없는 신학 총서' 제1권으로 발표된《내적 체험》은 "앎 아닌 앎"을 성찰의 줄기로 하고 있다. 그리고 이 "앎 아닌 앎"은 다름 아닌 버림받은 자의 앎이다. 선택받기를 원하는 자들과는 정반대로 버림받은 자, 버림받음을 아는 자—예수—는 이렇게 항변한다, 너무나 인간적으로. "주여, 왜 나를 버리셨나이까!" 응답 없는 물음 속에, 응답 없는 외침 속에, 응답 없는 애원 속에 인간의 밤은 열린다. (옮긴이)

II
놀이의 유혹

고통이 내 성격을 형성했다. 고통은 학교 선생님. 그리고 아이는 손이 시리다.

—고통을 모르면 너는 아무것도 아니야!

나는 폐기물이야!—이 생각에 그만 나는 울음을 터뜨린다. 나는 신음한다. 그러다가 기도라도 해볼까 하지만 막상 그러지는 못한다.

그러던 차, 이빨을 꽉 물었다 놓았다 하고 있으니 졸음이 온다.

이빨은 아프고, 골은 멍하다.

나는 글을 쓴다. 나는 호소한다. 그래서일까, 해방되리라는 희망이 나를 더할 바 없이 고통스럽게 한다.

나라는 존재—일종의 짐승—에 대해 아무것도 모른 채, 그 무엇도 알지 못한 채. 밤마다 더 이상 어찌할 바를 몰라 벽에 머리를 부딪쳐 대고, 길을 찾으리라는 보장이 있어서가 아니라 어쩔 수 없이 길을 찾아 나서야만 하는 탓에 길을 찾다가, 부딪혀 피 흘리며 넘어져서 바닥에 쓰러진 채… 더 이상 어찌할 바를 몰라, 쇠집게에 내 부러진 손가락들이 물려있다고 상상해 보기도 하고, 시뻘건 쇳물이 내 발바닥을 태우고 있다고 상상해 보기도 한다. 쇠집게와 쇳물 그 밖의 출구는 없다. 타협도 도피도 있을 수 없다. 그렇지만 쇠집게와 쇳물에 내가 고통을 당하지는 않을 것이라고? 어쨌든 내 몸뚱이는 그것들로 정당화될 것이다. 이 몸뚱이는 **진정** 시뻘건 쇳물로부터 분리될 수 없다. **참으로** 그리 될 수는 없다(우리는 몸뚱이를 머리로부터 분리시킬 수 없다).

그런데 내가 간신히 약속받은 고통에 결국은 무관심해진다면? 어쨌든 나는 쉬고 싶은 심정이다. 모든 걱정을 떨쳐버린 채 아무런 생각 없이 그저 햇살이나 쬐면서 말이다. 어떻게 예전에 나는 강변에서, 숲속에서, 공원에서, 카페에서, 내 방에서 그토록 상쾌한 시간을 가질 수 있었던 거지? 경련을 일으킬 것 같은 기쁨들은 말할 것도 없이.

미끄러짐, 내다보이는 것은 비탈뿐, 뽑혀나간 사랑니. 무감해질 수가 없다. 끔찍한 순간!

코카인의 효과에 대한 희망이 없으면 어찌 되련가? 또 얼마만큼 내가 비겁해졌었을까? 집으로 돌아오자 피가 쏟아졌다.[1] 목구멍 속으로 혀를 밀어 넣어 보니 한 점의 고기 같은 것이 느껴졌다. 그 핏덩어리는 점점 커져 머금고 있을 수가 없었다. 그 핏덩어리를 내뱉자 또 다른 핏덩어리가 따라 나왔다. 핏덩어리는 콧물처럼 농했고 나쁜 음식 맛이 났다. 입안이 핏덩어리들 때문에 답답하게 느껴졌다. 잠이

1 〈놀이의 유혹〉은 1942년 11월부터 1943년 1월 사이에 쓰여진 일기를 바탕으로 하고 있다. 이보다 한 해 전 1941년 11월《내적 체험》의 저술에 들어간 바타유는 이듬해 초 폐결핵에 걸려 그동안의 직장이었던 파리 국립도서관을 떠나 집에서 요양하면서 그해 여름《내적 체험》의 저술을 마친다. (옮긴이)

들면 그런 역겨움도 느껴지지 않을 것이며 핏덩어리를 목구멍에서 걷어내어 뱉고자 하는 마음도 없어질 것 같다는 생각이 들었다. 잠들기는 했으나 겨우 한 시간 정도 지나서 깨버렸다. 잠자고 있는 동안 피가 입에서 흘러나와 베게와 침대보는 온통 피로 물들어 있었고, 침대보 주름 사이로는 아직도 찐득거리거나 반쯤 말라붙은 검은 핏덩어리들이 숨겨져 있었다. 그만 지겹고 피곤했다. 어쩌면 백혈병인지도 모르고 또 죽게 될지도 모른다는 생각이 들었다. 그럴 수도 있겠지! 하지만 죽고 싶은 마음은 없었다. 아니 그보다는 죽음은 더러운 것이라는 생각이 들었다. 역겨움은 점점 더해만 갔다. 핏덩어리를 뱉어내려 화장실까지 가지 않으려고 대야를 침대 밑에 가져다 놓았다. 난로불은 꺼져있었지만, 다시 불을 지펴야 한다고 생각하니 맥이 쭉 빠져버렸다. 다시 잠들 수가 없었다. 무척이나 지리했다. 이따금 꾸벅꾸벅 졸기도 하다가 새벽 대여섯 시쯤 이 불면의 시간을 활용해서 나를 짓누르고 있었던 일을 처리해 볼까 싶어 다시 불을 지피려고 작정했다. 난로 안에 있는 주먹탄 재를 치워야 했다. 그런데 그것도 여의치가 않아 금방 방이 탄 재며 타다 만 탄 덩어리들로 너절하게 되어버렸다. 에나멜 칠을 한 대야는 피와 핏덩어리와 튀긴 핏자국으로 가득 차있었고, 침대보는 붉은 반점들로 더럽혀져 있었다. 불면에 시달려 탈진 상태가 되다 보니 다시 피가 흘러나왔고, 농농한 핏덩어리 맛은 갈수록 더욱 역겨워졌다. 마침내, 손은 석탄으로 시꺼메지고 피로 더럽혀진 채, 입술은 굳은 피가 더덕더덕 붙어있는 채 나는 난로에 불을 지폈다. 여느 때와 마찬가지로 쉽게 불붙지 않는 이 주먹탄들을 갖은 애를 써가며 불을 붙게 하자 짙은 연기가 온 방을 가득 채웠다. 더 이상 초조하게 굴 것도 없었다. 다른 날들에 비해 고뇌가 가중되지도 않았다. 그저 쉬고 싶어 안달하는 울적한 심정뿐이었다.

"왁자지껄 떠드는 소리, 상스러운 웃음소리, 노랫소리는 점점 멀리 사라져 갔다. 아직도 활은 꺼져가는 한 음조를 타고 있었으나 그 울림은 계속 작아지면서 광활한 대기 속의 하나의 희미한 소리 되어 잠겨 들었다. 이따금 길에서부터 먼 바다의 쿵쿵거림과 같은 율동적인 부딪치는 소리가 들려오곤 했다. 그러고는 더 이상 아무것도. 공허와 정적만이.

매혹적인 것만큼 변덕스런 손님인 기쁨은 바로 이처럼 우리로부터 멀리 날아가 버리는 것이 아닌가? 또 어떤 고립된 소리가 즐거움을 표현하려 드는 것 역시 바로 이처럼 헛된 일이 아닌가? 고립된 소리는 자체의 메아리 속에서 슬픔과 고독만을 감지할 뿐이려니, 그 소리에 억지로 귀를 기울여 본들 무엇하겠는가."

—고골, 《우크라이나의 밤》〔디칸카 농가에서의 밤〕

인간이라는 사실이 행운인지 불운인지는 우리로서는 **알 수** 없는 일이다. 그런데 우리가 어떤 전투상의 진실만으로 만족해한다는 이 사실 속에는 하나의 모호한 판단이 숨겨져 있다. 즉, 우리는 행운은 이러이러한 존재로서의 우리의 몫으로, 불운은 악한 자들의 존재 그 자체인 페스트의 몫으로 돌리고 있는 것이다. 반면 명료한 판단은 악의 엄연함을 인정하면서 또한 악(존재의 치유될 수 없는 상처)에 대한 선의 투쟁을 인정한다. 모호한 판단의 경우, 가치는 더 이상 조건부적이 아니며, 또 선—우리들 자신—은 하나의 행운이 아니라 당연한 것이다. 요컨대 선—우리들 자신—은 응당 존재해야 함에 부응하는 존재인 것이다. 이렇듯 모든 것은 짜 맞춰져 있고 조작되어 있으니 마치 이론의 여지가 없는 어떤 목적을 위해 어떤 절대 신에 의해 정리되어 있는 것 같기도 하다.

인간 정신은 운을 고려 대상으로 삼을 수 없게끔 만들어져 있다. 운이 고려 대상으로 주어지는 단 한 가지 경우는 이러하다. 즉, 운을 제거하는 계산이 운을 망각케 하면서 **더 이상 고려할 수 없게끔** 해버리는 경우이다. 하지만 운에 대한 성찰을 끝까지 밀고 나갈 때 드러나는 세계는 더 이상 이성이 일체의 예견 속에 가두고 있는 세계가 아니라 그런 예견들을 모두 벗어 던진 세계이다. 인간의 나체처럼 운의 **적나라함**—최종 결정권을 쥐고 있는 적나라함—역시 선정적이며 역겨운 것이다. 운의 적나라함은 한마디로 **신성한** 적나라함이다. 운에 매달려 있는 우주 속의 사물들의 흐름은 군주의 절대 권력 못지않게 우리를 짓누른다.

운에 대한 나의 제반 성찰은 사유의 성장에서 **소외된** 것이라 하겠다.

그렇지만 이보다 더 정신적 안주를 타파하는 (더 결정적인) 성찰은 할 수 없다. 가장 깊은 곳을 향해 내려가는 나의 성찰은, 앉아 쉴 수 있는 가능성을 사유의 성장에게서 기대하는 자의 의자를 치워버린다.

자신과 관련된 것의 일부를 이성의 차원에 혹은 학문을 통한 확증된 지식의 차원에 국한시키는 것은 우리들에게 가능한 일이자 또한 필요한 일이기도 하다. 하지만 우리가 삭제할 수 없는 엄연한 사실이 있다. 즉, 개연성을 따지는 데 이성은 필수적임에 따라 비로소 이성의 개입은 가능한 것인바, 어찌 보면 어떤 일이든 어떤 법칙이든 우연의 변덕에 의해서, **운의** 변덕에 의해서 결정되어 버린 것이라 하겠다.

실제로, 이성의 권능은 운의 권능을 제한시키고 있다. 그리고 원칙상으로는 이러한 제한만으로도 족하다. 말하자면, 사물의 흐름이란 어느 정도 **오랜 기간 동안** 뭇 법칙들을 따르고 있는 것이며, 또 이성적 존재로서의 우리는 이 법칙들을 식별해 내고 있다. 하지만 사물의 흐름은 극한의 단계에 이르면 우리에게서 벗어나는 것이다.

극한의 단계에서 새로이 자유가 있다.[2]

극한의 단계에 사유는 가닿을 수 없다!

다만, 사유는 우리에게 주어진 뭇 가능한 한도 내에서 다음의 두 가지 방식에 의해서만 극한의 한계에 가닿는다.

1) 끝없이 펼쳐진 재앙이 있음을 알아채고 그것에 혼이 빠져 물끄러미 생각에 빠져드는 것은 얼마든지 가능한 일이다. 그리고 이러한 재앙이 과연 있을 수 있는 건지 따지다 보면 재앙의 범위는 축소되기 마련이다. 하지만 이렇게 따지다 보면 또한 재앙의 의미(아니, 그보다는 재앙의 그 의미 아닌 의미) 역시 희석되지 않는다. 죽음이 인간적으

2 운이란 무엇인가? 여기서 바타유는 자신에게, 우리에게 이 질문을 던지고 있다. 얼핏 이 질문은 철학적으로 그다지 진지하지 않은 질문처럼 들릴 수도 있을 것이다. 하지만 이 질문은 실로 모든 철학의 진지함을 응축하고 있다. 왜냐하면 철학의 진지함은 인간의 진실을 사유의 횃불과 지팡이로 삼을 때 비로소 시작되기 때문이다. 인간의 진실은 적나라한 것이다. 인간의 진실은 그 자체가 곧 "인간의 나체"이다. 운은 인간의 여느 진실 못지않게 인간의 나체를 훤히 비춘다. 누구나 알고 있듯이, 인간에게 운은 최후의 수단이다. 보다 정확히 말하자면, 최후의 수단 아닌 수단이다. 행위 주체로서의 인간은 한계에 봉착할 때면 운에 자신을 내맡긴다. 그러고서는 이렇게 중얼거린다. "행운이 따르든 불행이 따르든 될 대로 되라." 운은 곧 주체의 포기이다. 즉, 운은 이성의 포기이다. 이성의 포기는 비난받아 마땅하다. 다만 이성의 포기는 한계에 처한 인간의 슬픔을 반영하는 가운데 인간의 진실을 돌출시킨다. 인간이 이성을 포기하고 운에 자신을 내맡기는 순간, 인간에게 운은 최후의 귀의처이다. 이 순간, 인간에게 운은 신과 같은 최후의 귀의처이다. 그러기에 바타유는 말하고 있다. 인간에게 운은 본질적으로 "신성한" 것이라고. 제물을 바치는 희생 의식은 기실 운의 "신성함"을 극단적으로 말해주는 것이다. 그리고 신성함은 함부로 범할 수 없는 것이니, 함부로 운의 신성함을 범하지 말아야 하리라. (옮긴이)

로 우리를 이 제국의 국민으로 되게 하는 만큼 재앙의 의미(그 의미 아닌 의미)는 부각된다.

2) 인간의 삶 중 일부분은 노동의 영역에서 벗어나 자유에 가닿는다. 놀이가 바로 그것이다. 놀이는 이성의 통제를 인정하는 가운데, 이성이 규정짓는 여러 가지 한도 내에서 있을 수 있는 이 한도 너머로의 뭇 순간적 도약을 결정짓는다. 재앙과 마찬가지로 놀이는 혼을 빼놓으면서 **운의 아찔한 유혹**을 확실하게 열어 보인다.

나는 내 욕망의 대상을 붙들어 그것에 나를 묶어버리고 그 속에서 살아간다. 내 욕망의 대상은 빛 못지않게 명확하다. 밤하늘의 가물거리는 첫 별처럼 내 욕망의 대상은 경이롭기 그지없다. 나와 함께 이 대상을 만끽하고 싶어 하는 자는 나의 어둠에 익숙해져야 할 것이다. 이 요원한 대상은 생소하면서도 친숙한 것이다. 신선한 빛이 감도는 소녀치고 꽃내음을 맡으면서 이 대상을 만져보지 않은 소녀는 없다. 그러나 이 대상은 투명하기 이를 데 없어 숨결 하나에도 그만 그 빛이 바래고 단 한마디의 말에도 흩어져 버린다.

인간은 허다한 방식으로 운을 배반한다. 인간은 허다한 방식으로 "그 무엇으로 있는 자신"을 배반한다. 청교도적 슬픔이 배어있는 그런 엄격한 틀에는 절대 그 자신을 가두지 않을 것이라고 어느 누가 장담하겠는가? 엄격한 틀에 자신을 가두지 않는 것도 일종의 배반이다. 운이 엮는 망은 각각의 그물코마다 어둠과 빛이 있다. 요컨대, 내가 (문란하고 무절제한 것도 모자라) 공포와 무기력함과 비관의 길 위에서 나 자신을 추궁하고 손상시키는 가운데 바로 운은 그 모든 무게를 완전히 떨쳐버리고 가벼움 그 자체로서 내게 와 닿았던 것이다 (단 한순간 자신을 무겁게 하는 것도 곧 운을 잃게 하는 것이다). 내가 운을 찾으려 했다면 운이 내게 오지는 않았을 것이다. 나는 말을 하는 가운데 벌써 내가 배반하고 있음을 의심치 않는다. 그렇지만 나는 내가 나 자신에 의해 혹은 남들에 의해 배반당하거나 말거나 이에 개의치 않으며 또 단지 그럼으로써만이 배반에서 벗어난다. 나는 완전한 일체이다. 나는 나의 모든 삶과 힘을 운에게 바치니, 나의 내면을 이루고 있는 것은 오로지 부재, 공허…, 웃음, 그렇게나 유쾌한 웃음일 뿐. 운이란, 밤의 슬픔 속에서 심장을 파고드는 칼날 끝 같은 것. 어찌할 수 없을 정도로 넘쳐흐르는 행복이랄까…

넘쳐나는 빛 넘쳐나는 기쁨 넘쳐나는 하늘
너무나도 광활한 대지에 준마 한 마리
물소리를 들으며 나는 여명을 애도한다

내 눈썹 속에서는 땅덩어리가 돌고
내 뼈 속에서는 돌덩어리들이 구르고
아네모네 꽃송이와 반딧불에
나는 그만 정신을 잃는다.

장미꽃 수의 속에서
광채를 발하는 눈물 방울은
여명을 알린다.

운을 찾아가는 데에는 본연적으로 상반된 두 가지 동력이 있다. 하나는 유괴, 현기증이며 또 하나는 일치이다. 첫 번째 동력은 에로티시즘 성격의 격렬한 결연을 희구한다. 하지만 불운은 게걸스럽게 운을 들이덮쳐서 운을 소진시켜 버리거나 아니면 운에 불길한 징조를 띠게 하면서 운을 폐기시켜 버린다. 한순간 불사르고 나면—불운은 계속 진행되거나 아니면 죽음 속에서 그 종지부를 찍는다. 또 다른 동력은 헤아림, 즉 운을 읽으려는 의지, 운의 반사체가 되려는 의지, 운의 빛 속에서 자신을 상실하려는 의지이다. 대개의 경우 두 가지 상반된 동력은 서로 합성한다. 하지만 만일 우리가 격렬함을 혐오하는 가운데 일치를 찾으려 한다면, 운은 더 이상 운이 아니라 그저 규칙적이며 단조로운 흐름을 타고 있는 것일 따름이다. 규칙이 운을 태동시키지는 않는다. 운은 무질서로부터 태어난다. 운은 변수를 필요로 하는바, 운의 빛은 짙은 암흑 속에서 발한다. 운을 불행으로부터 보호하려는 순간 우리는 운을 저버리게 되며, 또 우리가 운을 저버리는 순간 운은 그 광채를 잃어버린다.

운은 아름다움 그 이상이다. 하지만 아름다움은 그 광채를 운에서 끌어온다.

실로 대다수의 사람들(불운)은 아름다움을 매춘 속으로 사라지게 한다.

운은 더럽혀지기 마련이요, 아름다움은 금이 가기 마련이다. 완벽한 운이나 완벽한 아름다움은 더 이상 운이나 아름다움이 아니다. 그것들은 한낱 규칙에 불과하다. 운을 바라는 것은 곧 동시에 불운을 바라는 것으로서 불행의 그 어지러운 실체를 껴안으려 하는 것이매, 우리에게 운에 대한 욕망은 바로 아픈 이빨과도 같은 것이다.

운은 한순간 벼락 치듯 소진되어 버리고 또 운이 소진되는 즉시 추락이 뒤따르니, 이는 무릇 생각만 해도 고통스러운 일임을 누구인들 모르겠는가.

운, 거미가 엮는 고통스러운 생각.

운은 견디기 힘든 것이다. 그러다 보니 운을 파괴하면서 자멸해 버리는 것이 보통이다. 운은 **비개인적인 것**이기를(그렇지 않은 운은 허황됨이요, 새장 속의 새이다), 붙잡을 수 없는 것이기를, 우수에 찬 것이기를 원한다. 운은 밤 속으로 잠입한다. 노래처럼 그렇게…

내가 생각해 볼 수 있는 유일한 **영혼의 삶**[3]의 방식은 의지의 강도에 의거하고 있지 않은, 즉 운에 의거하는 비개인적 방식이다.

나는 어느 경사진 지붕의 중간쯤에 박혀있는 크고 튼튼한 갈고리들을 본 적이 있다. 그런데 어떤 사람이 용마루에서 떨어진다고 가정해 보자. 그 사람의 다리나 팔이 운 좋게도 그 갈고리들 중의 하나에 걸릴 수도 있을 것이다. 이렇듯 내가 용마루에서 추락하면 땅에 떨어져 으깨져 버릴 수도 있겠지만 갈고리 하나가 마침 있어 도중에 멈출 수도 있지 않겠는가!

---

3 각자의 몫으로 주어진 각자의 몸뚱이 외에 인간에게 각자의 몫으로 주어진 것은 오로지 운밖에 없다. 각자의 몸뚱이 더하기 각자의 운, 이것이 곧 각각의 개인이다. 행운도 불운도 각자의 몫이다. 운은 각 개인의 몫으로 주어지는 순간 행운과 불운으로 분리된다. 하지만 행운이든 불운이든 자신의 밖에서 뜻밖에 찾아드는 것이다. 즉, 운은 본질적으로 뜻의 밖이요, 자신의 밖이다. 그러기에 운은 각각의 개인을 이렇게 인간적으로 정의한다. 각각의 개인은 자신(개인적인 것) 더하기 자신의 밖(비개인적인 것)이라고. 운이 내리는 인간에 대한 정의는 기실 여느 진리가 내리는 인간에 대한 정의 못지않은 것이다. 운은 진리의 화신인 양 이렇듯 본질적으로 자신의 밖으로의, 밤 깊은 곳으로의 열림이다. 이 열림은 정신적 삶의 시작이요 목표이다. (옮긴이)

그러다가 나는 또다시 이렇게 중얼거릴 수도 있을 것이다. "어떤 건축가가 어느 날 이 갈고리를 설치할 계획을 하지 않았더라면 나는 죽었을 거야. 나는 지금 죽어있어야만 할 텐데 아무 일도 없이 살아 있잖아. 누군가가 갈고리를 설치해 두었으니 말이야."

내가 현존한다는 것도, 내가 생명을 부지하고 있다는 것도 어쩔 수 없는 노릇이다. 다만, 불가항력적인 그 무엇이, 생각할 수도 없는 그 무엇이 나의 현존함과 나의 살아있음의 근원일 것이다.

급격히 추락하는 광경을 떠올리고 있다 보니 이제 나는 분명히 알 것 같다. 어떤 갈고리를 만나기 위함이 아니었다면 그 어떤 것도 세계에 존재하지 않는다는 것을.

평상시 우리는 갈고리를 보기를 회피한다. 우리는 우리 자신에게 필연성을 부여하니 말이다. 우리는 세계에, 이 땅에, 인간에게 필연성을 부여하고 있다.

갈고리가 우주를 관장함에 따라 나는 한없는 거울의 장난에서 헤어날 수 없었다. 이 장난은 어떤 갈고리에 의해 차단된 추락과 동일한 원리를 지니고 있었다. 나는 묻는다. 이보다 더 깊숙이 사물의 내밀함 속으로 파고들 수 있을지. 전신이 떨려오면서 나는 더 이상 어찌할 수가 없었다. 눈물을 쏟아낼 정도로 흥분시키는 어떤 내밀한 황홀함에. 하지만 나로서는 이 광란의 상태를 묘사하는 것은 단념할 수밖에 없다. 굳이 묘사하자면, 모든 시대를 통틀어 이제껏 세상에서 벌어진 온갖 문란한 성의 향연들이 이 빛 속에서 한데 어울려 들었다고나 할까.

굳이 그걸 말해야 되나? 그다지 중요할 것도 없는데. 실은 내가 새로이 운에 가닿은 이후로, 내게 황홀함은 어찌 보면 더 이상 끊이지 않았다고 할 정도로 도달 가능한 것으로 되어버렸다. 이 점에 대해 확신하고 싶은 마음이 간혹 생기기도 하나, 이는 단지 나의 유약함 때문이며 또 때로는 더럽혀질 대로 더럽혀진 상태에서 죽음을 기다리다가 그 무료함을 달래기 위해서이다.

내게서 고뇌를 제거해 준 것이 있다. 즉, 가치란 가치는 모두 곧 운 그 자체였다는 점, 가치의 존속 여부는 이런저런 운에 달려있었다는 점, 또 내가 가치를 발견해 내는 것 역시 이런저런 운에 달려있었다는 점이 바로 그것이다. 하나의 가치는 일정 수의 사람들의 일치 바로 그것이었다. 요컨대 하나의 가치는 그들 각각에게 생명력을 불어넣는 운, 그들을 일치시키는 운, 그들의 확신 속에 깃든 운 바로 그것이었다(의지나 계산에 의거하지 않는 확신. 의지나 계산은 확신이 선 후에나 개입할 따름이다). 나는 이러한 운을 어떤 수학적 형식을 빌려 고찰하지 않았다. 내게 이러한 운은 바로 존재를 그 주위와 일치시키는 어떤 조율과도 같은 것이었다. 존재란 그 자체가 곧 일치이며, 우선적으로는 운과의 일치이다. 존재의 내밀함, 존재의 가능성 속에서는 어떠한 빛도 그 빛을 잃는다. 존재는 숨을 멈춘 채 단지 침묵만을 느끼면서 상실되어 간다. 일치가 바로 거기에 있으니. 전혀 그럴 수 있을 것 같지 않았던 일치가. 이런저런 운수들이 존재를 송두리째 휘감는다. 그리고 이런저런 운수들은 연속되는 가운데, 운과 일치할 수 있는 존재의 잠재력을, 운을 드러나게 하면서 또 운을 창조할 수 있는 존재의 힘을 살찌운다(운이란 곧 존재할 줄 아는 기법이기에. 다시 말해, 존재란 곧 운을 반길 줄 아는 기법이요, 운을 사랑할 줄 아는 기법이기에). 한편으로는 고뇌, 불운하다는 느낌, 그리고 다른 한편으로는 일치. 양자 사이에 그다지 거리가 있는 것은 아니다. 왜냐하면 일치가 있기 위해서는 고뇌가 있어야 하는 것이며, 운이 있기 위해서는 불운이 있어야 하기 때문이다. 어린애의 웃음이 있기 위해서는 어머니의 불면이 있어야 하듯이.

운을 그 토대로 하지 않는 가치는 반론의 여지를 낳는다.

황홀함은 인식과도 무관하지 않은 것이다. 나는, 이미 주어진 것임에도 내가 나의 무력함으로 인해 찾아내지 못했던 어떤 명백함, 어떤 이론의 여지가 없는 가치를 탐구하는 가운데 황홀함에 가닿는다. 내 인식 행위의 궁극적인 대상이 될 수 있는 것은 나의 고뇌가 던지는 질문에 답변한다. 그렇기에 나는 예언하고자 한다. 즉, 나는 "그 무엇으로 있는 것"이 무엇인지를 밝히게 될 것이라고.

만일 물음이 오로지 고뇌에 대한 의지에 의해서만 제기되는 경우라면, 설령 답변이 주어진다 하더라도 그 답변은 오히려 고뇌가 유지되기를 바라고 있는 것일 게다. 왜냐하면 답변의 내용은 이러하기 때문이다. "고뇌는 너의 운명이다. 너는 있는 그대로의 너인 까닭에, 너는 너 자신이 무엇인지도, 실재하는 것이 무엇인지도—요컨대 아무것도—알지 못할 것이다." 고뇌의 제국 속에서 이 면할 수 없는 패배를 면하는 것은 오직 저속함, 눈속임, 기만일 따름이다.

자체의 무력함을 의심치 않는 고뇌는 더 이상 물음을 던지지 않거나, 아니면 물음을 던진다 해도 이는 희망이 없는 물음이다. 반면, 운에 자신을 내맡긴다는 것은 곧 물음을 결코 제기하지 않는다는 것이다. 즉, 운에 자신을 내맡기는 것 자체는 물음을 제기하지 않을 목적으로 그 반대급부인 것—고뇌에 자신을 내맡기는 것—을 이용한다. 운에 자신을 내맡기는 것과 고뇌에 자신을 내맡기는 것은 공범 관계를 이루고 있으매, 운은 고뇌와 결연을 맺으며, 또 고뇌가 사라지면

운도 더불어 소멸된다.

운은 도박의 결과이다. 이 결과는 결코 휴식이 아니다. 운은 끊임없이 다시 도박에 걸어지고 또 그럼으로써 **고뇌가 무엇인 줄 모른다**(고뇌는 쉬고 싶은 욕망, 충족함을 만끽하고 싶은 욕망이라는 점에 비추어 말이다). 운의 이러한 역동성은 고뇌의 유일한 진정한 귀결점으로, 즉 답변의 부재로 인도한다. 하지만 운의 이러한 역동성이 고뇌에 종지부를 찍는 것은 아니다. 왜냐하면, 운이 진정으로 운이기 위해서는 고뇌가 존속하기를, 운이 도박에 걸어지기를 **바라마지 않으면** 안 되기 때문이다.[4]

만일 예술이 중도에서 멈추지 않는다면, 예술은 운의 역동성을 소진시켜 버릴 것이다. 그럴 때면 예술은 예술과는 다른 것일 게며 또한 예술 그 이상의 것일 게다.[5] 그렇지만 운은 무거워질 수가 없다.

---

4 여기서 바타유는 마치 자신이 가진 모든 것을 걸고 최후의 한판 승부를 위해 도박에 뛰어든 자들을 대변하듯이 말하고 있다. 그도 그럴 것이, 운과 고뇌 이 둘 사이의 결연을 그들보다도 더 절실히 체험하는 사람들은 흔치 않기 때문이다. 최후의 한판 승부에서 그들은 비단 돈만을 걸고 있는 것은 아니다. 그들은 돈을 걸면서 자신의 존재가 위협당하고 있음을 느낀다. 그리고 이러한 느낌은 곧 그들의 존재가 운에 달려있음을 여실히 말해주는 것이기도 하다. 이렇듯 그들은 운에 자신을 내맡기면서 또한 고뇌에 자신을 내맡긴다. 다만 그들에게 운은 구원의 행운과 파멸의 불운으로 분리되며, 또 그들에게 고뇌는 이러한 분리에 따른 갈등의 표현일 따름이다. 이렇게 분리된 운은 구원의 행운에 따른 안도의 한숨으로, 또는 파멸의 불운에 따른 절망의 탄식으로 해소되어 흔적도 없이 사라진다. 하지만 운은 본질적으로 흔적을 남기는 것이다. 운은 본질적으로 자신 밖으로서의, 밤 깊은 곳으로의 열림이며, 또 존재는 곧 이러한 열림 그 자체이다. 그러기에 존재는 곧 운의 흔적에 다름 아니며, 운은 곧 존재의 도박에 따른 결과이다. 바타유가 에로티시즘 속에서, 소통으로서의 문학 속에서, 놀이의 인간의 표현인 예술 속에서 보고 있는 것은 기실 운의 흔적, 즉 밤 깊은 곳으로 자신을 내던지는 존재의 도박이다. (옮긴이)

5 사실, 예술은 붙잡을 수 없는 것이다. 대체로 예술가는 자신의 전문 영역에 국한되어 있기 마련이다. 이따금 예술가는 그의 눈에 예술 그 자체보다는 더 중요한 것으로 비치는 어떤 진실을 섬기고자 자신의 전문 영역을 벗어나기도 한다. 대개의 경우 예술가는

가벼움은 운을 이 "이상의 것"으로부터 보호한다. 운은 미완의 성취를, 그 즉시 의미가 결여되어 버리는 성취를, 따라서 또 다른 성취를 위해 떨쳐버려야 하는 그런 성취를 원한다. 운의 빛은 출현하자마자 또 다른 빛이 태어남에 따라 꺼져버린다. 운은 놀이 속에 던져지고 또 던져지기를, 새로운 놀이판 속에서 끝없이 놀이의 관건이기를 원한다.

개인적인 운은 운과는 거의 무관한 것이다. 개인적인 운에 대한 추구는 대개의 경우 허황됨과 고뇌 사이의 잘못된 결혼이다. 운은 비개인적 투명함을, 끝없이 운을 상실하는 소통의 놀이를 조건으로 할 때 비로소 운인 것이다.

운의 빛은 예술의 성취 속에서 희미하게 발하며 그 명맥을 유지한다. 그런데 운은 여자이다. 운은 누군가가 그 치마를 벗겨버리기를 기대한다.

불운이나 고뇌는 운의 가능성을 유지시킨다. 그러나 허황됨과 이성의 경우에는(또한 일반적으로, 놀이의 여지를 없애버리는 뭇 운동들의 경우에는) 그렇지 않다.

붙잡을 수 없는 아름다움, 숨 막히는 아름다움, 여자의 육체를 통해 운을 구현하는 아름다움은 사랑의 행위 속에서 도달된다. 하지만 운을 소유하기 위해서는 아무것도 붙잡지 않는 가벼운 운의 손가락

예술이 자신에게 제안하고 있는 것을 알고 싶어 하지 않는다. 예술은 예술가에게 여러 신들의 세계와 유사한 어떤 세계를, 아니면 오늘날의 경우 유일신과도 유사한 어떤 세계를 창조할 것을 제안한다. (원주, 1960)

이 필요하다. 의문을 품거나, 불안해하거나, 액운들은 제거돼 버렸기를 바라거나 하는 것보다 운(사랑의 행위)에 더 역행하는 것도 없다. 또한 힘겹게 고심하는 것보다 더 헛된 것도 없다. 나는 마법에 홀린 듯한 무관심 속에서, 사실 무관심의 반대라 할 수 있는 이 터무니없는 무관심 속에서 사랑의 행위에 다다른다. 중압감은 정열을 철저히 배척하는 까닭에 사랑의 행위에 대해 전혀 숙고하지 않는 것이 바람직하다. 사랑의 행위 그 유일한 지평은 기력의 탈진이요, 희극이요, 또는 고통에 대한 갈망이다. 운은 혼란을 요청하며, 혼란을 통해 운의 끈들은 맺어지고 또 맺어진다. 사랑의 행위에 대한 과장조의 발언, 선입견, 규칙들은 사랑의 행위에 대한 부정이나, 사랑의 행위는 **이러한 부정에도 불구하고** 뜨겁기만 하다(그렇지만 우리는 "다분한 가능성"을 오히려 **기꺼이** 장애 요인으로 받아들임으로써 운에 응하게 된다).

—단 한순간만 자신을 무겁게 해도 운을 잃게 된다. —철학이란 철학은 모두(어떤 앎이든 운을 제외시킨다) 어떤 생기 잃은 잔재물에 대한 성찰이며, 운·불운과는 무관한 어떤 규칙적 흐름에 대한 성찰이다. 운[6]을 수용한다는 것은 곧 인식의 자살이다. 현자의 절망 속에 감춰진 운은 제정신 아닌 자의 황홀함으로부터 태어난다. —나의 확신은 나와 같은 사람들의 어리석음에(아니면 나의 강도 높은 쾌락에) 그 토대를 두고 있다. 만일 내가 앞서 정신의 가능성을 재보고, 뒤집어 보고, 시도해 볼 만큼 시도해 보고 하지 않았다면, 내게 무슨 할 말이 있을 수 있겠는가? —언젠가, 나는 **운을 시험할 것이다**. 그리고, 대기의 요정처럼 조심조심 땅에 발을 디뎌가면서 내가 걸어가고 있는 것으로 착각하게끔 할 것이다. 그럴 때면 나의 현명함은 마술처

6 확률 계산과는 전혀 무관한 운. (원주, 1959)

럼 보이기도 할 것이다. 내가 다른 사람들에게 문을 닫아버릴 수 있는 여지도 있는 것 같다—운에 도달하기 위해서는 운에 대해 **아무것도 아는 바가 없어야만** 한다면 말이다! 사람은 자신의 '뭇 습관' 속에서 읽을 수 있는 행운선을 지니고 있기 마련이다. 이 선은 곧 그 자신이며, 은총을 입은 상태이며, 당겨진 화살이다. 동물들은 그 운을 다했다. 하지만 인간은 운으로서 살아가고 있다. 인간은 대기를 가르는 화살이다. 나는 이 화살이 어디에 떨어질지 모른다. 나는 내가 어디에 떨어질지 모른다.

놀이보다 인간에게 더 두려움을 불러일으키는 것은 소수에 불과하다.

인간은 중도에서 멈출 수 없다. 그런데 **인간**이라고 말하는 내가 잘못이 아닌가… 인간은 또한 인간의 반대이다. 인간은 그 이름이 지칭하는 것에 대한 끝없는 반문이다.

폭우의 격렬함 속에서 운을 소진시키는 자라면 누구도 불운을 마다하지 않는다. 불운과 대립하려 드는 것은 스스로 운에 인색함을 부여하기 때문이다. 인색함은 폭우보다도 한층 운에 적대적이며 또 더욱 철저하게 운을 붕괴시킨다. 폭우는 운의 본성을 밝힌다. 폭우는 운을 적나라하게 노출시키면서 운의 열기를 내뿜는다. 폭우의 모호한 빛줄기를 타고 운의 불순함과 잔인함과 그 변태적 의미는 어떤 지고한 마법으로 치장한 채 있는 그대로 드러난다.

여인에게 있어서 운은 입술에서 읽을 수 있는 애무의 흔적을 통해, 폭풍의 시간에 죽음에게 바친 애무의 흔적을 통해 알아볼 수 있다.

죽음은 원칙적으로 운의 반대이다. 그렇지만 운은 이따금 그 반대와 맺어지기도 한다. 이렇듯 죽음은 운의 어머니이기도 하다.

또 한편으로 운이 수학적 희소성과는 다를 수밖에 없는 이유로서, 운은 의지에 의해 규정된다는 점이다. 즉, 운은 의지의 청을 들어준다. 더불어 의지는 운과 무관할 수 없다. 왜냐하면 의지는 운을 청하기 때문이다. 의지를 완성하는 운과 무관한 의지란 생각할 수 없는 것이며, 운을 추구하는 의지와 무관한 운이란 생각할 수 없는 것이다.[7]

의지는 죽음에 대한 부정이다. 더욱이 의지는 죽음에 대한 무관심이기까지 하다. 오로지 고뇌만이 의지를 마비시키면서 죽음에 대한

---

7 존재는 의지이며 동시에 운이다. 양립할 수 없는 의지와 운을 존재의 성격으로 같이 규정하는 것은 얼핏 모순처럼 들릴지도 모른다. 하지만 만일 우리의 삶이 이원론적 가치 판단의 틀에 의해 고착된 모순 없는 질서로 유지되지 않는다면, 이러한 모순은 어쩌면 삶의 속성일지도 모른다. 세계를 절대 의지의 표상으로만 간주하는 형이상학적 가치 판단에 의하면 모든 것은 곧 뜻인 까닭에 운은 세계에서 그 설 자리를 잃게 될 뿐만 아니라, 더불어 윤리화된 의지는 비윤리적 운을 배척하게 될 것이다. 의지는 보편적 가치이나 무가치한 운은 보편적 가치를 위협하는 까닭에 윤리적으로 금지되어야 할 대상이다. 하지만, 운을 금지하는 의지는 이 금지의 의미를 모른다. 윤리적 정당성을 지니는 의지는 설령 그것이 개별적이라 할지라도 항상 전체의 의지를 반영한다. 윤리 자체는 전체의 의지를 담고 있는 까닭에 정치의 근본이다. 그러나 역사적으로 보아 윤리는, 즉 전체의 의지는 그 속에 담겨있는 뜻만을 앞세우는 대변자들만을 양산했다 해도 과언이 아닐 것이다. 의지가 전체화되면 모두는 그 운을 다해버린 것과 다름없어진다. 반면, 윤리적 정당성을 지니지 않는 의지는 뜻이 없는 의지, 곧 힘 자체일 뿐이다. 뜻을 담고 있는 전체의 의지와는 달리 힘으로서의 의지는 개별적이며 동시에 한계로 나아간다. 즉, 의지는—니체가 '힘에로의 의지'로 표현한 것은 언어상 어쩔 수 없는 동의어 반복일 뿐이다—한계에 대한 의지이다. 힘을 소진했을 때 드러나는 한계는 개인적으로는 끝이겠지만 동시에 보편성을 지니는 새로운 세계를 시작한다. 이 알 수 없는 세계는 한계에서 마주치는 비개인적 운이 의지에—희생의지에—응하는 보답이다. 한계에서 의지는 운의 필연적 결정에 따른다. 이 필연적 결정을 운명이라고 한다. 운명으로서의 존재는 의지이며 운이다. (옮긴이)

우려를 자아낸다. 의지는, 죽음에 대한 두려움과는 상반되는 운에 대한 확신에 의거한다. 의지는 운을 감지하고, 운을 옭아맨다. 의지는 운을 향해 당겨진 화살이다. 운과 의지는 사랑 속에서 하나로 맺어진다. 사랑의 대상은 오직 운일 뿐이며, 또한 오로지 운만이 사랑하는 힘을 지닌다.

운은 항상 운에 달렸다. 운은 항상 놀이에 달렸으며, 항상 놀이의 관건이다. 결정되어 버린 운은 더 이상 운이라 할 수 없을 것이다. 역으로, 만일 세계에 어떤 결정되어 버린 존재가 있다면, 더 이상 그에게 운이란 없을 것이다(그에게서 운은 죽은 거나 다름없을 것이다).

이유 없는 믿음, 운의 불사름은 운을 끌어온다. 운은 그 자체의 열기 속에서 주어질 뿐 외부적·객관적 우연 속에서 주어지지 않는다. 운은 곧 은총을 입은 상태, 하늘의 베풂이다. 운은, 고뇌도 복귀 가능성도 모두 던져버리고 주사위를 던지게끔 한다.

완성체가 매력적인 이유는 그것이 도달 불가능한 것이기 때문이다. 속임수를 쓰는 습관은 이미 결정되어 버린 존재를 운의 옷으로 치장한다.

오늘 아침, "여인에게 있어서 운은…", 이 문장이 나를 찢어놓았다. 나의 이 찢겨진 모습에 유일하게 부응하는 것은 신비주의자들이 그들의 상태에 대해 갖게 하는 생각이다.

이제 내게 더 이상 의심의 여지가 없는 것이 있다. 즉, 운이란 지성이 그 고유의 영역인 행동 영역 내에 머물러있기 위해서는 두려워할 수밖에 없는 것이다. 마찬가지로 운은 알고자 하는 욕망에 대한 응답과는 상반된 것인바 인간에게 가능한 황홀함의 대상이다.

황홀함의 대상이란 곧 바깥 세계가 펼치는 답변의 부재이다. 설명될 수 없는 인간의 현존은, 불가지한 밤의 허공에 걸려있는 의지가 내적으로 찾아내는 답변이다. 그리고 이 밤은 끝에서 끝까지 어떤 갈고리의 뻔뻔스러움을 지니고 있다.

의지는 스스로의 불사르는 모습을 포착한다. 의지는 그 자체가 꿈과도 다를 바 없음을, 포착 불가능한 별들의 밤 속으로의 추락과도 다를 바 없음을 내적으로 간파한다.

운과 시. 이 둘 사이의 거리는 이른바 시라고 자처하는 것의 공허함에서 기인한다. 계산적인 단어 사용은 곧 시에 대한 부정으로서 운을 파괴한다. 그렇기에 이러한 단어 사용은 사물을 단지 그것으로만 국한시켜 버린다. 단어들의 시적 변태는 죽음이 무無로 돌려놓는 아름다움, 얼굴이나 육체에 깃든 그 악마적 아름다움과 맥락을 같이한다.[8]

---

8 바타유는 1944년 발간된《천사장》그리고 1954년 발표된《남다를 바 없는 존재는 아무것도 아니다》이 두 시집 외에는 시에 관한 별도의 저술을 남기고 있지 않다. 하지만 시에 대한 그의 끊임없는 성찰은 그의 여러 저술 속에서 줄곧 예술·종교에 대한 성찰과 함께 운, 주체의 죽음, 에로티시즘 등과 같은 초월성의 범주—"밤 속으로의 추락"—를 문제 삼고 있다. 특히 바타유는 1947년《시에 대한 증오》라는 제명으로 발간된 저술 속에서 시에 대한 그의 생각을 구체적으로 보여주고 있다. 이 저술은 1962년《불가함》이라는 제명으로 바뀌어 재출간되는데, 이 수정본의 〈서문〉에서 바타유는 제명을 바꾼 이유를 이렇게 말하고 있다. "15년 전 나는 '시에 대한 증오'에 대해 말하고자 했다. 이 제명은 명료함이 결여되어 있었다. 나는 '아름다운 시'가 당시 내게 불러일으켰던 혐오감을 염두에 두고 있었다. 보들레르나 랭보의 시가 내게 이러한 증오심을 불러일으켰던 적은 없었다." 보다 구체적으로, 이 책의 본문 가운데 한 대목을 인용하고자 한다. "시의

시의 부재는 곧 운의 종식이다.

운은 "사람들에게 욕망의 대상이자 두려움의 대상인 연인의 가슴앓이", 연인의 죽음 같은 것이다. 운은 삶과 죽음의 고통스러운 교차점이다. 성적 쾌락, 황홀함, 웃음, 그리고 눈물 속에서 삶과 죽음은 교차한다.

운은 죽음을 사랑할 수 있는 힘을 지닌다. 그렇지만 죽음에 대한 갈망은 (죽음에 대한 증오나 두려움처럼 운을 여지없이 파괴하는 것은 아니라 해도 어쨌든) 운을 파괴한다. 운맥은 죽음과 공포에 의해 좌우되는 까닭에 따라가기가 힘들다. 하지만 운맥은 죽음과 공포로부터 분리될 수 없다. 공포가 도사리고 있지 않다면, 죽음이 도사리고 있지 않다면, 한마디로 죽음과 공포의 **위험**이 도사리고 있지 않다면, 어디에 운의 마력이 있을 수 있겠는가?

"신선한 빛이 감도는 소녀치고 꽃내음을 맡으면서 운을 만져보지 않은 소녀는 없다. 하지만 운은 너무나도 투명해 숨결 하나에도 그 빛이 바래고 단 한마디의 말에도 흩어져 버린다." 가장 미미한 움직임 속에서도 도박의 과감함을 식별해 낸다는 것, 이는 내가 번민 속에서는 해낼 수 없는 일이다. 번민 속에서는, 꽃은 벌써 시들어있고 또 삶은 죽음의 냄새를 풍긴다.

반대, 즉 시에 대한 증오심이 시의 의미를 완결한다. 시 속에서의 의미의 부재에 올라서지 못한 시는 한낱 시 속에서의 공허함, 아름다운 시에 불과하다." (옮긴이)

살아간다는 것은 미친 듯이, 돌아올 기약 없이 주사위를 던지는 것이다. 이는 훗일들에 대한 고민을 떨쳐버리고 은총 입은 상태를 확인하고자 함이다. 훗일에 대한 걱정 속에서 인색함과 번민은 시작된다. 번민은 인색함의 탓이며, 운을 두려워하는 데 따른 떨림이다. 또한 빈번한 일이지만, 번민은 막 발돋움하는 인색함을 그대로 놔두지 않고 인색함의 완성된 변태 속으로, 즉 번민 속으로 끌어들인다.

종교**란** 모든 것에 대한 **반문**이다. 뭇 종교들은 여러 다양한 답들에 의해 형성된 건축물들이다. 하지만 이러한 건축물들 이면에는 어떤 무한한 반문이 지속되고 있다. 여러 종교들의 역사는 답해야만 했던 질문을 통째로 남겨놓고 있다. 깊은 불안감은 여전하고, 뭇 답들은 흩어지고 없다.

답이 있다면, 그것은 다행이면 다행이요 불행이면 불행인 주사위 던지기이다. 삶은 주사위 던지기들의 결정에 의해 좌우되었다. 더구나 삶이 너무나도 순진하게 그 결정에 의해 좌우되어 버린 탓에 답으로 주어진 것이 우연의 결과로 인식될 수 없었던 것이다. 그렇지만, 주사위 던지기의 결정에 의해 얻을 수도 잃을 수도 있는 것 바로 그것만이 답의 진실이었다. 답은 주사위가 새로이 던져지기를 요청하는 가운데 반문, 즉 운에 의해 승부가 계속되도록 하였다. 그렇지만 답은 또 다른 측면이 있으니, 답은 놀이판을 걷어치운다.

하지만 만일 운이 곧 답이라면, 반문은 지속될 수밖에 없을 것이며, 승부에 건 것 역시 항상 총체적일 수밖에 없을 것이고, 또한 답은 그 자체가 벌써 반문일 것이다.

운은 **영혼의** 삶을 살라고 한다. 왜냐하면 운은 우리가 승부에 거는 것 중 가장 총체적인 것이기 때문이다. 우리는—카드놀이에서부터 시에 이르기까지—운을 도모하는 전통적 방식으로는 그저 운을 스치기만 할 뿐이다. (침대 위에서 글을 쓰고 있는 나에게 운이 개입한다. 그 개입은 단 몇 순간 지속될 뿐이나, 그 촉감은 뜨겁고 정신을 빼놓는다. 아무 말도 할 수 없이 나는 그만 경직되어 버린다. 운을 아찔할 정도로 사랑하는 수밖에 달리 도리가 없다. 이제야 알 것 같다. 운은 내가 이제껏 통속적으로 운에 대해 인식하고 있었던 것과는 얼마나 거리가 먼 것인지!)

운보다도 더 격렬하게 **오성**의 한계를 넘어서 버리는 것은 없다. 최고조의 흥분, 아름다움, 나체는 그래도 고려해 볼 만한 여지가 있을 것이다. 하지만 언어 능력을 갖춘 존재의 그 어떠한 것도, 존엄한 주님이신 신의 그 어떠한 것도…

몇 순간이 지났을 뿐인데 벌써 운의 개입에 대한 기억이 흔들린다. 이런 성질의 투시는 이 세상 속에 끼워놓을 수 없다. 이러한 투시는 이러한 발언과도 결부된다. "그 무엇으로 거기에 있는 것, 그렇지만 터무니없는 그것은 **불가항력적인 것**이다." 굳건한 토대인 신에 반해 **그 무엇으로 거기에 있는 것**은 얼마나 깨지기 쉬운 것인가! 하지만 그것은 어떠한 경우에도 있지 않을 수 없었던 것이 아닌가!

나의 지적 호기심은 **운**을 내가 미칠 수 없는 곳에 위치시킨다. 나는 운을 찾고, 운은 나를 피한다. 마치 내가 조금 전에 운에 결례를 범하기라도 한 것처럼.

그렇지만 새로이… 이번에는 나는 운을 **그 투명함 속에서** 목격했다. 이 청명함—갈고리의 계류 상태—속에서가 아니라면 마치 아무것도 없기라도 하듯이 말이다. 하긴, 있지 않을 수도 있었고 있어야만 했던 것도 아닌 것 말고 또 무엇이 있었겠는가. 죽어가고, 타들어가고, 될 대로 돼가는 것 말고는 아무것도. 투명함은 새로운 빛을 발하며 내게 나타났다. 언제 없어질지 모를 불확실한 투명함이, 하지만 이를 **대가로** 빛을 발하는 투명함이.

황혼녘의 하늘은 눈부시고 경이롭다. 그렇다고 해서 황혼녘의 하늘이 하나의 존재인 것은 아니다.

비할 바 없을 정도로 아름다운 어떤 죽은 여자를 상상해 본다. 하지만 그녀는 하나의 존재가 아니다. 그녀는 붙잡을 수 있는 그 무엇도 아니다. 아무도 방 안에 없다. 신은 방 안에 없다. 방은 텅 비어있다.

운은 하나의 화살과도 같다. 운은, 여타 화살들과는 다른 바로 이 화살이다. 그리고 내 심장은 이 화살에 의해 상처를 입는다. 내가 쓰러져 죽는다 해도, 이 또한 결국은 운이다. 즉, 그 어떤 것도 아닌 바로 **이 화살** 말이다. 내 심장은 운을 **이 화살**이 되게끔 하는 힘을 지니고 있다. **이 화살**은 더 이상 나와 구분되지 않는다.

비밀스러운 사랑으로 운을 타진해 보지 않고서는 어떻게 운을 **알아볼 수 있겠는가**?

정신 나간 사랑은 침묵 속에 머리를 처박는 가운데 운을 창조한다. 운이 하늘 저 높은 곳에서 벼락처럼 떨어졌다. 그런데 그것은 바로 **나**였으니! 벼락에 의해 부서진 빗방울, 짧은 한순간 태양보다 더 빛나는 빗방울이었다.

신이든 존재든 나의 내면 그 어디에도, 나의 전면 그 어디에도 없다. 내게는 불확실한 **결합들**만이 있을 따름이다.

내 입술이 웃고 있다. 내 입술은 내 입술에 깃든 운을 **알아보고** 웃고 있다. 운이다!

"토마는 속으로 말했다. 아무래도 나는 끝난 것 같아. 더 이상 기다릴 힘도 없고. 전에는 내가 혼자가 아니어서 그래도 얼마 동안은 이 약한 나를 극복해 낼 수 있기를 기대할 만도 했지만, 이제는 새로이 노력해 볼 이유조차 더 이상 없어. 물론, 목표에 거의 다 와서 도달할 수 없다는 건 슬픈 일이야. 만일 이 마지막 몇 개의 계단을 올라선다면 왜 내가 이제껏 찾아내지 못한 것을 찾으려 하면서 헛되이 투쟁했던가를 나는 알게 되리라고 확신해. 이건 불운이고, 나는 이 때문에 죽게 되는군."

—모리스 블랑쇼, 《아미나다브》, 217-218쪽

"뤼시는 두 손으로 토마의 머리를 거세게 잡아당겨 창문 쪽으로 향하게 했다. 이러한 소녀의 행동을 설명해 줄 수도 있을 무슨 새로운 것이 없나 하고 토마가 찾아보려 들자, 소녀는 그에게 넌지시 말했다. (…) 이 집 꼭대기에 있는 이 방에서만 밤은 완벽해. 대체로 밤은 아름답고 안도감을 줘. 대낮의 불면으로부터 해방되고자 눈을 감아야 할 필요가 없다는 것만으로도 포근함을 느끼게 되는 거야. 그리고 오래전부터 자신의 내면에서 진실을 죽여왔던 암흑을 바깥의 어둠 속에서 그대로 다시 보게 되는 것도 아주 매력적인 일이야. 오늘 밤은 여러 가지로 특별해. 오늘 밤은 꿈도 동반하지 않고 또 이따금 몽상 대신 생기는 예감도 동반하지 않아. 그런데 이 밤 자체는 하나의 광대한 꿈이지. 이 밤에 뒤덮인 자들은 그 꿈에 가닿을 수가 없어. 이 밤이 너의 침대를 감싸게 될 때면 침대를 가리고 있는 커튼을 걷어버렸으면 해. 그때 드러나게 될 물건들은 가장 불행한 사람도 위로해 줄 만한 찬란함을 지니고 있을 거야. 그 순간 나도 또한 정말로 아름다워질 거고. 지금은 이 불량 조명이 내게서 많은 매력을 앗아가 버리고 있지만, 그때가 되면 나는 내 본래의 모습으로 나타나게 될 거야. 그러고는 너를 한참 동안 쳐다볼게. 또 너 가까이 드러누울게. 그러면 네가 나한테 물어볼 필요도 없겠지만, 아무튼 나는 너의 모든 질문에 답해줄 거야. 게다가 그때면 네가 그 갓에 새겨져 있는 문구들을 읽고 싶어 했던 전등들도 제대로 그 방향이 돌려져 있을 테고, 또 너는 그 경구들을 통해 모든 것을 알게 될 테니까 그것들은 더 이상 해독 불가능한 것으로 있게 되지는 않을 거야. 그러니까 너무 초조해하지 마. 너의 청원에 따라 밤은 너의 권리를 인정해 줄 거야. 더불어 그동안의 너의 아픔과 피로도 흔적도 없이 사라지겠지.

—아주 흥미 있게 듣고 있던 토마가 입을 열었다. 아직 물어볼 게 하나 있는데, 그때면 전등불들은 켜져있을까?

—물론 그렇지는 않아. 참 어리석은 질문이기도 하지! 모든 것이 밤에 묻힐 거야.

—꿈꾸는 듯한 표정을 지으며 토마가 다시 물었다. 밤이라고, 그러면 내가 너를 볼 수 없으리라는 건가?

—그렇겠지. 그런데 너는 도대체 무슨 생각을 하고 있었던 거야? 내가 왜 지금 너한테 이런 말들을 해주고 있는 건데. 그건 그때면 네가 그야말로 암흑 속에서 헤매게 될 것이고 또 너 스스로는 더 이상 아무것도 확인해 볼 수 없게 될 것이기 때문이야. 너는 동시에 보기도 하고, 듣기도 하고, 휴식을 취하기도 하고 그러려고 하는데, 그걸 기대하지는 마. 그래서 너에게 미리 말해둘 게 있어. 밤이 너에게 밤의 진실을 드러내 보였을 때, 또 그럼으로써 모든 것이 네게 평온하

기만 할 때 무슨 일이 일어나게 될지 말이야. 조금 있으면 네가 알고 싶어 했던 모든 것이 벽에서, 내 얼굴에서, 내 입술에서 간단한 몇 마디의 말로 읽혀지게 되리라는 것을 너는 알고 있잖아? 그건 너에게 아주 기분 좋은 일이겠지. 하지만 그렇게 밝혀진다고 해서 네가 거기에 흥분되지 않기를 바라. 실은 그렇게 밝혀지는 것도 하나의 장애야. 중요한 것은 헛되이 투쟁하지는 않았다는 확신이지. 지금부터 다음 장면을 머릿속에 그려봐. 내가 너를 팔에 안고서는 너의 귀에 지극히 중요한 말들을 속삭일 것이라고, 그리고 이 말들은 너무나 중요해서 만일 네가 이 말들을 듣기라도 한다면 어떤 변신이 너에게 일어나게 될 거라고. 내 얼굴 말이지, 나는 네가 내 얼굴을 볼 수 있기를 바라. 왜냐하면 그때, 그 이전은 아니고 바로 그때, 너는 나를 알아보게 될 테고, 또한 네가 그동안의 모든 여행에서 그토록 찾고 있었다고 생각되는 그녀를 과연 찾아낸 건지를 알게 될 테니 말이야. 네가 여기에 기적적으로, 기적적이기는 하지만 헛되이, 들어선 목적도 그녀를 찾기 위해서잖아. 그때의 기쁨이 어떠할는지 생각해봐. 그 무엇보다도 너는 그녀를 다시 보고 싶어 했잖아. 여간해서는 받아주지도 않는 이 집에 네가 들어섰을 때 너는 마침내 목표에 다가섰고 최악의 난관을 넘어섰다고 생각했지. 누가 너만큼 자신의 기억이 그렇게 끈질기다는 것을 보여줄 수 있었겠어? 네가 정말 대단했다는 것을 나는 잘 알고 있어. 다른 사람들은 여기에 발을 들여놓자마자 자신이 이제껏 살아왔던 삶을 망각해 버리는데, 너는 아주 미미한 추억조차도 간직하면서 그 희미한 징표를 잃어버리려고 하지 않았지. 물론 많은 추억들이 희미해져 가는 것은 너로서도 어쩔 수 없었으니, 마치 우리가 천 리 길을 사이에 두고 떨어져 있기라도 하듯 여전히 내게 너는 멀기만 해. 나는 겨우 너를 분간할 수 있을 뿐이고, 네가 누구인가를 언젠가 나는 알게 되리라는 그 정도의 생각밖에 할 수 없어. 그렇지만 조금 후면 우리는 서로 맺어지게 될 거야. 결정적으로 말이야. 나는 두 팔을 벌리고 드러누울 거야. 그리고 너를 껴안고서는 너와 함께 커다란 비밀들 한가운데에서 마구 굴러댈 거야. 우리는 서로를 잃어버리고 되찾기를 거듭하겠지. 더 이상 그 무엇도 우리를 갈라놓지 못할 거야. 그런데 애석하게도 네가 이 행복에 동참할 수 없다니!"

—《아미나다브》, 239-241쪽[9]

"자기 자신"을 시험 대상으로 삼든지 혹은 스스로를 "문제" 삼든지.

사소한 대상을 추구하는 가운데 "자기 자신"을 문제 삼는 이는 아

---

9 지금까지 발표된 바타유에 관한 글들 중에서 바타유가 결합, 융해, 공모, 공범, 포옹 등의 표현들을 통해 제시하고 있는 공동체 문제에 가장 충실한 노력을 기울인 글은 아마도 블랑쇼의 글《말 못 할 공동체La Comunauté inavouable》인 것 같다. 이는 바타유에 대한 블랑쇼의 우정의 소산이겠지만, 두 개인 간의 우정은 또 한편으로는《죄인》첫 장의 제목이자 또한 블랑쇼의 한 문학 저서의 제명이기도 한 '우정'이라는 단어가 그들의 사유 속에서 공통된 중심 과제로 제기되고 있는 점과도 일치하는 것 같다. 바타유와 그보다 열살 아래인 블랑쇼의 만남은 1941년 가을 당시 바타유가 주도하고 있던 한 독서토론회에 블랑쇼가 참여함으로써 시작된다. 사실 바타유는 이 독서토론회를 통해 어떤 공동체를 꿈꾸고 있었으며 또 자신이 꿈꾸는 공동체가 실현 불가능한 것이라는 점을, "공동체를 갖지 못하는 이들의 공동체"에 불과하리라는 점을 알고 있었다. 이 바타유의 꿈을 블랑쇼가 나누고 있었던 것으로 보인다. 그러기에 둘 사이에 있었던 정신적 교류는 대개의 경우 공동체의 조건인 소통에 초점이 맞춰져 있다. 소통은 흔히들 공동체의 조건으로 인식되고 있는 동일성—동일한 종교적 믿음, 동일한 이념 · 신념 · 이상—그 이상의 것을 필요로 한다. 사실 동일성만을 근거로 하는 공동체는 자칫 하나의 집단으로 전락할 위험을 내포한다. 오히려 소통은 아무런 동일성도 내세울 수 없는 이들 사이에서 이루어진다. 소통은 공동체의 본질적 조건이며, 또 소통은 "영혼의 삶"에 의거한다. 바타유는 그의《내적 체험》에서도 블랑쇼의 또 다른 소설〈어둠의 토마〉를 인용하고 있는데,〈아미나다브〉와〈어둠의 토마〉를 비롯한 블랑쇼의 소설 작품들은 바로 "영혼의 삶"에 대한 신학적 성찰이 그 바탕을 이루고 있다. (옮긴이)

무도 없다(이럴 때면 오히려 자신에 대한 반문은 중지된다). 사소한 대상에 마음을 빼앗기는 것은 설령 그 대상이 단어들의 처절한 연쇄라 할지라도 존재의 찢겨짐에 장애가 된다(다만, 이미 찢겨질 대로 찢겨진 상태에서라면 문장은 더 이상 기대하고 있었던 대상이 아니라 이동 통로로서 곧 찢겨짐의 표현일 것이다).

운에 대한 열렬한 사랑 속에서는, 어느 것 하나 시험 대상이 되지 않는 것은 없다. 이성 그 자체도 시험 대상이다. 사변력이 개입한들, 사변력은 고작해야 가능성의 한계에 그칠 따름이다.

시시각각 찾아오는 인간 존재의 운은 자연적 또는 생리적 운들(천만다행인 인간의 지적 · 도덕적 · 육체적 균형들)을 시험 대상으로 삼는 데서 비롯한다. 획득한 운은 끝나지 않은 반문을 낳으면서 또다시 시험 대상이다.

그렇지만 운은 결국에 가서는 정화되고, 사소한 대상들로부터 자유로워지면서 운의 내밀함으로 축약된다. 운은 더 이상 단순한 우연의 시험에 대한—수많은 답들 가운데 있을 수 있는—답, 요행이 아니다. 답이 있다면, 그것은 결국에 운 그 자체(놀이, 끝없는 반문)에 다름 아니다. 이렇듯 궁극적으로 운은 가능성이란 가능성은 모두 시험 대상이 되게 하는 것 그 자체이다. 가능성의 시험은 곧 운의 조건이다(운과 가능성의 시험은 구별되지 않는다).

상처 입고 탈진한 자만이 운과 가능성의 시험 사이의 경계를 넘어선다. 다만 이 높이에서는 삶은 유지될 수 없는 것이다. 이 높이에서는 발이 딛고 있는 땅은 푹 꺼져버리게 마련이다. 그런데 어느 누가 이를 두고 운이다—또는 불운이다—라고 단정할 수 있겠는가? 하지만 이에 대한 단 한 점의 의혹만 있어도 모든 것을 잃게 된다.

만일 선善이 자체적으로 반문의 도마에 오르지 않는다면, 선은 심판관의 손에 들려있는 도살장용 도끼에 다름 아니다.

단 일순간이라도 선을 놀이판에서 빼내가는 자는 심판관의 옷자락에 입을 맞추게 마련이다.

선과 선에 딸린 식솔들은 오직 **살인적 광기***amok*가 뿜어내는 숨만을 들이쉰다. 선은 진창 속에서 **살인적 광기**의 발자국에 입을 맞춘다.

반문의 도마에 오르는 것이 곧 선이다. 이렇게 내가 말하는 것은 마치 심장이 돌 속에서 고동치게 하는 것과 같다.

선의 관념은 나의 내면에서는 생생히 살아있는 관념으로서 "갈고리에 매달려 있는 사람"의 입장에 처해있다. **선**의 관념은 우연의 갈고리의 재량에 달려있었다. 지붕의 경사, 미끄러짐, 추락, 그리고 갈고리로부터 분리된 **선**의 관념이란 얼음장에 다름 아니다. 나는 놀이판에 속한 몸이다. 그러기에 내가 품는 관념은 그 즉시 "반문의 도마"에 오름으로써—시험 대상이 됨으로써—스스로 활력을 얻는다.

신은, 어느 것 하나 놀잇감으로 주어지지 않은 것이 없고 또 어느 것 하나 안전하게 보호받고 있는 것이 없는 세계에 배어있는 공포를 표출시키고 있다. 반면, 수많은 우연적 존재들이 무한한 놀이의 가능성을 저버리지 않고 있다. 만일 신이 존재하기라도 한다면(만일 신의 존재가 불변의 부동적인 존재이기라도 하다면), 정상에서의 놀이의 가능성은 사라지게 될 것이다.

나는 더 이상 나 자신을 사랑하지 않는 까닭에 잿빛 구름, 잿빛 하늘을 사랑한다. 나를 피해 달아나는 운은 하늘을 그 무대로 할 것이다. 하늘, 하늘은 그 드넓음 아래 숨 쉬는 이들과 나를 맺어주는 간접적인 끈이요, 앞으로 올 존재들과 나를 맺어주는 간접적인 끈이다. 수많은 개별적 존재들로부터 비롯하는 질문이 있다. 즉, 어떤 식으로 이 수많음을 감당해 내지?

숨겨진 의미를 가리키는 단어가 과연 어떤 단어인지를 아는 데 온통 정신이 사로잡혀 있는 사람은 탐정소설의 독자와도 같다. 하지만 어찌 우주가 어떤 소설가에 의해 우리들에게 맞게끔 정도껏 행해진 계산과 흡사할 수 있겠는가?

숨겨진 의미를 가리키는 단어는 없다. "외양" 그 밖에 생각될 수 있는 것은 실로 아무것도 없다. 외양에서 벗어나려는 의지는 결과적으로 외양을 바꾸기만 할 따름이다. 하긴, 숨겨진 의미를 가리키는 단어는 실은 어떤 **있지도 않은** 진실을 가리킬 따름인즉 어찌 우리를 그런 진실에 가까이 다가서도록 하겠는가. 외양 그 밖에는 아무것도 없다. 달리 말하자면, 외양 그 밖에는 **밤이 있다**. 그리고, 밤 속에는 **오로지 밤이 있을 따름이다**. 행여 밤 속에 언어로 표현될 수도 있는 **그 무언가**가 있다 할지라도, 밤은 여전할 것이다. 존재 자체는 외양으로 축소 가능한 것이거나 또는 아무것도 아닌 것이다. 존재는 뭇 외양들이 은폐하는 부재이다.[10]

밤은 존재보다 훨씬 풍부한 표상이다. 운은 밤으로부터 나와 밤으로 돌아간다. 운은 밤의 딸이요 또한 밤의 어머니이다. 밤은 있지 않다. 운 또한 있지 않다. 운은 있지 않은 것이기에 존재를 운이 기우는 것으로(놀이판에서 빼내져 실체를 추구하는 어떤 요행으로) 전락시킨다. 헤겔에 의하면, 존재는 가장 빈한한 개념이다. 그런데 내 생각으로는, 운은 가장 풍부한 개념이다. 운은 존재로 하여금 존재 너머로 상실되어 가도록 하는 통로이다.

스스로를 놀이판에 내던져 시험 대상으로 삼기, 이런 식으로 내가 지칭하고 있는 것은 다름 아닌 앎 아닌 앎의 밤에서부터 바라본 세계이다. 이는 세계의 존속 여부를 좌우하는 뭇 법칙들과는 상이한 것이다.

---

10 여기서 '외양'이라는 표현은 프랑스어 'apparence'의 번역이다. '외양'에 대한 바타유의 생각은 '외양'을 '도깨비불' 같은 '역동적이며 생동적인 실재'로 고찰하는 니체의 사유를 이어받으면서 다른 한편으로는 '외양'을 존재이지 못한 것, 따라서 극복해야 할 부정적인 존재로 고찰하는 헤겔의 사유와는 대립하고 있다. 사실 '외양'은 철학적으로 그 어떤 개념보다도 깊은 성찰을 요구하는 개념이다. 이 단어의 중요성은 벌써 이 단어의 가장 기본적인 의미를 통해서도 나타나고 있다. 즉, '외양'은 '숨겨진 의미'와는 무관하다. 더불어 이 단어의 중요성은 벌써 우리가 일상에서 내뱉는 말을 통해서도 나타나고 있다. 즉, '겉 다르고 속 다르다'라는 말. 이 단어는 벌써 겉과 속의 분리를 암시하는 까닭에 이내 겉모습, 허울, 가식, 가장 등의 문제를 제기하면서 나아가 진실과 거짓, 실재와 허구, 존재와 가면의 대립을 설정한다. 하지만 또 한편으로 이 단어는 겉과 속의 일치의 가능성을 묻고 있다. '외양'은 '겉으로 드러남'이다. 하늘의 푸르름은 하늘의 드러남이듯이. 그리고 하늘은 그 드러남 속에서 신비로움을 자아내듯이. 드러남 속에 하늘은 '외양'밖에 없다. 마찬가지로, 인간은 몇 방울의 투명한 눈물로 축소 가능한 존재이다. '외양'인 투명한 눈물은 인간 존재의 드러남이다. '외양'을 통해, '겉으로 드러남'을 통해 밤이 열린다. 그리고 존재는 밤 속에 있다. 부재하듯이—이를테면, 신은, 사랑하는 이는 밤 속에 부재하듯 존재한다. (옮긴이)

요행수들처럼 떼어본 진실들, 따라서 존재의 거짓이 승리하기를 기대하는 진실들. 이러한 진실들은 우연에 매달리고 또 거듭해서 요행수를 노릴 것이다. 존재를 표현하는 진실들에게는 영구 불변성이 필요하다.

이런 말들은 무엇을 의미하는가? 이를테면, "나는 어떤 무엇일 수도 있었을 텐데…", 또는 조금 덜 정신 나간 말 "만일 내가 신이라면". 확정적인 존재들의 분배, 즉 자신도 다른 존재들과 구별되는 신이 보장해 주는 이 분배는 내 육체가 허공 속으로 뛰어들었을 시 바로 그 순간의 허공 못지않게 아찔한 공포를 불러일으킨다. 신이 이런 것을 청산할 수 없다니! 꿈속에서나 있을 법한 차이들을 신이 지워버릴 수 없다니! 분명하게도 이 차이들에 대한 부정인 신이 그럴 수 없다니! 신은 분배되지는 않을 게 아닌가. 그러니, **신은 내가 아니다**. 이 제언이 내게 하도 웃음을 자아내다 보니 그만 나는 밤의 고독 속에 멈춘다. 이처럼 막힘 없는 웃음이 나의 고독을 고통으로 바꿔놓는다. "왜 나는 신이 아니지?" 나의 답변은 유치하기 이를 데 없다! "나는 나다." 그렇다면 "왜 나는 나인 거지?" "만일 내가 내가 아니라면, 나는 신이지 않을까?" 그만 공포가 밀려온다. 나는 그저 멍할 뿐이다. 서랍 손잡이를 붙잡고 몸을 지탱하다가 나는 손잡이를 손가락의 뼈마디 사이에 끼워 넣고 조인다. 만일 신 자신도 나름대로 "왜 나는 나인 거지?", 혹은 "왜 내가 글을 쓰고 있는 이 인간이 아니겠어?", 혹은 "왜 내가 아무나가 아니겠어?"라고 자문한다면… 이런 결론은 어떨는지? 말하자면, "신은 물음이 없는 존재이다. 신은 자신이 응당 그러한 존재여야 하는 이유를 알고 있는 하나의 **자아**이다"라고. 그러니 만일 내가 짐승이라면 나는 신을 닮았겠지. 또 **만일 내가 신이라면**, 내가 처해있는 지금의 상황에서는 얼마나 큰 공포가 내게 밀려올는지. 내가 나의 무력함을 그래도 용인할 수 있는 것은 오로지 나의 겸허함 덕분이다. 만일 내가 전능한 자라면…

신은 죽었다. 나는 나를 죽임으로써만 비로소 신의 죽음을 말할 수 있을 것이다. 신은 그렇게 죽었다.[11]

인식 행위는 당연히 나를 나 자신에게 국한시켜 버린다. 인식 행위는 내게 세계가 나와 함께 끝나버릴 것이라는 생각을 갖게 한다. 나로서는 이러한 연관 관계에 지체하고 있을 수 없다. 나는 나 자신을 잃어버리거나, 팽개치거나, 소홀히 한다. 나는 나 자신을 소홀히 함으로써 이렇듯 우회적으로 나 자신에 대한 애착을 회복할 수 있을 따름이다. 나 자신을 소홀히 하는 것은 내가 살아가기 위한 조건이며, 내가 살아가는 것은 나에 대한 애착을 갖기 위한 조건이다.

꾀죄죄한 자아! 나는 꾀죄죄한 자아를 되찾는다. 친밀하고, 신의

---

11 바타유의 '신 없는 신학'은 무신론의 인간 본위주의와는 전혀 무관하다. 이 제명은 사실 신학의 본질을 묻는 질문과도 같은 것이다. 모든 '학學'은 본질적으로 '추구', '찾음'이듯, 신학도 예외일 수 없다. 신학은 신을 찾는다. '신 없는 신학'은 '신을 찾는 신학'이다. 어떻게, 어디서, 무엇을 통해 신을 찾아야 하는가는 신학의 기본적인 질문일 것이다. 왜냐하면 신학은 항상 '신을 찾는 신학'이기 때문이다. 바타유는 '신을 찾는 신학'을 그 원점에 위치시키고 있다. 신학의 원점은 다름 아닌 신을 잃은 인간이다. 신을 잃은 인간만이 진정으로 신을 찾아 나선다. 바타유의 '신 없는 신학'은 이렇듯 '신을 잃은 신학'이다. 신을 잃은 인간에게 신은 신을 찾아 떠나는 길 끝에 위치한다. 신을 잃은 인간에게 신의 이름은 인간의 언어 가운데 마지막 단어이다. 이 마지막 단어는 인간이 불가항력의 순간에 부딪혔을 때 인간에게 남은 또 하나의 마지막 단어 불가不可함impossible과도 일치한다. 이 마지막 단어는 오로지 불가不可함의 밤 속에서 말해질 수 있을 따름이며, 불가不可함의 밤은 '신을 잃은 신학', '신을 찾는 신학'의 너무나 인간적인 세계이다. 신을 잃은 인간에게 신은 존재도 무無도 아니다. 신을 잃은 인간은 신의 부재 속에서 신을 찾는다. (옮긴이)

있고, 개처럼 몸을 흔들어대며 깨어나는 자아를. 이 녀석이 바로 그 녀석인 것은 틀림없다. 하지만 늙은 개는 더 이상 중시되기를 바라지 않는다. 그보다는 차라리 늙은 개는, 애꿎은 짓을 좋아하는 자신의 성향을 만족시키는 방편으로 때로는 동화 속의 개처럼 약간 미친 듯이 보이고 싶어 하고, 또 뜻대로 되는 것이 없는 날에는 아예 개의 환영처럼 나타나고 싶어 한다.

굳이 말하자면, 나는 태어나기 전에는 내가 세상에 출현할 수 있는 개연성은 전무했다고 하겠다. 나는 내 가족이 보냈었을 시시각각의 역사를 생각해 보면서 **나**의 존재를 가능하게 해준 만남들을 떠올려 본다. 그런데 이 만남들의 확률 역시 **극도로 미미하지** 않았겠는가.

인간은 이 같은 조건 속에서 세상에 있을 뿐인데도 불구하고 자신의 모습에 비추어 신을 만들고자 하였으니, 이보다 더 우스꽝스런 기만이 어디 있겠는가! 자신에 대해서 나라고 말하는 신을!

여타 존재들로부터 분리된 신, 자신에 대해서 **나**라고 말하는 신을 생각해 본다. 하지만 이 자아에게는 다가올 운명의 시간이라는 게 없었으니, 이 자아는 도래하는 것과는 무관하다 하겠다. 이 같은 모순은 우리가 우리 자신에 대해 갖고 있는 개념을 총체성의 차원으로 옮겨놓는다. 신은 막다른 골목 같은 것으로서, 이 막다른 골목 속의 세계는—우리를 파괴하고 더불어 동일한 방식으로 그 무엇으로 있는 것까지 차츰 파괴하는 가운데—우리의 자아에게 어떤 구원에 대한 환상을 심어주고자 우리의 자아를 그 속에 감금한다. 그러기에 이 자아는, 더 이상 존재하지 않는다는 경이로움을 죽음으로부터 벗어나고자 하는 꿈과 뒤섞이게 한다.

만일 우리가 단순성으로 복귀한다면, 신학의 신은 **자아**가 결국은 **놀이판에서 빼내지게** 된 것에 대해 갖는 항수에 대한 대응책일 따름이다.

신학의 신, 이성의 신은 결코 스스로를 시험 대상으로 삼지 않는다. 지탱해 낼 수 없는 것인 **자아**, 즉 우리들 자신은 끊임없이 놀이판에 내던져진다. "소통"은 자아를 시험 대상으로 삼기를 멈추지 않는다.

도래하는 것—기원—그 자체가 곧 "소통"이다. 성의 폭풍의 심장부에서 정자와 난자는 서로의 속으로 스며든다.

운은 존재들을 짝짓기 놀이 속으로 내던진다—둘씩, 또 때로는 여럿이서 맺어지는 가운데 존재들은 꿈꾸고, 활동하며, 서로를 사랑하고, 서로를 증오하며, 서로를 죽인다.

인간은 짝짓기에 앞서 사랑하는 존재에 이끌리는 가운데 자신을 잊어버린다. 허공에 걸려있는 빗줄기처럼, 허공에 걸려있는 벼락처럼 그렇게 아이는 이 폭풍우 치는 짝짓기 속에서 운명적으로 도래한다.

희생 의식에서는 불운이 "운을 격렬히 불사르며 소진시키고" 또 제사장에게 "불길한 징조"의 낙인을 찍는다(그럼으로써 제사장은 성스러움을 부여받는다). 그렇다고 제사장이 불운 그 자체인 것은 아니다. 제사장은 불운을 어떤 행운의 목적으로 사용한다. 달리 말하자면, 때로는 불운에 의해 운이 소진되는 것 그 자체가 애초부터 또 결과적으로 운이기도 한 것이다. 아마도 이것이 운의 비밀일 것이다.

그렇기에 운을 걸어보지 않고서는 아무도 운을 발견할 수 없으며, 또 운을 걸면서 운을 잃는 것이 운을 가장 제대로 거는 것이다.

창녀와 성기에는 "불길한 징조"가 각인되어 있다. 불운은 끔찍한 내용물이 담겨있는 잔이다. 나는 그 잔 속에 몸을 담가야 한다. 그렇지 않고서 어찌 내가 운이 쏟아내는 것을 받을 수 있겠는가? 나의 내면에서는 웃음과 벼락이 난무한다. 하지만 이내 기진맥진해진 나는 공포스러운 놀이로부터 빠져나와 버린다. 폭풍이 몰아치고 무언가가 꿈처럼 산산이 부서지며 심장이 멈춰버리는 곳에 대신 저속한 허무감이 들어선다.

나는, 당혹감과 불안감 속에서 나를 운과 맺어주는 것을 정신 나간 듯 찾고 있었던 그 순간에서마저 여전히 시간을 죽이고 있어야 했다. 그때 나는 추위에 쓰러지고 싶지는 않았다. 쓰러지지 않기 위해 나는 책 속에서 도움을 구하고자 했다. 하지만 읽을거리로 주어진 책들은 그 내용이 무겁기도 하거니와 냉대적이고 또 지나치게 경직된 것들이었다—에밀리 브론테의 시를 제외하고는.

묘연한 피조물이 응답하였다.

"우리들의 머리 위에서 하늘은 크게 웃어젖히고
땅은 결코 크나큰 부재不在를 애석해하지 않는다."

묘연한 피조물은 그때에 대해 말하였다.

"순수한 햇살 같은 자신의 머리카락이

땅속에서 풀뿌리와 엉키게 될."[12]

1942-1943.

12 바타유의 일기 원고는 이 글이 1943년 1월 24일까지 쓰여진 것임을 말하고 있다. 그리고 일기 원고에서는 바타유가《내적 체험》에 붙임말로 사용한 한 편의 글이 계속 이어지고 있다.〈시를 넘어서〉라는 제목의 이 글은 이렇게 시작되고 있다:

"우리는 아마도 자연의 상처이며, 자연의 병이다.

우리에게 필요한 것은—이는 게다가 가능한 일이며 '용이한' 일이다—상처가 축제로, 병이 힘으로 되게 하는 일일 게다. 가장 많은 피를 쏟은 시가 가장 힘 있는 시일 것이다. 한낮의 기쁨을 알리는 가장 슬픈 여명이랄까?" (옮긴이)

웃음의 신성

I
운명의 도래

만일 인간이 도래하는 운명이라면, 올 것이 오는 것은 질문에 대한 답이 아니다. 왜냐하면 질문이 바로 올 것이 오는 것이기 때문이다. 인간은 묻는다. 인간은 희망 없는 물음이 자신의 내면을 파헤치며 벌려놓은 상처를 아물게 할 수 없다. "**나는 누구인가? 나는 무엇인가?**"

나는, 요컨대 인간은—자신이라는 그 무엇에 대한 반문이며, 그 어느 곳에서든 존재에 대한 반문으로서—한없는 반문이요 또는 존재 그 자체에 대한 반문이 되어버린 존재이다.

올 것이 오는 것은 그 무엇이든 어쩔 수 없이 오고 있다는 점에서(반드시 그렇게 오지 않을 수도 있으리라는 점에서) 반문 이외의 다른 목적은 없는 것 같다. 다른 답들(올 것이 오고 있다는 그 답을 대신하는, 이제껏 온 적도 없고 앞으로도 결코 오지 않을 답들)이 무한정 가능하다는 점은 올 것이 오는 것의 성격을 줄곧 반문으로 규정짓는다. 올 것이 오는 것은 그 무엇이든(각각의 존재는) 반문의 외침이요, 우연성·우발성에 대한 긍정이다. 그런데 인간은 그 이상이다. 인간에게서의 반문은 각각의 별들(또는 각각의 미생동물)에게서의 반문 그 이상의 것이다. 인간은 반문의 모든 유형을 자신의 의식의 여러 형태들에 따라 조합하는 가운데 결국은 자기 자신을 답 없는 반문 그 자체로 되게 한다—전락시킨다.

올 것이 오는 것으로서의 인간은 곧 반문으로서 올 것이 오는 것이다. 인간은 (자연 속에서 자신의 자율성을 지향하는 가운데, 따라서 웃음 속에서 자신을 잉태시키는 가운데) 주관적으로 하나의 존재가 되어간다.

인식을 키워나간다는 것은 궁극적으로 반문을 키워나간다는 것이다. 답을… 앎을… 끝없이 진척시켜 나간다는 것은 우리들에게 불가능한 일이었으니, 이렇듯 최종 단계에서의 앎은 공허의 면전에서 기권한다. 앎의 정점에서 내가 아는 것은 더 이상 아무것도 없다. 앎의 정점에서 나는 쓰러진다. 아찔함에.

II
웃고 싶은 심정

항상 나는 올 것이 오는 것 앞에서 뒷걸음질 쳤다. 나는 **나 자신으로 있기가** 두려웠다. 나는 웃음 그 자체였으니!

서서히 열이… 어둠은 더해가고, 관자놀이의 핏줄들은 팽팽히 당겨진 채 식은땀을 흘리면서 세상은 작업 중이다. 눈은 따갑고 입안은 말라있건만, 내 목구멍 속에서는 어떤 어지러운 움직임이 나를 질식시키는 말들을 재촉하고 있다. 나는 시선을 돌리지는 않았다(때로는 그러고 싶어 했을지도…).

이 사람의 운은 저 사람의 불행에 대한 모욕이다. 그렇지 않은 경우 운은 수치심을 느끼고 숨어버린다. 병자의 불편함 같은 것이 응어리지고 있다고나 할까. 나는 이 응어리 속에 자리잡는다.

내가 지금 웃는다면, 나는 가혹한 고통으로 이 웃음의 대가를 치루는 것도 마다하지 않을 것이다. 나는 어떤 한없는 참극 그 밑바닥에서일지라도 웃을 수 있을 것이요, 또한 운이 나를 받쳐준다 해도 이에 못지않게 웃을 수 있을 것이다.

아! 내가 그로 인해 죽을 수만 있다면… 오늘날 사람들은 군말 없이 죽는다. 최후의 몸짓은—물론—처절한 것이다. 내게 무슨 다른 할 말이 있겠는가?[1]

불가不可함의 높이에 위치하고 있는 포와 보들레르. 나는 그들을 사랑하며, 그들과 똑같은 불길로 나를 태운다. 한층 강해진 힘이나 **한층 강해진 의식**을 내가 지니게 될지는…

포와 보들레르는 어린아이들처럼 불가함을 가늠해 보려고 했었다. 다분히 돈키호테식으로, 그리고 겁에 하얗게 질린 채.

"쥐들이 갉아먹는 너의 의지를 붙잡아라!"

나의 의지는, 안개 낀 풍경, 화창한 풍경, 삭막한 풍경, 환희 웃고 있는 풍경 등 갖가지 풍경들을 대하면서 약간의 포도주를 곁에 두고(이 목구멍은 따뜻하고 기름진 음식을 탐내니 말이다) 햇살 아래 그늘에 드러누워 책을 읽고, 마침내 글도 쓰고, 책 한 권을 탈고하는 것(이 목적을 위해 엄격함을, 즉 나의 너그러움, 나의 유치함과는 모순되는 어떤 통제력을 마침내 갖추는 것. 하지만 나는 극심한 동요 상태에서가 아니면, 글쓸 구상을 해보았자 모두 헛것이다). 나는 내게 휴전을, 나 자신과의 일

1 이 대목은 1943년 봄에 쓰여진 것임을 알려두고자 한다. '사람들이 군말 없이 죽어가는' 전쟁의 비극 속에서, 인간의 적나라한 진실 속에서, 인간의 적나라한 진실로 인한 울기보다는 차라리 '웃고 싶은 심정' 속에서. 비극과 웃음은 불가분하다. 비극 속의 진실은 울음보다는 웃음으로 표출된다. 울음은 비극의 시작이나, 웃음은 비극의 완성이다. 비극은 울음으로 시작하여 웃음으로 완성된다. 인간에게 웃음은 때로는 공허한 어둠 속의 항변이다. (옮긴이)

치를 제의한다.

나의 의지는 흐르는 개울물. 나는 겨우 한 인간일 뿐이다. 그렇지만 이빨로 무장된 게 아닌가? 그렇긴 해도 나는 하품이나 해댄다. 내가 거창하게… 증명하고 있는 건가? 무슨 그런 꿈에서나 할 소리를. 이렇듯 나는 흘러간다. 내가 누구인지도 모른 채 흘러간다. 그러니 오히려 나는 취기에 빠져든다고나 할까, 또 나를 취기에 빠져들게 한다고나 할까.

물론, 내가 **소유**할 수 있는 것은 아무것도 없다(그렇지만 나는 먹어야 하고, 마셔야 하고, 또 가끔은 아무것도 하지 않을 필요가 있다. 그러자니 우연이, 운이… 운 없이 내가 무엇을 할 수 있겠는가?)

엄청난 변수.

번갈음(흐르는 개울물과 물 위의 독수리 간의 번갈음). 수많은 굽이굽이. 우거지고 다채로우며, 조화롭지는 않지만 "환히 웃고 있는", 형언할 수 없는 풍경. 이 풍경 속의 모든 것이 당혹감을 자아낸다. 긴장이 다소 풀리는가 싶더니 이내 불편한 마음이 한 마리 개처럼 뒤따른다. 제자리에서 빙글빙글 도는 미친개처럼, 나타났다 싶으면 벌써 사라지고 없는 미친개처럼 말이다. 나는 웃음을 말로 표현하고 있는 중이다.

내 오른편으로는, 구멍 뚫린 벽돌로 된 지붕 밑 벽. 왕벌 한 마리가 웅웅거리면서 제집인 양 벽돌 구멍 속으로 들어간다. 지붕 위로 하늘은 푸르고 격렬하다. 모든 것은 산산조각 나있고, 무언가 가혹하기만 한 것 같다—나는 가혹한 것을 좋아한다. 나는 가혹한 것에 기꺼이 동의한다. 눈 먼 내 아버지는 절망 속에서도 그 멍한 시선만큼은 태양을 향하고 있지 않았던가. 내 방의 창은 (생제르맹에서처럼 아주

위에서) 계곡을 굽어보고 있다. 피신할 곳은 없지만, 그마저 기꺼이 받아들이고, 황홀함의 전율에 휩싸인 나. **마치 내 눈에서는 피가 흐르기라도 하듯.**

자신을 합리적 진실이 미치지 않는 곳에 두겠다고? N.의 (소크라테스식) 태도. 나와는 상관없는 일이다.

나는 물로 뛰어든다. 물결(그 속으로 삼켜버리는 물결)은 시간이다. 하지만 나는 휴식[靜]의 유혹과 싸워야만 한다. 이따금 휴식은 불가능한 것이기도 하다. 그러나 곧바로 나는 휴식의 유혹을 느끼게 되고 이에 번민하게 된다. 여차하면 올 수 있는 위험은 멀어진다 해도 위협적이기는 마찬가지이다.

번갈음의 필요성.

동적 상태를 유지하기 위해서는 경우에 따라서 인위적 위험—**번민**—조차도 필요하다. 비록 정적 상태가 원칙적으로는 가능한 것이라 할지라도, 불가피한 번민은 두려움만큼이나 정적 상태를 제거해 버리는 **이점이 있다**.

번민은 **행동이 결여된 탓**이기도 하다.

행동은 번민의 소산이며 또한 번민을 소멸시킨다.

그러나 번민 속에는, 행동을 취할 것을 요구하는 어떤 위험에 대한 우려 그 이상의 것이 담겨져 있다. 번민은 두려움에 다름 아니다. 동시에 번민은 자신을 상실하고 싶은 욕망이기도 하다(고립된 존재는 자신을 상실해야 하며 또 그럼으로써 소통으로 나아가야 한다). 번민과 실질적 위험에 대한 느낌은 서로 뒤섞이는바, 이 둘은 서로 구별되지 않는 것이 보통이다. 이따금 나는 행동을 통해 순수한 번민으로부터 **도망치기도** 한다. 그렇지만 또 어떤 때는 원인이 확실한 두려움에 대응할 수 있는 행동이 전무한 경우도 있다. 이럴 때면 우리는 마치 그

것이 번민인 양 두려움에 대응한다(특히 번민이 원초적 형태로 표출되는 경우가 그러하다. 이를테면 유용한 목적을 위한 희생 의식. 그런데 오로지 행동만이…).

시간의 물결 속에서의 헤엄의 여러 단계.

a 1) 실질적 근심

a 2) 행동(생산적 에너지 소비)

a 3) 이완 상태

b 1) 번민

b 2) 부분적 또는 폭발적인 자기 상실…(비생산적 소비, 종교적 격정. 그런데 종교적 범주들은 행동의 개입을 수용하고 있는 반면, 에로티시즘은 이와는 다른 것이다. 또 웃음은 신성한 순결함에 가닿고…)

b 3) 이완 상태[2]

여러 가지 오류.

오류는 어느 것 할 것 없이 헤엄치기를 두려워하는 데서 기인하는 것 같다.

---

2 여기서 바타유는 지극히 단순한 시각으로 인간의 양태를 동動과 정靜으로 구분한 뒤 또다시 동을 철학적 개념어가 아닌 생생한 언어 '헤엄'을 통해 능동과 피동으로 구분하고 있다. 이러한 구분은 얼핏 하잘것없는 지적처럼 생각될 수도 있을 것이나, 모를 이 아무도 없는 이 인간의 양태는 이를테면 문법에서의 능동태, 수동태의 구분과 마찬가지로 바로 인간의 실태 전반에 관계되는 실로 사유의 보고이다. 인간의 실태를 저버리는 철학자들과는 달리 인간의 실태에 대한 바타유의 시각은 지극히 인간에 충실하다. 우선 그는 동과 정의 관계를 피곤한 인간의 입장에서 고찰하고 있다. 동은 정을 찾는다. 동은 정의 유혹을 떨쳐버릴 수 없다. 정의 유혹은 다름 아닌 휴식, 정온, 고요, 평화로움, 불혹, 무욕, 무감동, 그리고 영원한 안식, 평정주의 등으로 표현된다. 능동의 인간이든 피

어떤 이는 근심이나 번민으로부터 아무런 행함 없이도 정적 상태로 옮겨가기를 원한다. 또 어떤 이는 근심(또는 번민)을 더 좋아해서 정적 상태를 혐오한다. 그런가 하면 또 어떤 이는 쉬지 않고 행동에 자신을 얽어매고, 또 어떤 이는 즐기고 노는 데만 정신이 팔려있다. 아무도 **헤엄**이 무엇인지를 **알지** 못한다. 이런저런 방법들은 오히려 **헤엄**에 상반되는 것으로서 알고 있던 헤엄마저도 **잊어버리게** 하는 공통점이 있다. 헤엄이란 혼돈, 무질서 그 자체이다. 헤엄이란 약간의 차이(의식)을 제외하면 곧 병, 신경쇠약…에 다름 아니다. 헤엄을 칠 줄 아는 이는 아무도 없다. 우리는 **단지 자신을 헤엄에 내맡길 수 있을 따름이다**. 즉, **우리는 근심도 번민도 원할 수는 없는 것이다**. 그렇지만 우리는 교육 및 스스로에게 부여하는 윤리 지침들을 통해—자명한 사실과는 정반대로—근심과 번민을 부질없는 것으로 단정지어버릴 정도로 불응적인 태도를 취하고 있다. 만일 인간이 도모하는 일들이 무한정하게 성공만을 거듭한다면, 근심과 번민은 추방될 수밖에 없을 것이다. 하지만 그렇다고 해서 인간이 시간의 흐름에 일치하는 것은 아닐 것이다. 그럴 때면 인간은 오히려 시간의 흐름에 대한 부정이라 할 것이다. 성공은 어떤 치장판, 어떤 허울(어느 부잣집 어린

동의 인간이든 헤엄질 치는 인간에게 정의 유혹은 크기만 하다. 그리고 정의 유혹은 능동의 인간(물살을 헤치며 나아가는 헤엄)보다는 피동의 인간(물살에 휩쓸려 가는 헤엄)에게 비할 바 없이 더욱 크기 마련이다. 여기서 바타유는 인간의 피동적 실태를 두려움과 번민으로 표현하고 있다. 덧붙이도록 하자. 불안, 고독, 긴장, 눈물, 좌절, 염원, 죄의식, 무력감, 애원, 고뇌, 꿈… 바타유의 언어는 피동의 언어이며, 그의 모든 저술은 인간의 피동적 실태에 대한 인간적으로 충실한 고찰이다. 한마디만 덧붙이도록 하자. 피동적 실태는 인간의 부정적 모습이나 또한 그러기에 시문학, 예술, 종교의 바탕이다. 경제 · 사회 · 존재에 대한 바타유의 인류학적 저술《존엄성》,《저주받은 몫》 역시 이 바탕을 떠나지 않고 있다. 운명에 '당하는' 인간이 신을 찾고, 사랑에 '당하는' 사랑이 영원을 찾는다. (옮긴이)

딸의 생활…)을 제공한다는 점에서 성공이다.

한편으로는 쓸모 있는 행동의 몫, 다른 한편으로는 손실의 몫…

지난날의 인간은 손실(종교적 희생)을 통해 근심을 예방하려고 들었으나, 오늘날의 인간은 쓸모 있는 행동의 도움으로 번민을 예방하려고 든다. 오늘날의 태도가 보다 타당하다고 하겠다(지난날의 태도는 유치한 것이었다). 그런데 참으로 정력적인 태도는, **규모상으로는 대동소이할지라도 의식상으로 한층 심화된** 손실을 감당하려 드는 것일 게다.

어찌할 수 없는 번민. 나로서는 이 원칙을 **정당화**시킬 수는 없다. 이 같은 경우들에 마주칠 때 우리는 **부당한 것**이 아무리 불가피한 것이라 할지라도 그것을 인정하려 들지 않는다.

요즘 들어 나는 하루가 다르게 매일 번민을 새것으로 갈아입고 있는데… 내가 말하는 번민은 다름 아닌 불행에 대한 두려움이다. 물론 순수한 번민은 대상이 없다. 단, 이 점을 제외하고 말이다. 즉, 존재는 존재를 파괴하는 시간 속에 놓여있다는 점. 여기서 난맥은 불가피한 것이다. 굳이 선을 긋는다면 이러하다. 즉 번민은, 그 자체가 **내적으로** 존재의 상실을 초래하는 어떤 욕망의 결과이다. 반면 두려움, 우려, 근심은 한결같이 **외부적** 요인들 및 여러 욕구들(보존, 음식 섭취 등)이 빚어내는 비속한 결과들이다. 하지만 새로운 두려움이 고개를 들 때마다 존재의 저변에 숨겨진 모종의 번민(욕망)이 고개를 들 가능성 역시 배제할 수 없을 것이다.

위협받고 있는 욕구가 향유의 증가와 관계된 욕구라면, 이 경우 번민은 보다 단순한 상태들, 즉 배고픔 또는 금방이라도 마주칠 것 같은 위험에 대한 두려움처럼 인간과 동물에게 공통적인 상태들의 경우에 비해 한층 내밀한 번민이라 하겠다. 증가는 손실로 이어지는바, 이 감지할 수 없는 이동은 한 가지 원칙을 따르고 있다. 즉 **손실은 성장 운동을 그 조건으로 한다**. 성장 운동은 무한정한 것일 수는 없으며 또 오직 손실을 통해서만 흡수될 수 있을 따름이다. 이는 생물의 측면에서 보면 가장 단순한 생물의 양태인 무정재생無精再生에 해당된다.[3]

존재에게 있어 부분적 상실은 생존 속의 죽음으로 나아가는 방법이다. 상실에 대한 공포에서 도피하려는 것은 미친 짓이다. 욕망은—무자비할 정도로—한 점도 남김없이 공포를 호출한다. 견뎌낼 수 있는 만큼 최대한 가까이 죽음에 근접하도록 말이다. 허물어짐 없이—정히 그래야만 한다면, 허물어지면서조차.

… 나아가, 정히 그래야만 한다면, 죽음으로 나아가면서조차.

---

3 바타유는 1949년 생물학의 용어 '무정재생scissiparité'을 제명으로 하고 있는 한 이야기체의 글을 발표한다. 에로티시즘의 이야기인 〈무정재생〉은 이 생물학의 용어를 통해 에로티시즘의 본질을 제시하고 있다. 남녀의 결합으로 새로운 개체가 탄생하는 것과는 정반대로 무정재생은 한 개체가 성적 활동 없이 스스로 분할되는 것만으로 새로운 생식이 이루어짐을 말한다고 한다. 개체의 분할은 죽음이자 곧 탄생이다. 사실 무정재생은 곧 인간의 피동적 실태에 대한 자연의 표상이다. 번민, 두려움, 고독, 죄의식, 꿈 등 인간의 피동적 실태는 양분된 인간의 모습이다. 반쪽의 인간은 그토록 튼튼하게 성장시켜 온 '나'를 상실한 인간, 즉 '나'를 잃어버린 '나'이다. 인간의 측면에서 무정재생은 곧 '나'를 잃어버린 '나'의 탄생을 말한다. 인간의 피동적 실태가 내포하는 이 새로운 '나'는 모든 '나'의 잠재성이다. 에로티시즘은, 시문학 · 예술 · 종교는 이 잠재적 '나'의 영역이다. 이 잠재적 '나'의 이야기인 〈무정재생〉은 이렇게 끝나고 있다: "알파Alpha는 문짝이 두 개인 미닫이문을 열어젖혔다." (옮긴이)

여섯 단계(두 부류의 진행. 근심, 행동, 이완 상태—번민, 손실, 이완 상태)의 이중적 진행, 이러한 번갈음은 그 자체로 충전과 방출, 힘과 무기력이 교대하고 있음을 시사한다. 그런데 행동과 손실은 상호 대립적인바 서로 간의 식별도 용이한 반면, 근심은 빈번하게 번민과 뒤섞인다. 따라서 간략히 하자면, 손실은 사전에 행동 및 충전이 있었음을 상정하는바 번갈음의 **일차적** 요건은 행함이며 손실은 **이차적** 요건이라는 점이다. 행동은 근심을 전제로 하기 마련이며, 손실은 번민의 그 깊은 심연에서 기인한다. 이 둘 사이에 어떤 순조로운 율동은 있을 수 없는 것이다. 갈등—결코 자의에 의한 것이 아닌 갈등—은 근심에 의한 외부적인 것에서 번민에 의한 내면적인 것으로, 어떤 명철한 의지에도 불구하고 내면적인 것으로 옮겨간다—명철한 의지는 **행동**의 동력에 불과하다.

작년에 쓴 글을 다시 읽고 있노라니 그때의 기억이 떠오른다. 나는 죽음을 느끼고 있었으며, 영혼 속의 추위에 떨고 있었다. 고뇌는 사라졌지만 그 대신 추위 속에서, 행복도 지나침도 없는 **나**로 있다는 데 지쳐서… 그럼, 나의 신은? 절망 속의 나에게 나의 신의 부재는 더 이상 견딜 수 없는 것이었다. 다시 읽은 구절들은 **신의 부재**가 내 목을 조르기를 바라고 있었으며, **신의 현존**을 증명하고 있었다. 신은 살아있고 또 나를 사랑하거니… 이렇게 나의 공포감은 잘려나갔다. 그 순간 내가 반대로 느끼고 있었던 것이 절로 해소되었다, 아니 해소되는 것 같았다.

오늘 아침 침대에서 내게 떠오른 첫 번째 생각은, 신은 **존재한다**는 것이었다. 그러다가 가만히 이런 생각이 들었다. 신이나 나나, 신의 부재나 나나 **가소로운** 것이기는 마찬가지라고. 가소로운 외양들로서 말이다.

그런데 안타까운 것은… 젊음의 기백 없이 어찌 웃음의 신성에 가닿을 수 있겠는가! 하지만 젊음은 혈기가 지나치고! **자아**의 격랑은 젊음을 제약한다.

요컨대, 정신적 자질구레함과는 선천적인 적, 즉 단순함과 젊음과 건강을 겸비한 사람과는 한 몸이 되고, 반면 기독교인, 지식인, 탐미주의자들에게서는 등을 돌리고.

끝까지 가게 되면 기독교인도, 지식인도, 탐미주의자도 용해되어 없어지니, 더 이상 문제될 게 없다.

늘 변함없는 조화의 부재, 이성의 부재. 오늘 오후에는 기분이 좋아 술도 마시고 웃어대기도 하고. 시간이 흐른 창가, 나는 숨을 죽인 채 회양목으로 둘러쳐진 테라스와 계곡을 적시고 있는 밝은 달빛 아래 서있다. 그러다 조금 후, 바닥에 내동댕이쳐진 채 차가운 타일 바닥 위에서 나지막한 목소리로 죽음을 애원한다.

너무나 아름답기만 한 숲속의 꽃들, 기진맥진해진 전쟁(전쟁의 이런 상태가 마음을 짓누른다), 갖가지 번잡함, 잡다한 일상사, 식량. 이 모든 것들이 나를 마비시키고, 마구 밀쳐대고, 불구로 만든다.

날이 저물자 갈피를 못 잡고 불안해하던 마음도 따라 가라앉는다. 나는 테라스에 가서 긴 의자 위에 몸을 쭉 뻗고 드러눕는다. 박쥐떼가 앞 못 보고 도망치듯 근처에서만 나돌고 있다. 장작더미에서, 우리가 세면장으로 쓰고 있는 방에서 빠져나온 박쥐들이 지붕, 나무, 사람 얼굴 할 것 없이 가리지 않고 스치며 날아다니고 있다. 하늘은 청명하면서도 창백하다. 계곡의 적막 너머로 저 멀리 산등성이가 물결치듯 펼쳐져 있다. 어쩌면 내가 이 해를 보내게 될지도 모를 이곳을 나는 지금 정성 들여, 고집스럽게 묘사하고 있는 중이다. 서로가 서로를 곧추세우면서 또한 서로가 서로를 굽어보고 있는 낡고 헤진 지붕들 사이로 비좁게 자리하고 있는 집. 그리고 회양목을 따라가며 만들어진 통로에 의해 분할된 한 기다란 부지가 테라스를 형성하고 있다. 마을의 성벽 위에 위치하고 있는 이 테라스에서는 저 멀리까지 구릉들의 숲이 내려다보인다.[4]

한동안 푹 쉬고 난 후, 나는 별이 빛나는 하늘이 **없는** 것을 보고 웃음을 금치 못했다.

번민 속에서는 마주치는 어려움 하나하나가 극복할 수 없는 것으로 여겨진다. 하지만 이완 상태에서라면 그건 아무런 문제될 게 없는 것들이다.

이완 상태가 시작되자 나는 내가 줄어든 기분이었다. 육체적으로 병들고 진짜 누더기가 되어버린 나는 성행위도 할 수 없었다. 별들을

---

4 바타유는 훗날 자신이 묻히게 될 곳을 예감하기라도 한 것일까? 그의 저술 속에서 묘사되고 있는 장소는 몇 곳에 불과하고, 특히 단 몇 문장에 불과한 것이기는 하지만 그가 머물고 있는 이곳에 대한 묘사만큼 그의 삶과 밀착된 것 같은 느낌을 자아내는 묘사도 없는 듯하다. 이곳은 파리 남동부 250 km 정도의 지점에 위치한 마을 베즐레Vézelay. 구릉 위에 자리잡은 면 소재지 크기의 이 마을은 11세기부터 기독교 성지로 지정된 유서 깊은 마을이다. 바타유는 1943년 3월 이 마을에 피란처를 구해 그해 10월까지 머문다. 훗날 그는 이 마을을 자주 찾게 되고, 그에게 이 마을은 가장 사랑하는 마을로 자리잡는다. 1962년 여름 파리에서 세상을 떠난 바타유는 이 마을의 공동묘지에 묻힌다. '죄 많은 여자' 막달라 마리아에게 봉헌된 중세의 성당 옆에 위치한 공동묘지에 마치 그녀와 나란히 한 '죄 많은 남자'가 묻히듯. (옮긴이)

향한 웃음 속에서 폭발적인 삶은 다시 돌아올 텐데…

번민이 나의 내면에서 빚어내는 첫 번째 결과는 바로 요긴한 행위들을 시간 속에 주입시키지 못하고 있다는 무력감이다. 시간과의 일치는 결렬되고 또 그로 인해 회한이 생겨난다. 나는 나락에 빠진 느낌이다. 나는 내가 품었던 계획에 잘못을 범하고 있다. 이는 내가—시간과 한 목소리로 웃는 대신—이 수첩에 글을 쓰고 있다는 사실과도 직접적으로 관계되는 것이다.

한편으로는 교대의 원칙에 따라 능동적으로 시간과 맺어지는 것이 필요하다—하지만 웃음처럼 행동 또한 그에 선행하는 이완 상태를 전제로 한다(이것이 곧 운동의 비결이며, 급속한 연동의 비결이다).

나는 내가 찾고 있는 것을 책 속에서 찾아낼 수는 없을 것이며, 또 그것을 책 속으로 들여 넣는다는 것은 나로서는 더더욱 할 수 없는 일일 것이다. 나는 시를 탐구하는 것이 두렵다. 시는 당겨진 화살이다. 만일 내가 제대로 겨냥했다면, 중요한 것은—내가 바라는 것은—화살이나 목표가 아니라 바로 화살이 밤의 대기 속으로 상실되고, 용해되는 순간이다. 화살에 대한 기억마저도 상실되도록.

내 눈에 성취보다 더 곤혹스러운 것으로 비쳐지는 것은 없다.

성취는 그 자체가 자연적 여건들에 대한 동의를 내포하고 있기 마련이다. 또 이러한 동의 속에서는 안도감과 만족감을 심어주는, 신에 버금가는 그 무언가가 내포되어 있기 마련이다.

사실, 웃음은 일종의 실로 기이한 성취이다. 행동과 근심은 자연적 여건들에 대응한다. 하지만 웃음 속에서 근심은 걷히고, 행동이 갖춰놓은 골격은 산산조각 난다.

그렇지만 성취란 곧 문제의 해소를 의미한다. 반면 삶은 내게 풀어야 할 수수께끼처럼 부과되고 있다. 삶, 나는 극복해야 할 시련으로서 삶을 물려받았다. 나는 삶을 어떤 대단한 경이로운 이야기처럼 나 자신에게 들려주지는 않으려고 무척이나 애를 쓰고 있는 중이다. 모든 것이 어렵기만 하다. 수수께끼를 발가벗겨 거기에서 인간의 속성을 걷어내야 하니 말이다. 설령 어떤 함정이 도사리고 있는 것도 사실이고 또 모든 것이 이런저런 조작에서 비롯하고 있는 것도 사실이라 해도, 내가 이런 식으로 인간의 속성을 생각해 버린다면 이 역시 나의 억측에 불과할 것이다. 외양은 곧 존재 이유의 부재이다. 하지만 어떤 이유의 가능성은 이유의 부재에 대한 의혹처럼 들어선다. 사실 이것이 전부이다. 그 밖의 모든 것은 거드름, 현기증, 기아에 허덕이는 자의 절망 또는 독실한 신자의 절망에 의한 것이다.

나는 예수에 대해 존경심을 갖지는 못한다. 오히려 정반대로, 무기력함과 불 꺼진 얼굴들을 증오시하는 데 따른 어떤 교감이 이루어지는 것 같다고나 할까. 불가능한 것처럼 보이는 손쉽고도 뜨거운 몸짓들에 대한 욕망을 함께 나누면서. 어쩌면 또? 순박한 조소(아픔에 찬 명철함과 뒤섞인, 헌신적이며 열렬한 신뢰)를 함께 나누면서.

신은 우리들의 가련함에 따른 비애의 소산이라는 점은 인간 조건에 고통스러운 빛을 비춘다. 우리는 희망 없는 고난을 견뎌내지 못한다. 신은 부재하리라는 느낌은 은총에 대한 혐오로 이어진다.

하긴, 허구한 날 **나**를 들먹이니! 내 시간, 나의 삶, 지금, 여기. 내가 이삭들을 흔들어대는 바람이라도 된다는 말인가? 내가 수많은 새들의 노랫소리라도 된다는 말인가? 별이 나를 목격하고, 눈 먼 구름들이…

이유 모를 나의 기쁨, 가슴 깊은 곳, 검정 거미… 들판의 개양귀비, 태양, 별들… 내가 하늘의 축제 속에서 들려오는 한마디의 외침 그 이상일 수 있으려나? 내가 그 외침과 다른 것일 수 있으려나? 나는 나의 내면 깊숙이 내려간다. 거기에서 내가 발견하는 것은 영원한 애도, 밤… 죽음… 그리고 애도를 향한, 밤을 향한, 죽음을 향한 욕망이다.

하지만 고통은, 씁쓸함은 어찌하고? **노동**은, 축제 없는 도시들은, 고개 숙인 머리들은, 짖어대는 명령들(증오)은, 시궁창에 다름 아닌 예속 상태들은 또 어찌하고?

유리창에서 떨어지려고 하지 않는 불행한 파리처럼 나는 가능성의 한계선상에 달라붙어 있다. 그러다가 나는 한바탕의 한없는 웃음에 의해 들어올려져서 하늘의 축제 속으로 상실된다. 하지만 **자유로우니**…(나의 "잘못된 머리"에 경각심을 느낀 내 아버지는 빈번히 내게 "노동이 바로 자유란다"라고 말씀하셨지만)… **운**에 의해 예속으로부터 해방된 몸으로.

하지만 노동, 자유, 운, 이것들은 인간의 지상에서의 지평에 불과하다. 우주는 **자유롭다**. 우주는 아무런 행해야 할 것이 없다. 어찌 우주에 운—또는 웃음—이 들어설 자리가 있을 수 있겠는가? 철학은—철학 너머로 운을 연장시킴으로써—우주와 "노동자"(인간) 간의 차이 속에 위치한다. 하지만 헤겔은 주체-노동자와 그 대상으로서의 우주, 이 양자 사이의 동일성을 끊임없이 추구하였다. 나는 이러한 헤겔에 반대한다.

헤겔은 노동철학을 정립하는 가운데(《정신현상학》에서는 해방된 노예, 즉 노동자가 신의 위치에 놓인다) 운을—더불어 웃음을—소멸시켜 버렸다.[5]

(**내 방식대로** 웃고 있노라니, 웃음의 경련 속에서 뭔가 알 수 없는 빈사 상태의 고통 같은 것이 느껴졌다. 거기에는 잔혹함과 감미로움이 깃들어 있었다. 거기에는 **건강함**이 깃들어 있었다.)

우주 속에는, 불운이 부재하는 탓에 운 또한 있을 수 없다(인간은 이렇듯 자신에게 우주가 드러나게 한다). 그렇다고 인간—또는 운—이 아무런 어려움 없이 자신에게 가닿는 것은 아니다. 운은 인간의 뜻을 꺾는다. 그러기에 인간은 운을 신격화한다(인간은 운을 부정하고, 십자가의 형에 처하고, 필요성에 못 박는다). 운을 **보장받으려는** 욕구, 운을 영속화하려는 욕구는 육신화된 운에 대해서는 저주이나, 이 운의 그림자를 신격화한다. 운은 일단은 일종의 파멸처럼 받아들여지고, 뒤

5 인간은 노동을 통해 성스러움에 가닿을 수는 없다. 인간은 노동을 통해 자유에 가닿을 수는 없다. 바타유는 《내적 체험》에서부터 헤겔의 사유와 니체의 사유를 각각 "노동철학", "성스러운 철학"으로 이름하면서 이 두 철학 사이의 차이를 세속과 성스러움의 차이 속에 위치시키고 있다. 우리 모두가 알고 있듯이, 인간은 노동(세속적 삶)의 결실을 제단(성스러움의 문)에 바치기 마련이다. 헤겔에 대한 바타유의 비판은 바로 헤겔이 이 성스러움의 문을 간과했다는 데 근거하고 있다. 그에게 헤겔은 제단은 간과한 채 결실만을 추구하는 노동자로 비칠 따름이다. 노동자는 "계획"의 인간이다. 성스러움, 자유는 "계획"을 통해 가닿을 수 없는 것이다. "계획"의 인간은 노동의 책임(이성의 책임)에 자신을 일치시키려는 노력 속에서 운의 개입을 막는다. 하지만 제단(성스러움의 문)은 곧 운이 출현하는 곳이다. 바타유는 운의 출현지에 위치하고 있다. 그리고 이곳에서 그는 "헤겔이 자신의 삶에서 거부한 (…) 성스러운 취기"를 염원한다. "성스러운 취기", 즉 웃음은 자유의 표현이다. (옮긴이)

이어 공포의 몸짓이 운에 응한다. 공포의 몸짓은 눈물 속에서 보호처를 구하고, 이윽고 눈물 속에서 서서히, 가혹하게, 웃음이 번진다.

고통스러운 "눈물의 변신"과 병행하여, 이성의 노동은 요동치는 물결에 의한 침전물처럼 남겨지는 가운데 지속되었다. 신학의 신은 이 두 운동 간의 모순점에 위치한다.

어제였다. 벌떼의 거대한 웅웅거림이 소녀들을 향한 소년의 욕망처럼 마로니에 나무들 속에서 솟아오르고 있었다. 풀어헤쳐진 앞가슴들, 오후의 웃음들. 태양도 나를 환히 비춘다. 태양은 나를 달아오르게 한다. 그러더니 태양은 죽어라 웃으며, 내 속에서 잠자던 말벌의 침을 깨운다.

각각의 존재는 세계의 질서정연한 배치(동물들의 본능, 사람들의 관습) 속에 자리하면서 제각기 알맞게끔 시간을 사용한다. 나는 그러지를 못 하니, 평상시 "내" 시간은 뻥하니, 하나의 상처처럼 내 속에서 뻥하니 뚫려있다. 때로는 무얼 해야 할지를 몰라 하고 또 때로는 서둘러대면서 나는 내 할 일이 어디에서 시작해서 어디에서 끝나는지도 몰라 안절부절하고, 또 모든 것이 뒤죽박죽이다 보니 그만 반쯤 무신경해진다. 그렇지만 또한 **나는 어떻게 대응해야 하는지를 알고 있는데**… 하지만 번민은 잠재하고 있다가 열병의 형태로, 초조함의 형태로, 인색함(내 시간을 **잃어버리지** 않을까 하는 어리석은 두려움)의 형태로 흘러나온다.

나는 정상에 다가섰건만… 모든 것이 혼란스럽기만 하다. 결정적 순간에 나는 항상 다른 할 일이 있다.

시작하고, 망각하고, 결코 "완결"하지는 못하고… 내 생각으로 이는 좋은 방법이요 또한 그를 닮은(세계를 닮은) 대상들에 부응하는 유일한 방법이다.

하지만 언제, 하지만 어떻게 나는 죽게 되는 거지? 이를 다른 사람들은 아마도 어느 날 알게 되겠지만 나는 결코 알지 못할 것이다.

한 농부가 포도밭을 일구던 중 말에게 지독한 욕설을 퍼부어 댄다. 농부의 으르렁거리는 협박에 봄의 들판 위로 불길한 그림자가 스친다. 이 으르렁거림은 또 다른 으르렁거림들에 합류하니, 이렇듯 짜여진 위협의 그물망이 삶에 어둠을 드리운다. 마부들의, 농부들의 욕설처럼 감옥이, 사슬 방식의 노동이 모든 것을 추하게 한다. 소나기 직전의, 석탄재로 뒤범벅된 손들과 입술들처럼…

나는 쉬지도 못하지만 더 이상 할 일도 없다. 나는 가난하지만 갈수록 더 낭비한다. 이런 생활이 여간 힘들지가 않다(이런 생활을 그럭저럭 헤쳐나가기도 갈수록 어려워진다). 잠시 후에는 또 무얼 해야 할지 모르는 게 예사인지라 나는 생활을 "일분 일분" 꾸려나간다. 나의 생활은 온갖 것의 혼합물로서 향락주의자의 면모와 팽이의 면모가 뒤섞인 호화판이자 찌꺼기 더미이다.

나는 번민을 증오한다. 이유인즉, 번민은 a) 나를 지치게 하고, b) 삶이 내게 부담이 되게 하면서 또 나를 살아가는 데 무능력한 자로 방치해 버리고, c) 내게서 순결함을 앗아가기 때문이다. 번민은 곧 죄를 짓고 있는 것에 다름 아니다. 시간의 운동은 힘을, 휴식을 요구한다. 힘은 휴식과 불가분하다. 성생활에서 불능은 지나친 동요에서 기인한다. 더욱이 순결함은 하나의 추상적 관념이며, 죄를 짓고 있지 않는 상태는 부정적인 것일 수 없다. 왜냐하면 이 상태는 곧 **영광**이기 때문이다. 굳이 그 반대를 말하자면, 영광의 부재는 곧 죄를 짓고 있는 상태를 뜻한다. 죄인이라 함은 영광에 이르는 길의 부재를 의미한다.

잠을 잘까 보다. 그런데 일찌감치 나의 꿈들이 내 가슴을 죄어온다. 먼지가 되어 사라지는 잔해, 그 지나간 밤들의 이런저런 꿈들이 기억 속에 떠오른다. 내가 사랑하는 것은 갖가지 꽃, 여명의 광채, 어깨의 부드러움…

나는 젊음의 기백을, 약동을, 노래마다의 장중하거나 가냘픈 아름다움을 내게 오라 부른다. 그리고 나이가 들어감에 따라 음악의 여러 가지 남성적 애수를.

나는 무언가 모순적이고 무언가 기묘한 것을 사랑하였으니, 그것은 다름 아닌 광채, 즉 눈을 멀게 하고 싶은 욕망이었다. 그것은 다름 아닌 광기 섞인 헤픈 생활이었다.

아름다움이 광기를 발하면 발할수록, 아름다움이 고뇌의 빛을 띠면 띨수록, 찢겨짐의 고통은 더해간다. 아무튼 사람들의 아픔은 가없는 가련함이다. 하지만 영광 속으로 아픔도 고뇌도 서서히 타들어간다.

아주 조금만 허물어져도, 삶의 운동은 더 이상 용인될 수 있는 것이 아니다. 허물어질 수 있다는 것은 삶의 운동의 바탕이다. 가장 수

줍은 웃음일지라도 한없는 허물어짐을 흡수한다.

나는 여명에 글을 쓰고 있다. 마치 조금만 있으면 도무지 그럴 용기가 나지 않을 것처럼.

어느 정도의 영광의 가능성에 내가 매혹당하지 않는 이상 나는 가련한 폐기물로 남을 수밖에 없다.

심지어 나는 여러 구차한 어려움들마저, 생존 불가능성마저, 무력함마저 극복해 낼 것이다. 내가 조금 두려워하는 것이 있다면 그것은 다름 아닌, 살인자의 칼날을 연상시킬 정도로 광기 어린 어떤 끔찍한 기쁨으로 나를 찢어버릴지도 모를 그런 웃음이다.

내게 가장 씁쓸하게 느껴지는 것은, "영광"이라는 말을 왜곡시키는 오해이다.

하지만 어느 누구도, 인간의 삶을 이 단어가 지칭하고 있는 것과 맺어주는 그 무언가를 부정할 수는 없을 것이다. 어깨를 들썩거려 보았자 별수 없다. 왜냐하면 이 단어가 그 계기가 되었던 뭇 거짓들이 이 단어에 대한 우리의 감정을 변질시키지는 못하기 때문이다. 밑바닥으로, 육체의 진실이 밝혀지는 그곳으로 나아가야 한다.[6]

---

6 바타유에게 '영광'이라는 말은 '존엄성'이라는 말과 더불어 무엇보다도 인간의 오욕, 인간의 예속성 너머로 피어나는 인간의 생명을 사유의 지평으로 제시하는 말들이다. 역사적으로 이 두 단어가 한편으로는 하늘의 신의 몫으로, 또 한편으로는 지상의 군주의 몫으로 주어졌던 것이 사실이다. 또 이 두 단어만큼 신과 인간을, 군주와 신하를 분리시킨 단어들도 없었다. 이러한 분리가 우선적으로 의미하는 바는 이러하다. 즉, 신은 인간의 이성 너머로의 존재이며, 군주는 뭇 백성들과는 달리 노동하지 않는 존재이다. 영

세계는 그 어느 곳을 막론하고 영광을 입에 담아왔고, 또 영광을 먹고 살아왔다. 이는 군사적 영광에 국한되지 않는다. 태양은 영광됨이요, 여명은 영광됨이다. 영광된 것은 비겁한 것일 수 없다. 그렇다고 영광이 말 못 할 거사巨事의 금빛 치장으로 전락하는 것은 아니다. 삶이 흔쾌히 받아들여지는 곳에 영광이 있다. 사람들이 이런저런 방식으로 삶을 흔쾌히 받아들이는 것은 운에, 또는 자신의 의지에 달려있다 하겠다.

아이들이 자신의 장난감을 조각내듯 그렇게 영광을 조각내어 그걸로 동전닢을 찍어대고 급기야는 조각난 영광을 경매시장에 내거는 경박한 인간들의 괴벽에 더 이상 영광을 방치해 둘 수는 없다. 추잡한 유통에서, 희극적인 유통에서 빠져나온 영광에는 그래도 여전히 젊음의 불꽃이 살아있다. 존재를 불사르며, 어떤 긍지에 찬 활력을 존재에게 불어넣고, **존재를 다른 존재들의 욕망에 일치시키는** 젊음의 불꽃이.

모든 이들의 욕망에 충실히 부응하는 것은 불문곡절하고 영광됨

광과 존엄성은 노동(유용성의 생산)과 이성(앎의 생산)을 통해 가닿을 수 없는 것이다. 영광과 존엄성은 노동과 이성 너머로의 영역이다. 바타유의 모든 글은 바로 인간을 이 영역에 위치시키고 있다. 사실 '영광'이라는 말은 존엄성을 지칭하는 것 외에 성품聖品, 신성神性, 성스러움을 지칭하고 있다. 인간의 생명은 '영광'이라는 말이 지칭하는 이 모든 것을 그 본질로 한다. 바타유는 이러한 인간의 생명의 본질을 악("악의 성품")을 통해, 웃음("웃음의 신성")을 통해, 취기("성스러운 취기")를 통해 접근한다. 악과 웃음과 취기가 영광에 이르는 길이기라도 하듯, 악과 웃음과 취기를 통해 바타유는 생명의 노래를 부른다. 이 생명의 노래가 다름 아닌 '할렐루야'. 성품과 신성과 성스러움과 존엄성을 찬양하는 '할렐루야'는 '영광'의 노래이다. (옮긴이)

이다. 하지만 영광으로부터 이끌어낸 공명은 영광의 오명이다.

나는 가장 행복한 도덕을, 그렇지만 가장 힘겨운 도덕을 가르치고 있는 중이다. 이 도덕은 노력에 의해 그 어려움들이 극복되지 않으매 더욱 힘겨운 것이다. 요컨대, "죄 많은 자"에게 도움을 줄 수 있는 위협이나 채찍은 없다.

내게 희망은 별로 없다. 나의 생활은 나를 고갈시키고… 나의 어린애 같은 성미(웃음의 명랑함)라도 살려내기가 여간 힘들지 않다. 신뢰와 순박함은 냉혹한 것이다. 신뢰와 순박함은 위협하에서 행해지는 긴장에 찬 노력을 주시하려고 들지를 않는다. 내가 겪고 있는 어려움들을 통해 나아가고자 한다면 어느 누구도 지탱해 내지 못할 것이다. 나는 차라리 죽음을 더 바랄는지도 모른다. 내 신경의 힘이 다하게 되면…

헤겔이 그러했던 것 못지않게 나 역시 시적 신비주의에 반대한다. 미학과 문학(문학적 부정직함)은 나를 짓누른다. 개인성에 대한 근심, 자신의 각본화에 대한 근심(나 역시 이러한 근심에 사로잡힌 적이 있기는 하지만)이 내게 고통을 안겨준다. 나는 속된 것 그리고 수치스러운 진실들에 역행하는 흐릿하고, 관념적이며, 고고한 정신에게서는 등을 돌린다.

기본적 어려움. 내가 지금 와있는 명철함의 상태(최고조에 달한 번민에 의해 소멸되는 명철함의 상태)는 긴장의 완화를 허락지 않으나, 긴장의 완화 없이는 내게 웃을 수 있는 여지도 더 이상 없을 것이다. 지금의 나의 명철함은 행동의 요구를 따르고 있는 것이다. 그로 인해 어떤 상실의 상태는 불가능한 것이 되고 만다. 나는 이완 상태를 되찾음으로써만 비로소 웃음도 새로이 되찾게 될 것이다. 그런데 당분간은 내게 그럴 생각이 없다.

나는 뭇 상실의 상태들, 그 물결에 역행하는 헤엄—의지 없이, 놀이 삼아, 주사위 던져 나오는 대로 하는 헤엄—은 치명적일 수밖에 없는 상실의 상태들 간의 여러 가지 모순들을 밝히는 데 온 힘을 빼기보다는 이 상태들을 강제하는 행동을 제시하고자 한다.

III
웃음과 전율

그런데 누가 죽어라 웃어대련가? (이미지치고는 터무니없는 것이나, 내게 달리 제시할 방도는 없다.)

만일 나의 삶이 웃음 속으로 상실된다면, 나의 자신감은 무지한 것일 게며 또 따라서 자신감의 완전한 부재에 다름 아닐 것이다. 정신나간 웃음은 사변의 언어로 가닿을 수 있는 영역을 벗어난다. 정신나간 웃음은 하나의 도약이며, 이 도약은 그것을 조건짓는 것들로부터 규정지어질 수 있는 것이 아니다. 웃음은 공중에 매달림이다. 웃음은 웃는 자를 공중에 매단다. 어느 누구도 공중에 매달린 상태를 유지할 수는 없다. 왜냐하면 웃음의 유지는 곧 무거움에 다름 아니기 때문이다. 웃음은 공중에 매달림이다. 웃음은 무엇을 긍정하지도, 무엇을 안정시키지도 않는다.

웃음은 가능성의 영역에서 불가不可함의 영역 속으로의 도약이며—또 불가함의 영역에서 가능성의 영역 속으로의 도약이다. 하지만 이는 한 번의 도약에 지나지 않는다. 이를 유지한다는 것은 곧 불가함의 영역을 가능성의 영역으로 축소시키는 것일 게며, 또는 **그 반**

대일 게다.

도약의 "유지"를 거부하는 것, 이는 곧 어떤 운동의 휴면을 거부하는 것이다!

"뛰어넘을" 수도 제자리에 머물고 있을 수도 없는 경우라면 지체 없이 무언가 능동성을 발휘하지 않으면 안 될 것이다.

망가지고, 분쇄되고, 열병 속에서 살아온 나의 삶, 그리고 내부적으로 정돈해 주거나 또는 외부적으로 도움을 주는 것 하나 없이 그저 일련의 극심한 두려움, 고뇌, 기쁨의 연속인 나의 삶. 이러한 나의 삶은 무언가 가능한 것을, 무언가 실행할 수 있는 양식을, 무언가 욕망에 부응해 줄 수 있는 행동을 절실히 요구한다. 사랑하는 것도 내게 절실히 요구되지만, 내가 사랑할 수 있게끔 나를 이끌어주는 어떤 행동 수단을 아는 것 역시 내게 절실히 요구되고 있다. 이제 나는 그 세부적인 면들을 세세히 다루어야 할 것이다.

삶의 일상적 어려움들을 해소시킬 줄 **안다**는 것, 이것이 바로 "웃음"이 웃음일 수 있는 조건이다. 아마도 문제의 핵심은, 비극에는 적용되지 않은 이 필요성을 웃음 속에서 인지하는 데 있다고 할 것이다. 비극적 태도 속의 정신은 짓눌린 정신, 반半기독교적 정신(불가피한 가련함에 순응하는 정신), 나락의 뭇 결과들에 체념하는 정신이다. 그리고 영웅주의는 일종의 도피적 태도이다. 영웅은 피정복자를 불행으로 짓누르지만 자신은 피정복자의 불행에서 벗어난다. 또한 에로티시즘은 단지 결혼 생활 속에서만 어떤 만족스러운 해결책에 대한 근심으로 이어지고 있다. 통상적으로 결혼 생활은 에로티시즘을 주변적인 것으로, 비정상적인 것으로, 무언가 잘못되고 무언가 좋지 않은 상황을 빚어내는 것으로 취급한다. 더욱이 에로티시즘은, 영웅주의로 대표되는 해결책의 부재 쪽으로 기우는 성향이 있다. 여기서 나는 에로티시즘과 마찬가지로 그저 그런 웃음—사소한 웃음—역시 주변적으로 다루면서 잠깐 언급하는 것으로 그칠 것이다.

내가 거론 대상으로 삼고 있는 웃음은 본연적으로 불행을 거부하는 웃음이다. 이 웃음은 살짝 왔다 가버리는 그런 것일 수는 없다. 이 웃음은 인간의 지평을, 인간의 가능성의 영역을 경계짓는다.

우리는 평정을 잃지 않고서도 얼마든지 웃거나, 성적 흥분에 빠져들거나, 마음을 죄는 광경들을 대하거나 할 수 있을 것이다. 그리고 불행 속에서는 한층 굳건히 사랑하지 않으면 안 될 것이다. 대체로 불행은 영웅적 태도를 취하게 하거나, 아니면 비극적 감정들의 산물인 뭇 순응적 태도들(기독교적 겸허함)을 갖게 한다. 그런데 웃음—모든 것이 공중에 매달린 상태인 웃음, 오로지 운밖에 기대할 것이 없는 웃음—과 밀접한 사랑은 실로 가닿기 어려운 것이다. 이 사랑은 최악의 긴장을 요구한다. 이 경우, 긴장은 웃음을 목적으로 하지 않는다. 그 목적은 뭇 악조건들에 대한 투쟁에 있다. (내가 여기서 말하고 있는 "사랑"은 한 여자에 대한 사랑이 아니라, 삶에 대한 사랑, 즉 가능함과 불가함에 대한 사랑이다.)

시적 태도의 바탕을 이루는 것은 다름 아닌 자연적 조율에, 우연의 일치에, 영감에 부여한 신뢰이다. 인간 조건은 극단적으로는 자연에 의한 자연에 대한 항변(존재에 의한 존재에 대한 반문)으로 축약 가능한 것이다. 요컨대, 맹목적인 질서정연한 배치(차별화된 요소들의 운행) 내에서 제기된 항변 말이다. 인간의 삶은 명철함과 불가분하다. 인간의 삶은—외부로부터 주어진 것이 아니라 뭇 악조건들 속에서 획득한—명철함, 즉 그 자체에 대한 끊임없는 반문들로 이루어진 명철함, 결국은 웃음(앎 아닌 앎) 속에서 용해되는 명철함과 불가분하다. 명철함, 항변은 당연히 한계들에 대한 의식으로 이어지기 마련인바,—이 의식 속에서 상대적 결과들은 흔들리게 되며 또 존재는 자체에 대한 반문에 다름 아니다.[1]

이상의 과정에서—존재에 의한 존재에 대한 반문으로 나아가는 과정에서—진행 속도가 완만하다고 가정하는 경우라면, 어떤 만족감도 충분히 가능한 것이며 또 아무런 결함이 없는 명철함도 가능한 것이리라는 착각이 우리에게 들 수도 있을 것이다. 사실, "명철함"—완전무결한 명철함—은 단 한순간도 그 상태로 지체하고 있을 수 없는 것이다. 명철함은 자체의 가능성을 고갈시킴으로써 스스로를 파괴한다. 명철함은 그 성장 과정상의 어떤 단계에 있어서도 반문과 별개의 것일 수는 없는바, 그 최종적 결과는 곧 최종적 반문에 필

---

1 한계의식은 인간 조건을 표현한다. 한계의식은 무력함, 고독, 건강의 상실, 무지 등 각자의 부정성을 통해 찾아드는 의식이다. 한계의식은 인간의 부정성에 대한 의식인 까닭에 죄의식과 마찬가지로 어느 누구도 원치 않는 의식이다. 하지만 인간에게 한계란 각자의 그림자처럼 부정할 수 없는 엄연한 인간의 현실이다. 의식하지 않은 그림자는 늘 발밑에 드리워져 있듯이 인간은 의식하지 못하는 한계 내에서 살아간다. 인간에게 한계의식은 원초적 의식이자 죽음 앞에서 갖는 최후의 의식이다. 한계의식은 단지 겸허함 혹은 꿈을 심어주는 데 그치지 않는다. 한계의식은 창조적이다. 왜냐하면, 한계는 단지 어떤 끝만을 의미하지 않기 때문이다. 한계는 끝이되 또한 시작이다. 그리고 새로운 시작은 곧 새로이 밤을 여는 것에 다름 아니다. 저무는 태양은 인간 조건을 말해주는 가장 적절한 이미지이기도 하다. 저무는 태양과 저물어 어둠이 깔리듯 한계의식은 그렇게 어둠 짙은 '명철함'이다. 인간은 한계의식을 통해 '나'의 한계인 '남'을, 인위의 한계인 자연을, 인간의 한계인 신을 창조한다. 인간은 '남', 자연, 신을 밤 속에 창조한다. 왜냐하면 한계 너머로 열리는 것은 오직 밤뿐이기 때문이다. 바타유에게 웃음은 창조적 한계의식의 표현으로서 곧 밤의 열림—"밤 속으로의 추락", 또는 밤 속으로의 "도약"—이다. (옮긴이)

요한 하나의 의문점에 다름 아니다.

샛별들이 뜰 무렵, 전율에 휩싸인 채 드러누워 있다가… 나는 일어나서 옷과 신발을 벗고 실내 가운을 걸치고서는 느긋하게 테라스로 내려갔다. 거기에서 나는, 이럴 수도 저럴 수도 없는 어려움들에 뜻한 바대로 명확하게 그리고 흔쾌히—당당하게, 미칠 듯이—응할 의향으로 "세계"를 바라보았다.

고뇌의 땀방울들로 흥건히 젖어있는지도 모른 채 나는 자정이 넘어 깨어났다. 일어나 보니 밖에는 세찬 바람이 몰아치고 있었고 하늘에는 별들이 빛나고 있었다. 나는 테라스 끝까지 내려갔다. 나는 부엌에 들러 붉은 포도주 한 잔을 들이마셨다. 어떤 구체적인 행동을 통해서도 대응할 수 없는 한 가지 어려움이 내게 드러났다. 이를테면, 행여라도 내가 지금 어떤 과오의 후유증에 시달리고 있는 중이라면 말이다. 나는 나의 과오가 어리석은 것이었거나 아니면 죄에 다름없는 것—돌이킬 수 없는 것—이었으리라 생각해 본다. 그렇다면 이는 죄책감이 빚어내는 상황에 다를 바 없을 텐데…

투명함은 죄책감을 해소시킨다. 그러나 만일 투명함이 삶을 웃음의 강렬함에까지 고조시키지 못한다면(쇳덩어리가 시뻘겋게 달아오른 것처럼 말이다), 투명함에 의해 해소될 수 있는 것은 아무것도 없을 것이다.

웃음 속에는 황홀함이 분출하고, 내재한다. 황홀함의 웃음은 **웃지 않는다**. 하지만 황홀함의 웃음은 나를 한없이 열어젖힌다. 그 투명함을, 어떤 치명적 부재不在로부터 따라온 웃음의 화살이 그 투명함을 가른다. 이토록 광기에 찬 열림은 화살에 대한 사랑을, 그리고 승리감이 자아내는 여유를 동시에 내포한다.

나는 웃으면서 실패와 권능의 혼인식을 거행한다. 권능하다는 느낌은 자연에 대한 일개 자연의 요소—자연을 반문하는 요소—의 승리를 입증하는 것이다. 하지만 만일 자연을 극복하는 자연의 요소가 자연을 극복하는 가운데 자체의 성공을 통해 자연을 합당화한다면, 승리는 자연의 몫일 것이며 또한 자연은 반문 속으로 흡수되지 않을 것이다. 이는 곧 자연의 승리이지 자연에 대한 반문의 승리는 아닐 것이다. **반문**은 지속적으로 실패를 추구한다. 반문은 **실패의 성공**을 (실패가 성공하기를) 바라마지 않는다. 따라서 이러한 의미에서 보면 순수한 명철함은 끝까지 나아갈 수 없는 것이라 하겠다. 순수한 명철함이 찢겨짐을 성취하는 것은 아니지 않는가! 반문은 모순의 불확실성으로, 균열의 불확실성으로 빠져든다. 바로 웃음이 그러하듯.[2]

---

2 "그런데 누가 죽어라고 웃어댈까?" 아마도 우리는 이 물음을 줄곧 염두에 두고 웃음에 대한 바타유의 생각을 읽어나가야 할 것이다. 웃음에 대한 바타유의 언어—"투명함", "황홀함", "강렬함", "모순", "균열", "불확실성" 등—는 이 물음에서 비롯하고 있다. "죽어라고" 웃는 웃음의 표현성은 언어로 가닿을 수 없는 것인지 모른다. 바타유 역시 우리에게 이 웃음을 "성스러운 취기"의 웃음, 고뇌에 찬 웃음, 명철한 웃음 등으로 제시하고 있을 뿐이다. 하지만 이러한 제시를 통해 바타유는 사유와 웃음을 구분하지 않는다. 1947년 발표된 그의《명상법》은 총 37가지의 사유의 원칙을 열거하면서 첫 번째 사유의 원칙을 이렇게 제시하고 있다. "내가 원하기만 하면, 웃는 것이 곧 생각하는 것이다. 하지만 그 순간은 존엄함의 순간이다." 사실, 모든 형식의 인간 사유에 있어 사유의 원칙은 반문에 있다. 반문의 형식—형이상학적 회의, 변증법적 부정 등—이 사유의 형식을 결정짓는다. 바타유에게 웃음은 곧 반문의 형식이다. 그리고 반문의 형식은 또한 반문의 근거에 의해 결정되는바, 바타유는 반문의 근거—사유의 근거, 죽어라고 웃는 웃음의 근거—를 〈항변〉이라는 제목의,《명상법》의 첫 장 서두에서 이렇게 제시하고 있다. "인간은 모든 의미에서 육신화된 불가不可함이다." (옮긴이)

웃음 속에 담겨있는 그 무언가 멍한 입벌림 같은 것, 그 무언가 치명상을 입은 것 같은 것은 자연에 의한 자연의 격렬한 정지이다.

인간은 자연을 극복하는 순간 그와 동시에 자연에 의해 만족감을 얻는 자가 됨으로써 또한 패배자로 전락한다. 인간은 늘 숨이 차 헐떡거리는 다나이데스 딸들이다.

극도의 명철함은 어떤 직관적인 명철함 속에서 주어지는 것이 아니라 명철함의 무능력함 속에서 주어지는 것이다. 말하자면, 밤이 옴에 따라 그 즉시 인식이 가능해진다(이를테면, 《아미나다브》를 끝맺고 있는 초조한 열정의 조소라고나 할까. 이 조소 속에서 삶은 고전적—이상주의적, 기독교적—전망에서 이탈하고 있다).

반문은 격리된 존재의 면모이다. 명철함—그리고 투명함—은 격리된 존재의 면모이다.

하지만 투명함을 통해, 영광을 통해, 격리된 존재는 스스로 격리된 존재임을 부정한다!

격리된 존제기 자신의 고독 속에서 모든 사불늘의 찢겨짐을—자신의 찢겨짐을, 자신과 다름 없는 찢겨짐을—인지하지 못한 채 자신의 존재를 당연한 것으로 바라보게 되면, 그는 자연과의 균형 속에 있게 된다. 이는 바야흐로 격리된 존재의 휴식에 다름 아닌바,—이로써 항변은 중단된다.

반문의 길로 들어서서… 나는 탈진 상태에 처하지 않으려고 끊임없이 투쟁 중이다. 이 길은, 매 순간 내게 타고 내려가라고 충동질하는 자연적 흐름을 거슬러 올라간다. 그리고 반문이 추구한 결과들을 한없이 앗아가 버림에 따라, 즉 어떤 결과를 만끽한다는 것 자체가 곧 다시 내려가는 것임에 따라, 그 충동질은 더해만 간다. 인간의 세계는 거의 전체가 온갖 부식 작용들로 이루어진 것인바 자연적인 것 같기도 하다.

더욱이 나는 다시 내려가지 않고서는 오를 수도 없을 것이다. **오르다**, **내려가다**, 이 단어들은 정확성이 부족하다. 나는 내려가면서 오른다. 나의 내면에서 자연은 자연에 대립한다. 나는 내가 **자연이라는** 조건하에서만 자연을 반문 대상으로 삼는다. 일견 자연성이 가장 결여된 것처럼 보이는 영역들—사무실, 사법의 권역, 도구…—은 자연에 대해 상대적 독립성을 갖는다. 이 영역들은 자연과 공존할 뿐 자연을 반문 대상으로 삼을 수는 없다. 이 영역들은 연속성의 단절에 의해—또 자연은 우연이 개입한다는 점에 비추어 굳이 말하자면, 만족감을 안겨줄 수 있는 보다 큰 용이성에 의해—자연과 분리된다. 그런데 만일 내가 자연을 반문 대상으로 삼고자 한다면, 나는 (한 가지 "업무" 또는 하나의 도구와 같은) 나의 역할 속에 나 자신을 격리시켜서는 안 될 것이다. 즉, 나는 나 자신을 자연 속에서 잃어버리지 않으면 안 될 것이다.

반문은 정적 상태와 양립할 수 없는 것이다. 언어로 표명되는 것은 표명됨에 따라 와해된다. 문자화된 나의 사유는 설사 운동의 가능성을 좇아 급하게 나아간다 할지라도 그 가능성을 다할 수는 없을 것이다. 왜냐하면 나의 사유는 일단 문자화되면 돌의 부동성을 갖기 때문이다.

나는, 운동의 그 짓누르는 가능성에 대한 시적 표현들일지라도 거기에서 멈춰버릴 수는 없을 것이다. 부서진 언어 또는 조각난 언어는 사유의 정지된 측면에, 사유의 짓누르는 측면에 부응한다. 하지만 이러한 언어는 단지 시 속에서만 문제시될 따름이다. 시를 넘어서는 어떤 체험(시와 구별되는 어떤 체험) 속으로 들어서지 않은 시는 운동이 아니라 동요가 남긴 잔재물이다. 벌들의 끝없는 동요를 수확에, 꿀을 병에 담는 일에 종속시키는 것은 곧 운동의 순수성에서 도피하는 것에 다름 아니다. 양봉은 은폐적이다. 양봉은 벌들의 초조한 열정에서 꿀을 훔친다.

시보다 한층 멀리서, 시인은 시를 비웃는다. 시인은 시의 조심스러움을 비웃는다. 마찬가지로 음란함은 수줍은 애무를 경멸한다. 나로서는 독기 섞인 열정을 애무 속에, 시선 속에 주입시키는 것은 어렵지 않은 일이다. 하지만 그저 애무를 주고받는 것만으로도, 그저 시선을 주고받는 것만으로도 나는 만족할 수 있으려니…

신은 인간의 한계가 아니다. 하지만 인간의 한계는 신성神性을 지닌다. 달리 말해, 인간은 인간의 한계들에 대한 체험 속에서 신성을 지닌다.

나는 나를 떠나간다. 나는—어떤 의미에서는—나를 잃어버리고 또다시금 "한 잔의 물에 빠져 익사한" 나를 되찾는다.

마음이 즐겁지 않은 탓에 내 코가 석 자이다. 나는 나 자신 속에서도 다른 사람들 속에서도 갈팡질팡하고 있다.

바람이 한없이 갈기갈기 찢어놓은 구름 덮인 하늘에서 나는, 헤카테의 대죄를 짊어진 채 죽어가는 페드라보다도 더 다그침을 당하고 있는 비극을, 사물들의 목소리 잃은 비극을 감지했으니…

헤겔을 읽고 있노라니 나의 상처들, 나의 웃음들, 나의 갖은 "성녀다운" 성적 문란은 부적절한 게 아닌가라는 생각이 든다. 그렇지만 오로지 이것들만이 인간을 내면적으로 모아주는 어떤 노력에 상응한다.

나는 간략하고도 짓궂은 돌출적 발언들로 글을 진행시켜 왔지만 발단, 약진, 종국의 밤을 안중에 두지 않은 적은 없다.

종종, 헤겔은 곧 자명함에 다름 아니리라는 생각이 들기도 한다. 하지만 자명함은 지탱해 내기 힘겨운 것이다.

앞으로도 자명함은 지탱해 내기 더욱 힘겨운 것일 게다. 이성의 잠 속에서 얻은 자명함이라면 깨어남의 속성을 잃게 될 것이다. 완결된 역사 속에서는, 즉 기정화된 자명함 속에서는 인간은 인간의 속성을 불변하는 자연의 속성과 교환하게 될 것이다. 나는 죽음으로부터 위협받고 있는 느낌이다. **나는**… 하지만, 어쨌든 이 같은 우수는 소통 불가능한 것이 아니다. 나의 옳고 그름과는 상관없이, 내가 죽음에 눈뜨고 있는 것 같다는 느낌은 나와 함께 죽을 수밖에 없는 것이다. 한편으로 인간은 계속해서 방황하리라고, 인간은 계속해서 자신과의 끊임없는 불일치 속으로 용해되리라고 가정한다면…, 다른 한편으로 인간은 일치를 이루어내면서 인간으로서(인간은 역사적 존재**이다**, 인간은 자신과의 일치의 부재**이다**…) 사라지리라고 가정한다면, 글

로 쓰여진 것의 연명은 미라의 연명이다.[3]

부르주아지의 살아 숨쉬는 부분은 또한 그들의 병든(신경쇠약에 걸린, 신음거리는, 허구적인) 부분이기도 하다. 시골에는 구루병 증세를 보이고 있는 사람들(열 살배기 한 귀머거리 · 벙어리 소년이 버스 속에서 콧소리로 고생스럽게 더듬거리고 있었다. 아—우—이—오—. 원숭이 머리를 하고 있는 소년의 어머니는 두터운 입술로 소년의 관자놀이를 연신 다독거리고 있었다. —길 위의 한 작은 결혼 행렬. 빨갛게 충혈된 두꺼비 머리를 하고 있는 한 흉에 겨운 배불뚝이가 코는 길고 깡마른 한 꼽추 여인의 젖가슴을 만지작거리고 있었다. 그 순간 내가 좋아하는 옷들이 내게 없는 것이 못내 아쉬웠다. 이유라면, 검은 복장을 한 데다가 면도까지 말끔히 한 한 남자 같은 여인이 무어라 명명할 수 없는 가슴의 높이에서 모여있는 사람들 위에 군림하고 있었으니 말이다). 하지만 무슨 방도가 있겠는가? 나는 도피하지는 않으련다. 나도 인간일진대. 나는 찬연함의 순간들에서도 무력함들에서도 나 자신을 멀리할 수는 없다.

---

3 여기서 바타유는 결코 해소될 수 없는 인간의 모순을 헤겔이 안고 있는 근본적인 문제로 제시하고 있는 것 같다. 신성이 인간에게 가능한 것이라면 야만성 또한 인간에게 가능한 것이듯, 이성의 노력이 인간에게 가능한 것이라면 이성이 잠들면 깨어나는 광기 역시 인간에게 가능한 것이다. 인간의 모순은 자명함이다. 만물에, 만사에 깃들어 있는 자명함은, 우리에게 깨달음의 대상으로 주어지는 자명한 이치는 결코 부정할 수 없는 것이듯, 인간의 모순은 결코 부정할 수 없는 것이다. 철학은 인간의 모순을 인간의 숙명적 아픔으로 받아들임으로써 비로소 시작된다. 그러기에 철학적 노력은 인간의 모순에 대한 고민이며, 인간의 모순에 대한 해결책의 모색이다. 헤겔의 절대정신은 신과 마찬가지로 이 해결책의 모색이다. 그러기에 바타유에게 헤겔은 그 누구보다도 모순 속의 인간, 자신과의 일치를 추구하는 인간, 즉 이성의 인간으로 비쳐지고 있다. 이성은 미네르바의 올빼미처럼 뜬눈으로 밤을 지샌다. 이성의 인간에게 역사는, 존재는 곧 밤이다. 바로 여기에, 헤겔의 자명함이—그럴 수밖에 없는 필연성이—있다. 여기에, "앞으로도 더욱 지탱해 내기 힘겨운", 이성이 안고 가야 할 모순의 자명함이 있다. (옮긴이)

나는 나의 용기에 의해 변화될 수 있는 것도 아닌 세계와 나 자신을 혼동할 수는 없다. 세계와 나 자신은 별개이다. 개인적으로 나는 **아무것**도 아니다. 봄날의 잎새와 꽃들, 한도가 없는 다양성, 모든 들판과 모든 산과 모든 바다와 함께 창공을 스치며 흘러가는 황혼녘의 지구… 그런데 만일 어떤 의미에 있어서는 세계와 인간이 별개가 아니라면(나는 전적으로 그러하다), 이 점을 잊어버리는 것이 또 그 필수 조건이다(찾아오는 것은《아미나다브》의 밤이다).

덧없음에 얽매인 이 세계는 어떤 만연된 광기를 원한다. 이 세계는 나를, 나를 원하지는 않는다. 세계가 원했던 것은 다름 아닌 일반 사람, 즉 인간을 하나의 무한한 꿈처럼 바라볼 때의 인간—오로지 밤 속에서만(터무니없음을 그 바탕으로 하고 있는) 어떤 의미를 지닐 따름인 인간. 세계는 나를 원했던 것이 아니라 일반 사람—아랍 사람, 부랑아, 재판관 또는 도형수—을 원했다.

세계가 나의 내면을 **무대로 하고 있는** 것 같은 느낌에 나는 고취되고, 나아가 덧없음과도, 유치함과도, 희극적인 것과도 일치를 이룬다. 나는 주사위 던지기에 다름 아니니, 나의 힘은 바로 이 점에 있다. 한판 승부의 격렬함을 나의 내면에서 발견하매 그만 나는 행복해진다. 눈먼 격렬함이…

나의 내면의 모든 것은 한 점을 향하고 있다. 말하자면, 나 자신에 다름 아닌 것이었을지도 모를 운을 향하고 있다. 그럼으로써 이 모든 것은 궁극적으로는 나를 나락의 제단에 바친다. 일견 손쉬운 듯 보이지만 그만 한 고통이 따르는 삶도 그다지 많지는 않았다.

깊은 절망감에, 음흉한 장난기에 이끌려 나는 독실한 신자들의 몸에 배어있는 신에 대한 의례를 시도해 보았다. 하지만 이 같은 우둔한 측면도 나한테서는 긍지의 일환이다. 관습에 대한 악의적이고, 독립적이고, 멸시적인 태도가 나에게 이처럼 한판 승부를 즐기는 자유분방한 면모를 갖게 했던 것이며 또 계속해서 갖게 하고 있다.

내 성격의 희극적 동인(및 나의 내면에 번지는 한없는 웃음의 발원지)은 놀이에 대한 열정 속에—가능성의 영역에 있어서의 돈 후안이 되려는 열정 속에—자리하고 있다.

"인간은 우주가 안고 있는 문제들을 해결하기 위해 태어난 것이 아니라 문제의 출발점을 찾기 위해, 나아가 인지 가능한 것의 한도 내에서 자신을 견지하기 위해 태어난 것이다."

—괴테, 《에커만과의 대화》

하지만 인간은 바로 제 자신이라는 그 수수께끼에 매달려 있다. 그리고 해결할 수 없는 인간의 자연은 인간의 내면에 자리잡고 있는 영광의 원천이요, 황홀함의 원천이요, 웃음의 원천이요, 눈물의 원천이다.

괴테의 결론은 이러하다. "인간의 이성과 신의 이성은 지극히 상이한 두 가지 것이다." 내 생각으로, 괴테는 헤겔의 주된 기조를 공격했던 것 같다.

괴테의 경쾌함과 균형 잡힌 태도에 비해 헤겔의 노력은 불길한 것 같기도 하고 기형적인 것 같기도 하다. 앎의 정상에서 헤겔은 즐겁지가 않다. 헤겔은 이렇게 말하고 있다. "본연의 의식은 보편의 앎(여기서 이 용어는 절대앎의 체계를 지칭한다)과 직접적으로 신뢰 관계를 맺으니, 이는 본연의 의식에게 있어 곧 머리를 땅에 딛고 걷는 식의 새로운 시도로서, 본연의 의식은 무엇에 이끌려 그리하는 줄도 모른 채 이 새로운 시도를 행한다. 본연의 의식이 이처럼 행동하기를 강제 당하고 있다 함은 바로 불가피한 것 같지도 않을뿐더러 본연의 의식으로서는 맞을 준비도 되어있지 않은 어떤 강압적인 힘이 본연의 의식에게 가해지고 있음을 말한다"(《정신현상학》, 〈서문〉, II, 2). 괴테는 조금은 우습기도 한 이런 식의 강요받은 입장을 취하기보다는 세계의 여러 동력들을 순진하게 향유하면서 생동적인 면모를 보여주고 있다. 그렇지만 나는 오직 헤겔식의 궁색함 **너머에서**만 명민함을 보이기도 하고, 자유분방해지기도 하고, 또 이러한 궁색함을 더욱 제대로 비웃기 위해 **괴테같이** 되기도 한다.

몇 구절 뒤에 괴테는 다음의 말을 덧붙이고 있다. "가장 지고한 금언들일지라도 우리는 그 금언들이 세계를 이롭게 하는 한도 내에서만 발언의 대상으로 삼아야 할 것이다. 그렇지 않은 금언들이라면 우리는 자신을 위한 것으로 남겨두어야 할 것이다. 이러한 금언들은 숨은 태양의 부드러운 빛처럼 우리가 장차 행하게 될 모든 것 위에 그 찬연한 빛줄기를 뿌리고자 항상 거기에 있을 것이다." 기이하게도 진정한 풍요로움은 눈먼 걸음걸이를 보이고 있으며, 기이하게도 신성을 닮은 것은 무력함에서 비롯하고 있다. 헤겔의 강요받은 입장이 그러하듯, 혹은 괴테에게서 나타나는 거대한 공동묘지의 아름다움이 그러하듯. 오로지 "한없는 웃음"만이 나를 밝힌다.

나는 헤겔이 없다 해도 우선적으로는 헤겔이었어야 마땅했을 것이다. 그렇다고 내게 무슨 방도가 있는 것은 아니다. 어떤 개인적 사유방식보다 내게 더 무관한 것은 없다. 나의 내면에서 개별적 사유(모기의 자기주장, "나는 말이야, 달리 생각해")에 대한 증오는 고요함, 단순함으로 승화된다. 나는 하나의 단어를 내세울 때면 **다른 사람들**의 생각을 감행한다. 즉, 내가 내 주위에서 그때그때 되는 대로 주워 모은 무언가 인간의 실체 같은 것을 말이다.[4]

아침의 봄, 봄의 아침이다. 몸도 씻고, 면도도 하고, 이도 닦고… 아침마다 새 사람이다. 몸도 씻고, 면도도 하고, 이도 닦는 새 사람이다.

그리고 하루의 폐기물을 내게서 떨쳐버려야 하는 것처럼 나는 우발적인 불분명한 점들(사유의 난제들)을 극복해 낸다.

내가 밤이라 부르는 것은 사유의 어둠과는 다른 것이다. 밤은 빛의 격렬함을 지닌다.

---

4 나의 생각 속에서 남이 생각한다. 여기서 바타유는 사유의 꿈을 이렇게 표명하고 있는 것 같다. 우리는 사유의 꿈 속에 열리는 공간, 즉 밤의 공간을 가리켜 보편성이라 한다. 보편성은 모든 사유의 공통된 꿈이다. 하지만 사유의 꿈은 사유마다 다르다. 바타유에게 있어 사유의 꿈은 헤겔의 그것에 비해 훨씬 소박하다. 헤겔은 사유의 꿈을 보편의 앎에 두고 있으나, 바타유는 사유의 꿈을 "다른 사람들의 생각"에 두고 있다. 보편성의 추구의 측면에서 볼 때 바타유는 "헤겔이 없다 해도 우선적으로는 헤겔이었어야 마땅했을 것이다". 하지만 바타유에게 있어 사유의 꿈은 남다를 바 없는 생각을 하는 데 있다. 남다를 바 없는 생각은 '소통'의 공간이다. 생각한다 함은 곧 소통한다 함이다. 남다를 바 없는 생각이란 곧 누구라도 그 속에서 자신을 '알아보는' 생각을 말한다. 남다를 바 없는 생각은 이렇듯 '나와 남'의 생각, 인간의 생각이다. 인간의 생각은 인간의 진실을 담고 있다. 인간은 저마다 인간의 진실 속에서 자신을 알아본다. 자신이 미처 모르고 있던 자신을. 이러한 각자의 자신을 사유의 꿈 속에서 발견하는 바타유의 사유는 각자의 보편성을 새롭게 한다. (옮긴이)

밤은, 밤은 사유의 젊음이요 사유의 취기이다. 밤은 밤으로서, 즉 격렬한 불일치로서 사유의 젊음이요 사유의 취기이다. 자신과의 불일치, 이것이 곧 인간이라면, 봄날 같은 인간의 취기는 곧 밤이요, 가장 그윽한 인간의 봄은 밤의 배경 위로 돋아난다. 낮을 증오하는 가운데 밤을 사랑할 수는 없으며—밤을 두려워하면서 낮을 사랑할 수는 없다. 바쿠스 신의 무녀는 아름다움에, 요염함에, 젊음에 취해 죽음의 화신과 짝을 이뤄 춤춘다. 춤은 경이롭다. 이유인즉, 두 사람이 각기 상대방에게서 사랑하는 것은 다름 아닌 여하한 자기 자신에 대한 거부이기 때문이요, 또 두 사람의 사랑은 관자놀이의 정맥이 파열되는 한계선상에 다다르기 때문이다. 둘의 웃음은 곧 웃음 그 자체이려니… 두 사람의 한 몸은, 한 몸의 두 사람은 속고 속인다. 그러하니, 밤은 조금만 더 순수하다면 곧 낮의 확연함일 것이요, 낮은 곧 밤의 확연함이리라. 공중에 매달림, 거기에서 비롯한 긴장이 있어야 불일치가 있는 것이며, 또 일치는 불일치로부터 유래하는 것이다. 그리고 일치는 일치이기를 거부함으로써 한층 더 일치인 것이다.

IV
의지

깊은 진실들. 시골에서의 오후, 덧문을 닫아놓은 내 방의 창문 뒤로는 오월의 강렬한 태양. 나는 덥다. 나는 행복하다. 나는 윗도리를 벗어버렸다. 관대한 술이 머리를 조금 달아오르게 한다. 그런데 **해우소**로 내려가 보아야 할 것 같다.

에로티시즘의 두 가지 운동. 하나는 자연과의 일치에 관계되며, 다른 하나는 반문에 관계된다. 우리는 이 둘 중 어느 것도 배제시킬 수 없다. 두려움과 유혹은 뒤섞여 있고, 순결함과 화려함은 상승 효과를 가져온다. 때가 되면, 가장 멍청한 여자도 변증법을 알게 된다.

내가 쓰고 있는 이 글이 일기와는 다른 것은 바로 이 점에서이다. 말하자면, 나는 나이가 너무 어리지도 너무 많지도 않은 어떤 사람을, 지나치게 예민하지도 지나치게 이성적이지도 않은 어떤 사람을, 그저 단순하게(유쾌하게) 오줌도 누고 대변도 보는 어떤 사람을 머릿속에 그리고 있다. 나는 그 사람이 (내 글을 읽고 나서) 에로티시즘에 관해, 그리고 자연에 대한 반문에 관해 성찰하고 있으리라 상상해 본다. 그러한 경우라면, 아마 그 역시도 얼마만큼 내가 그로 하여금 **결**

단을 내리도록 하기 위해 고심했던가를 알게 될 것이다. 세세한 이야기는 필요 없는 것 같다. 그 자신 스스로 순진한 흥분의 그 순간을, 하지만 엉큼하고 말 못 할 흥분의 그 순간을 떠올려보기를. 이제 자연은 그에게 반문 대상이다.

에로티시즘은 낭떠러지의 가장자리이다. 나는 어찌할 방도가 없는 공포 위로 몸을 숙인다(안구가 동공 속에서 뒤집히는 순간이다). 낭떠러지는 가능성의 심층이다.

미친 듯한 웃음도, 황홀함도 마찬가지로 우리를 이 낭떠러지의 가장자리에 위치시킨다. 이는 곧 가능성 전반에 대한 "반문"을 의미한다.

이는 곧 단절의 지점을, 모든 것을 떨쳐버리는 지점을, 죽음에 대한 예기豫期를 의미한다.

내가 어떤 길을 따라가든 거기에서는 전쟁의 불리한 상황에서처럼 임의성은 배제된다. 명확한 대상을 향하지 못한 탓에 하게 되는 일시적 상상은 허용될 수 없다. 나는, 여러 해가 지난 후에도 곡괭이가 똑같은 장소만을 내리치고 있다고(반면 이에 따른 폐기물은 미미하다고) 할 정도로 내 글들이 그토록 엄격한 질서를 지니고 있는 데 대해 사뭇 놀라워한다. 괘종시계의 정밀도를 지닌 어떤 체계가 내 생각들에게 질서를 부여하고 있다(하지만 끝이 없는 이 작업 속에서 나는 끊임없이 도피 중이다).

나는, 약간의 진화를 거쳐 자신을 극복하게 된 그런 인류에 속하지 않을까 싶다. 이러한 인류는 행동으로 옮김(노동)과 자연에 대한 반문(웃음)을 병행해 나갈 것이다.

인식은 행동으로 옮길 때의 확신 그리고 반문에 따른 최종적 의혹, 이 양자 사이에 대립 관계를 설정한다. 하지만 삶은 이 양자 사이에 상호 필요조건을 형성한다. 자연에 대한—신의 뜻으로 받아들여진 얽히고설킨 상태에 대한—순응은 **행동으로 옮기는** 데 장애가 된다. 이러한 의미에서 보면, 행동으로 옮긴다는 것 자체는 곧 자연에 대한 항변이다. 또 한편으로, 행동을 도모하지 못하는 무력함, 즉 시적 게으름은 그 직접적인 결과로—또는 그 역효과로—신의 권위에 귀의할 것을(자연의 질서에 순응할 것을) 요구한다. 하지만 웃음의 그 신성한 자유로움이 바라마지 않는 것은 자연에 종속된 인간이 아니라 인간에 종속된 자연이다.

1922년—마드리드에 있는 어떤 집의 테라스형 지붕 위에서—여러 사람들과 같이 찍은 사진 한 장. 사진 속의 나는 X와 서로 등을 기댄 채 바닥에 앉아있다. 쾌활하면서도 제법 우아함까지 갖추고 있었던 내 모습이 기억난다. 나의 존재는 이런 식의 어수룩한 것이었다. 세계의 현실, 대지의 현실은 프리즘 속의 태양 광선처럼 시간 속에 분해된다. 시간은 세계의 현실을 한꺼번에 사방으로 흩어놓는다. 그렇지만 구릉들, 늪지들, 먼지와 여타 인간들, 이 모두는 한 액체의 부분들 못지않게 서로 맺어져 있으며 또 서로 간에 구별되지 않는다. 말과 파리같이! … 모든 것은 뒤섞여 있다.

부재 중인 천둥
흐느끼는 수면의 그 영원함
그리고 나 유쾌한 파리

그리고 나 잘려나간 손

나는 나는 내 침대보를 적셨다
그리고 나는 과거였다
눈먼 죽은 별이었다

노란 개
그 녀석이 거기 있다 그 녀석이
공포는
수정란처럼 고함치고
내 심장을 토해내니
손의 부재 속에서
나는 외친다

나는 하늘을 향해 외친다
천둥 치는 이 찢겨짐 속에서 외치는 이는
내가 아니라고
죽음으로 향하는 이는
내가 아니라 별이 빛나는 하늘이라고
별이 빛나는 하늘이 외친다
별이 빛나는 하늘이 흐느낀다
나는 졸음에 쓰러지고
세계는 잊혀진다

태양 속에 나를 묻어주오
내 사랑을 묻어주오

태양 속에 나체로

내 아내를 묻어주오

내 애무를 묻어주오

그리고 나의 하얀 침도.

한 남자가 책상을 한 시간 동안 내내 툭툭 두드리고 있더니 그만 붉게 상기된다. 또 한 남자는 두 아들을 폐결핵으로 잃었다고 하고 또 그의 딸은 정신착란을 일으켜 자신의 두 아이를 목 졸라 죽였다고 하고… 한 차례의 세찬 바람이 사물들을, 그리고 우리들 각자의 여하한 자신을 몰아내어 덧없음 속으로 격렬하게 내던진다. 고단함은 또 다른 별을 꿈꾸게 한다. 도피하려는 생각은 실은 터무니없는 것도 비겁한 것도 아니다. 우리는 우리가 찾고 있는 것을 찾아내기를 원하나, 우리가 찾고 있는 것은 다름 아닌 우리 자신으로부터 해방되는 것 오직 그뿐이다. 그러기에 우리는 사랑과 마주칠 때면 그토록 순수한 취기에 빠져들게 되는 것이요—사랑을 놓칠 때면 그토록 깊은 절망에 빠져들게 되는 것이다. 사랑은 매번 다른 별이다. 우리는 두드림의 공허함으로부터, 불행으로부터 자유롭게 될 때 그 별 속으로 잠겨든다. 사실, 사랑 속에서 우리는 우리 자신이기를 멈춘다.

이러한 말들은 어느 독자의 졸고 있는 그 남다를 바 없음에 대한 항의이다—조금 후면 그는 무슨 일론가 이 책을 놓겠지? 자신과 만날 무슨 약속이라도?

이러한 말들은 뭇 **나로 말할 것 같으면**에, 의도적인 남다름에 대한 항의이다.

나는 언어를 한 가지 전통적 용도에서 구사하고 있다. 언어는 의지(행동으로 옮김)의 기관器官이다. 나는 제 갈 길을 끝까지 가는 의지를 표현 양식으로 삼아 나를 표현하고 있는 중이다. 우리가 말을 하고 있는 이상 의지의 포기가 의미하는 바는 곧 낭만주의, 거짓말, 무의식, 시적 횡설수설이다.[1]

내가 보기에는, 의도적인 운동들을 어떤 황홀한 찢겨짐의 순진성에 대립시키는 것만큼 근본적으로 타당성을 지니는 것도 없는 것 같다. 황홀함은 어떤 의도적인 목표로 주어질 수 있는 것이 아니며, 더더욱 어떤 다른 결과를 위한 수단으로 주어질 수 있는 것이 아니다. 여러 갈래의 진입로에 개의치 않는다고 해서 다음의 사실이 소멸되는 것은 아니다. 즉, 황홀함에 가닿음은 바로 황홀함의 조건이었다. 하지만 말을 하고 또 자신의 말 속에 매몰되는 자는 진입로를 찾고 있기 마련이다. 말하자면, 그러한 자는 의도적인 운동들 속에 지체하고 있는 것이다. 왜냐하면 그는 기꺼이 자신의 삶을 뭇 방편들로 전락시키는바 자신의 삶과 다를 바 없는 그 방편들을 부인할 수는 없기 때문이다.

---

1 이 글에서 바타유는 두 차례에 걸쳐 낭만주의(로맨티시즘)에 대한 자신의 비판적 시각을 드러내 보이고 있다. 그런데 낭만주의에 대한 그의 시각은 그의 〈시에 대한 증오〉와 마찬가지로 가능성의 끝까지 나아가지 않으려는 의지의 결핍에 대한 비판일 따름이다. 낭만주의라는 이름도 시라는 이름도 가능성의 영역을 지칭하는 것이다. 불가不可함(초월성)의 체험으로 이어지는 가능성의 영역은 무엇보다도 자신의 밖(외재성)을 향한 의지를 요구한다. 왜냐하면 가능성은 항상 자신의 밖에서 주어지는 것이기 때문이다. 가능성의 영역으로서 낭만주의—시—는 자신의 밖(외재성)을 자신의 내면으로 끌어들이려는 시도이다. 자신의 밖(가능성)을 향한 의지는 내재성에 대한 의지이다. 바타유는《명상법》에서 "내재성의 끈"으로 다섯 가지를 제시하고 있다. 에로티시즘, 희극성, 자식과 부모 사이, 성스러움, 낭만적인 것. 그리고 그는 "낭만적인 것"을 이렇게 정의하고 있다. "자연(야생적이고, 적대적이며, 인간과는 무관한 자연)에 대한 사랑, 심장의 에로티시즘에 대한 열정, 시의 숭배, 시적 찢겨짐의 숭배, 사물들의 질서 및 공식적이고 실제적인 세계에 가치를 부여하기보다는 허구에 가치를 부여하기." (옮긴이)

나는 **전혀 예기치 못한** 과감함, 메마름, 명철함의 필요성을 깨닫는다. 짓누르는 현실에 나는 어찌할 바 모르는 심정이다. 공포는 끊임없이 나를 병자로 만드나, 나는 이 무게를 **거리낌없이** 사랑하려 드는 용기만큼은 지니고 있다. 삶에 필요한 것은 다름 아닌 극한에까지 나아가는 것이며, 또 실질적 한계들을 그리고 오직 이 한계들만을 인정하는 것이다. 그렇지 않고서 어찌 웃을 수 있겠는가? 만일 내가 혐오감에 나 자신을 붙잡아 두고 싶어 한다든가 혹은 들어올리기에 힘이 부친 무게를 부정한다든가 한다면, 나는 "자유주의자" 또는 기독교인에 다름 아닐 것이다. 그러고서 어찌 내가 웃을 수 있겠는가?

내 앞에 펼쳐져 있는 지평선(확 트인 지평선). 그 너머로는 마을과 마을, 도시와 도시, 또한 먹고 말하고 땀 흘리고 옷을 벗고 잠자리에 드는 인간 존재와 인간 존재. 마치 이 모든 것들이 존재하지 않기라도 하듯. 과거의 존재들과 마찬가지로. 또 훗날 존재하게 될 존재들과 마찬가지로. 하지만 구릉 너머로의 이 세계에, 순간 너머로의 이 세계에 나는 투명함을 주고 싶다. "하지만… 이 세계에…, 등등" 같은 문장의 투명함을 말이다. 여하한 나 자신도 고인이 된 스탕달을 감동시키지는 못한다. 그런데 그 누가 나를 위해 내가 이 고인을 위해 하고 있는 것 이상의 것을 해주겠는가? 파도가 다하면, 나는 구릉 그 너머에서, 순간 그 너머에서 죽게 될 것인즉… 그 사이에 나는 내 침대에서 선잠을 자고 있었다. 깨어나 보니, 지평선 위로 하늘은 창백하고 노을빛 따라 얼룩무늬를 띠고 있다. 그리고 구릉 너머로는, 순간 너머로는, 아름다운 황금별 하나, 가벼운 구름 사이로 감미로운 초승달… 졸고 있다니! 나는 졸음에서 빠져나온다. 그러고서 나는, 한층 잘 보기 위해(그리고 한층 잘 눈에 띄기 위해) 나를 글의 정상

위로 끌어올리면서 글을 쓴다. 그런데 몇 순간 후면, 빈사 상태처럼 탈진시키는 졸음은 또다시…

고단한 상태, 한 방울 한 방울 죽음으로 흘러드는 상태에서 내가 벗어나게 되리라고 기대해도 되는 것일까? 그리고 졸음의 노곤함과 싸우면서 한 권의 책을 쓴다는 것이 얼마나 지루한 일인가. 더욱이 책의 투명함을 갈망하는 마당에 말이다. 즉, 구름에서 구름으로, 지평선에서 다음 지평선으로, 졸음에서 다른 졸음으로 살포시 옮겨가는 은은한 빛을 갈망하는 마당에 말이다. 나는 내가 표명하는 것을 꼭 껴안지는 않는다. 졸음이 나를 쓰러뜨린다. 내가 표명하는 것은 죽음에 가까운 무기력함 속에서 와해된다.[2]

문장 하나가 사물들의 와해를 초래하는 방향으로 한층 멀리 소리 없이 나아가고 있었다. 그런데 나는 벌써 잠이 들어있었으니… 나는 그 문장을 잊어버렸다. 나는 잠에서 깨어나 이 몇 자의 글을 쓰고 있

---

2 바타유의 글은 맑다. 이는 이 글에 대한 한 독자의 느낌에 불과하다. 그리고 이 느낌은 바타유가 다루고 있는 문제들—에로티시즘, 성스러움, 희생, 소통, 웃음 등—이 모두 맑음을 전제로 하고 있는 데서 비롯한지도 모른다. 또한 하늘의 푸르름도 맑을수록 깊이와 신비감을 더하듯이, 바타유의 글이 지니는 깊이와 접근의 어려움은 글의 맑음에서 비롯하고 있는지도 모른다. 그런데 바타유의 경우 글의 맑음은 별이 빛나는 밤하늘의 맑음, 나체의 맑음, 죽음의 맑음과도 같다. 글의 맑음은 고통의 맑음이다. 우리는 말한다. 글은 고통스러운 것이라고. 하지만 무슨 이유로? 모든 고통은 이유가 분명하듯, 글의 고통 역시 그 이유가 분명하다. 바타유는 그 이유를 글의 투명함에 두고 있다. 그는 자신의 글이 투명하지 못한 데 고통스러워한다. 글이란 무엇인가? 이 질문에 바타유는 의미론, 해석학의 입장에서는 생각조차 할 수 없는 다음의 대답을 들려주고 있다. 즉, 투명함은 글의 본질이다. 투명함은 결코 의미의 언어가 아니다. 의미는 투명함을 가리는 장막이다. 투명함은 의미의 장막이 걷힐 때 비로소 시작된다. 의미의 장막이 걷힐 때 밤이 열린다. 투명함은 밤의 언어이다. 투명함은 자신에게 투명한 '죄인'의 밤의 언어이다. 바타유의 글은 맑다. (옮긴이)

는 중이다. 벌써 모든 것은 내려앉고 있다. 잠의 잔해 더미 속으로.

이 까마귀의 울음소리로 뒤덮였을, 아침 안개 속의 들판일 따름이라는 것.

얼마나 밤의 온갖 꿈에 시달렸기에!, 이른 아침, 저리도!, 고뇌와 역겨움에 목이 조인 채 노래하는 새처럼 그렇게 나는 글을 쓰고 있다. 나는 다시금 되뇐다. "언젠가는 나는 죽어있겠지, 죽어서 말이야!"라고. 그렇다면 우주의 찬란함은? 아무 일도. 모든 의미들은 폐기되고 또 그러면서 새로운 의미들을 구성하지만, 이 새로운 의미들 역시 도약과도 같은 붙잡아둘 수 없는 것들이다. 내 머릿속에는 세찬 바람이 불고 있다. 글쓰기란 곧 다른 곳으로 떠나기이다. 노래하는 새와 글쓰는 인간은 자유로워진다. 다시 졸린다. 무거워진 머리에 나는 무너져 내린다.

그런데 이제, 밤이 끝났으니, 나는 어디로 가지? 이 때문에 웃으니 이것이 곧 나의 건재함이요, 어느 곳인 줄 전혀 모르니 이것이 곧 나의 행복이다.

이 때문에 나는 한없이 웃는다. 그런데 나는 살아있기 때문에 웃고 싶어 한다. 웃음은 생기 넘친 삶이 있음을, 뜨거운 의지가 있음을 알려준다.

나는 사람들이 흐느끼듯이 그렇게 성행위를 한다. 그리고 오로지 웃음만이 긍지에 차있다. 오로지 웃음만이 승리에 대한 확신에 취하게 한다. 물결 따라 흘러가는 사람은, **자신**의 의지를 이행하지 않는

(신의 의지 또는 자연의 의지를 수행하는) 사람은 별로 웃고 싶은 마음이 없으니 웃음의 무한함이 무엇인 줄 모른다.

웃음은, 신발에 의해 그리고 사용함에 따라 대체로 녹초가 되어있기 마련인 발과 같은 것이다.

나는 지금의 이 세계(전쟁의 근원지인 세계의—분명히 말하건대—존속)를 위해 글을 쓰고 있는 것이 아니다. 나는 어떤 다른 세계를 위해, 어떤 무례한 세계를 위해 글을 쓰고 있다. 나는 이 세계에 나 자신을 강요하고 싶지는 않다. 나는 마치 부재하듯 잠자코 이 세계에 자리하리라 생각한다. 투명함은 지워짐의 필요성을 안고 있는 것이다. 나를 여러 실질적인 힘들에, 여러 필수적인 관계들에 대립시키는 것은 아무것도 없다. 오로지 이상주의(위선, 거짓)만이 실제 세계를 처단하는—그 세계의 물리적 진실을 간과하는—능력을 갖추고 있다.

내가 어느 죽은 별의 빛줄기 그 이상의 무엇이라도 되는 것일까? 세계, 그 빛이 곧 나 자신인 세계는 죽고 없다. 이 실질적 죽음과 나의 가식적 삶 간의 차이를 없애야 하는 것은 나로서는 고통스러운 일이다.

어떤 사장되어 가는 또는 사장된 세계에서, 즉 해체 일로의 어떤 세계에서 살아남아 빛의 형태로 온 누리에 잔존하는 것은 지금의 이 세계에 대한(이 세계의 진실에 대한, 이 세계의 질서에 대한) 부정이다. 세계의 표현이 내일로 이어지는 것은 아니다. 한 세계에서 다른 세계로 이어지는 메시지가 있다는 건가? … 어떤 늙은이가 살아있는 기미를 남기면서 죽기라도 한다는 건가? 그렇다면 내가 체험한 덧없음을 어느 누가 우리들 다음에 체험하겠는가? 그때면 또, 가능한 것 전체를 아우르면서 너무나도 여유가 넘쳐 흐르매 타오르는 불꽃으로 죽어가는 그런 삶의 외침을 어느 누가 들려줄 수 있겠는가?

나는 스탕달의 《일기》를 읽고 있다. 1806년 3월 30일:

"필리프 부인은 그녀의 무감각한 딸이 마침내 그 열쇠를 찾아낸 노란 색조의 거실에서 휴식용 침대 위에 드러누워 있다. 트림을 하고 있는 그녀를 보니 정말이지 그녀가 역겹게 느껴진다. 특히나 부싯깃 연기를 들이마실 때의 그 희열에 찬 얼굴빛과 숨소리란. 바로 이런 식으로 사람들은 죽어가리니!

. . . .

이 일이 있기 전에는, 사마데는 파세와 나 같은 스무 명 남짓한 사람들의 눈에만 조롱거리 일색으로 비쳐졌었다. 목소리가 맞지도 않는 영국인 두 명의 이중창. 이 불쌍한 무리는 이토록 감각의 자극을 필요로 하거늘! 본인이 알쏭달쏭한 인물이 아닌 사람이라면 시시껄렁한 것들로 이 무리를 권태롭게 하지 않을까 무척이나 걱정해야 할 것이다. 그런데 어느 정도의 재기만 갖추고 있어도 얼마든지 알쏭달쏭한 인물이 될 수 있는 것이다. 이날 제대로 목격한 빌데르메트의 본모습.

이 인물은 어떻게 하면 위엄 있는 인물로 보이게 되는지를 연구하였다. 그의 깔끔한 용모, 그의 훤칠한 키, 그의 얼굴에서 풍기는 무언가 냉혹하고 메말라 있으면서도 고상한 분위기, 이 모든 것이 모든 유형들 가운데 바로 이 유형이 그에게 가장 잘 맞는 것이 되게끔 하는 데 기여하고 있다. 만일 이러한 특징이 그 자신의 선택에 의한 것이라면, 그에게는 그가 보여주고 있는 것 이상의 영민한 머리가 있다고 생각해도 좋을 것 같다. 더욱이 미적 감각도 정취도 없는 딱딱한 인물. 그렇지만 감상을 유혹의 수단으로 삼는 엽색가, 마르세유의 러브레이스Lovelace."

인간은? 사마데, 빌테르메트인가? …

우물 밑바닥에서 사마데는 사람들과 어울리며 노래하는데…[3]

정반대로, 옥세르 시내의 한 거리에는 동아줄로 벽에 묶여있는 말 한 마리. 동아줄은 말의 거대한 머리를 무효화시켜 버렸으니, 없는 거나 다름없는 불행이련가. 말은 반항해야 했었건만 벽처럼 땅바닥처럼 가만히 있었다.

누구라도 자신의 머리를 포기할 수는 없다(자율성을 버릴 수는 없다). 빌데르메트는 그 역시 한 마리의 말, 하나의 근육, 한 덩어리의 조각에 지나지 않으나(자신을 그 이상의 것으로 자처한다). 긍지는 정확히 그 위치를 파악할 수 없는 것이기는 하지만 어딘가에 있기는 있

---

3 여기서 바타유는 '진실은 우물 밑바닥에 있다'라는 프랑스의 속담 하나를 빌리고 있다. 스탕달의 일기 속에 묘사된 이 두 인물의 성격은 대략 이러하다.

사마데—왕정하에서는 마땅히 할 일이 없다 보니 공화정을 갈망하는 까닭에 자신의 욕망에 스스로 지쳐버리는 인물로서 "번득이는 영민함을 갖지 못한 탓에 자신을 깊은 정신의 소유자로 생각하는" 희극적 인간.

빌데르마트—멋진 생각도 없으면서 멋진 이야기를 하려다가 스스로 곤경에 처하는 거들먹거리고 고상한 척하는 어리석은 인간.

이들과 마찬가지로 자신이 우물 밑바닥에 있는 줄 모르는 러브레이스는 새뮤얼 리처드슨Samuel Richardson의 소설 〈클라리스 할로Clarisse Harlowe〉(1748) 속의 인물이다. 라클로Laclos의 소설 〈위험한 관계〉(1782) 속의 발몽Valmont과 더불어 자유분방한 엽색가로 대표되는 이 인물은 남녀 관계를 여우사냥으로 규정지으면서 사냥감보다는 사냥 그 자체를 즐기려다 결국 자신이 놓은 덫에 사냥감과 같이 걸려들어 죽음을 맞이한다. 덫은 일종의 우물 밑바닥이다. 자신의 덫은 자신이 놓는다. 18세기의 이 심리소설들은 무엇보다도 인간의 덫—술수화된 인간 정신—에 대한 탐구이다. (옮긴이)

는 것이다. 빈번히 나는 인간적이다! 빈번히 나는 반항적이다! 조금 후면? 말이나 사마데.

나는 그 무엇도 망각하는 법이 없다. 나는 사마데에게 말을 건네고 있는 중이다. 요컨대, 오로지 어리석음만이(오로지 사마데만이) 내 글을 읽고 있을 뿐 어떤 말이 내 글을 읽고 있는 것은 아니다. 자존심, 어리석음은 지구가 돌면서 부정하고 있는 것. 왜냐하면 사마데 독자여!, 나는 너의 무덤 구덩이를 파는 인부란 말이다. 그리고 너는 있지도 않았었다.

매일 저녁, 하늘의 똑같은 지점에 있는 별 하나. 나는 별과 무관하지 않다. 아마도 별은 불변의 것일 게다. 그리고 나는, 별을 바라보는 나는 (내가, 어떤 다른 사람이, 다른 아무도) 아닐 수도 있을 것이다. 빈대들의 **자아**이든 파리들의 **자아**이든 이 자아의 부조리함은 별의 부조리함 속에서 붕괴된다.

오직 하나의 별만을…

어떤 별이든 관계없이—별이기만 하면… 인간은 자신이 존재하지 않음을 알 때 비로소 **존재한다**! 물질은 인간을 분해시키고 또 부패물을 통해 인간의 부재를 표출시킴에 따라 **존재한다**.

불투명한 **자아**는 우주를 불투명함 속에 유지시킨다…

불투명한 자아를 예방하고 싶어 한들 허사일 것이다. 기독교적 겸허는 불행한 것이다. 기독교적 겸허는 특히 모순적인 것으로서 **자아**에 대한 항구적인 강박관념에 묶여있다! 지옥의 **자아**, 천국의 **자아**, 그 자아의 기괴하고도 끔찍한 불멸성을 생각해 보기를! 자아의 엄청나고 엄청난 증식을 관장한 **절대자아**로서의 신을 생각해 보기를!

나는 나의 **자아**에게서 오직 어떤 다른 것과의 관계만을 보고 싶어할 따름이다. 사실, 인간은, 또는 **자아**는 자연과의 관계 속에, 자신이 부정하는 것과의 관계 속에 놓여있다.

여하한 나 자신을 내가 부정하는 것과 관계짓다 보면 나는 여하한 나 자신을 비웃을 수밖에, 붕괴될 수밖에, 용해될 수밖에 없다.

웃음은 단지 자연만을, 그 속에서 보편의 인간이 헤어나질 못하고 있는 자연만을 부정하고 있는 것이 아니다. 웃음은 인간의 가련함을, 그 속에서 대부분의 사람들이 여전히 헤어나질 못하고 있는 인간의 가련함 역시 부정하고 있다.

이상주의(또는 기독교)는, 인간 속에서 자연을 부정하는 것에(관념에) 인간을 위치시켜 왔다. 자연이 무력화되면, 자연을 지배하는 인간은 자신이 지배하는 것과의 관계를 설정할 수 있는 힘을 갖게 된다. 즉, 인간은 웃을 수 있는 힘을 갖게 되는 것이다.

오만은 겸허와 동일한 것이다. 오만도 기만이요(빌데르메트), 겸허도 기만이다(성 브누아 라브르Benoit Labre). 오만의 반대인 웃음은 때로는 겸허의 반대이기도 하다(사도신경에서는 아무도 웃지 않는다).

나는 흠모하는 수밖에, 또는 웃는 수밖에 없다(순결함은 내게 승리를 안긴다).

V
숲속의 왕

내 말이 무척이나 길어졌다. 나의 증언이었던가? 일관성도 없는! 나는 구름 따라 형성되었다 구름 따라 해체되는 빛이었다. 연약함 그 자체였다. 인간의 습성이 내게서 떨어져 나감에 따라—그리고 죽음이 나를 옭아매었으니!—, 살아가고 있는 비겁함과 삶에 대한 염증, 그리고 생활의 무기력함으로 인해 나는 망가짐 그 자체였다.

살아갈 수 있는 뭇 방도들을 장악하기 위해서는 개인적으로도 능동적이어야 하니 이 필요성으로 인해 나는 풀이 죽어 있고, 또 한편으로는 즐기기도 해야 하니 이 필요성은 나를 옭아맨다.

나는 연약하고, 번민에 시달린다. 그리고 **아찔함**은 매순간 내 다리를 마비시킨다. 갑자기, 내 고통이 하늘을 꿰뚫는다. 순간, 내 고통은 **어처구니없는 것**이 있음을 알아차린다…(내게는 어처구니없는 것을 웃음거리로 되게 하는 힘이 있다).

땅 위에서든 하늘에서든 내게 피신처는 없다.

피신처로 생각될 따름인 피신처. 신에게 이 밖의 다른 의미는 없다. 하지만 피신처의 부재에 비하면 피신처는 아무것도 아니다.

신에 대한 상념, 그리고 이 상념과 불가분한 애틋한 감정 및 그윽한 기쁨, 이 모든 것은 신의 부재를 알리는 전주곡들이다. 이 부재의 **밤** 속으로, 진부한 말들과 가식적인 격식들은 오락가락하는 유치한 추억거리로 전락하여 사라져 버렸다. 신의 존재 속으로 섞여드는 무언가 가공할 위대함은 곧 인간을 발가벗기는 **부재**를 신의 존재 속에서 알리고 있는 것이다.

정상에서의 인간은 아연실색한다. **정상에서의** 인간은 신 그 자체이다. 그는 곧 부재이며 잠이다.

자아와 총체성 간의 변증법은 나의 역정 속에서 해소된다. 총체성과 구별되어서는 안 된다는 자아의 자체 인식에 따른 **자아**에 대한 부정은 바로 이 변증법의 기반이다. 그런데 특히 이 변증법 운동이 내적으로 지향하는 바는 바로 반문 그 자체가 반문 대상으로 주어진 존재를 대체하는 데 있다. 즉, 반문은 신을 대체한다. 총체성이 반문의 대상으로 되어버린 이상, 오로지 총체성만이 반문으로 되어버린 이상, 이렇듯 반문의 대상으로 주어진 것은 그것을 규정짓는 어떠한 이름도 더 이상 부여받을 수 없다. 반문은 고립된 존재의 존재 방식이다. 하지만, 우선적으로 반문의 대상으로 주어진 것은 단지 고립된 존재 그 자체일 따름이다.[1]

---

1 바타유는 이 글을 끝맺는 과정에서 자신의 '신 없는 신학'을 받쳐주고 있는 기본적 성찰을 새롭게 하고 있다. 이 글—신을 잃은 인간의 신학, 신의 부재가 드리우는 밤 속으로 추락한 인간의 신학—의 처음부터 제시되었던 기본적 성찰은 신의 이름에 대한 반문에서부터 시작되고 있다. 신의 이름은 이름이되 또한 이름이 아니다. 이름에는 두 가지가 있다. 하나는 자아의 이름이며, 다른 하나는 총체성의 이름이다. 자아는 곧 단일성이며, 총체성은 단일성과 복수성의 통합이다. 자아의 이름은 단지 하나의 차원에 국한될 따

출발에서부터 변증법은 이렇듯 막다른 골목에 처해있다. 물음을 던지는 자는, 즉 말을 하는 자는 물음을 던짐으로써 자신을 제거시킨다. 그렇지만 이 부재 속으로—그리고 이 침묵 속으로—잠겨드는 자는, 부재 속으로 상실되는 것의 도래를 이 침묵의 심층에서부터 알려주고 있는 **예언자**이다… 그는 신을 경멸한다. 그는 문장을 통해 자신의 현존을 표출하는 존재들을 경멸한다. 그는 위대한 익살꾼이며, 동시에 위대한 익살꾼을 경멸한다… 말을 하고 또 말을 하면서 끊임없이 **나**를 운운하는 자들의 그 무수함은 그에게서 유래한다! 이 무수함은 그의 부재로부터 흘러나온다! 이 무수함은 그의 침묵으로부터 흘러나온다!

그럼에도 나는 나 자신을 지워버릴 수가 없다… 다만, 이 책에서 내가 나 자신에 대해 표명하고 있는 긍정은 어수룩한 것이라고 하겠다. 실은 나는 나를 사로잡고 있는 웃음에 불과하다. 내가 빠져들고 있는 막다른 골목은, 그리고 내가 사라져 가고 있는 막다른 골목은 기껏해야 웃음의 광막함에 다름 아니다…

. . . .

. . . .

름이나, 총체성의 이름은 차원을 달리한다. 사실, 자연의 이름도 총체성의 이름이요, 인간의 이름도 총체성의 이름이요, 신의 이름도 총체성의 이름이다. 어떤 차원에서든 총체성의 이름은 곧 존재를 지칭한다. 존재는 곧 단일성과 복수성의 통합을 가리킨다. 그러기에 존재—총체성—는 곧 소통의 공간이다. 자아—존재 아닌 존재—는 자체—단일성—에 대한 부정을 통해 존재—총체성, 소통의 공간—를 지향한다. 소통은 총체성의 존재 방식이며, 총체성의 이름, 즉 존재라 불리는 것은 소통의 공간, 즉 세계를 지칭한다. 그러기에 바타유는 이미《에드와르다 부인》에서 이렇게 말하고 있다. "광막함이, 밤이 존재를 에워싸고 있다." (옮긴이)

나는 숲속의 왕, 제우스신, 범죄자…

. . . .

. . . .

. . . .

. . . .

내 욕망은? 끝이 없고…

내가 **우주**일 수 있었나? 내게 그럴 가능성이 없었던 것은 아니다—우습게도…

나는 껑충 뛰어올랐다. 나는 껑충 비뚤어지게 뛰어올랐다.

모든 것이 해체되고, 붕괴되었다.

나의 내면의 **모든 것**은 해체되었다.

단 한순간이라도 웃음이 내게서 그칠 수 있으련가?

(오로지 한 인간이기만을, 다른 사람들과도 유사하고,
자신의 몫으로 주어지는 할 일들을 걱정하며,
보통 사람으로서의 단순함을 지닌 가운데 거부당한.
웃음은 그 사람 내면에서의, 다른 사람들 내면에서의 번개이다.)

어느 숲 그 깊숙한 곳에서는, 두 연인이 서로를 발가벗기고 있는 방에서처럼, 웃음과 시가 자유로워진다.

방 밖에서처럼 숲 밖에서는, 유용한 목적의 행동은 꾸준히 지속되고, 각자 저마다 이 행동에 소속된다. 하지만 자기 방에서는 각자 저마다 거기에서 빠져나오는데… 말하자면, 각자 저마다 죽음으로 향하면서 거기에서 빠져나오는데… 내 광기는 숲속에서 여왕으로 군림하는바… 어느 누가 죽음을 없앨 수 있겠는가? 나는 숲에 불을 지른다. 숲에서는 웃음의 불길이 활활 타오른다.

나는 항상 말을 하고 싶어 미친 듯이 안달이다. 더불어 나는 말을 정확하게 하고 싶어 미친 듯이 안달이다. 나는 나 자신을 명확함, 능력, 야망을 갖춘 인물로 생각한다. 잠자코 있어야 마땅했을 텐데 나는 또 입을 열고 있다. 나는 죽음에 대한 두려움으로 인해 웃고 있다. 죽음에 대한 두려움은 나를 깨어나 있게 한다! 죽음에 대한 두려움과(두려움과도 죽음과도) 싸워가며.

나는 글을 쓰고 있다. 나는 죽고 싶지 않다.

"나는 죽어있을 것이다"라는 이 말은 **나**로서는 호흡할 수 없는 말이다. 나의 부재는 곧 밖에 부는 바람이다. 나의 부재는 희극적이다. 즉, 고통은 희극적이다. 나는 안전하게 내 방에 있다. 하지만 무덤은? 벌써 너무나 가까이 있는 무덤에 대한 생각이 나를 머리끝부터 발끝까지 감싸버린다.

내 태도의 엄청난 모순!

어느 인간이 이토록 즐거워하면서 이 같은 죽음의 단순함을 지니고 있었겠는가?

하지만 잉크는 부재를 의도를 변화시킨다.

밖에 부는 바람이 이 책을 쓰고 있기라도 한 것일까? 글을 쓴다는 것은 곧 나의 의도를 표명하는 것이다… 내가 추구했던 철학은 바로 "**머리는 하늘에 근접하였고**—발은 죽은 자들의 제국에 닿아있었던—자의" 철학이다. 나는… 광풍에 의해 뿌리째 뽑혀나가기를 기다리고 있다. 순간, 나는 가능성의 한계에 가닿는다! 동시에 나는 불가不可함에 가닿는다. 나는 존재의 힘을, 존재가 존재의 반대에까지 나아갈 수 있었던 그 힘을 쟁취한다. 나의 죽음과 나, 우리는 밖에 부는 바람 속으로 잠입하고, 그 바람 속에서 나는 **나의 부재**를 향해 나를 열어젖힌다.[2]

내가 두세 시간 동안 야행까지 해가면서 지칠 대로 걷고 난 후 도착했던 어느 산(에트나 산) 정상 가까이에 있는 한 대피소가 생각난다. 해발 2000미터에서부터는 더 이상 식물군은 찾아볼 수 없었고 검은 용암 가루뿐이었다. 3000미터 높이에서는, 시칠리아의 한여름 속의 지독한(얼어붙은) 추위. 세차기 이를 데 없는 바람. 대피소는 관측소로도 사용되고 있는 길쭉하고 허름한 건물이었으며 작은 원형 지붕이 얹혀져 있었다. 잠자리에 들기 전에 나는 생리적 욕구를 만족시키고자 밖으로 나왔다. 이내 추위가 나를 엄습해 왔다. 관측소 건물이 화산의 정상을 가로막고 있었다. 별빛 가득한 하늘 아래에서 나는 적당한 장소를 물색하면서 벽을 따라 갔다. 밤은 컴컴한 편이었고, 나는 피로와 추위에 질려있었다. 그때까지 내게 바람막이가 되어주었던 대피소 건물의 모퉁이를 지나치자, 엄청난 세찬 바람이 천

2 나의 부재에로의 열림. 웃음의 열림을 통해 열리는 이 열림은, 또는 고백—'죄인'의 고백—의 열림을 통해 열리는 이 열림은 아마도 바타유의 이 글이 우리에게 알려주고 있는 글의 본질인 것 같다. 역설적으로, 바타유의 이 일기체 글은 '나'의 이야기이다. 바타유의 이 고백체 글은 '나'의 이야기이다. 더욱이 이 '나'의 이야기만큼 사랑할 수 없는 '나'를 말하는 문학적 · 철학적 글도 흔치 않은 것 같다. 바타유의 언어에서 '나'는 원치 않은 어둠의 언어이다. 바타유는 원치 않은 어둠 속을 헤맨다. 그러기에 그는 '나'에 정직하고, '나'에 충실하다. 그만큼 바타유는 '나'에 시달린다. 또 그만큼 바타유는 나의 부재를 염원한다. 나의 부재를 향한 염원 속에서 존재의 본뜻은 밝혀진다. 즉, "존재는 존재의 반대까지 나아가야 한다". 존재의 본뜻은 '나'에게 말한다. 즉, '나'는 '나'이되 또한 '나'가 아니다. 바타유의 이 사랑할 수 없는 '나'의 이야기는 '나 아닌 나'의 이야기이다. 1943년 5월 어느 날 그는 일기 속에서 이렇게 말하고 있다. "나는 '나 아닌 나non-je'의 도래를 알리는 예언자이다." (옮긴이)

둥소리를 내며 나를 덮쳐왔으며, 내 눈앞에는 분화구의 으스스한 광경이 200미터 위에서 펼쳐지고 있었다. 그 무시무시함이 어느 정도의 것인지는 밤 속이라고 가늠 못 할 바 아니었다. 하지만 간신히 버텨내기도 힘들 정도로 바람은 너무나도 차갑고 너무나도 굉음을 질러대고 있었으며 또 화산의 정상은 너무나도 공포의 무게를 지니고 있었다. 이제 와서 생각해 보건대, 자연의 **나 아닌 나***non-je*가 이토록 광폭하게 내 목을 졸랐던 적은 없었던 것 같다(아직도 고통스러운 이 등반은 내가 오래전부터 갈망해 왔던 것이었으나—나는 이 때문에 일부러 시칠리아로 여행을 떠났었다—내 힘의 한계를 넘어서는 것이었다. 나는 몸이 아픈 상태였다). 탈진 상태는 내게 웃는 것마저 허용치 않았다. 그렇지만 나와 함께 정상에 기어올랐던 것은 단 하나, 오직 한없는 웃음이었다.

일그러진 욕망(나 자신을 표현할 수 있는 데까지 표현하고픈 욕망). 하지만 결국은 이 욕망도 우습게만 느껴진다.

사람이 사랑하게 되는 것은 재채기가 나오는 것처럼 출현한다. 나의 태평함은 의지의 언어로 표현된다. 나는 이것이든 저것이든 **행하지** 않으면 안 되는 것을 알았다. 그래서 나는 이것이든 저것이든 행하고 있는 중이다(나의 시간은 더 이상 멍하니 벌어진 그 상처가 아니다).

1943년.

부록

(헤겔에 대한 강의를 맡고 있는 X.에게 보낸 편지)[1]

1937년 12월 6일, 파리

친애하는 X. 씨.[2]

〔내가 이렇게 귀하에게 편지를 쓰는 것은 이것만이 우리가 이제껏 여러 형태로 해왔던 대화를 계속할 수 있는 유일한 방법이라 생각되기 때문입니다. 먼저 이 점부터 말씀드려야 할 것 같습니다.〕 귀하가

---

1 '현 시대의 불행'에서 없애버린 것(혹은 분실된 것)으로 언급되었던 이 편지의 초고는 내가 이미 쓰기 시작한 책에 속하게 될 몇 편의 글에 첨부되어 있었다. 이 글들은 여기 부록에 수록되어 있다. 나는 이 끝맺지 못한 편지의 사본을 작성해 놓지 않았다. 하지만 그 초고는 당사자에게 전해졌다. (원주)

2 바타유에게 있어 1933년 이래 알렉상드르 코제브의 강의를 통한 헤겔과의 만남은 사유상으로 중요한 기점을 이루고 있음은 앞서 언급하였다. 본문에서 보았던 것처럼 바타유는 헤겔 사유의 광대함을 부정한 적은 없다. 《내적 체험》에서 바타유는 헤겔에 대해 이렇게 말하고 있다. "어느 누구도 헤겔만큼 심층적으로 지성의 가능성을 펼치지는 못했다. 그의 사유체계와 비견될 수 있는 사유체계는 없다. 그의 사유체계는 건설적 지성의 정점이다." 다만 바타유는 건설적 지성intelligence positive의 맹점, 즉 건설적 지성은 자체의 긍정성만큼은 탈피하지 못한다는 점에 비추어, "기존의 공인된, 행동 중심의 세계"와의 일치 속으로 "도피"하려는 헤겔 사유의 내적 성향을 비난하고 있다. 여기 수록된 코제브에게 보낸 편지는 아마도 두 사유 간의 차이를 핵심적으로 보여주고 있는 것 같다. 바타유는 이 부록에서 단지 편지 초고의 절반 정도만을 수록하고 있을 뿐이다. 그것도 편지의 전반부만을. 그리고 〔 〕로 삽입된 부분은 바타유가 이 책을 위해 편집하는 과정에서 제외시킨 부분이다. (옮긴이)

내게 제시해 준 논지 전개의 덕분으로 나는 한층 명료하게 표명할 수 있게 되었다고 말입니다.

현시점에서부터 역사는 (최종적 해결을 제외하고는) 완결된 것이다라는 점은 나로서도 (하나의 있을 수 있는 가정처럼) 인정하는 바입니다.[3] 하지만 나는 귀하와는 다르게 문제들을 보고 있습니다. 〔나는 공산주의와 파시즘 간의 차이에 대단한 중요성을 부여하지는 않습니다. 또한, 시대적으로 먼 거리를 두고 모든 것이 다시 시작한다는 점 역시 내게는 조금도 불가능한 것으로 보여지지 않습니다.〕

어쨌든, 많은 우려가 뒤따랐던 나의 체험에 비추어볼 때 이제 나는 더 이상 아무런 "행해야 할" 것이 없다는 생각입니다. (나로서는 이 점을 수긍하기가 어려웠습니다. 그리고 이미 아시다시피 나로서도 나 자신을 납득시키기가 여간 힘들지 않았습니다.)

만일 행동("행하다")이—헤겔의 말처럼—부정성이라면, 그때 제기되는 질문은 과연 "더 이상 아무런 행해야 할 것"이 없는 자의 부정성이 사라지게 될 것인가 아니면 "용도 없는 부정성"의 상태로 존속하게 될 것인가 하는 점입니다. 내 개인적으로는 한 가지 방향으로밖에 결정할 수 없습니다. 왜냐하면 나 자신이 바로 이 "용도 없는 부정성"이기 때문입니다(나로서는 이보다 더 명료하게 나 자신을 정의 내릴 수는 없을 듯합니다). 헤겔이 이러한 가능성까지 예견했었기를 바라는 마음입니다. 어쨌든 헤겔은 자신이 기술한 진행 과정의 **끝 지점**에 이 가능성을 설정하고는 있지 않으니까요. 나는, 내 삶—삶의 낙태, 보다 적절히 말하자면 열려있는 상처로서의 내 삶—이 그 자체만으로도 헤겔의 폐쇄된 체계에 대한 반론이라 생각합니다.

---

3 X.는 공산주의 혁명에 의한 해결이 임박한 것으로 잘못 생각하고 있었다. 그 후로의 20년을 돌이켜보면 말이다. (원주)

나 자신의 문제를 두고 귀하가 제기하는 질문은 요컨대 내가 하찮은 존재인지 아닌지를 알아보는 것과도 같습니다. 이에 대한 부정적 답변을 떨쳐버릴 수 없었던 탓에 나 역시도 스스로 이 질문을 자주 제기해 왔습니다. 더욱이, 나 자신에 대한 나의 생각도 일정치 않은 데다 또한 나는 내 삶을 가장 탁월한 사람들의 삶과 비교하는 과정에서 내 삶이 변변치 않을 수도 있으리라는 것을 그만 망각하는 일도 생기다 보니, 종종 이런 생각이 내게 들기도 하였습니다. 즉, 삶의 정상에서는 오로지 하찮은 것밖에 없다고 말입니다. 사실, 어느 누구도 밤과 다를 바 없는 것인 어떤 정상을 정상으로 "인지하지는" 못할 것입니다. 나는—(다른 사람들이 제 모습 그대로 "인지되고 있는" 그런 단순한 차원에서) 나 자신을 "인지시키는" 데 있어 유달리 어려움을 겪었던 것처럼—이렇듯 몇 가지 사실로 인해 어떤 결정적인 무의미함에 대한 가정을 진지하게 하지만 유쾌한 마음으로 받아들이고 있습니다.

이러한 가정으로 인해 내가 불안해하거나 또는 어떤 오만의 여지를 만들어놓거나 하지는 않습니다. 하지만 만일 내가 나 자신의 몰락을 피하려는 어떠한 시도도 해보기 전에 이 가정을 인정해 버린다면, 내게는 더 이상 여하한 인간다운 면모도 없을 것입니다(이 가정을 그대로 인정해 버리는 경우 나는 십중팔구, 웃음거리에 불과한 하찮음뿐만 아니라 나아가 공격적 성향 및 보복 심리까지 갖게 될 것입니다. 말하자면, 이 경우 내게 필요한 것은 나의 부정성을 되찾는 일이라 하겠지요).

내가 하고 있는 말을 듣고 있다 보면 무슨 불행한 일이 벌어지고 있는 게 아닌가라고 생각하실 것 같습니다. 그런데 실은 그렇습니다. 귀하의 면전에서 나의 입장을 정당화시켜 줄 수 있는 것은 발이 덫에 걸려 울부짖는 짐승뿐이라 하겠습니다.

사실, 불행이나 삶이 문제가 되고 있는 것은 아닙니다. 문제는,

"용도 없는 부정성"이 과연 무엇으로 변모하는가 단지 이 점뿐입니다. 만일 이 부정성이 무언가로 변모한다면 말입니다. 나는 이 부정성에 다름 아닙니다. 요컨대 이 부정성이 우선적으로 나 자신에게서가 아니라 다른 사람들에게서 빚어내고 있는 형태들 속에서 그렇다는 말입니다. 대개의 경우, 무력한 부정성은 예술 작품으로 구현됩니다. 실질적인 결과를 낳는 이 같은 변신은, 역사의 완결(혹은 역사의 완결에 대한 생각)에 의해 초래된 상황과는 그다지 조응하지 않는 것이 보통입니다. 하나의 예술 작품은 기피하면서 조응하는 것입니다. 아니면, 예술 작품은 지속적인 조응으로 주어짐에 따라 오히려 어떠한 특정 상황과도 조응하지 않습니다. 그리고 예술 작품은, 더 이상의 기피가 불가능한 시점(**진실의 시간**이 도래하는 시점), 즉 종결의 상황과는 거의 조응하지 않습니다. 내 경우를 보면, 내게 귀속된 부정성은 더 이상의 용도를 갖지 못하게 된 바로 그때부터 일체의 노력을 포기하였던 것입니다. 이는 아무런 행해야 할 것이 없는 어떤 인간의 부정성일 뿐 말하기를 선호하는 어떤 인간의 부정성인 것은 아닙니다. 그런데 행동을 회피하는 어떤 부정성이 예술 작품으로 표현된다는 사실은—거의 이론의 여지가 없는 이 사실은—많은 의미를 담고 있는 것으로서 곧 내게도 여러 가능성이 남아있음을 말해주고 있습니다. 이 사실은 바로 부정성이 객관화될 수 있음을 지적해 주고 있습니다. 게다가 이 사실은 예술만의 특성이 아닙니다. 종교는 비극 작품 또는 회화 작품 그 이상으로 부정성을 관조의 대상이 되게 합니다. 다만 예술 작품에서도, 종교의 감동적 요소들에서도, 부정성은 **주어진 그대로** "인지되고" 있지 않습니다. 오히려 부정성은 그것을 해소시키는 어떤 체계 속으로 흡수되어 버리는바, 오로지 긍정적 태도만이 "인지되고" 있다 하겠습니다. 또 한편으로, 과거의 행적으로 남아있는 부정성의 객관화와 **종결의 시점에서** 가능성으로 주어지는 부정성의 객관화 사이에는 근본적인 차이점이 있습니다. 실제로, "용도 없는 부정성"으로서의 인간은 바로 물음으로 존재하는 자신에 대한 어떠한 답변도 예술 작품 속에서 찾아내지 못합니다. 그러한 인간은 단지, "**인지된** 부정성"으로서의 인간이 되는 수밖에 없습니다. 그는 능동적인 인간이 되고 싶은 자신의 욕구가 쓸모없게 되었음을 알았던 것입니다. 이러한 욕구는 예술이 던지는 미끼에 무한정 속고만 있을 수 없는 까닭에 언젠가는 그 본래의 모습대로, 즉 내용이 텅 빈 부정성으로 인지되는 것입니다. 또한 그럴 때면, 이 부정성을 죄에 다름 아닌 것으로 돌려버리고 싶은 충동도 생겨날 것입니다—이는 사람들이 최후의 위기를 기다릴 필요도 없이 채택해 왔던 손쉬운 해결책이기도 합니다. 하지만 이 해결책은 이미 있던 것이었으니, 그 효과는 사전에 바닥나 버렸다 하겠습니다. "용도 없는 부정성"으로서의 인간에게 이 해결책은 거의 없는 거나 다름없습니다. 말하자면, 그는 자신을 선행한 것의 결과임에 따라 그에게서 죄의식은 힘을 발휘하지 못합니다. 그는 마치 벽을 마주하듯 자신의 부정성을 마주하고 있는 것입니다. 그로 인해 그 어떤 곤혹스러움을 느낀다 할지라도 그는 알고 있습니다. 앞으로는 그 무엇도 배제될 수 없으리라는 것을. 왜냐하면 부정성은 더 이상 출구가 없기 때문입니다.

(지식, 행동으로 옮기기, 그리고 반문에 대해서)

나는 한편으로는 실용 지식의 기본 요건에 대해 고찰하고자 하며, 또 한편으로는 그 무엇으로 존재하는 모든 것, 자연, 그리고 인간 자신에 대해 인간이 제기하는 반문에 대해 고찰하고자 한다(왜냐하면 자연과의 대립으로서의 인간은, 자연에 대한 반문으로서의 인간은 자신과 대립하지 않고서는, 더불어 자신에 대한 반문으로서 존재하지 않고서는 자연과의 대립을 실행할 수 없기 때문이다).

실용 지식의 기본 요건은, 반문을 뒤로 물러서게 하는 답들, 반문을 한층 먼 곳으로 그리고 한층 훗날로 옮겨놓는 답들의 근거가 되고 있다. 실제로, 반문은 비록 어떤 무한정한 내용을 내포하고는 있지만 일단은 제한된 형식을 따르고 있다. 우리는 이런 것 또는 저런 것에 관해 근원, 존재 이유, 설명 체계를 찾고 있지만, 동시에 우리는 우리가 얻게 되는 성과들이란 사변 지식을 관류하는 욕망을 고려하면 단지 밤으로 인도하는 계단의 한 단계로서의 의미를 지닐 따름임을 간과하고 있다. 순수 과학, 철학, 그리고 순수 과학과 철학의 운동을 함축하는 변증법, 이것들은 사실 실용 지식—**행동으로 옮기는 데** 필요한 확신—과 끝없는 **반문** 간의 **상호 간섭**에 의거하고 있다. 하지만 이러한 이종교배—의미와 의미의 상실—의 성격에도 불구하고, 그 조야한 성과 너머로의 지식의 성장은 무의미한 습득인 것만은 아니다. 실효성의 측면에서만 보더라도 변증법적 지식 습득은 적어도 한 가지 구체적 영역에 적용될 수 있는 것이다. 어떻게 이 이중의 성장이 어떤 의미를 지니게 되는가? 달리 말하자면, 어떻게 또 어떤 한도 내에서 하나의 출구 없는 물음의 운동이 실용 지식을 증대시킬 수 있는 것인가?

선험적으로, 어떤 항변의 효력은 놀라움을 자아내기 위한 것이 아니다. 정신을 지치게 하는 형이상학적 물음의 이 본질적 성격은 어떠한 방식으로도 제거시킬 수 없는 것이다. 하지만 그 자체만을 목적으로 할 따름인 반문의 차원에서는 불행할 수밖에 없는 노력이 활동의 차원, 조야한 지식의 차원에서는 어떤 성과를 끌어낼 수가 있는 것이며, 또 진정성의 여부는 행동으로 옮기는 데서 입증되는 것이다.

조야한
실용 지식
과학적 지식
그리고 변증법

일차적 명백성은 노동의 명백성, 도구의 명백성, 제조된 물건의 명백성, 그리고 노동과 대상 간의 일률적 관계의 명백성이다. 또한 초보적 앎은 활용 지식이다. 그리고 내가 제조한 어떤 물건에 대한 나의 지식은 하나의 충만하고 만족스러운 지식인바, 나는 바로 이 지식을 다른 대상들—자연적 대상들, 나 자신, 또는 우주—에 대한 나의 인식의 기준으로 삼으려고 노력한다. 그런데 활용 지식들로부터 비롯한 제언들은 **논리적** 표명이다. 언어는 조야한 명백성들을 출발점으로 하여 등가적 상황들을 질서정연하게 연계시킨다. 이렇듯 언어는 활용 지식에 의거한 기준을 수학적 엄격함에 의거한 기준으로 대체시키는데, 후자는 원래 전자를 향상시킨 것에 불과한 것이다. 이러한 대체를 통해 한편으로는 기술적 가능성이 가장 효율적인 방식으로 팽창하게 되며, 또 한편으로는 명백성이 행동 영역에서의 가능성 너머로 (사변의 영역 속으로) 은연중 스며들게 된다. 하지만 언어의 내부에서 이렇듯 유동적인 명백성은 이내 변증법적 진행을 떠맡게 된다. 우선적으로, 규정적이며 엄격한 명백성이 직접적 명백성에 대립하게 된다. 전자는 후자에게서 확실함에 대한 자신 및 "나는 할 수 있음"의 확신을 빌려오는 반면, 후자의 외면적 성격만큼은 거부한다. 이러한 첫 번째 작업은 벌써 변증법의 가능성을 여러 갈래로 키워나가고 있는 것이다. 말하자면, 언어는 긍정적 제언들을 표명함과 동시에 물음이라는 수단을 통해 우리들의 내면에 어떤 상처가 생기게 한다. 이 두 명백성 간의 대립은 벌써 그 자체로 명백성에 대한 "반문"이 있음을 시사하고 있다. 그리고 모든 반문은 하나같이, 어떠한 답변도 생각해 볼 수 없는 물음을, 알 수 없는 욕망에 이끌리듯 답변의 부재를 **갈망하는** 끝없는 물음을 내포하고 있다.

만일 내가 어떤 조야한 개념에 대해 나를 호도하는 것이라고 말한다면, 이를테면 어떤 나뭇조각의 딱딱함에 대한—견고한 안정성 및 의심할 여지 없는 물질적 실재성의 표현에 대한—나의 믿음을 두고 그렇게 말한다면, 나의 발언은 그 동일한 대상에 대한 어떤 심도 있는 제시를 부추기고 있는 것이다. 하지만 새로운 제시는 여하한 것이든 어떤 끝없는 반문의 변증법 속으로 들어와 있는 것이다. 나뭇조각에 대한 어설픈 확신이 일단 거부당한 이상, 반문에 그 토대를 두고 있는 새로운 제시는 그 자체를 하나의 운동을 통해 유지시켜 나가게 된다. 그리고 매 단계마다 "나는 할 수 있음"의 확신은 새로운 형태로 되풀이되는바, 실재에 대한 각각의 제시 방법은 그 토대를 이렇듯 어떤 행동의 가능성에, 어떤 체험의 가능성에 두고 있는 것이다.

과학은 반문에 그 토대를 두고 있음에 따라 이렇듯 변증법적 성격을 지닌다.

철학

하지만 과학은 여전히 외면적 성격의 반문에서 벗어나지 못하고 있다. 직접적 확신과 연관적이면서 감각의 대상으로 주어지는 질적 차원을 거부하는 가운데 과학은 질적 차원을 양적 차원으로 대체시키는 데 그치고 있다. 더불어 과학은 정확한 측정이 가능한 영역에서 벗어날 때면 연계성에 따른 등가 관계에 의거하게 된다. 그렇지만 과학은 결코 그 대상들에 대한 근본적 이해를 추구하지는 않는다. 사실을 말하자면, 과학은 그 객관적 이해 방식을 총체성에까지 확장시킬 수 없는 것이다—총체성은 동등성에 의거한 설명 체계로 축소되지 않을 뿐만 아니라 또한 어떤 임의적 결정에 의하지 않는 한 **활용 지식**을 바탕으로 하는 어떤 인식 체계에 속할 수 있는 것도 아니다. 그런데 이 같은 과학의 무력함이 끝없는 반문의 장을 여는 것임에도 불구하고 무의미한 것으로 여겨지고 있는 것은 어쩌면 당연한 일인지도 모른다. 더욱이 이 무력함은, 과학이 자체적으로 해결할 수 없는 문제들에 대해 그나마 마지못해 고찰하고 있다는 사실로 인해 과소평가되고 있기도 하다. 이렇듯 과학의 경우 반문은 활동의 전제 조건인 불안감의 차원을 넘어서지 못하고 있다.

오로지 철학만이 유일하게 어떤 기이한 위엄을 지니게 되는 것은 바로 철학은 끝없는 반문을 감당해 내기 때문이다. 철학은 뭇 성과에 의해 어떤 논란의 여지가 있는 권위를 얻고 있는 것이 아니다. 철학은 단지 그 무엇으로 있는 모든 것에 대한 반문 속에 깃든 인간의 염원에 부응하고 있을 따름이다. 철학이 빈번히 한가로운 짓이라는 것은, 철학이 변변치 않은 재능을 써먹는 방식치고는 불쾌한 방식이라는 것은 어느 누구도 의심치 않는다. 하지만 철학에 대한 합당한 선입견이 어떠한 것이든, 또 철학의 "성과"가 아무리 기만적인 것(경멸스럽고 가증스럽기까지 한 것)이라 해도, 철학을 폐지시키는 것이 용이치 않은 것은 바로 다음의 이유 때문이다. 즉, 실질적 성과의 결여는 곧 철학의 위대성이다. 철학의 모든 가치는 철학이 부양하는 휴식의 부재에 있다.

(인간과 자연의 대립에 대해서)

I

무언가 규정된 것으로서 인간이 자연과 충돌하는 것은 아니다(마찬가지로 무언가 규정된 것으로서 자연이 인간과 대립 관계에 놓여있는 것은 아니다).

이는 자율성을 얻기 위한 노력과도 같은 것이다.

이 노력은 어떤 입장을 택하는가에 따라 전개 방향을 달리한다.

원칙상으로 자연은 얽히고설킨 상태처럼 비쳐지고 있다. 이럴 때면 인간이란 얽히고설킨 상태에서 벗어나려는 삶, 합리적 원리들의 순수함만으로 국한되려는 삶에 다름 아니다.

이러한 운동은 인간에 의한 자연의 지배를 보장해 주는 것이기도 하다. 자연은, 자연을 예속시켜 자신들의 자율성을 위한 수단으로 삼으려 하는 자들에 의해 행동 영역 속으로 들어오게 된다.

하지만 어떠한 입장에서든(모든 입장은 잠정적인 것이다), 인간은 한 가지 **중개념**에 의지한다. 인간은 인간 자신의 이름으로는 자율성을 주장하고 나설 수는 없다. 두뇌의 명철함(식별력)은 인간에게 자신을 형성하는 운동이 허황된 것임을 깨닫게 한다. 왜냐하면 인간은 자율성을 향한 운동으로서 자신을 파악함과 동시에 자신의 얽히고설킨 상태를, 즉 얽히고설킨 자연이 인간을 붙잡아 두고 있는 그 깊은 종속 관계를 깨닫기 때문이다. 이로 인해 인간은 신 또는 이성과 같은 이상적 중개념과 맺어져야 할 필요성에 봉착하게 된다.

신이든 이성이든 양자 모두 얽히고설킨 상태와 본연적으로 연관성을 갖는다는 점에서, 즉 얽히고설킨 상태 그 내부에서의 포착 가능한 질서와 연관성을 갖는다는 점에서 중개념인 것이다.

신은 감각적인 표식들과 관련을 맺고 있다. 즉 신은 마치 어떤 부정적 의미를 두르고 있는 것같이 얽히고설킨 그런 자연에 대한 해석과 관련을 맺고 있다. 기독교의 자연은 유혹(극복해야 하는 것)이자 동시에 유혹의 손길을 뻗치는 외양 아래 숨겨진 질서(순응해야 하는 것)이다. 기독교는 우리에게 주어진 여건, 그 속에서 우리가 우리의 자율성을 찾는 이 얽히고설킨 여건의 요소들을 **정리 정돈한다**. 기독교는 거기에서 선과 악을 분리한다.

이 분리에 따르면, 인간의 머리가 자율성을 가지려는 의지는 악으로 간주되고 있다. 머리는—비록 자율성을 가질 수밖에 없는 것이라 할지라도—단지 우회적 방식을 통해서만 자율성을 실현할 수 있을 따름이다. 요컨대 머리는, 즉 신의 이미지로서의 머리는 신에 종속된 것이다—신은 자연도 자연에 대한 부정도 아니다. 신은 자연의 얽히고설킨 상태 속에서 선을 통솔한다.

선의 통솔자로서 신은 이미 이성이다. 그런데 신은 자연을 창조하는 이성이요, 자연을 보장하는 이성이요, 자연을 해명하는 이성이다—자연, 즉 자연 속의 질서 및 얽히고설킨 상태 전반. 이 얽히고설킨 상태는 악이 아니다. 악은, 이 상태 속에서 어떤 피조물이 신 고유의 특성인 자율성을 자신도 원하는 데 있는 것이다.

기독교적 입장에서 인간이 부정하는 자연이란 자연의 한 역설적 양상이기도 하다. 말하자면, 무엇보다도 인간의 자연이 바로 그것이다. 자연 속에서의 자율성을 향한 의지로서 인간의 자연은 본질적으로 자연에 대한 부정일 따름이다!

이 입장은 그 자체로는 받아들여질 수 없는 입장이다. 이 입장은 실은 한층 조야한 한 가지 또 다른 입장과 양립하고 있다. 기독교는 인간에 의한 동물적 본성에 대한 부정을 구축하고 또 전개시켜 왔던 것이다. 따라서 본질적으로 기독교는 다음의 두 가지 입장의 중첩에 다름 아닌 것으로 정의된다.

1. 자연 = 인간의 자연, 개인적인 힘에로의 의지

자율성 = 신, 자연과의 완전한 일치를 이루는 자연의 통솔자. 단, 이 일치는 한 가지 점을 예외로 하고 있다. 즉, 자연은 인간의 범주로서의 자연을 부정한다.

2. 자연 = 동물적(또는 육체적) 본성. 이를테면 육감과 같이 인간에게서 자율성을 향한 의지를 지향하지 않는 것.

자율성 = 지적 · 도덕적 성향

제1 입장의 경우, 신은 스스로 인간을 부정할 수밖에 없으매 또한 자연을 전반적으로 긍정할 수밖에 없다. 그리고 자연에 대한 전반적 긍정 속에서는 자율성의 핵심이 상실된다(본질적으로 자율성은 부정이며, 불관용이다). 이 입장에서는, 인간은 자포자기하고 만다. 왜냐하면, 인간이 신을 통해 가닿는 자율성은 하나의 미끼에 불과하기 때문이다. 인간은 어느 우둔한 자의 팔에 안긴 아이에 불과할 따름이다.

따라서 제2 입장은 인간에게뿐만 아니라 신에게도 필요한 것이다. 사실 기독교의 토대는, 인간이 동물로서 자신이 종속되어 있는 자연에 대해 관용적이지 않다는 데 있다. 하지만 이러한 불관용은 자율성을 향한 의지를 억제시키는 방향으로 나아간다.

두 가지 입장 모두 불안정하다.

두 번째 입장에서, 자연과의 대립은 있으면 좋으련만 있지 않은 것에 의한 대립이다. 인간의 머리가 염원하는 이런 종류의 자율성은 인간의 머리 그 자체를 위한 자율성이기보다는 단지 사변적으로만 존재하는 것(단어에게 존재를 부여하는 식으로 구성된 것)의 자율성, 즉 순수 지성 및 순수 도덕성이다. 그런데 자연에 대한 도전은 어떤 현현화된 욕망이 걸머지고 나아갈 수 있는 것이 아니다. 즉, 인간으로서 당연한 행동들을 통해 암시되고 있는 어떤 순수 도덕성이 자연에 대한 도전을 걸머지고 나아갈 수 있는 것이 아니다. 자연에 대한 도전은 그것을 스스로 감당하면서 걸머지고 나아가는 어떤 실재적 존재를 필요로 한다. 벌써 이 단순한 입장에서도, 자율성의 조건은 도달 불가능한 것으로 규정되고 있다.

신은, (인간에게는 도달 불가능한 것으로 비쳐지는) 자율성의 조건에 존재를 부여하려는 시도에 불과하다. 하지만 신은 신으로서 곧 자연을 긍정하니…, 이 시도의 첫 단계에서 빚어지는 것은 자연의 예속이다(이와는 반대 방향으로 진행되는 신학적 전개는—신은 자연을 초월한다—자연을 부정하고 자연에 도전하는 것이 신에게는 불가능함을 강조하고 있다. 신은 자연을 초월한다 할지라도 자연을 **반문**할 수는 없다. 자연은 **원칙적으로** 신의 밤이 될 수는 없다).

이성에 의뢰하는 것은 곧 인간이 자율성을 포기하는 것과도 다름없는 것이다. 이는, 아이가 장난감에게 말을 건네듯 신에게 말을 건네는 신자의 유치한 장난과 연장선상에 있는 동일한 성질의(단어에게 존재를 부여하는 식의) 태도를 보여주고 있다. 다만 이러한 태도는 순진함에서는 다소 떨어지지만 한층 용기 있고 또 극복의 여지도 안고 있는 것이라 하겠다.

이성에 완전히 의뢰한다고 해도 상황이 달라질 것은 없다. 동물적 얽히고설킨 상태에 인간이 가담하고 있는 (불완전하게 가담하고 있기 마련인) 어떤 원리를 대립시키는 것은 사실 인간의 입장에서 포기를 의미하는 것이다. 더욱이 자연에 개입하고 있는 신에 비해 이 원리가 덜한 것도 아니다. 다시 말해, 이 원리는 자연의 통솔자이다. 만일 우리가 사물의 전개를 파악하는 것도 바로 이 원리가 역사적으로 주어진 것이라는 데 의거한다면, 이 원리는 얽히고설킨 상태로부터 마치 사진의 음화처럼 찍혀 나오는 것이다. 이성은 사물들에, 어쨌든 얽히고설킨 자연에(왜냐하면 자연은 사물들 속에서 직접적으로 주어지고 있는 것이기 때문이다) 보편적 형식 및 공통된 척도를 대립시키는 언어이다. 이성은 우연의 입장에 논리적 질서의 입장을 대립시키는 언어이다. 하지만 신과 마찬가지로 이성 역시 인간을 양면적 입장에 처하게 한다. 한편으로 인간은 (**이성과 상반적인**) 자율성에 대한 욕심을 스스로 배격한다. 그리고 또 한편으로 인간은 자신이 지니고 있는 '동물적' 성향에 지속적으로 대립하는바, 이러한 성향은 인간의 자율성을 지향하지 않는다는 점에서 또 인간을 자연의 얽히고설킨 상태 속으로 빠져들게 한다는 점에서 배척당한다. 이렇듯 인간은 수렁에 빠진 상태를 단지 이것에서 저것으로 바꾸기만 할 따름이다. 인간에게 자율적인 것으로 비쳐지는 이성은 실은 하나의 자연적 여건에 불과하다. 이성은 전혀 자율성이 아니다. 이성은, 동물성에 대한 증오 속에서 착수된 그 성급한 기독교적 자율성에 대한 포기이다.

명백한 것은, 이 두 경우(신, 이성) 삶의 직접성이 언어로 대체됨으로 인해 이렇듯 존재가 실재하지 않는 것 속에서 돌출하고 있다는 점이다. 인간은 실재하는 사물뿐만 아니라 자신까지도 언어로 그 겹을 씌워왔던바, 언어는 연상 작용 및 의미 작용을 하는 데 그치지 않고 의미화된 사물이 사라진 후에도 존속한다. 이러한 방식으로 역할하는 언어는, 정확히 말로 옮겨진 실재하는 것에 덧붙여 실재하지 않는 성질 혹은 존재를 연상시킴으로써 그 자체로 하나의 질서정연한 왕국을 형성한다. 이 왕국은 직접적 존재가 감각적 의식으로 그치고 있음에 따라 존재를 대체하였던 것이다. 사물과 자기 자신에 대한 형태 없는 의식은 성찰을 거친 사유로 대체되었으며, 또 이러한 사유를 통해 의식은 사물을 언어로 대체시켰다. 하지만 의식이 증대됨과 동시에 언어—실재하는 존재 및 실재하지 않는 존재에 대한 연상 작용—는 감각적 세계를 대신하게 되었다.

이렇듯, 인간이 자신을 위해 신의 범주 속에서, 나중에는 이성의 범주 속에서 찾고자 했던 자율성은 인간의 삶의 귀착지인 실재하지 않는 것의 왕국 속에서 어려움 없이, 다양한 방식으로 형성되었다.

하지만 사유로서의 언어의 성장은, 다시 말해 존재의 형태로서의 언어의 성장은 바로 비실재성으로 인해 당연히 변증법적인 것일 수밖에 없다. 언어상의 제언들은 모순적인 방식으로 생산된다. 즉, 제언들은 그 고착성으로 인해 실재로부터 멀어지는바, 오직 그 변증법적 성장을 통해서만 제언들은 실재에 귀착할 수 있는 가능성을 갖는다. 언어—또는 실재하지 않는 것의 왕국—를 언어가 연상시키는 실재성에 종속시킬 수 있는 힘은 오직 여느 "변증법"만의 것이다.

이 점에 있어 포기할 수 없는 것으로서 우선적으로 주어졌던 것은 "로고스"이다. 기본 명제로, 헤겔은 실재에 대해 이렇게 말하고 있다. 실재는 곧 자체의 (모순적) 성장 전 과정으로서의 "로고스" 그 자체이다. 헤겔에 의하면, 이성은 비실재적 관념이 아닌바, 인간 그 육체적 존재는 곧 육신화된 이성이다. 최초로, 헤겔은 자율성에 대한 요구를 인간적 의미에서 설정하였던 것이다. 헤겔의 시각에서, 인간 정신은 절대존재이다. 자연이란 존재의 자율성을 실현하고 있는 것이기는 하지만, 이 실현은 부정적 성장에 의거하고 있다. 존재는 성장하는 가운데 자연에 대한 부정을 실행한다. 달리 말해, 존재의 성장은 곧 자연에 대한 부정과 동일한 것이다. 이성은 이성과 상반적인 것에 대한 부정을 통해 실제적으로 실현된다. 자연은 부정의 실제적 실질성에 필요한 실질적 장애이다. 즉, 이것이 바로 "로고스"의 조건이다. 변증법적 이성의 합리성은 역으로 자연의 비합리성을 반영한다. 자연 없이는, 그리고 자연으로부터 벗어나려는 그 자체의 노력이 없었다면, 이러한 변증법적 이성은 실제적으로 실현될 수 없었을 것이며 단지 하나의 가능성으로만 남게 될 것이다.

신이든, 순수이성이든, 헤겔식 이성이든, 실은 거기에서 한결같이 문제시되고 있는 것은 다름 아닌 자율성을 추구하는 인간을 대체하는 어떤 "로고스"이다. 그런데 헤겔식 이성은 다만 일시적으로, 그것도 모호하게 인간과 동일시되고 있을 따름이다. 대략적으로 말하자면, 인간을 자연과 구별짓는 것은, 인간을 자연에 **대립시키는** 것은 다름 아닌 역사이다. 그리고 역사가 완결되면, 자연 속에 융화된 인간은 더 이상 자연과 구별되지 않게 될 것이다. 그러기에 헤겔에 의하면, 인간과 이성의 동일성은 곧 완결된 역사를 상정하고 있다. 말하자면, 그때부터 지상에서는 그 어떤 의미 있는 일도 **발생**할 수 없게 될 것이다. 전반적으로, 성장은 곧 인간이 더 이상 이성과 구별되지 않는 그 지점을 목표로 하지 않았던가! 그 어떤 성장이든 이 지점으로 나아가는 과정상의 한 단계일 따름이지 않았던가! 목표 지점에 가닿게 된 이상 더 이상의 성장은 없다. **역사적** 사건이 일어날 수 있는 모든 가능성이 배제된 이상 인간은 동물적 본성 속에서처럼 한없이 자신과 닮기만 할 것이다.

이 같은 이론적 시각에서 나는 핵심만을 취고자 한다. 즉, 인간은 자율성(자연과의 관계에서의 독립성)을 추구하는 가운데—언어에 의해—이 자율성을 중개념(비실재적 중개념, 논리적 중개념) 속에 위치시키게 된다는 점이다. 그런데 만일 인간이—자율성으로 되는 가운데(자율성을 육신화하는 가운데)—이 비실재적인 것에 실재성을 부여하게 된다면, 인간이 이용하는 중개념 역시—성장 전체가 단지 하나의 이론적 시각에 불과한 것이 아닌 이상—자연으로 되기 마련이다…

인간이 자신의 염원인 자율성을 어떤 중개념 속에 위치시키는 경우에는, 이 중개념은 어떤 것이든 이내 자연의 자리를 차지하게 된다. 하지만 자율성의 결과는 이렇듯 획일적이며, 그것도 완전히 부정적이다.

오로지 어떤 분명한 진정성만이—확고한 차이만이—비판적 태도에 의미를 부여한다.

인간의 자율성은 자연에 대한 **반문**과 불가분하다. 인간의 자율성은 반문과 불가분한 것이지 반문에 따른 이런저런 답변들과 불가분한 것이 아니다. 앞서 표명한 원칙은 보다 일반적인 형태로는 다음과 같이 제시된다. 즉, 자연에 대한 "반문"에 주어진 "답변"은 어떤 것이든 인간의 입장에서는 자연과 동일한 의미를 갖게 된다. 이 말의 뜻을 분명히 하자면 이러하다. 첫째, 본질적으로 인간은 자연에 대한 "반문"이다. 둘째, 자연은 그 자체가 반문에 주어진 모든 답변의 핵심—근본적 전제—이다. 이러한 제언들의 모호성은 다음의 사실에서 비롯하고 있다. 즉, 자연은 어떤 의미에서는 하나의 규정된 영역이지만, 한층 깊은 의미에서 보면 이 영역은 원래부터 인간의 심문에 (한없는 물음의 도약판이 되어주듯) 응하고 있는 근본적 답변인 것이다. 달리 말하자면, 근본적 물음에 대한 "답변"은 어떤 것이든 하나의 동어반복이다. 만일 내가 주어진 여건을 반문의 대상으로 삼는다면, 나의 답변은 주어진 그대로의 여건에 대한 새로운 정의 그 이상의 것은 결코 될 수 없을 것이다… 반문의 대상으로 되는 순간 여건은 한동안은 주어진 그대로의 것이 아니다. 하지만 만일 내가 답변한다면, 그 답변이 무엇이든 여건은 다시금 본래대로 되기 마련이다.

어떠한 "답변"도 인간에게 자율성의 가능성을 제공할 수 없다.

"답변"은 어떤 것이든 인간의 삶을 종속시킨다. 인간의 자율성—존엄성—은 바로 인간은 답변 없는 물음이라는 사실과 불가분한 것이다.

II

만일 인간의 삶이 "무슨 일이지?"라는 질문에 "나와 밤, 즉 끝없는 물음"과는 다른 것을 답변으로 삼는다면, 인간의 삶은 답변에, 즉 자연에 종속된다. 달리 말하자면, 인간의 삶은 자연을 자체에 대한 해명의 출발점으로 삼게 되고 또 그에 따라 자율성을 포기하게 된다. 어떤 주어진 여건(얼마든지 서로 대체 가능한 주사위 던지기들 가운데 하나)을 인간에 대한 해명의 출발점으로 삼는 것은 불가피한 일이겠지만, 또한 이런 식의 해명은 끝없는 물음에 대한 **답변**이라는 점에서 공허한 것이기도 하다. 다만, 이 공허함을 표명하는 것은 동시에 끝없는 물음의 자율적 힘을 **실현하는** 것이다.

(기독교에 대해서)

본질적으로 기독교는 언어의 한 결정체結晶體에 다름 아니다. **이에 말씀이 육신이 되었다***Et Verbum caro factum est*라는 요한복음의 이 장엄한 확언은 어떤 의미에서는 다음의 이 깊은 진실이기는 하다. 즉, 언어의 진실은 기독교적이다. 인간과 언어가 실재 세계를 또 다른 상상의 세계로—연상을 통해 가능한 세계로—그 겹을 씌우고 있는 경우라면, 기독교는 필수적인 것이다. 아니면, 이에 상응하는 어떤 확언이 있든지.

(죄에 대해서)

나는 인간 자신에 대한 인간의 우정에게 바치고자—(당장의) 여하한 자신에 대한, 앞으로의 여하한 자신에 대한, 자신의 운명으로 주어진 운명에 대한, 자신이 원했던 운명에 대한 인간의 우정에 바치고자—자연적 여건을 증오하기를, 또 고단함 속에서 인간이 그만 순종해 버리는 인간에게 외적인 목적들을 증오하기를 촉구하는 바이다(사랑이나 우정은 이 증오를 내포한다).

"답변"은 어떤 것이든 외부로부터의 명령이며, 인간 존재를 (하나의 피조물처럼) 자연 속에 기입하는 도덕이다. 순종은 인간을 인간 아닌 인간으로, 즉 자연적 존재이면서 동시에 자신이 더 이상 불복종 **그 자체**이지 않기 위해 스스로를 제압하는 그런 존재로 만든다(이 점에서 고행은 인간에게 남아있는 어떤 **인간성**의 면모이다. 고행은 전복되는 불복종, 역효과를 빚어내는 불복종이다).

시의 권능(영감의 권능)에 대한 믿음은 기독교 속에서 유지되고 있다. 하지만 기독교 세계는 열광에 찬 헛소리를 가지고 속임수를 피운다. 기독교 세계가 계시받은 목소리로 확언하고 있는 것은 실은 한낱 이성의 언어에 불과한 것이다.

인간은 죄인이다. 인간은 자연에 대립하는 이상 죄인이다. 인간에게 용서를 빌게 하는 겸허함(기독교)은 인간의 죄를 씻어주지는 않으면서 인간을 짓누른다. 그나마 기독교의 베풂이라면 죄를 고발하면서 죄를 가중시키는 데 있다 하겠다…

순결함에 가닿는 유일한 방도는 결연히 자신을 죄악 속에 정착시키는 것이다. 말하자면, 인간은 **육체적으로**—웃음의 변증법 속에서, 사랑의 변증법 속에서, (어떤 육체적 상태로서의) 황홀함의 변증법 속에서—자연을 반문한다.

오늘날에는 모든 것이 단순화되고 있다. 정신의 역할은 더 이상 대립에 있지 않다. 정신은 결국에 가서는 한낱 하인에 불과할 따름이다. 정신은 자연의 하인이다. 그리고 모든 것은 동일한 차원에서 일어나고 있다. 웃음이, 사랑이, 황홀함이 정신에 대한 죄임에도 불구하고 나는 웃음이, 사랑이, 황홀함이 순결함을 갖게 할 수 있다. 웃음, 사랑, 황홀함은 정신이 인간을 짓누르는 가운데 찬양해 마지않았던 **자연**을 육체적으로 찢는다. 정신은 자연에 대한 두려움이었다. 한 인간의 자율성은 육체적인 것이다.

부정성은 행함에 있다. 행함은 곧 사물을 점유하려 드는 것에 다름아니다.

노동을 통한 점유.
　　노동은 지적,
　　　　정치적,
　　　　경제적 등
　　일반적 인간 활동이다.
이와 대립하는
　　　　희생,

웃음,

시,

황홀함 등은…

점유를 **지향하는** 폐쇄적 체계들의 파열이다.

부정성은 행동으로 옮기기(행함)와 반문, 이 이중의 운동에 다름 아니다.

마찬가지로, 죄는 이 이중의 운동과 직결된다.

인간은 이 이중의 운동으로서 **존재한다**.

이중의 운동이 지니는 자유는 답변의 부재와 직결된다.

두 운동 사이에서 상호 작용은 필수적이며 또 끊임없이 일어나고 있다.

반문은 행동의 촉진제 역할을 한다.

정신, 철학, 종교[1]라 불리는 것들은 두 운동 사이의 상호 간섭에 그 토대를 두고 있다.

죄는 상호 간섭의 권역 내에서, 자연과의 어떤 일치를 도모하는 도상에서 태어난다(인간은 죄인이다. 인간은 용서를 구한다).

죄의식은 (자연에 대한 부정으로서의) 이중의 운동에 대한 인간의 포기(그보다는—포기하려는 시도)이다. 각각의 상호 간섭은 인간과 자연 사이의 중개념이다. 즉, 각각의 중개념은 수수께끼에 대한 **답변**이자 동시에 죄에 근간하는 삶(실생활)의 체계로서 이중의 운동을 제어한다. 여러 형태의 상호 간섭을 통해, 사람들은 자연과의 일치를 되

1 이 문장에서 종교는 기존의 종교들과는 독립적인 종교를 의미하는 것이 아니라 다른 종교들 사이에서 주어진 불특정 종교를 의미한다. (원주, 1960)

찾고자 하며 또 그럴 때면 그들 가운데 이중의 운동을 지속적으로 추구하는 자들을 가로막는다(상호 간섭은 유순한 것이다. 상호 간섭은 **역반응**적인 것이다).

상호 간섭 속에서의 정지는 인간적으로 곧 기만에 다름 아니다(이는 곧 답변이요, 죄이며, 또 죄를 이용하는 것에 다름 아니다).

지적 요소들은 행동의 측면에 놓임에 따라 의미를 갖는다—지적 요소들은 상호 작용이 가능한 한도 내에서, 즉 오직 행동의 측면에서만 (지적 요소들의 근거인) 반문에 답변한다.

다른 한편으로, 끝없는 반문은 (궁색함을, 상호 간섭을 잘라내어 버림으로써) 숙고에 숙고를 거듭한 최종 행동에 동의한다(인간은 스스로를 자연에 대한 부정으로 규정지으면서 죄인의 태도를 떨쳐버린다). 이로부터 바로 일종의 종교성을 상실한 희생 의식이 비롯하며, 또 여러 형태로 전경화된 사회적 진실로부터 부분적으로 탈피한 웃음, 시, 황홀함이 비롯한다.

한편으로는 폐쇄적 체계를 위한 획득으로서의 행함, 또 한편으로는 체계의 단절 및 불균형으로서의 반문. 양자는 끝없이 대립한다.

나는, 너무나 질서적인 행함인 까닭에 그 행함이 기여하는 체계에 대해 반문하는 것 자체를 무의미한 것으로 만드는 그런 행함을 생각해 볼 수도 있을 것이다. 바로 이 경우, 반문은 끝없는 것일 수밖에 없을 것이다. 그렇지만 제한된 체계의 경우라면 다시금 반문의 대상이 될 수 있을 것이다. 그리고 이 경우 비판은 한계의 부재에, 획득의 **무한한** 증대 가능성에 그 초점이 맞춰지게 될 것이다. 일반적으로, 반문은 곧 웃음, 시와 다름 아닌 것으로서 소비, 과잉 에너지의 소모와 불가분하다. 말하자면, 생산된(획득한) 에너지의 총량은 항상 생산(획득)에 필요한 총량을 능가한다. 반문에 따른 전반적 비판은 생산의 관점이 아닌 반문 고유의 관점(소비의 관점, 희생의 관점, 축제의 관점)에서 성공적 행함의 성과를 문제삼는다. 그럴 때면 행함은 자체의 증대 가능성을 부인하는 반문으로부터 도피하고자 아무 답변이나 두둔할 여지를 안고 있다. 이 경우 행함은 혼돈스러운 상호 간섭의 차원으로—**죄인**의 범주로—환원될 것이다(모든 것이 끊임없이 뒤죽박죽이다. 게다가, 만일 **죄가 되는** 태도라고 할 만한 그 무엇도 내게 남아 있지 않다면, 내가 이처럼 악착스러운 이론가일 수가 있겠는가).

이러한 나의 제시는 어떤 **답변**에 상응하는 것이 아니다. 내가 확언하고 있는 것들의 진실은 나의 활동과도 직결된다.

확언 사항으로서, 부정성에 대한 인지가 어떤 의미를 지니는 것은 바로 실생활 속에서 여러 방식으로 내포되어 있다는 점에 한에서이다(부정성에 대한 인지는 뭇 태도들과도 직결된다). 나의 계속되는 활동은 우선적으로 공통된 활동과 직결된다. 나는 생활한다. 그리고 나는, 우리의 내면에서 크나큰 진실들의 기틀을 닦는 일상의 역할들을 완수한다. 반면 이로부터 그 반대 측면도 부상하게 된다. 즉, 반문의 방법을 통해 나의 내면에서는 일차적 진실들이 지속적으로 자리잡게 되는 것이다. 나는 뭇 답변들의 함정에서 벗어난다. 그리고 나는 여타 철학들에 대한 비판을—물건들을 구별하는 것만큼이나 분명하게—다각적으로 철저히 밀고 나간다. 하지만 어떤 부정적 사유의 행함은 일반적 활동을 연장시키는 데 그치지 않는다. 이 사유는 또 한편으로는 삶에 수정을 가함으로써 자체의 본질을 실현한다. 이 사유는 구속적인 관계들을 해체시키는 방향으로 나아간다. 즉, 이 사유는 행함의 주제를 행함의 대상으로부터 분리시킨다. 굳이 활동이라면 활동인 이 같은 활동은 내밀한 것이며 또 강도 높은 것이다.

나아가 이 활동은 근본적 중요성을 지닌 성장 영역을 보유하고 있는바, 요컨대 지적 작업들에서부터 출발하여 거론하기가 용이하지 않은 (그렇지만 결정적인) 어떤 희귀한 체험까지 포괄하고 있다. 그런데 황홀함 그 자체인 이 체험은 괴물처럼 예외적인 것으로 일단은 규정되고 있지만 실은 그러한 예외성을 갖고 있지 않은 것이라 하겠다. 이 체험은 쉽게 가닿을 수 있는 것일 뿐만 아니라(종교적 전통은 이 용이성을 애써 은폐하고 있다) 또한 확연히 여타 공통적인 체험들과도 동일한 성질을 지니고 있는 것이다. 황홀함을 특징짓는 것은 오히려 그 지적 측면으로서, 비교적—적어도 여타 형태들에 비해—향상된 이 지적 측면은 어쨌든 무한한 향상 가능성을 안고 있는 것이기도 하다. 반면 희생, 웃음, 에로티시즘은 순진한 측면을 지닌 형태들로서 선명한 의식을 배제시키거나 아니면 외부로부터 선명한 의식을 제공받고 있다. 그리고 시의 경우 부인할 수 없는 것은 바로 시는 갖가지 지적 야망들로 둘러싸여 있다는 점이다—심지어 시는 이따금 시적 행보인지 "신비주의적" 실습인지 분간할 수 없을 정도로 혼란을 가져오기도 한다. 하지만 시는 그 본래의 성질에 의해 순진함으로 환원된다(**지식인** 시인은 상호 간섭—순종하는 태도, **죄가 되는** 태도—에서부터 말의 유희에 이르기까지 기복이 심하다. 그러나 시는 눈도 멀고 귀도 먼다. 대부분의 시인들과는 상관없이 시는 시이다).

시도 웃음도 황홀함도 답변이 아니다. 하지만 시와 웃음과 황홀함에 속하는 가능성의 영역은 어떤 부정적 사유가 긍정하고 있는 것들과 직결된 활동을 규정짓고 있다. 이 영역에서는, 반문과 직결된 활동은 (과학 또는 기술의 진보에 필요한 부분적 반론에 있어서처럼) 더 이상 반문에 외적인 것이 아니다. 부정적 행함은 (의식적이든 아니든) 자유로이 그처럼 부정적인 것으로 결정된다. 그렇지만, 이 입장에서도 상호 간섭이 배제됨으로 인해 실용적 활동과의 일치가 용이하게 된다. 이렇듯 인간은 급기야는 **예전의 상태에서의 자신**을 알아보게 된다(그렇다고 해서, 인간이 자신에게 가장 큰 위험에 이런 식으로 봉착하지는 않는다고 우리가 사전에 단정할 수는 없을 것이다). 자신과의 일치는 아마도 일종의 죽음에 다름 아닐 것이다. 내가 말한 것은 순수 부정성처럼 절멸할 것이다. 성공했다는 사실만으로도 대립은 걷힐 것이며, 인간은 자연 속에 용해될 것이다. 역사가 완결되면, 인간은 동물의 밤 속으로 들어서게 될 것이다. 이보다 더 확실치 않은 것은 없다. 하지만 밤은 한 가지 기본 조건을 요구하려니, 밤은 밤인 것을 모르고 있으라 하지 않는가? 밤인 것을 아는 밤은 밤이 아니라 단지 낮의 추락에 불과하리라… (《아미나다브》처럼 끝나는 인간의 대역정)

(웃음에 대해서)

I

우리가 구별해야 하는 것은,

—**두** 존재를 맺어주는 소통(어머니를 향한 아이의 웃음, 간지럼 등).

—죽음을 통한 존재 너머의 세계와의 소통(특히 희생에 있어서처럼). 무無와의 소통이 아닌, 어떤 초자연적 실체와의 소통은 더욱 아닌, 어떤 규정되지 않은 실재와의 소통(나는 이 실재를 때로는 **불가**不可**함**이라 부르기도 한다. 말하자면, 이것은 곧 어떤 식으로도 **파악**될 수 없는 것이며, 우리가 용해되지 않고서는 가닿을 수 없는 것이요, 예속적인 태도에서가 아니면 신이라 명명할 수도 없는 것이다). 또 굳이 말하자면, 우리는 이 실재를 한 단계 높은 차원에서(개인 너머로의 차원에서, 존재들의 합성의 단계에서), 즉 사회, 성스러움, 신, 창조된 실재의 차원에서 실질적으로 규정지을 수도 있을 것이며(어떤 유한한 요소와의—잠정적인—결합 속으로 흡수시킬 수도 있을 것이며), 아니면 규정되지 않은 상태로 남겨둘 수도 있을 것이다(설탕이 물 속으로 녹아들 듯 신성을 닮은 형태가 녹아드는—황홀함, 한없는 웃음, 함께 웃는 웃음에서처럼).

이 규정되지 않은 실재는 초자연적 규정으로서가 아닌 바로 규정되지 않는 것으로서 자연(인간적으로 규정 가능한 것)을 넘어선다.

유한한 상태에서는 도달 불가능한 것인 자율성(자연과의 관계에서의 자율성)은 우리가 이 유한한 상태를 포기함으로써 달성된다(자율성은 유한한 상태 없이는 **생각조차 할 수 없는 것**이다). 다시 말해, 자율성은 자신을 위해 자율성을 추구했던 자의 소멸 속에서 달성된다. 따라서 자율성이 어떤 하나의 **상태**일 수는 없다. 자율성은 어떤 한 **순간**이다(한없는 웃음의 순간, 또는 황홀함의 순간…). 소멸은 번개 치듯 행해지는 소통의 시간에—잠정적으로—실행된다.

II

웃음 속의 파열, 그것과 소통 및 인식 간의 상관관계 (웃음, 희생 의식 속의 고뇌, 에로티시즘의 기쁨, 시, 황홀함에 있어서)

웃음은 어떤 공통적 대상이 인식의 근거가 되고 있는 각별한 경우이다(공통적 대상은 개인, 시대, 민족에 따라 다양하며, 이 다양성은 정도의 차이라기보다는 성질의 차이이다). 공통적 대상은 언제나 주지의 대상이나 다만 습관적으로, 외부적으로 주어진 주지의 대상이다. 이 대상에 대한 내밀한 인식을 갖는 데 필요한 분석은 그리 용이한 일이 아니다.

비교적 고립된 어떤 체계가, 고립된 체계처럼 보이는 어떤 체계가 있다고 하자. 어떤 돌발적 상황으로 인해 나는 이 체계가 또 다른(규정될 수 있는 또는 규정될 수 없는) 한 전체와 맺어져 있음을 알게 된다고 하자. 이 변화는 다음의 두 조건하에서 내게 웃음을 자아낸다. 첫째, 변화는 뜻밖의 것이어야 한다. 둘째, 어떠한 심리적 억제도 없어야 한다.

나는 길 가는 사람 누군가에게서 한 친구를 알아보는데…

어떤 사람이 부대 자루처럼 땅바닥에 넘어진다. 말하자면, 그 사람은 자신을 사물들의 체계로부터 고립시켰다. 그는 땅바닥에 넘어지고…

제 어머니라는 것을(아니면 어떤 다른 아무개라는 것을) 알아차리는 가운데 아이는 이로 인해 불시에 감염된다. 즉, 아이는 제 어머니를 자신과 유사한 존재로 알아본다. 이에 아이는 자신에게 외적인 체계로부터 자신이 개인적으로 관여된 체계로 옮겨간다.

간지럼에 웃은 웃음은 전 경우에 해당한다. 그렇지만 자극적인 **접촉**—(내적으로 고립된 것임에 따른) 개인적 체계의 파열—은 한층 강도 높은 요소이다.

어떤 **농담**에서든, 고립된 것으로 자처하는 체계는 풀어헤쳐지면서 불시에 다른 체계 속으로 추락한다.

협소한 의미에서 **실추**는 필요치 않은 것이다. 그런데 한편으로 추락의 가속화는 돌발성의 의미로 주어지며, 다른 한편으로 유치한 상황의 요소, 즉 갑작스러운 이동(성인의 체계—어른들의 체계—로부터 유치함으로의 추락)은 언제나 웃음 속에서 일어나고 있는 것이다. 웃음은—일반적으로는—아이가 알아보면서 웃는 웃음으로, 즉 베르길리우스의 이 시구가 상기시키는 웃음으로 축약될 수 있다. "아이야, 우선 너의 웃음으로 네 어머니를 알아보려무나."[1] 순간, **아이를**

---

1 '사회학 학회'의 한 모임에서 로제 카유와Roger Caillois는 웃음에 관한 이 시구를 인용하면서 그 의미에 대해서는 유보적인 태도를 견지하였다. 이 시구는 달리 번역될 수 있

굽어보고 있던 것이 아이의 영역 속으로 낙하한다. 이는 하나의 동의가 아니라 하나의 융합이다. 웃음은 조야한 형태들에 대한 잘 형성된 인간의 승리를 의미하는 것이 아니라 양자 사이에서 공유하는 어떤 내밀한 관계를 의미한다. 본질적으로 웃음의 근원을 이루는 것은 다름 아닌 **소통**이다.

더불어, 내밀한 소통은 언어의 외적 형태들에 의거하기보다는 웃음과도 유사한 암묵적인 빛(에로티시즘의 전율, 희생 의식 속의 고뇌, 시적 연상 작용…)에 의거한다. 언어에 의한 옹색한 소통은 사물에 대한 근심(사물과 우리와의 관계)을 그 대상으로 하며, 또 이러한 소통에 의해 외부화되는 몫은 사전에 이미 외부적인 것이다(요컨대 언어가 변태적 언어, 희극적 언어, 시적 언어, 에로티시즘의 언어가 아닌 한 말이다. 혹은 언어가 어떤 전염성을 지닌 거동을 동반하고 있지 않은 이상 말이다). 충만한 소통은 화염에, 벼락 속의 전기 방전에 비견될 수 있다. 충만한 소통 속으로 이끌리게 하는 것은 다름 아닌 그 소통을 마련해 주는 **파열**, 즉 심화될수록 소통의 강도를 증대시키는 파열이다. 간지럼 그 자체인 파열은 의지의 관점에서는 괴롭기만 한 것으로 비쳐질 수 있을 것이다—찢겨짐과 괴로움은 형태에 따라 다소 정도의 차이가 있다. 희생 의식의 경우 파열은 격렬한 것이다. 에로티시즘의 경우에 있어서도 파열은 때로는 격렬한 것이다. 그리고 베르길리우스의 웃음 속에서도 파열을 찾아볼 수 있으니, 어머니는 감각 작용의 균형을

다. "아이야, 우선 너의 어머니의 웃음에서 네 어머니를 알아보려무나." (원주, 1960)

1937년 11월 바타유, 카유와, 클로솝스키 등을 중심으로 발족한 '사회학 학회'는 바타유가 종전에 이끌었던 다른 모임들과는 달리 비록 잡지를 통한 발표는 할 수 없었지만 1939년 봄까지 매주 발표회를 갖는다. 그 후, 구성원들 간의 복합적 성격을 가졌던 이 모임에서 한두 명씩 탈퇴하게 되고 마침내 1939년 7월의 모임에는 바타유 홀로 참석하면서 "성스러운 사회학"을 지향했던 이 학회는 해체된다. (옮긴이)

흩뜨리는 무언의 몸짓으로 아이의 웃음을 촉발한다. 어머니는 갑자기 자신의 얼굴을 들이대기도 하고, 놀라운 표정의 장난을 치기도 하며, 또는 괴상한 작은 소리들을 내기도 한다.

핵심은 바로 격렬한 접촉의 순간이다. 그 순간, 어떤 경이로운 전복이 일어나는 듯한 느낌 속에서 삶은 이편에서 저편으로 미끄러지듯 나아간다. 이러한 감정은 눈물 속에도 담겨있는 것이라 하겠다. 다른 경우를 보자면, 웃으면서 서로를 바라보는 것은 에로티시즘에 의한 관계의 한 형태이기도 하다(이 경우 파열은 사랑 그 내밀한 관계의 탄생과 더불어 발생한다). 일반적으로 육체적 또는 정신적 에로티시즘의 저변에 흐르는 것은 다름 아닌 이편에서 저편으로의 존재의 미끄러짐과 맞물려 있는 그 느낌, 즉 어떤 "경이로운 전복"이 일어나는 듯한 그 느낌이다.

두 존재의 결합을 토대로 하는 이 다양한 형태들에 있어 파열은 단지 발단을 제공하는 것으로 그칠 따름이다. 차츰 접촉이 이루어지고, 그에 따라 강도도 약해진다. **접촉의 강도**는, 나아가 경외감의 강도는 **저항에 준하는** 것이다. 때로는, 장애물이 뒤집히는 것 자체가 곧 감미로운 접촉처럼 느껴지기도 한다. 바로 이 점에서부터 한 가지 근본적 특성이 비롯하고 있다. 즉, 이러한 접촉들은 **이질적**이다. 융합을 통해 나의 내면에는 어떤 **남**이 주입되고 있는 것이다(융합을 통해 이 **남**은 **나에게 속한 것**처럼, 동시에 **타자**처럼 나의 내면에 들어선다). 이렇듯 융합은 (어떤 상태의 반대인) 통로라는 점에서 그 발생 조건으로 이질성을 필요로 한다. 통로로서의 작용이 멈출 때면(일단 이루어진 융합은 하나의 상태에 불과하다), 포효하며 뒤섞이는 두 급류 대신 고인 물만 남게 된다. 이는 곧 저항이 소멸됨으로 인해 융합은 관성으로 바뀌었음을 뜻한다. 이로부터 다음의 원칙이 비롯하고 있다. 즉, 희극적 요소들(또는 에로티시즘의 요소들)은 결국에 가서는 소진된다는 점이 그것이다. 물결들이 뒤섞이는 순간, 이편에서 저편으로의 미끄러짐은 격렬한 것이다. 말하자면, 저항—죽음에 맞서는 존재의 저항과 동일한 저항—은 폭력적으로 물거품이 된다. 그렇지만 유사한 두 존재가 끝없이 똑같은 방식으로만 웃을 수도 사랑할 수도 없는 것이다.

더욱이 웃음이 상호 침투의 도식에 부합하는 경우도 드물다 하겠다. 보통 웃음에서 문제시되는 것은 어떤 희극적 대상이며, 또 희극적 대상은 (이론상) 그 앞에서 웃는 사람이 단 한 명만 있어도 되는 것이다. 일반적으로 보자면, 웃는 사람은 두 명 혹은 여러 명이다. 그러기에 웃음은 반향을 일으키면서 이 사람에게서 저 사람에게로 증폭된다. 하지만 웃는 사람들은 서로 모르는 사이일 수도 있고 또 그들 사이에서 일어나고 있는 상호 침투를 하찮은 요소로 취급해 버리거나 아니면 전혀 의식하지 못할 수도 있다. 요컨대 파열이 일어나는 곳은, 이타성이 관여된 곳은 웃는 사람들 사이가 아니라 희극적 대상의 운동 속이다.

둘이 웃는 웃음과 여럿이(또는 혼자서) 웃는 웃음, 웃음의 영역 내에서 이 양자 간의 차이는 곧 일반적으로 에로티시즘의 영역과 희생의식의 영역을 분리하는 차이와 같은 것이다.

에로티시즘의 육체적 설전 **역시** (극장에서) 구경거리로 주어질 수 있는 것이며, 제물의 희생 **역시** 신자와 신 사이의 중개념으로 될 수 있는 것이다. 그렇지만 또 한편으로 사랑 행위는 (두 존재 간의) **상호 침투**와 불가분하며, 마찬가지로 희생 의식은 **구경거리**로 이어진다. 구경거리와 상호 침투는 두 기본적 형태이다. 이 둘 사이의 관계는 다음의 명제로 표현된다. 즉, **감염**(두 존재 간의 내밀한 상호 침투)**은 전염성을 지닌다**(무한정 반향을 일으킬 수 있다). 웃음의 영역 내에서 이 두 형태가 전개됨으로 인해 웃음은 뒤엉킨 이중성을 갖는다. 이 두 형태의 맞물림은 또 다른 방식으로 쉽게 식별해 낼 수 있는 것이기도 하다. 말하자면, 한편으로는 사랑 행위와 희생 의식의 차이를 통해, 또 한편으로는 사랑 행위가 희생 의식의 의미를, 또 희생 의식이 사랑 행위의 의미를 지닐 수 있다는 사실을 통해(사랑 행위가 다분히 구경거리로 될 수 있는 측면, 희생 의식에 내포된 내밀한 상호 침투 요소).

전염성 감염이 있는 것은 바로 구경거리 요소가 그 자체의 반향과 동질적이기 때문이다. 그렇지만 구경거리가 **타인에게 있어** 갖는 의미란 곧 그 반향의 관건인 상호 침투가 **두 존재에게 있어** 갖는 의미이다. 구경거리의 경우, 그리고 보다 일반적으로는(재치문답, 일화 등의 경우에서처럼) **타인의 주목**을 끌려는 관심거리의 경우, 그것의 구성요원들은 상호 침투함으로써 각자의 관심사에만 치중하지는 않는다. 하지만 그것의 제공자는 타인의 관심을 구한다. 경우에 따라서는 두 존재의 동참이 있어야 할 필요도 없다. 대개의 경우 상호 침투(감염)는 두 세계를 대립시키고 또 간헐적으로 한편의 존재를 다른 편 속으로 추락시키는 데 그치고 있다. 가장 의미심장한 추락은 죽음이다.

이러한 진행은, 상호 침투가 여전히 두 존재의 동참을 문제 삼고 있는 중간 과정에 해당한다. 왜냐하면 한쪽은, 즉 구경거리가 되고 있는 존재(**배우**)는 죽음을 맞이할 수가 있기 때문이다. 소통에 인간적 성격을 부여하는 것은 쌍방 중 한쪽의 죽음이다. 한쪽의 죽음으로 인해 더 이상 한 존재는 다른 존재와 맺어지지 않는다. 하지만 한쪽의 죽음은 한 존재를 존재들 너머의 세계와 맺어준다.

간지럼에 웃은 웃음의 경우, 간질임을 당하는 자는 평온의 상태로부터 경련의 상태로 옮겨진다—경련 속에서 그는 자신으로부터 소외되고, 피동체로 전락하며, 살아있는 실체의 비개인적 상태에 놓이게 됨으로써 자신에게서 벗어나 (자신을 간질이는) 남에게로 열린다. 간질임을 당하는 자는 간질이는 자에게는 구경거리이나, 양자는 소통한다. 구경거리와 구경꾼 사이의 분리는 그들 사이에서는 일어나지 않는다(구경꾼은 또한 배우이지 "관망하는 자"가 아니다).

나는 다음의 가정을 도입하고자 한다. 즉, 간질임을 당하는 자가 도취되어 있는 탓으로 자신의 박해자를—웃음거리 삼아 그리고 장난삼아—죽여버리리라고. 죽음은 웃음을 억제시킬 뿐만 아니라 둘 사이에서의 소통의 가능성을 소멸시킨다. 이러한 소통의 단절이 부정적인 것만은 아니다. 정반대 측면에서 보면, 이러한 단절은 간질임의 반복에 상응하는 것이다. 죽은 상대방은 간질임의 반복적인 단절을 통해 간질임을 당하는 자와 맺어지고 있었던 것이다. 마찬가지로, 살인은 간질임을 당하는 자를 죽은 상대방과—그는 이미 죽은 까닭에 보다 적절히 말하자면, 죽은 자 너머의 세계와—맺어준다. 또 한편으로, 간질이는 자는 바로 죽었다는 사실로 인해 구경거리가 구경꾼으로부터 분리되듯 간질임을 당하는 자로부터 분리된다.

L'ALLELUIAH

CATÉCHISME DE DIANUS

할렐루야

디아누스의 교리 교육

I

네가 첫째로 알아두어야 하는 것을 말하련다. 형상이 뚜렷한 사물마다 또 하나의 숨겨진 형상을 갖고 있다는 것을. 너의 얼굴을 고결하다. 눈 속에서 세계를 포착하는 너이기에, 너의 얼굴은 눈의 진실을 지니고 있구나. 하지만 치마 밑의 너의 털 난 부위는 너의 입술 못지않게 진실을 담고 있다. 이 부위는 은밀하게 오물을 향해 열린다. 이 부위 없이는, 이 부위의 사용에 따른 수치심 없이는, 너의 눈이 통솔하고 있는 진실은 인색함을 면하기 어려울 것이다.[1]

너의 눈은 별들에게로 열리고, 너의 털 난 부위는 …에게로 열린다. 네가 쭈그리고 있는 이 거대한 천체는 밤 속에 치솟아 있는 음울하고 드높은 산들로 굴곡져 있다. 저 높이 눈 덮인 능선들 위로는 하늘의 그 별빛 총총한 투명함이 걸려있다. 하지만 능선과 능선 그 사이로는 이따금 바위 굴러 떨어지는 소리로 진동하는 깊은 구렁들이

1 〈할렐루야〉는 원래 1947년 단행본으로 출판된 글이다. 장 포트리에Jean Fautrier에 의한 삽화가 곁들여진 이 단행본은 92부만으로 한정 출판되었다. 바타유는 1961년《죄인》의 재출판 시 이 글을《죄인》에 포함시킨다. 이 '교리 교육'의 담당자 디아누스는 총 세 번에 걸쳐 바타유가 사용하는 이름이다.《죄인》의 서문에서 밝히고 있듯이 바타유는 로마신화에서 빌려온 이 이름을 잡지《므쥐르》에《죄인》의 첫 장 '우성'을 게재할 때 처음

입을 벌리고 있다. 이 심연들의 맑은 심층은 북극 하늘의 어둠을 향해 조응의 광채를 발하는 남극 하늘이려니, 이렇듯 인간의 시궁창 그 가련함도 번개 치듯 격렬한 환희를 예고하는 것으로 너에게 비쳐질 날이 있을 것이다.

이제는 너의 광기가 네가 알고 있는 것 하나하나에서 이면을 들여다볼 줄 알아야 할 때이다. 이제는 네가 네 존재의 심층에서 무미하고 서글픈 세계상을 뒤집어 놓아야 할 때이다. 내 바라건대, 네가 공포에서 공포로 나아가면서 진실 속으로 들어서게 될 그 깊은 구렁에 벌써 빠져들어 헤어나질 못하고 있었으면 한다. 악취 가득한 큰 강물은 네 육체의 가장 향긋한 골짜기에서 발원하건만, 너는 그 오물 덩어리를 멀리하면서 너 자신을 기피하고 있구나. 하지만 일순간 슬픈 항적을 따라가노라면, 풀려난 너의 나체는 살의 갖가지 향긋함을 탐닉하리라.

으로 사용한다. 이 이름은 본 '교리 교육'에서 두 번째로 등장하며, 마지막으로는 바타유가 1947년《시에 대한 증오》라는 제명으로 출간하였다가 1962년《불가不可함》이라는 바뀐 제명으로 출판된 글 속에서 '디아누스의 일기'라는 형식으로 등장하고 있다. 〈할렐루야〉는 바타유가 1943년 피란 시절 알게 된 스물세 살 연하의 새로운 연인 드니즈 코추베Denise Kotchoubey를 위해 1944년 저술한 글이다. 그의 문학 작품 속에 등장하는 모든 여자 인물들을 통해 바타유는 '성녀'의 조건을 묻고 있듯이, 이 '교리 교육'은 '성녀'에로의 길이다. 또한 그의 '교리 교육'은 〈할렐루야〉만으로 그치지 않는다. 이 글이 새로운 연인을 위한 '교리 교육'이라면,《내 어머니》는 아들을 위한 '교리 교육'이다.《내 어머니》 속의 내 어머니, '성녀'는 아들에게 말한다. "내가 혐오스러운 여자라는 것을 모르고 네가 내게 주는 사랑이라면 나는 원치 않는다. 나는 네가 이를 알고서도 나를 사랑해 주기를 바란다"라고. (옮긴이)

★

평온함도 휴식도 더 이상 찾지 말거라. 너의 기원인 이 세계는, 네 자신에 다름 아닌 이 세계는 오직 너의 부도덕함에게만 헌정될 따름이리라. 마음이 뿌리째 타락하지 않으면, 너는 정상 가까이에서 영원히 잠들어 버린 등반자를 닮게 될 것이요, 너는 한낱 제 무게에 짓눌린 중압감에, 고단함에 다름 아닐 것이다. 네가 둘째로 알아두어야 하는 것을 말하련다. 쾌락에 대한 욕망 그 자체만이 추구할 가치가 있을 뿐 어떠한 쾌락도 추구할 가치가 없다는 것을. 너의 젊음과 너의 아름다움을 통해 네가 열망해야 하는 것은 신부들이 생각하는 것과도, 또 그에 못지않게 향락주의자들이 생각하는 것과도 다른 것이다. 어느 관능적 여인의 삶이 모든 바람결에 노출된 삶, 무엇보다도 욕망의 공허함에 노출된 삶이 아니라면 또 무엇이겠는가? 쾌락에 취한 암캐는 도덕적 금욕주의자보다 한층 진실되게 모든 쾌락의 덧없음을 절감한다. 말하자면, 입 안에 감도는 어떤 공포를 음미하는 가운데 암캐가 느끼는 열기는 한층 큰 공포에 대한 욕망의 통로이다.

그렇다고 네가 어떤 현명함을 겸비한 열망에서 반드시 멀어져야 하는 것은 아니다. 쾌락의 덧없음은 사물의 심층인즉, 이 심층은 만일 처음부터 목격된 경우라면 어느 누구도 가닿을 수 없는 것이라 하겠다. 직접적 외양은 감미로움에 다름 아닌즉, 그것에 너는 네 자신을 내맡겨야 하리라.

★

이제 나는 네게 이 점을 설명해야 할 것 같다. 두 번째 사항에서 야기되고 있는 어려움이 좌절감을 안겨줄 성질의 것은 아니라는 점을 말이다. 예전 사람들은 자신들의 그 약간의 지혜로움 탓으로 혹은 그보다는 도덕적 궁핍함 탓으로 덧없는 것처럼 보이는 것이라면 기피하려 들지 않았던가. 오늘날 이러한 태도들의 연약함을 목격하기는 쉬운 일이다. 행여 우리가 욕망의 길로 접어든다면, 모든 것은 덧없음이요, 모든 것은 미끼요, 신마저도 어떤 공허함의 심화이리라. 하지만 욕망은, 욕망에게서 그 대상을 한없이 앗아가 버리는 세계 그 자체에 대한 도전처럼 우리의 내면에 자리잡는다. 욕망은 우리의 내면을 떠나지 않는 웃음과도 같은 것이다. 그러기에 우리는 발가벗음으로써, 욕망을 쫓는 욕망에 완전히 우리를 내맡김으로써 **세계**를 비웃는다.

이것이 바로 운명(또는 운명의 그 받아들일 수 없는 성격)을 받아들이기를 거부한 탓에 우리가 처할 수밖에 없었던 불가지한 운명이다. 우리는, 공허함과도 관계되고 동시에 욕망의 유지에도 필요한 신호들을 뒤쫓는 데 온몸을 내던지는 수밖에 없다. 오직 표류물 위로 올라설 수 있을 따름인 우리는 오직 파도머리를 따라가며 존속할 수 있을 따름이다. 최소한의 느슨함에도 쾌락의 무미함이, 또는 권태로움이 뒤따르게 될 것이다. 우리가 숨결을 느끼는 곳은, 육체들의 열림이 있는 세계—욕망을 자아내는 나체가 선정성을 갖는 세계—의 한계선상 오직 그곳뿐이다.

달리 말해, 우리에게 가능성으로 주어진 것은 오직 불가不可함뿐이다. 너는 양다리를 벌려놓은 그 욕망, 너의 치부를 드러내놓은 그 욕망의 손아귀에 잡혀있다. 이 자세를 혹시라도 네가 더 이상 금지된 것으로 가슴 깊이 받아들이려 하지 않는다면, 그 즉시 욕망의 죽음이 뒤따를 것이며, 더불어 쾌락의 가능성도 소멸될 것이다.

★

네가 더 이상 쾌락을 추구하지 않는다면, 미끼인 것이 그토록 분명한 어떤 미끼에서 고통의 치유와 출구를 찾으려 들기를 그만둔다면, 너는 더 이상 욕망에 의해 발가벗겨진 상태로 있지 않게 될 것이다. 도덕적 신중함이 너를 짓누르게 될 것인즉, 네게는 단지 놀이판에서 끌어낸 어떤 생기 잃은 형태만이 남게 될 것이다. 네가 욕망의 불길에 너 자신을 내맡기려면 쾌락을 맛보리라는 생각에 농락당해야 하는 것이다. 이제 너는 그 어떠한 냉혹함을 네가 갖추어야 하는지도 알아두어야 한다. 정당화될 수 없는 무모함과도 같은 그런 결단 없이는, 너는 쾌락에 목마른 여인이 갖게 되는 씁쓸한 기분을, 자신이 자신의 갈증의 제물로 바쳐지고 있는 듯한 그 씁쓸한 기분을 견뎌내지 못할 것이다. 너의 지혜로움은 네게 단념하라고 종용하겠지. 하지만 오로지 성품이 깃든 행동, 광기 어린 행동만이 너의 내면에서 욕망의 어두운 불꽃을 유지시켜 줄 수 있을 따름이려니, 이 불꽃은 음란한 쾌락의 향연에서 배어나는 은밀하고 희미한 빛들을 어떤 식으로도 능가하는 것일 게다.

오류가 생겨날 수밖에 없는 놀이, 오류가 끝없이 반복될 수밖에 없는 놀이에서 기인하는 이 미궁 속에서 네게 필요한 것은 아이의 순진함 그 이상도 그 이하도 아니다. 어쩌면 네게는 순진함을 지닐 만한 무슨 근거가 있는 것도 아니요 또 행복을 맛볼 만한 무슨 근거마저 거의 없을지도 모르겠다. 그럼에도 너는 결코 단념할 줄 모르는 그런 대담함이 있어야 할 것이다. 전반적 상황이 네게 요구하는 과도한 노력은 물론 탈진 상태를 초래할 정도의 것이겠지만, 네게는 탈진 상태로 있을 여유마저 허용되지 않는다. 슬픔의 지배하에 놓이게 되면 너는 한낱 폐기물에 지나지 않을 것이다. 쾌락의 고뇌 속에서도 갖춰야 하는 것이 있으니, 이는 바로 어떤 야릇한 명랑함, 한 점의 가식도 거짓도 없는 천사의 명랑함이다.

그 무엇도 갈 길을 가로막지 못하는 자들만이 겪게 되는 혹독한 시련들 중 하나는 어떤 형언할 수 없는 공포를 표현해야 하는 그들의 필요성과 확실히 관련되어 있는 것 같다. 사실 이러한 공포가 그들에게 웃음거리로 될 수밖에 없는 마당에 말이다. 하긴 그들이 이러한 공포를 마주쳤던 것은 바로 웃음거리를 위해서, 아니 한 술 더 떠서 바로 즐길 거리를 위해서가 아닌가. 더욱이, 설령 그들이 승리를 만끽하는 바로 그 순간 불행에 빠지는 것처럼 보인다 할지라도 네가 놀라워할 필요는 없을 것이다. 일반적으로 이것이 인간사의 모호함이니 말이다. 공포에 대한 확신은 주저함을 떨쳐버릴수록 그만큼 지체 없이 환희로 인도한다. 나의 내면의 모든 것은, 오로지 절망에 의해서만 충분히 표현되는 어떤 작열하고 관능적인 삶의 격정 속에서 용해되고 있다. 그런데 붙잡아 두지 못하는 이 결정적 무력함을, 아무것도 가두지 말아야 할 이 가혹한 필요성을 아이의 천진함 없이 어찌 지탱해 내겠는가?

★

내가 네게서 기대하는 것은 이렇듯 절망이나 공허함, 나아가 현명한 결단을 넘어서는 것이다. 너는 넘치는 명철함에서부터, 현명한 결단을 망각하는 유치함(파괴적인 변덕스러움)을 이끌어내야 한다.

아마도 삶의 비결은, 우리에게서 삶에 대한 애착을 파괴하려 들었던 것을 천진난만하게 파괴해 버리는 데 있을 것이다. 이는 곧 욕망을 가로막는 장애물들을 아무런 잔소리 없이 극복해 내는 어린 시절을 말함이요, 걷잡을 수 없이 돌아가는 놀이의 전개를 말함이요, 또… 앳된 소녀 시절 네가 너의 치마를 들춘 적이 있었던 그 은밀한 장소들의 비밀을 말함이다.

II

심장이 두근거리거든, 어떤 아이가 외설스러운 장난을 치는 순간들을 생각해 보려무나.

아이에게 있어서는 여러 계기들이 분리되어 있으니,

순박함

즐거운 유희

더러움.

성인成人은 이 계기들을 한데 묶는다. 말하자면, 성인은 더러움 속에서 순박한 환희에 가닿는다.

유치한 수치심이 결여된 더러움, 아이의 환희가 결여된 유희, 어린 시절의 정신 나간 몰입이 결여된 순박함, 이 모두는 성인들의 엄숙함으로서는 어쩔 수 없는 우스운 연극들이다. 다른 한편으로, 성품은 어린 시절을 불태웠던 불꽃을 유지시킨다. 엄숙할 대로 엄숙함은 곧 최악의 무력함이다.

젖가슴의 적나라함, 성기의 외설스러움은 앳된 소녀 시절 네가 아무것도 해보지는 못한 채 그저 갈망하기만 했던 것을 실행에 옮기는 힘을 지니고 있다.

III

삶의 그 얼어붙은 슬픔에, 그 장엄한 공포에 짓눌린 채! 극도에 달한 날카로운 흥분. 오늘 나는 깊은 구렁의 가장자리에 놓여있다. 최악의 것과의 경계선상에, 어떤 용인할 수 없는 행복과의 경계선상에. 아찔한 높이의 정상에서 나는 **할렐루야**를 노래한다. 네가 그 어디에서도 들을 수 없는 가장 맑고 가장 고통스러운 할렐루야를.

불행의 고독은 눈물로 빛나는 후광이요 눈물로 만들어진 의복이니, 너는 이 후광과 이 의복으로 너의 그 암캐의 나체를 감쌀 수 있을 것이다.

내 말을 들어보려무나. 나는 나지막한 목소리로 네 귓속에 말하련다. 더 이상 나의 부드러움을 몰라보지는 말려무나. 고뇌가 가득 찬 이 밤 속에서, 벌거벗은 채, 오솔길이 굽어지는 곳까지 나아가려무나.

축축이 젖은 그 은밀한 곳 속으로 네 손가락을 집어넣어라. 신랄하고 끈적한 쾌락의 맛을—행복에 겨워하는 살의 물기 젖은 내음을, 무미한 내음을—너의 내면에서 느껴보는 것은 감미로운 일이다. 고뇌를 향한 열림을 열망하는 입술은 관능적 희열 속에서 일그러지고,

바람결에 두 차례 벗겨진 너의 허리 속에서 너는 양 눈썹 사이로 눈의 흰자위가 구르게 하는 연골의 부서짐을 느낄 것이다.

숲의 고독 속에서, 옷가지는 멀리 벗어던진 채, 너는 한 마리 암늑대처럼 가만히 쭈그리고 있으려니.

야수의 냄새가 진동하는 벼락과 소낙비는 음란함과 고뇌를 함께 나누는 음란함의 동반자들이다.

다시 일어나거라, 그리고 달아나거라. 어린애처럼, 정신 나간 여자처럼, 극심한 두려움에 오히려 즐거워하면서.

IV

강해져야 할 때가 왔다. 나는 돌과 같이 되어야 한다. 불행의 시대 속에서, 위협당하는 가운데 살아가야 하거늘… 그렇지만 마음을 누그러뜨리는 우발적인 일들에도 흔들림 없이 정면으로 맞서야 하고, 그러기 위해서는 자신의 내면 깊이 잠겨들어야 하고, 돌과 같아야 하려니. 욕망의 과도함에 한층 잘 부응하는 무언가라도?

과도한 관능적 희열이 가슴을 불사른다. 그 희열 속에서 가슴은 폐허로 변하니, 그 희열 속에서 가슴은 강인함을 갖지 않을 수 없다. 욕망의 불구덩이는 가슴에 한계를 모르는 대담함을 심는다.

더 이상 만끽할 수 없을 정도로 희열을 만끽함으로써, 또는 초주검 상태에 이르기까지 만취함으로써, 너는 소심한 지연의 연속처럼 삶을 살지 않는다.

정열은 연약함을 배려하지 않는다. 금욕은 열기 가득한 육신의 길들에 비하면 휴식 상태에 다름 아니다.

이제 너는, 너를 위해 생각해 볼 수 있는 어떠한 피신처도 마련해 주지 않은 채 불행을 향해 열리는 광활한 공간을 상상해 보거라. 너를 기다리고 있으리라 예상해야 하는 것은 다름 아닌 배고픔, 추위, 학대, 억류, 외로운 죽음… 고통을, 절망을, 헐벗음을 상상해 보려무나. 너는 이러한 나락에서 벗어나리라 생각했던가? 네 앞에 펼쳐진 것은 저주받은 사막이니, 응답할 이 결코 아무도 없는 그 부르짖음들을 들어보아라. 그리고 잊지 말거라. 이제부터 너는 광분한 늑대들의 기운에 짓눌린 한 마리 암캐라는 것을. 이 가련함의 침대는 너의 고향이다. 너의 하나뿐인 진정한 고향이다.

여하튼, 뱀을 머리털처럼 두르고 있는 지옥의 여신들은 쾌락의 길을 동행한다. 이 여신들은—목까지 차오르도록 너를 술로 채우면서—손을 잡고 너를 동행해 줄 것이다.

수도원의 고요함, 금욕 생활, 그리고 마음의 평화는 피신처에 대한 걱정에 사로잡힌 그 불행한 자들을 겨냥하는 제안들이다. 너로서는 어떠한 피신처도 상상해 볼 수 없다. 술과 욕망은 추위의 난폭함 속으로 몰아넣는다.

수도원은 유희의 뒷전으로 물러나 있으련만, 어느 날 수녀는 다리를 벌리고 싶어 안달하였다.

한편으로, 쾌락을 추구하는 것은 용기 없는 행동이다. 이는 욕망을 진정시킬 목적이지만, 반면 욕망은 결코 충족되지 않기를 갈망한다.

욕망의 환영은 당연히 기만적일 수밖에 없는 것이다. 욕망의 대상으로 주어지는 것은 가면을 쓰고 있다. 가면이 벗겨지는 날 그때 정체를 드러내는 것은 고뇌요, 죽음이요, 소멸될 수밖에 없는 존재의 소멸이다. 진실을 말하자면, 너는 밤을 염원한다. 하지만 필요한 것은 길을 돌아가는 것이요, 또 사랑스런 얼굴들을 사랑하는 것이리라. 욕망을 부추기는 이 얼굴들은 쾌락을 점유하게 되리라 예고하였지만, 쾌락을 점유하는 것은 이나 자신을 무저항 상태에 빠뜨리는 것으로, 즉 죽음을 점유하는 것으로 전락하고 마는 것이다. 하지만 죽음이란 점유할 수 없는 것이 아닌가. 죽음이란 박탈하는 것. 그러기에 관능적 희열이 있는 곳에 환멸 또한 있기 마련이다. 환멸은 곧 심층이다. 환멸은 곧 삶의 마지막 진실이다. 전신의 힘을 앗아가는 환멸 없이는, 너는—더 이상의 용기가 없는 바로 그 순간에서도—알지 못할 것이다. 쾌락을 갈망하는 것은 곧 죽음에게 박탈당하는 것에 다름 아님을.

쾌락을 추구하는 것은 결코 비겁함이 아니다. 이는 삶의 최일선으로 전진하는 것이요, 대담함을 최고조에 달하게 하는 것이다. 이는 충족에 대한 증오심이 우리의 내면에서 부리는 술책이다.

사랑은 필시 가장 요원한 가능성일 게다. 끝없이, 허다한 장애들이 사랑을 향한 열망에게서 사랑을 가로챈다.

사랑이 곧 욕망이요, 욕망이 곧 사랑이다. 사랑은, 욕망 전체에 상응하는 것으로서의 어떤 대상에 대한 욕망이다.

정신 나간 사랑은 정신 나간 정도가 한층 심한 사랑을 향해 나아감으로써만 의미를 갖는다.

★

사랑은 요구한다. 사랑의 대상이 네게서 달아나든지 아니면 네가 사랑의 대상에게서 달아나든지 하라고. 만일 사랑이 너를 피해 도망치지 않고 있다면, 네가 사랑을 피해 도망치고 있는 것일 게다.

연인들은 서로 찢고 찢겨짐으로써만 연인들이다. 양쪽 모두 고통을 목말라한다. 연인들에게서 욕망은 마땅히 불가不可함을 향한 욕망이어야 한다. 그렇지 않으면, 욕망은 충족될 것이요, 욕망은 죽음을 맞이할 것이다.

충족되지 않은 것의 몫이 득세하고 있는 이상, 욕망을 충족시켜 보는 것도 또 어떤 형언할 수 없는 행복에 묻혀 자신을 상실해 보는 것도 괜찮은 일이다. 그 순간, 행복은 한층 증대된 어떤 욕망의 조건이기도 하다. 행복은 욕망의 충족이요, 욕망을 새롭게 하는 청춘의 샘이다.

V

더 이상 **네가 누구인가**를 인식하지 못하고 있어서는 안 될 것이다. 어찌 너의 얼굴이 아닌 얼굴을 하고서 다른 사람에게 접근해야 하는 의무를 자신에게 지우려 한다는 말인가? 어찌 너 자신에게 수모를 안기려 한다는 말인가?

규범에 어긋남이 없이 처신하는 것도, 자신에게 수모를 안기는 이들로부터 인정받는 것도 너에게는 얼마든지 가능한 일일 게다. 또 너로 하여금 무한정한 허위 조작에 매진토록 하는 측면들을 스스로 높이 평가하는 데 무슨 어려움이 있겠는가. 네가 기만하고 있음을 아는 것은 그다지 중요치 않을 것이다. 너는 예속적인 태도를 통해 대다수의 사람들이 영위하는 굴종의 삶에 화답하려 들지 않겠는가. 삶이 정열에 노출되는 것을 막음으로써 말이다. 이 같은 여건에서라면, 너는 N… 부인에 다름 아닐 것이요, 내 귀에 들려오는 것은 너에 대한 찬사들이리라…

너는 두 갈래의 길 중에서 선택해야 했다. 인간에 대한 혐오감에 의해 창설된 한 인간 사회의 구성원들에게 그들이 일원으로 '추천'되든지—아니면 기존의 경계들을 넘어서는 욕망의 자유를 향해 너 자신을 열어젖히든지.

첫 번째 경우에서라면 너는 고단함을 이겨내지 못할 텐데…

그렇지만 너에게 속한 권한을, 너의 내면에서 존재 그 자체를 장난감으로 삼아볼 수 있는 권한을 어찌 망각하겠는가? **하늘의 잿빛** 아래에서 너를 달아오르게 하는 넘치는 피가 어느 정도인지 가늠해 보려무나. 그 넘치는 피를 앞으로도 계속 치마 밑에 감춰둘 수 있겠느냐? 그 격한 욕망의 부르짖음을, 그 과도한 희열의 부르짖음을—다른 사람들이라면 범절에 입각하여 잡담거리 정도로 그치게 하고 말았을 그 부르짖음을—앞으로도 계속 틀어막아 두겠느냐? 수치스러움에 흠뻑 취해버린 너라면 밤의 적나라함보다 덜 매혹적일 이유가 어디 있겠는가?

너의 치마를 벗겨 내리는 그 참을 수 없는 기쁨만이 광막함에…, 너도 알고 있듯이 너로서는 헤어날 길 없는 그 광막함에 부응하는 유일한 것일 게다. 광막함은 너처럼 치마를 걸치고 있지 않다. 광막함 속으로 상실되는 너의 나체는 죽은 자들의 단순함을 지닌다. 광막함 속에서 너의 나체는 너를 광활하게 노출시킨다. 수치스러움에 경직되고, 수치스러움에 사지가 찢겨나가는 너를 말이다. 광활하게, 너의 선정적인 자태는 너를 놀이 속에 내던진다.

(적막하고 벌거벗은 우주의 내면. 어떤 용인할 수 없는 아찔함 속에서 너의 열림이 향하는 곳은 바로 이 내면이 아니런가? 너의 양다리 사이로 살짝 열려있는 것은 마무리가 잘못된 우주가 아니런가? 물음만 있을 뿐 답은 없다. 하지만 너는 치마를 벗어버린 채 별들의 한없는 웃음을 향해 열려있지 아니한가. 하니, 너는 의심치 않을 것이다. 머나먼 허공에 아무리 무거움이 실려있은들 또한 그 무거움은 네 안에 감춰진 그 말 못 할 내면에 실려있는 무거움보다 더하지는 않으리라는 것을.)

머리는 뒤로 젖힌 채, 눈길은 하늘의 우윳빛 흐름 속에 묻은 채, 그렇게 드러누워 별들에게 내맡기려무나… 너의 육체를 타고 흘러내리는 가장 향긋한 방울방울들을!

지옥의 불길 그 유황 냄새를, 은하수 그 적나라한 젖가슴의 냄새를 들이마시거라. 네 허리의 순결함은 네 꿈들을 생각할 수조차 없는 공간 속으로의 추락을 향해 열어놓을 것이다.

발가벗은 송충이들의 접합 같은 성기들의 접합, 그 민둥산들과 그 장밋빛 동굴들, 그 소란스런 소요의 아우성, 그 죽어버린 눈빛과 눈빛. 명랑함을 잃지 않는 성난 욕망의 그 긴 딸꾹질들은 너의 내면에서 하늘의 그 헤아릴 수 없는 균열에 응답하는 순간들이려니…

밤이 숨어있는 그 갈라진 틈 속으로 손가락이 잠입한다. 심장에는 밤이 내려앉고, 너의 나체가 하늘처럼 열려있는 밤은 떨어지는 별들에 의해 긁히고…

쾌락에 젖은—살의 그 향긋한 추악함에 젖은—너의 내면에서 흘러나오는 것, 다른 사람들은 이것이 죽음의 광막함에 노출되는 것을 막는데… 그들은 이것이 하늘의 고독에 노출되는 것을 막는다! 그러기에 너는 달아나야 하리라. 달아나서 숲 깊은 곳에 몸을 숨겨야 하리라. 희열 속에서 고통을 자아내는 것은 고독의 아찔함을 요청하지 아니한가. 희열은 열병에 시달리라 하지 않는가! 오직 너의 흰색의 눈빛만이, 희열에 휩싸인 너의 상처를 별빛 총총한 하늘의 공허함과 맺어주는 불경한 말을 알아들을 수 있을 것이다.

밤의 적막한 광활함이 아니면 그 무엇도 너의 성난 욕망들에 부응하지 못한다.

사랑은 한정된 존재들을 부정하면서 이 존재들을 공허의 무한함으로 환원시킨다. 사랑은 이 존재들을 **자신이지 아니한 그 무엇**에 대한 기다림에 한정시킨다.

VI

사랑 그 극형의 고통 속에서 나는 나 자신에게서 달아난다. 그리고 발가벗은 채 나는 있을 수 없는 투명함에 가닿는다.

더 이상 고통스러워하지 않음은, 더 이상 사랑하지 않음은 오히려 나를 나의 중압감에 한정시킨다.

사랑-선택은 음란함에 대립하는 것이다. 정화시키는 사랑은 살이 주는 즐거움들을 무미하게 만든다. 아이의 더러운 호기심은 흥분의 도가니로, 곳곳에 함정이 도사리고 있는 순진한 장난으로 이어진다.

무성 단세포들의 경우에 있어 세포의 생식은 개방된 체계를 온전하게 그대로 유지시키지 못하는 어떤 무력함에 근거하고 있는 것 같다. 미생물의 성장은 결과적으로 과잉, 과도한 찢김, 일체성의 상실을 초래한다.

생식기관을 갖춘 동물들과 인간의 경우 생식은 두 단계로 분리 진행되며, 각 단계는 동일한 양상들—과잉, 과도한 찢김, 일체성의 상실—을 지닌다. 일차 단계에서 두 존재는 서로의 찢김을 통하여 소통한다. 이보다 더 격렬한 소통은 없다. 감춰져 있던(어떤 결함처럼,

존재의 수치인 것처럼 감춰져 있던) 찢김은 본모습을 드러내면서(고백하면서) 상대방의 찢김에 게걸스럽게 달라붙는다. 말하자면, 미칠 듯이 찢고 찢기는 가운데 연인들의 만남이 이루어진다.

★

자신의 한계에 봉착하여 어찌하지 못하는 것이 유한한 존재들의 숙명이다. 이 한계는 찢겨있다(**호기심**의 그 고통스러운 의미도 여기에서 비롯하는 것이다!).

비겁함과 탈진 상태만이 거리를 유지시킨다.

허공으로 몸을 내밀고 있는 너, 까마득한 저 아래에서 네가 감지하는 것은 공포이다.

찢겨진 다른 몸뚱이들이 사방에서 다가온다. 같은 공포로, 너와 함께 병든 이 몸뚱이들은 같은 유혹으로 병들어 있다.

치마 밑 갈라진 틈은 털투성이이다. 감각의 문란함을 향해 열려있는 허공 속에서 쾌락의 그 극심한 빛의 잔치는 온몸을 떨게 한다.

쾌락의 절망적 공허감은 끝없이 우리들을 우리들 자신 너머로, 부재 속으로 달아나게 하는바 희망 없이는 들이마실 수 없는 것일 게다. 어찌 보면 희망은 기만적이다. 하지만 만일 허공에 상반적인 외양이 섞여들지 않는다면, 아무도 허공의 유혹을 느끼지 않을 것이다.

전율 속에서는, 허공은 아직은 진정으로 공허함이 아니다. 허공은

사물이거나 또는 무無의 표상 즉 오물이다. 오물은 역겨움을 자아낸다는 점에서 바로 공허함을 야기한다. 공허함은 유혹만으로는 극복되지 않는 공포 속에서, 또는 유혹이 겨우 상쇄시킬 따름인 공포 속에서 드러난다.

방탕한 성의 진실은, 방탕한 성의 그 절망에 찬 밑바닥은 다름 아닌 역겨움을 자아내는 그 더럽고 더러운 양상이다.

★

죽음의 이미지, 오물은 역겨움을 자아내는 어떤 공허함을 존재에게 제의한다. 오물은 그 주위로 공허함을 일으킨다. 나는 절망적으로 죽을힘을 다해 오물을 피해 도망친다. 그런데 이렇듯 오물을 피해 도망치고 있는 것은 비단 나의 절망적인 힘만이 아니다. 나의 두려움이, 나의 떨림이 오물을 피해 도망친다.

있지 아니한 무無는 어떤 신호와 분리될 수 없으니…

무는 있지 아니한 까닭에 어떤 신호 없이는 우리를 유혹하지 못할 것이다.

두려움과 구토를 불러일으키는 것으로부터 욕망이 태어나는 순간, 두려움과 역겨움은 에로티시즘의 삶에서의 정점이다. 두려움은 몸을 가누기 힘든 상태에 우리를 방치한다. 하지만 공허함의 신호(오물)가 그 자체의 힘만으로 이처럼 몸을 가누기 힘든 상태를 불러내는 것은 아니다. 우리를 욕망과 역겨움이 교차하는 지점에서 갈등 속에 붙잡아 두기 위해서는 공허함의 신호는 유혹적인 빛깔들을 띠면서 공포를 조성해야 한다. 성기는 오물과 직결된다. 성기는 오물의 배출구이다. 성기는 육체의 적나라함이 경이감을 불러일으킬 때에 한해서만 욕망의 대상이다.

★

젊음과 아름다움, 너의 웃음, 너의 목소리, 너의 싱그러움은 어느 남자를 유혹한다. 하지만 그가 기다리는 것은, 너의 내면의 쾌락이 임종의 순간을 무언극처럼 표현하면서 그 자신을 광기의 문턱까지 몰고 가버릴 바로 그 시간일 따름이다.

아름다운 너의 나체, 헌정된 너의 나체는—밑바닥 없는 어떤 하늘의 침묵이련가, 또 그 하늘에 대한 예감이련가—. 너의 나체는 밤의 공포와 흡사하여 이 공포의 무한함을 가리키고 있구나. 즉, 규정지어질 수 없는 것을—그리고 우리들의 머리 위로 무한한 죽음의 거울을 드높이 세워놓는 것을.

너를 사랑하는 어느 연인에게서는 그 연인을 삭제시켜 버리는 여러 고통들을 바라려무나. 누구도, 자신을 파괴시켜 버릴 공허함을 자신의 내면에서 열리게 하는 권한 그 이상일 수는 없다. 이를 위해 요구되는 것은 성난 욕망이요, 반항이요, 또 증오에 차있으면서도 동시에 조소적이고, 다감하며, 명랑하고, 항상 구토를 일으키기 일보 직전인 집념이다.

유혹과 두려움이 교차하는 이 유희는, 끝없이 공허함이 발밑의 땅을 꺼져버리게 하면서 넘치는 환희 속으로 몰아넣는 이 유희는, 아름다운 외양이 반대편에서는 공포의 의미를 갖게 되는 이 유희는 상반된 것들을 모으고 결속시키는 성질을 지니고 있다. 육신의 존재들은, 의복을 갖춘 채로 또 발가벗긴 채로 서로 간에 신기루처럼 나타났다가 또 잠시 뒤면 이 신기루들을 사라지게 하는 수밖에 없는 육신의 존재들은, 자신의 내면에 자리잡고 있는 고뇌와 오물과 죽음을 밝히도록 선고받은 육신의 존재들은 그들을 농락하는 유희에 의해 운명을 맞이한다. 육신의 존재들은 그들의 유희에 이끌려 불가不可함의 영역으로 들어서지 아니한가. 만일 너의 사랑이 너를 고뇌에 내팽개친다면, 너의 사랑은 곧 너의 진실이리라. 그리고 너의 내면에서의 욕망은 오직 너의 붕괴만을 위한 욕망이었다. 하지만 만일 너를 마주하고 있는 어느 인물이 자신의 내면에 죽음을 담고 있는 게 사실이라면, 또 만일 그 인물이 지니고 있는 너를 유혹하는 힘이 실은 너를 밤속으로 들어서게 하는 힘이라면, 잠시나마 너 자신을 삶에 대한 그 격렬하고 유치한 욕망에 송두리째 내맡겨 버리려무나. 이제 네게는 오직 찢겨진 옷가지들만이 있을 뿐이다. 그리고 너의 더러운 나체는 절규의 고초를 약속받고 있다.

두 존재는 가장 강력한 서로의 매력에 순종하는 가운데 성적 난파를 목적으로 서로를 선택한다. 오직 이들에게서만 가능성은 송두리째 도마에 올려진다. 이를 위해서는 한층 많은 힘이 있어야 할 것이다. 하지만 아름다움, 힘, 용기는 어떤 붕괴의 신호들이다. 그리고 용기는 표면적인 역량으로 그칠 따름이려니, 결국은 존재상의 공포 속으로 침몰되는 수밖에 없는 것이다.

욕망은 아름다움의 공허함으로부터 그 자체의 충만함으로 나아간다. 완벽한 아름다움은, 거역할 수도 부인할 수도 없는 생동의 기운을 지닌 아름다움은 찢겨짐을 불사르는 힘을, 그러면서 동시에 지체시키고 붙잡아 매는 힘을 갖고 있다. 찢겨짐은 그 죽음의 빛이 감도는 후광을 아름다움에 부여한다. 찢겨짐은 또한 행운이 빚어내는 상황에서는, 정결하기만 한 윤곽선에 어떤 무한한 떨림의 가능성을 심어준다.

두 연인은 나체와 나체로 맺어지는 가운데 서로를 헌정한다. 이렇듯 두 연인은 찢고 찢기며 한동안 서로의 찢겨짐에 서로를 동여맨다.

아름다움은 피안의 세계에 속한다. 아름다움은 공허함이다. 아름다움은 충만함에 결여된 것, 뿌리째 뽑혀나감 곧 그것이다.

무無—유한한 존재 너머로의 세계

엄격히 말해, 무는 어떤 유한한 존재로서는 **존재하지 않는 것**이다. 엄격히 말해, 무는 곧 어떤 부재, 한계의 부재이다. 또 다른 측면에서 보면, 무는 유한한 존재가 갈망하는 것이기도 하다. 무언가를 갈망하는 자는 **자신의 존재가 아닌 그 무언가를** 갈망하지 아니한가!

그 출발선상에서 보면, 사랑 행위는 죽음에 대한 향수이다. 하지만 죽음에 대한 향수는 그 자체로 벌써 죽음을 넘어선다. 죽음에 대한 향수는 죽음을 넘어서는 가운데 개별적 존재들 너머로의 세계를 지향한다. 이 점은 바로 둘 사이의 사랑을 상대의 성性에 대한 사랑과 구별하지 않는 연인들의 융합이 밝히고 있는 것이기도 하다. 이렇듯 사랑 행위는 선택과 직결된 것임에도 끝없이 익명의 그 문란한 집단적 향락의 순간으로 빠져든다.

집단적 성의 향락 속에서, 고립된 존재는 죽음을 맞이하거나 아니면 적어도 한동안은 죽은 자들의 그 끔찍스러운 무감각함에 자리를 내어준다.

한 존재가 집단적 성의 향락을 휘감고 있는 그 소름끼치는 기운 속으로 빠져들 때, 사랑 행위는 구토를 일으키기 일보 직전에서 그 내밀한 의미에 가닿는다. 그렇지만, 이와 역행하여 흐름이 뒤바뀌는 순간이 아마도 가장 격렬한 순간일 것이다. 바로 이 순간, 선택받은 자(개별적 존재)는 선택받은 자로서의 위치를 되찾는다. 하지만 그는, 확실한 한계점들과 연관된 것이기에 붙잡을 수 있었던 외양을 상실한 상태라 하겠다. 여하튼, 선택의 대상은 선택받는다는 사실만으로도 벌써 허약함에, 붙잡을 수 없는 것 그 자체에 다름 아니지 않겠는가. 선택의 대상 **그를** 만날 수 있었던 가능성은 실로 미미하였고 또 그를 간직할 수 있는 가능성 역시 미미하니, 이 점은 곧 그의 존재이지 아니한 것의 허무함 그 위로 그의 존재를 매달고 또 그럼으로써 욕망을 견디기 힘든 것으로 만들게 마련이리라. 하지만 선택의 대상 그는 광막한 공허함에 넘겨질 수밖에 없는 운명의 극미한 분자에 불과한 것만은 아니다. 그의 내면에 넘쳐흐르는 생명력과 힘은 그로 하여금 그 자신을 멸하는 것의 공범이 되게 하였던 것이다. 대체 불가능한 개별성은 심연을 제시하는 손가락이요, 그 심연의 광막함을 지적하는 손가락이다. 대체 불가능한 개별성은 그 자체가 거짓에 대한 도발적인 밝힘에 다름 아니며, 이 거짓은 개별성 그 자체에 다름 아니려니… 개별성은, 자신의 연인에게 자신의 그 불길한 징조들을 보여주는 어느 여인의 개별성이다. 바로 찢겨짐을 가리키는 집게손가락 말이다. 달리 말하자면, 찢겨짐의 깃발 말이다.

찢겨짐을 게걸스럽게 찾는 자에게 개별성은 필수적이다. 만일 찢겨짐이 어느 한 존재의 찢겨짐이 아니라면, 요컨대 어느 선택받은 존재의 충만함을 위한 바로 이 존재의 찢겨짐이 아니라면, 찢겨짐은 기실 아무것도 아닐 게다. 선택받은 존재의 내면에 넘쳐나는 생명력, 선택받은 존재로서의 충만함, 선택받은 자는 이를 통해 공허함을 부각시킨다. 이 충만함과 이 넘침은 선택받은 자를 용해시킴에 따라, 또 존재를 그 공허함과 분리시키는 난간을 치워버림에 따라 더욱더 선택받은 자만의 **고유성**으로 주어진다. 이로부터 하나의 심층적 역설이 비롯한다. 즉, 우리를 격렬하게 찢는 것은 단순한 찢겨짐이 아니라 바로 풍요로운 개별성, 터무니없는 개별성, 광기 어린 개별성, 고뇌에 내팽개쳐진 개별성 곧 그것이다.

선택받은 존재의 개별성은 욕망의 정점이자 동시에 욕망의 사양길이다. 정점에 이른다 함은 곧 정점에서부터 내려가야 함을 뜻한다. 개별성은 때로는 자진해서 의미를 비워버리고, 정상적인 소유의 품에 안기고, 서서히 무미건조함으로 전락한다.

VII

격렬한 외설스러운 몸짓으로 이어지는 열정의 분출 그 너머로, 너는 우정이 군림하는 영역에 가닿을 것이다. 네가 새로이 무방비 상태로 놓이게 될 이 영역은 그 안에 한줄기의 길고 가냘픈 번갯빛이 걸려있음으로 인해 한층 무거운 기운에 휩싸여 있다. 이 길고 가냘픈 번갯빛은 다름 아닌 너의 절망적 상황에 버금가는 어느 절망적 상황에 대한 의식이다. 이 의식 속에서 너의 헐벗음을 더할 나위 없는 헐벗음으로 되게 하는 것은 바로 다음의 확신이다. 번갯빛이 헐벗음을 욕망의 대상으로 되게 하리라고. 함께 나눈 절망감은 또한 하나의 기쁨이려니, 절망감은 오직 함께 나누는 조건하에서만 감미로운 것일 게다. 둘이서 함께 헐벗음의 희열 속으로 침몰하는 것은 곧 헐벗음을 변질시키는 것에 다름 아니다. 연인들 사이에서 서로의 헐벗음은 서로의 거울이 되어 서로의 거울 속에 투영되는 것이다. 이는 육신상의 찢겨짐을 연장시키는 한줄기의 완만한 아찔함이요, 한줄기의 그윽한 아찔함이다. 이로부터, 사랑하는 존재의 얼굴은 애절한 빛을 띠고 또 마력적인 유혹의 빛을 발하기 시작한다.

욕망의 대상은 가닿기 요원한 것일수록 아찔함을 주입시킨다. 가장 강도 높은 아찔함을 자아내는 것은 사랑하는 존재의 유일성이다.

유일성의 아찔함은 단순한 아찔함이 아니라 어떤 견딜 수 없는 아찔함에 의해 배가되고 배가되는 환희이다. 그리고 필시 결국에 가서는, 개별성(유일성)은 상실되기 마련일 것이고, 공허함은 완전무결하게 될 것이며, 환희는 비탄으로 바뀌게 될 것이다(유일성도 환희도 넘어서지 못하는 사랑은 죽음을 맞는다). 하지만 상실되는 유일성 너머로 상이한 유일성들이 시작되며, 비탄으로 바뀐 환희 너머로 새로운 존재들은 새로운 아찔함을 환희로 변화시킨다.

고립된 존재는 (군중의 비탄을 역류시키면서 군중의 비탄을 반영하는) 하나의 현혹적인 덫이며, 안정적 상태에 귀결되는 한 쌍의 부부는 사랑에 대한 부정이다. 하지만 연인에게서 연인에게로 옮겨가는 것은, 고립 상태에 종지부를 찍거나 적어도 고립 상태를 휘청거리게 하는 변화이다. 고립된 존재는 **놀이판에 던져진다**. 고립된 존재는 자신 너머로의 세계를 향해 열려있고, 심지어는 부부 사이 너머로, 집단적 성의 향락을 향해 열려있다.

VIII

이제 나는 네게 나에 대해 말해주고 싶다. 내가 제시한 길들은 내가 지나온 길들이다.

내가 헤어나질 못하고 있는 이런저런 고뇌를 어떻게 이야기해야 할지. 내게서 고단함이 말하도록 내버려 두려무나. 내 머리는 두려움에 너무나도 익숙해져 있고, 그토록 빈번히도 폐허의 차지가 되어버렸던 내 마음은 너무나도 지쳐있다 보니, 차라리 나는 죽은 자들의 대열 속에 들어있다고 할까 보다.

매일처럼 붙잡을 수 없는 것을 붙잡으려 애쓰면서, 쾌락의 잔치판에서 쾌락의 잔치판으로 쫓아다니면서…, 또 죽음의 문턱을 스치듯 공허함을 스치면서, 이렇듯 나는 나의 고뇌 속에 갇혀있었다. 창녀들의 찢겨진 부위에서 더욱 철저히 나 자신을 찢고자 말이다. 그리고 두려움이 더해 갈수록 나는 그만큼 더욱 어떤 경이로운 가르침에 접하듯, 창녀의 육체를 통해 내게 말해지는 그 수치스러운 무언가를 알게 되었다.

창녀들의 엉덩이는 끝맺음의 여운인 양 환영의 빛줄기를 뿌리는 어떤 후광을 두르고 있는 듯 보였다. 나는 이 빛줄기 앞에서 살아가고 있었다.

갈라진 틈 속에서 모든 가능성이 끝나는 그 머나먼 지점을 찾는다는 것이 나 자신을 부러뜨리는 것임을, 내 힘으로 안 되는 것을 하고 있는 것임을 나는 알고 있었다.

고뇌는 욕망과 동일한 것이다. 나는 허다한 욕망들로 나 자신을 탈진시켜 가며 살아왔다. 그리고 이제껏 살아오는 동안 내내 나는 고뇌 속에서 마비되어 있었다. 어렸을 적 나는 수업 시간이 종료되었음을 알리는 북소리를 기다렸었고, 이제 나는 기다리고 있는 것만으로도 힘겨울 정도로 내 고뇌의 대상을 기다리고 있다. 어떤 구실로든 나를 사로잡는 공포가 나를 떠나지 않고 있다. 지금 이 순간 내가 사랑하는 것은 다름 아닌 죽음이다. 나는 달아나고 싶다, **현 상태**에서, 고독에서, 폐쇄적인 삶의 권태에서 도망치고 싶다.

고뇌 속에서 나는 나의 비겁함을 나 자신에게 고백하기도 하고, 또 나 자신에게 이렇게 말해보기도 한다. 다른 사람들은 훨씬 불행한 사람들이라서 나처럼 헐떡거리며 머리를 벽에 들이박고 있지는 않으리라고. 수치심에 사로잡혀 나는 다시 몸을 일으켜 세운다. 그리고 그때 나는 나의 내면에 자리잡고 있는 두 번째 종류의 비겁함을 발견한다. **별것 아닌 것**을 가지고 고뇌에 빠져든다는 것은 분명 비겁한 일이었다. 하지만 고뇌를 기피하면서 초연함 속에서 안정과 굳건함을 도모하는 것 또한 비겁한 일이라 하겠다. 초연함("아무것도 아닌 일"로 고통스러워하는 것)과 정반대되는 곳에서 **카르멜 산의 오르막길**은 시작된다. 극도의 절망적 상황에서는 몸을 곧추 세우고 용감히 공포에 맞서는 것 역시 바람직한 일이겠지만 말이다.

정상에 대한 향수가 없는 자들이 수용하고 있는 엄중한 법은 부드러운 것이요, 바랄 만한 것이다. 하지만 한층 멀리(가능한 한 멀리) 나아가야 하는 경우라면, **부드러움은 없을 수밖에 없다**.

나는 나 자신 너머로의 어떤 공허함을, 함몰당할 수밖에 없는 어떤 공허함을 갈망하고 갈망한 나머지 창녀들의 옷을 벗겨버리고 싶어 한단다.

IX

어린애 같은 절망, 밤, 무덤들. 내가 들어갈 관이 갈라져 나올 나무는 세찬 바람 속에 흔들리고. 너의 내밀함 속으로 잠입한 손가락, 붉게 상기된 너, 그리고 고동치는 심장, 이 심장 속으로 오래도록 들어서고 있는 죽음…

경계를 넘어, 침묵과 두려움이 성당의 침묵 속에서 군림하는 그곳으로 들어선 너의 엉덩이는 내게 악마의 슬픔을 불어넣는 어느 신의 입에 다름 아니다.

침묵을 지키면서 오래도록 죽어가는 것. 이는 끝없는 찢겨짐의 조건이다. 이 말없는 기다림 속에서 가장 그윽한 감촉은 쾌락에 눈을 뜨게 하려니, 외설의 기쁨 속에서도 너의 정신은 깨어있기를. 거기에서부터 침묵 속으로 잠겨들다 보면, 거기에서부터 끝없이 물러서다 보면, 너는 세계가 어떠한 버림받음으로, 어떠한 죽음으로 이루어져 있는가를 알게 될 것이다. 너는 그 세계를 상상해 볼 것이며, 또 너의 치마 밑에 가려져 있던 것은 그에 따른 결과를 체험하게 될 것이다. 그토록 많은 명철한 나체들이 한 똑같은 심연의 가장자리에서, 똑같은 기쁨으로 뒤집힌 채, 똑같은 방식으로 고뇌에 시달리면서 그러했던 것처럼 말이다.

너는 이제 낙인이 찍힌 몸이다. 더 이상 도망치려고 들지 말려무나. 모종의 쉬운 방편들은 현혹적인 미끼들에 다름 아니다. 너의 불성실한 정신도 너의 비아냥거림도 힘을 대체하지는 못한다. 너의 가능성으로 되어버린 암캐의 생태는 네가 갖은 방식으로 그것에서 달아나고자 한들 너를 다시 찾아내고 말 것이다. 이는 네가 쾌락에 얽매여 있기 때문에서가 아니다. 너로서는 네 자신을 열어젖힌 채, 행복에 겨워 하며, 최악의 것을 맞이하러 나가는 수밖에 없지 않은가. 성무기도의 빈곤함 너머로 인도하는 것은, 즉 너의 삶이 죽음과의 경계를 이루도록 했던 슬픔들은 정신을 텅 빈 상태로 놔두지는 않을 것이다. 더 이상 너는 다시 내려오지는 못할 것이다. 아무리 그러고 싶어 해도 말이다.

네가 명심해야 할 것이 있다. 네가 듣고 있는 이 도덕은, 내가 가르치고 있는 이 도덕은 가장 힘겨운 도덕이다. 이 도덕에서는 휴면도 만족도 기대할 수 없는 것이다.

나는 네게 지옥의 순수함을—혹은 네가 좋아하는 말로, 아이의 순수함을—가지라 요구하련다. 하니, 어떠한 약속도 보상으로 주어지지는 않을 것이며, 어떠한 의무도 너를 구속하지는 않을 것이다. 너는 **네 자신으로부터 우러나와** 너의 운명으로 인도하는 한 목소리를 듣게 될 것인즉, 이 목소리는 욕망의 대상으로 주어진 존재들의 목소리가 아니라 바로 욕망의 목소리이다.

진실을 말하자면, 쾌락은 그다지 중요치 않은 것이다. 쾌락은 덤으로 얻어지는 것이다. 쾌락이든 환희든, 두려움이 노래하는 터무니없는 **할렐루야**는 마음이 옷을 벗는 어느 광활한 세계를 알리는 신호이다. 실재와 환상이 반반인 이 피안의 세계는, 원소마다 하나같이 갉아먹혀 있는 이 피안의 세계는 빗방울을 머금은 장미꽃들이 뇌우의 빛줄기로 환히 밝아오는 곳…

탈을 쓴 미지의 여인이 생각난다. 매음굴에서 고뇌에 의해 옷은 벗겨지고, 얼굴을 가린 채 육체를 드러내고 있는 그 여인이. 양탄자 위에 널려있는 외투며, 치마며, 속옷이며…

바로 이 꿈의 고장에 가닿고자 우리는 쾌락을 도약판으로 삼는 거란다. 그리고 쾌락은 필시 부여받은 성향들을 허물어뜨림으로써만, 어떤 참혹한 세계가 자리잡게 함으로써만 찾아지는 것일 게다. 하지만 이 조건은 역으로도 그대로 적용된다. 만일 지탱해낼 수 없는 우리의 발걸음을 쾌락이 받쳐주지 않는다면, 우리는 진실이 그 모습을 드러내는 처량한 불빛을 찾아내지 못할 것이다.

이 세계에서의 너의 할 일은 평온을 갈망하는 어느 영혼에게 구원을 보장해 주는 것도 아니요, 너의 육체에게 금전상의 여러 가지 이점들을 안겨주는 것도 아니다. 너의 할 일은 어떤 알 수 없는 운명을 찾아나서는 데 있다. 바로 이를 위해 너는 뭇 한계에 대한 증오 속에서—제도화된 규범에 자유를 대립시키는 이 증오 속에서—싸워나가야 한다. 바로 이를 위해 너는 비밀스런 긍지와 무적의 의지로 무장해야 할 것이다. 운이 네게 안겨 준 이점들—너의 아름다움, 너의 싱그러움, 그리고 열광적인 너의 삶—은 너의 찢겨짐을 위해 필요한 것들이다.

물론 이 증표는 드러난다 해도 진정으로 드러나지는 않을 것이다. 왜냐하면, 네게서 발산되는 빛은 잠결에 실려가는 시골을 비추는 달빛을 닮은 것일 터이니 말이다. 그렇지만 너의 나체의 그 가련함 그리고 벌거벗은 채 긴장되어 있는 너의 육체의 그 전율, 그것만으로도 존재들에게 주어진 어떤 한정된 운명의 이미지를 붕괴시키기에는 충분할 것이다. 내리치는 벼락이 그 희생자들에게 벼락의 진실을 털어놓듯, 살결의 향긋함 속에서 밝혀진 영원한 죽음은 극소수의 선택받은 자들만을 제물로 삼을 것이다. 너와 함께 이 선택받은 자들은 인간의 현실이 상실되는 밤 속으로 들어설 것이다. 왜냐하면 오로지 암흑의 광막함만이 낮의 예속성이 미치지 않는 곳에 그처럼 격렬한 광채의 빛을 감추고 있기 때문이다. 이렇듯 나체의 **할렐루야** 속에서는, 아직은 네가 완전한 진실이 밝혀지게 될 정상에 있는 것은 아니다. 병든 열광 너머로, 죽음의 그림자 속으로 들어서면서, 너는 한걸음 더 나아가 웃지 않으면 안 될 것이다. 그 순간, 존재에게 견고성을 강제하는 그 구속의 끈들은 너의 내면에서 풀어헤쳐질 테고, 또 너는 헤아릴 수 없이 많은 너의 누이들을 하늘에서 발견하게 될 텐데… 이에 네가 울어야 할는지 웃어야 할는지는 나로서는 모를 일이다.

글, 진실의 봉인

여기 한 의지의 글이 있다.

이 제언은《죄인》에 가까이 다가가고 싶은 마음에서 이 글에 하나의 이름을 붙여주려는 시도에 불과하나, 나는 이 제언으로 옮긴이의 후기를, 대신하고자 한다. 이름이 실재를 대체할 수는 없듯이, 물론 이 이름이 글에 가닿게 하지는 않는다. 세계의 이름이, 자연의 이름이, 신의 이름이, 인간의 이름이, 요컨대 각각의 실재의 이름이 인간 언어의 진실을 말해주듯 밤으로 열리는 문에 불과한 것처럼, 다분히 우연의 장난에 의한 이름인 이 '의지의 글'이라는 이름 역시 한낱 밤으로 열리는 문에 불과하다. 모든 이름은 밤의 가장자리에 위치한다. 모든 이름은 밤의 지시어일 따름이다.

접근—문학적 접근, 철학적 접근, 신학적 접근—은 오직 밤으로 열리는 문을 통해서만 가능한 것이다. 접근, 즉 실재에의 접근은 문학, 철학, 신학에 공통된 의지이다. 문학, 철학, 신학은 밤으로 열리는 문을 두드리고, 열리게 하고, 열어놓으려는 의지이다. 허구를 통한 실재에의 접근, 앎을 통한 실재에의 접근, 염원을 통한 실재에의 접근. 문학의 이름도, 철학의 이름도, 신학의 이름도 곧 이 의지의 이름에 다름 아니다. 문학의 이름, 철학의 이름, 신학의 이름은 이렇듯 인간에게는 밤으로 열리는 문을 열고 밤 속으로 들어서려는 의지가 있음을 말해주고 있다. 더욱이 이 이름들 속에 열려있는 인간의 밤은 다양하고 또 다채롭기까지 하다. 무지의 밤, 무력함의 밤, 경이로움의 밤, 신비로움의 밤, 성스러움의 밤, 불가不可함의 밤… 접근은 오직 인간의 밤 속에서만 가능한 것일 따름이다. 접근은 오직 인간 언어의 진실 속에서만, 밤의 지시어를 통해서만 가능한 것일 따름이다. 오로지 밤의 지시어만이 접근의 통로로 주어지고 있다.

《죄인》은 한 의지의 글이다. 이 글은 한 권의 문학서로, 혹은 한 권의 철학서로, 혹은 한 권의 신학서로 분류될 수 있는 글이 아니다. 바타유는 이 글과 더불어 '신 없는 신학 총서'를 형성하고 있는 《내적 체험》, 《니체에 대하여—운에로의 의지》를 종교사에 관한 저술로 분류되기를 바란다는 자신의 견해를 밝힌 적이 있다. 그렇지만 이 글은 비단 이 두 권의 저술뿐만 아니라 바타유의 여타 저술들과도 다른 성격의 글이다. 바타유의 저술 속에서 《죄인》이 자리하는 위치는 니체의 저술 속에서 《차라투스트라는 이렇게 말했다》가 자리하는 위치와 동일한 것 같다. 이 위치는 《죄인》과 《차라투스트라는 이렇게 말했다》가 각각 바타유와 니체의 저술 속에서 어떤 사유상의 중요성을 지니고 있는 데 따른 것이 아니다(바타유와 니체의 각각의 저술에서 어떤 사유상의 중요성을 판단, 평가할 능력은 내게 없다. 그 어떤 글이든 이 두 사람의 글은 나에게는 모두가 밤으로 열리는 문일 따름이다). 이 위치는 글의 성격에 따른 것이다. 《차라투스트라는 이렇게 말했다》와 마찬가지로 《죄인》은 한 권의 문학서이자 한 권의 철학서이며 또한 한 권의 신학서이다. 《차라투스트라는 이렇게 말했다》와 마찬가지로 《죄인》은 문학, 철학, 신학에 공통된 의지에 의해 열린 정신적 하늘이다(여기서 '정신적 하늘'이라는 표현은 나로서는 불가피한 표현이다. 이 공통된 의지에 '사유체계'라는 표현은 실로 부적절한 언어라 하겠다. 더욱이 문학, 철학, 신학이 공통적으로 어떤 '정신적 하늘'을 지평으로 하고 있다는 점에서 이 표현은 이 공통된 의지의 시적 성격까지 반영하는 것으로 생각된다). 그렇기에 '여기 한 의지의 글이 있다'라는 제언은 《죄인》뿐만 아니라 《차라투스트라는 이렇게 말했다》에도 공히 적용될 수 있는 제언이라 하겠다. 다만, 이 두 책이 열어 보이는 정신적 하늘은 서로 '소통'하는 가운데에서도 각자의 빛깔을 달리하고 있을 따름이다.

★

1959년 바타유는 그의 마지막 저술이 될 《에로스의 눈물》을 준비하는 가운데 자신의 지난날을 회고하는 시간을 갖는다. 그런데 이 회고에서 그는 마치 자신의 지난날의 자취가 개인적 의지에 따른 저술 활동보다는 어떤 공동의 의지에 따른 정신공동체 활동 속에 한층 깊이 새겨져 있기라도 하듯 자신이 주도했던 학회, 정치적 모임, 잡지에 대해서는 일일이 열거하면서도 자신의 수많은 글의 경우 제명조차 언급하고 있지 않다. 단 한 차례 《죄인》과 《내적 체험》을 언급하고 있는 것을 제외한다면. 그는 '더할 나위 없는 고독' 속에서 《죄인》을 쓰기 시작했다고 말하고 있다. 1938년 11월에 있었던 연인 로르Laure의 죽음, 그리고 1939년 7월에 있었던 '사회학 학회'의 해체. 사랑의 환상과 공동체의 환상이 떠나간 곳에서 바타유에게 찾아들었던 것은 다름 아닌 부재의 밤이었던 것 같다.

부재의 밤 속의 고독. 이 의지의 글은 바로 이 고독 속에서 쓰여진 것이다. 이 글은 부재의 밤 그 깊은 고독 속에서, 이 고독 속의 의지에 의해 열린 한 정신적 하늘이다. 그만큼 이 글은 바타유의 문학 작품들처럼 에로티시즘의 진실과 같은 어떤 인간의 보편적 진실을 통해 이해할 수 있는 글도 아니며 또 그의 인류학적 저술, 종교론, 문학론, 예술론처럼 어떤 철학적 사유체계를 통해 이해할 수 있는 글도 아니다. 인간의 여러 깊은 진실들—에로티시즘의 진실, 전쟁의 진실, 역사의 진실, 앎의 진실, 지성의 진실 등—이 삶이 처한 상황 속에서 적나라하게 밝혀지면서 장차의 사유체계를 준비하고 있는 이 글은 실로 단순하게도 한 인간의 육체적·정신적 생활상을 보여주고 있다. 육체적·정신적 생활상을 보여주는 글, 이러한 글을 가리켜 우리는 일기—내면의 일기, 고백의 일기—라 한다. 이 의지의 글이 한 권의 일기처럼 읽혀질 수 있는 것은 단지 그 원래의 형태 때문만은 아니다 (영국, 프랑스, 호주와 뉴질랜드가 독일에 전쟁을 선포한 날—1939년 9월 3일—로부터 이틀 뒤 바타유는 이 글의 토대가 되는 일기를 쓰기 시작한다). 그 이유는 바로 이 의지의 글이 부재의 밤 속의 고독 이 고단한 상황 속에서 인간의 여러 진실들을 살아가는 삶을 보여주고 있기 때문이다. 이 부재의 밤은 사랑의 환상과 공동체의 환상이 깨어짐에 따라 찾아든 밤만은 아니다. 인간에게 전쟁은 역사의 밤이다. 역사의 밤 속에 신은 부재한다. 역사의 밤 속에서 인간은 부재하는 신을 찾는다. 하지만 역사의 밤 속 그 어디에도 더 이상 '애원할 신은 없다'. 사랑의 부재, 공동체의 부재, 신의 부재가 드리우는 출구 없는 밤 속에서의 한 인간의 고독한 생활상. 이 의지의 글은 바로 이 생활상을 때로는 희망 없는 애원의 언어로, 때로는 서투른 해명의 언어로, 때로는 자조 섞인 호소의 언어로, 때로는 도전적인 농담의 언어로, 때로는 대상 없는 물음의 언어로, 때로는 명료한 앎의 언어로, 때로는 진실을 향한 시적 이미지의 언어로 성실하게 보여주고 있다. 그러기에 바타유는 죽음을 한 해 앞둔 1961년 한 텔레비전 방송과의 대담에서 이 글을 두고 자신의 모습을 가장 제대로 보여주고 있는 글이라고 밝히고 있다. 《죄인》은 성실한 글이다.

《죄인》은 말한다. 여기 부재의 밤 그 깊은 고독 속에서 인간의 진실들을 안고 살아가는 한 의지의 삶이 있다라고.

독자에게 바타유의 이 글은 그 어떤 철학적·신학적 제언보다도 한 삶의 윤곽을 마치 그림자를 투영하듯 그려 보여주는 바로 이 말을 들려주고 있는 것 같다. 내게 바타유의 이 글은 그 어떤 철학적·신학적 제언보다도 바로 이 글의 말을 들어달라고 호소하는 것처럼 느껴진다. 이 글의 말은 글의 통일된 숨결처럼 이 글 전체에 걸쳐 그 저변에 흐르고 있는 것 같다. 더욱이 이 글의 말은 단지 《죄인》에게만 글의 일체성을 부여하고 있는 것이 아니다. 감히 말해두도록 하자. 니체가 자신의 모든 글은 하나의 일체성을 지니고 있다고 자부했던 것처럼, 《눈의 이야기》(1928)에서부터 시작되어 《에로스의 눈물》(1961)로 끝나는 바타유의 모든 글은 하나의 일체성을 지니고 있다. 그리고 이 일체성은 니체와 바타유의 글이 이른바 어떤 사변체계를 형성하고 있는 데서 비롯하는 것이 아니다. 니체와 바타유의 사유에는 데카르트와 헤겔 그리고 하이데거의 사유에서처럼 모든 사변체계에서 찾아볼 수 있는 사유의 출발점이 없다. 그들의 사유에는 사유의 출발점이 없기에 사유의 지평도, 또 사유의 출발점과 사유의 지평을 이어주는 사유의 도상도 없다. 그들의 사유는 데카르트의 합리주의적 사변체계에서처럼 인간 정신의 결함—옳게 생각하고 있는 것으로 여겨지고 있는 것이 착각인지 아닌지를 검증해야 하는 필요성—에서부터 출발하여 형이상학적 회의를 통해 신의 의지의 완벽성을 지평으로 하지도 않으며, 헤겔의 변증법적 사변체계에서처럼 감각적 확신에서부터 출발하여 변증법적 부정을 통해 절대정신을 지평으로 하지도 않으며, 혹은 하이데거의 존재론적 사변체계에서처럼 '왜 아무것도 없기보다는 무엇이 있는가'라는 물음에서부터 출발하여 존재론적 조응을 통해 대존재의 깊고 깊은 고독을 지평으로 하지도 않는다. 바타유가 자신의 사유의 핵심처럼 제시하고 있는 몇 가지 철학적·신학적 제언들—이를테면 '앎 아닌 앎', '신 없는 신학', '용도 없는 부정성'—은 사유의 출발점도, 사유의 도상도, 사유의 지평도 아니다. 이 제언들은 사유가 지향할 수 있는 것이 아니다. 이 제언들은 사유가 봉착하는 것이다. 니체의 제언들—이를테면 '초인', '선악 너머로', '신의 죽음', '영구회귀'—과 마찬가지로 이 제언들은 곧 그 자체가 사유를 그 안에 위치시키는 정신적 하늘이다. 니체와 바타유의 글들은 우리에게 무엇보다도 이 정신적 하늘 속에서 진실이 빚어내는 사유의 다채로운 풍경들을 보여주고 있다. 특히 《죄인》과 《차라투스트라는 이렇게 말했다》는 글의 구성 형식 그 자체만으로도 벌써 이 다채로운 풍경들을 보여주고 있다(이 글들의 구성 형식은 노자, 장자의 글의 구성 형식과도 다를 바 없다). 다만 우리는 이 정신적 하늘 속으로는 들어서지 못한 채 먼 아래에서 사유의 다채로운 풍경들을 관조하듯 바라보고 있을 따름이다.

'앎 아닌 앎', '신 없는 신학', '용도 없는 부정성', 이 철학적·신학적 제언들로 표현되고 있는 바타유의 정신적 하늘은 《죄인》이 들려주는 글의 말 속에서 열리고 있다. 이 정신적 하늘은, 부재의 밤이 불러일으키는 고독 속에서 인간의 진실들을 안고 살아가는 한 의지의 삶에 의해 열린 하늘이다. 이 《죄인》의 하늘은 곧 바타유의 모든 글의 일체성이다. 그러기에 바타유의 글에 대한 접근은 단순히 어떤 사유체계에 대한 접근이 아니라 바로 이 하늘에 대한 접근이다. 그리고 이 하늘에 대한 접근은 곧 이 의지의 삶에 대한 접근이다. 이렇듯《죄인》의 저변으로부터 들려오는 글의 말은, 즉 글이 어디에서 그 생명력을 얻고 있는지를 말해주는 글 속의 무언의 말은 또한 이 글을 접근하는 데 독자에게 필요한 가장 기본적인 태도를 알려주는 당부의 말이기도 하다. 바타유의 사유는 성실하다. 사유의 성실성은 바로 사유가 생활을 그 원천으로 하고 있기 때문이다. 바타유에게 부재의 밤은 사유의 원천이며, 바타유에게 부재의 밤은 곧 생활 그 자체이다. 그에게 사유와 생활은 구별되지 않는다. 바타유의 생활은, 부재의 밤을 살아가지 아니하기에 신의 현존에 의지하는 종교인의 생활과는 다르다. 또 바타유의 사유는, 부재의 밤 속에서 사유하지 아니하기에 사유의 고독을 모르는 철학자의 사유와는 다르다. 그러기에 신의 현존에 의지하는 종교인은 바타유의 사유 '신 없는 신학'을 이해하지 못하고, 사유의 고독을 모르는 철학자는 바타유의 생활을 이해하지 못한다(바타유를 '신新신비주의자'로 취급한 사르트르가 그 좋은 실례이다). 바타유의 생활은 신의 부재 속에서 신을 열망하는 종교인의 생활 혹은 사랑의 부재 속에서 사랑을 열망하는 가련한 자의 생활이며, 바타유의 사유는 니체가 그러했듯이 사유의 고독 속에서 정신 공동체를 열망하는 철학자의 사유이다.

—니체. "차라투스트라는 찾고 있다. 창조를 함께 할 이들을, 수확을 함께 거둘 이들을, 축제를 함께 거행할 이들을"(《차라투스트라는 이렇게 말했다》).
—바타유. "나는 하나의 단어를 내세울 때면 다른 사람들의 생각을 감행한다. 즉, 내가 내 주위에서 그때그때 되는 대로 주워 모은 무언가 인간의 실체 같은 것을 말이다"(《죄인》).

★

부재의 밤 그 깊은 고독 속에서 바타유는 생활하며 사유하고, 사유하며 생활한다. 생활 속의 사유, 사유 속의 생활. 그런데 니체와 바타유를 제외하면 또 어떤 철학자가 이처럼 사유와 생활의 일치를 보여주고 있다고 하겠는가. 우리—보통 사람들—는 누구나 어느 정도 부재의 밤을 체험하지만 이 인간의 밤 속에서 밝혀지는 인간의 여러 깊은 진실들을 목격하지 못하는 탓에, 이 부재의 밤은 단지 시련의 밤일 뿐 정신적 하늘로 열리지 않는다. 그리고 철학자들은 그들의 정신적 하늘, 즉 형이상학적 진실—데카르트의 경우 완벽한 신의 의지, 헤겔의 경우 절대앎, 하이데거의 경우 존재의 진실—을 인간의 밤 속에서 찾기보다는 인간의 밤이 걷히는 곳에서 찾는다. 철학자들의 정신적 하늘은 빛과 어둠이 교차하는—정오와 자정이 함께하는—모순의 하늘이 아니라 때로는 해맑은 하늘이요(데카르트의 하늘), 때로는 어둠으로 잠겨드는 충만한 하늘이며(헤겔의 하늘), 때로는 깊은 고요의 하늘이다(하이데거의 하늘). 하지만 이러한 하늘들은 사유 속의 하늘일 뿐 생활 속의 하늘은 아니다.

사유와 생활의 일치. 고백하도록 하자. 사유 속의 하늘마저 없는 우리에게 이 일치는 단지 가닿을 수 없는 꿈일 따름이라고. 그렇지만 우리—보통 사람들—는 사유 속의 하늘은 갖지 못하더라도 생활 속의 하늘만큼은 갖고자 한다. 생활 속의 하늘을 어떤 사람들은 성스러움이라 부르기도 하고, 또 어떤 사람들은 사랑이라 부르기도 하고, 또 어떤 사람들은 아름다움이라 부르기도 하고, 또 어떤 사람들은 순수함이라 부르기도 하고, 또 어떤 사람들은… 그런데, 만일 이러한 생활 속의 하늘들이 실은 밤의 지시어—성스러움, 사랑, 아름다움,

순수함 등—에 의해 열리는 것이라면, 이 밤의 지시어는 또한 어둠 속의 정신적 하늘을 열어줄 것이다. 이를테면, 생활 속의 경건함을 실천하려는 종교인들이 어둠 속의 정신적 하늘의 이름으로 신의 이름을, 부처의 이름을 부르듯. 다만, 어둠 속의 정신적 하늘은 믿음 속의 하늘 혹은 꿈속의 하늘일 뿐 사유 속의 하늘은 아니다.

그렇지만 믿음 속의 하늘이든, 꿈속의 하늘이든, 사유 속의 하늘이든 각자의 정신 속에 열리는 하늘이 있기만 하다면…

사유와 생활의 일치. 부재의 밤 그 깊은 고독 속의 의지에 의한 이 일치를, 우리가 바타유에게서 목격하는 이 일치를 바타유는 니체에게서 목격한다. "오직 니체만이 나와 유대적이었다—'우리'라고 말하면서. '공동체'가 없다면, 니체 씨는 일개 철학자이다"(《니체에 대하여》). 그리고 바타유는 이 일치를 헤겔의 사유가 끝나는 지점에 위치시키고 있다. 본문 중의 옮긴이 주에서 언급했듯이, 바타유는 알렉상드르 코제브Alexandre Kojève의 강의를 통해 헤겔과 만난다. 1933년부터 1939년 전쟁 발발 직전까지 매주 월요일 헤겔의 《정신현상학》에 관한 세미나 형식의 독서에 참여했던 바타유는 《내적 체험》에서 헤겔에 대해 이렇게 말하고 있다. "어느 누구도 헤겔만큼 심층적으로 지성의 가능성을 펼치지는 못했다. 그의 사유체계와 비견될 수 있는 사유체계는 없다. 그의 사유체계는 건설적 지성의 정점이다." 다만 바타유는 건설적 지성의 맹점, 즉 건설적 지성은 자체의 긍정성만큼은 탈피하지 못한다는 점에 비추어, "기존의 공인된, 행동 중심의 세계"와의 일치 속으로 "도피"하려는 헤겔 사유의 내적 성향을 비난하고 있다. 헤겔의 건설적 지성의 이면에는 인간 지성의 진실이 숨겨져 있다. 한편으로 헤겔의 건설적 지성 이면에는 인간 지성의 무력함이 드리워져 있다. 인간 지성은 불가지한 것에 봉착하기 마련이며, 또 인간 지성은 불가지한 것 앞에서는 무력함을 고백한다. 헤겔의 건설적 지성의 이면에서 바타유는 니체의 다음의 말에 귀를 기울인다. "나는 미래에 대한 무지를 사랑한다." 그리고 그는 헤겔의 건설적 지성을 향해 말한다. "역사는 미완이다. 이 책이 독자를 만나게 되는 시점에서는 현재 가장 나이 어린 아이조차도 지금의 전쟁의 결과를 알고 있을 것이다. 하지만 내가 글을 쓰고 있는 지금, 이 아이의 앎을 내게 줄 수 있는 것은 아무것도 없다"라고(《죄인》). 또 한편으로, 헤겔의 건설적 지성의 이면에는 사실 더욱 중요한 인간의 또 다른 역사, 한 밤의 역사가 자리잡고 있다. 이 밤의 역사는 다름 아닌 기독교의 역사이다. 바타유의 '신 없는 신학'은 기독교의 역사에 대한 부정이 아니다. 그의 '신 없는 신학'은 기독교의 역사를 믿음의 측면이 아닌 인간 지성의 측면에서, 즉 지식 건설의 변증법적 전개가 완결되는 지점에서 고찰하고 있다. '신 없는 신학'이 기독교의 역사에서 문제삼고 있는 것은 바로 기독교의 역사가 시작되는 지점이다. 기독교의 역사는 어디서 시작되고 있는가? 이 물음은 물론 기독교 연대기 혹은 교회의 역사와는 무관한 물음이다. 이 물음은 기독교의 근원에 관한 물음이자 동시에 인간 지성의 부정성에 관한 물음이다. 인간 지성은 지식 건설의 변증법적 전개가 완결되는 지점에서 자체의 부정성에 봉착한다. 헤겔이 말하는 역사의 완결과 더불어 인간 지성은 더 이상 앎의 대상을 갖지 못하게 될 것이다. 즉, 역사의 완결과 더불어 인간 지성은 '용도 없는 부정성'으로 전락하게 될 것이다. 인간 지성의 측면에서, 기독교의 역사는 건설적 지성에 의한 변증법적 역사의 완결과 더불어 시작되고 있다. 그리고 기독교의 본질은 건설적 지성의 이면에 자리잡고 있는 것이다. 본질이란 근원에서 찾아야 하는 것이매, 바타유의 '신 없는 신학'은 기독교의 본질을 기독교의 시작에서 찾고 있다. 기독교가 인간 지성으로 하여금 부정성에 봉착하게 하는 이유는 단지 그 토대를 불가지한 신—신의 뜻, 신의 실체—에 두고 있기 때문만은 아니다. 그 본질적인 이유는 바로 기독교 역사의 근원 때문이다. 기독교의 역사는 그리스도의 밤 속에서 시작되었다. 그리스도의 밤은 곧 인간 지성이 더 이상 앎의 대상을 갖지 못하는 밤, 신의 아들이 신으로부터 버림받음을 아는 밤, '주여 왜 나를 버리셨나이까!'의 밤, 응답 없는 물음과 응답 없는 외침과 응답 없는 애원으로 퍼져나가는 고뇌에 찬 '앎 아닌 앎'의 밤. '신 없는 신학'은 이 밤 속에 위치한다. '신 없는 신학'은 기독교의 역사가 시작된 그리스도의 밤 속에 위치한다. '신 없는 신학'은 이 밤 속에서 기독교의 본질을 찾는다. 바타유에게 '신 없는 신학'은 사유이며 생활이다.

사유와 생활의 일치. '신 없는 신학'은 이 일치로서 이렇듯 헤겔의 건설적 지성의 전개가 끝나는 지점에 위치한다. 즉, '신 없는 신학'은 이 일치로서 이렇듯 기독교의 역사가 시작되는 지점에 위치하고자 한다. 그리스도의 밤 속에서 인간 지성은 '용도 없는 부정성'으로 전락한다. 즉, 그리스도의 밤 속에서 들려오는 것은 오직 고뇌에 찬 대상 없는 물음뿐이다. 바타유는 헤겔의 건설적 지성에게 말한다. 건설적 지성에 의한 변증법적 역사의 완결과 더불어 그리스도의 밤은 다시 시작되고 있다고. 바타유는 헤겔이 지성에 의한 지식 건설의 역사의 완결과 더불어 지성은 '용도 없는 부정성'으로 전락하게 되리라는 점을 간과하고 있음을 비판하고 있다. 그리고 그는 인간 지성이 '용도 없는 부정성'으로 전락하는 그리스도의 밤을 '신 없는 신학'의 밤으로 삼는다. 이 밤 속에서 사유하며 생활하던 바타유는 1937년 코제브에게 보낸 편지 속에서 이 같은 생활과 사유의 일치를 다음과 같이 표명하고 있다. "만일 행동('행하다')이—헤겔의 말처럼—

부정성이라면, 그때 제기되는 질문은 과연 '더 이상 아무런 행해야 할 것'이 없는 자의 부정성이 사라지게 될 것인가 아니면 '용도 없는 부정성'의 상태로 존속하게 될 것인가 하는 점입니다. 내 개인적으로는 한 가지 방향으로밖에 결정할 수 없습니다. 왜냐하면 나 자신이 바로 이 '용도 없는 부정성'이기 때문입니다(나로서는 이보다 더 명료하게 나 자신을 정의 내릴 수는 없을 듯합니다). 헤겔이 이러한 가능성까지 예견했었기를 바라는 마음입니다. 어쨌든 헤겔은 자신이 기술한 진행 과정의 **끝 지점**에 이 가능성을 설정하고는 있지 않으니까요. 나는, 내 삶—삶의 낙태, 보다 적절히 말하자면 열려있는 상처로서의 내 삶—이 그 자체만으로도 헤겔의 폐쇄된 체계에 대한 반론이라 생각합니다"(《죄인》, 〈부록〉).

사랑의 부재, 공동체의 부재, 신의 부재. 부재의 밤 그 깊은 고독, "열려있는 상처"의 고독. '주여 왜 나를 버리셨나이까!'의 밤 속의 버림받은 그리스도의 고독을 지켜보는 이 고독 속에서 바타유는 생활하며 사유하고, 사유하며 생활한다. 여기에 바타유의 사유의 성실함이 있다. 나로서는 성실함 그 밖의 말로 바타유의 사유를 지칭하고 싶지 않으며 또 지칭할 수도 없다. 성실함 그 밖의 말로 바타유의 사유를 지칭한다 하더라도 그 말 또한 성실한 표현이 될 수 있기를 바라는 마음이다. 나는 내가 이해한—보다 정확히 말하자면 접근한, 즉 얼핏 본—한도 내에서만 말하고자 한다. 나는 버림받은 그리스도의 고독을 지켜보는 고독을 멀리서 바라볼 따름이다. 이 지켜봄은 내게 나로서는 들여다볼 수 없는 한 인간의 내면의 모습처럼 비쳐진다. 이 지켜봄은 내게 나로서는 접근할 수 없는 한 '내적 체험'의 현장처럼 비쳐진다. 이 지켜봄은 내게 아주 분명하게 이해의 한계를, 번역의 한계를 긋는다.

버림받은 그리스도의 고독을 지켜보는 고독. 이 지켜봄은 한 종교적 '내적 체험'의 현장이요, 한 철학적 '내적 체험'의 현장이며, 한 시적 '내적 체험'의 현장이다. 이 지켜봄은 한 정신적 하늘이 열리는 현장이다. 이 지켜봄은 한 의지의 표출이요, 한 사유의 항적이다. 사유는 의지이다. 사유는 진실에의 의지이다. 그리고 진실에의 의지는 시문학, 철학, 신학에 공통된 의지이다. 하지만 여느 철학자들(데카르트, 헤겔, 하이데거)에 있어서와는 달리, 또 여느 시인들(랭보, 말라르메, 보들레르, 프루스트)에 있어서와는 달리, 바타유에 있어 진실에의 의지는 바로 이 지켜봄을 통한 한 성실한 사유의 '슬픈' 항적을 그려 보이고 있다. 1942년 바타유는《내적 체험》과는 별도로〈니체의 죽음〉이라는 제목의 글을 준비하면서(이 글은 그해 브뤼셀에서 출판된 한 잡지에 게재된다) 이 지켜봄을 다음의 말로 표현하고 있다. "나는 십자가의 그리스도를 향한 사랑의 취기에 빠져들 수도 있을 것이나, 나 자신이 이 모습 이대로이니 또한 그리하지도 못한다. 나는 그를 나의 진흙탕에 뒤섞이게 하고 싶지 않다. 나는 이대로의 나로 남고 싶다. 그리고 그는 그였던 그로 남아있어야 한다. 어떠한 타협도 있을 수 없다. 나는 그를 향한 사랑에 빠져들 때면 어떤 인간의 가능성이 열려있음을 목격한다."

이 지켜봄 따라 그 '슬픈' 항적을 부재의 밤 속에 새겨가는 진실에의 의지. 이것이 바타유의 사유이다. 사유는 부재의 밤—생활—으로부터 나와 부재의 밤—생활—속으로 돌아간다. 이렇듯 사유—고독 속의 진실에의 의지—는 곧 부재의 밤에 대한 체험이요, 생활은 사유의 체험 현장으로서 사유를 증언한다. 사유는 부재의 밤의 시련을 끝까지—불가不可함에 봉착하는 한계 지점까지, 즉 '열려있는 어떤 인간의 가능성' 속으로 들어설 때까지—밀고 나가려는 의지이며, 생활—신의 부재 속에서 신을 열망하는 생활, 사랑의 부재 속에서 사랑을 열망하는 생활, 공동체의 부재 속에서 공동체를 열망하는 생활—은 곧 사유의 성실한 증언이다. 글은 사유의 항적이요, 생활의 증언이다.

★

부재의 밤 그 깊은 고독 속의 진실에의 의지가 이렇게 스스로를 표현하고 있다. "나의 글은 불확실하고 어쩌면 이해될 수 없을 것 같기도 하다. 나는, 자신이 살아있다는 것을 어떤 몸짓을 통해 마지막으로 알리고 싶어 하는 임종 직전의 사람을 머릿속에 그려본다. 몸짓은 무슨 일이 있음을 가리키는데, 무슨 일일까? 그렇지만 나는 독자들이 내 글을 따라올 수 있으리라 생각하며 또 나의 충실함에 동감하리라 생각한다"(《죄인》).

바타유는 임종 직전의 상황에서처럼 《죄인》을 쓰고 있다. 바타유는 《죄인》을 최후의 의지의 표현처럼 읽어주기를 독자에게 당부하고 있다. 마치 부재의 밤 그 깊은 고독 속의 진실에의 의지는 항상 최후의 의지처럼 표현될 수밖에 없기라도 하듯이 말이다(바타유의 의지를 제시하면서 여기서 또다시 '부재의 밤 그 깊은 고독 속의 진실에의 의지'라는 표현을 되풀이하고 있다. 달리 정확히 제시할 방도가 없는 까닭에 이 같은 반복은 나로서는 어쩔 수 없다. 나는 최대한 정확한 제시를 하고자 한다. 만일 내가 '고독 속의 진실에의 의지'라고만 말한다면, 사실 또 다른 글들 특히 프루스트의 《잃어버린 시간을 찾아서》 또는 랭보의 《지옥에서의 한 철》 또한 이 제시 속에 포함될 수 있을 것이다. 마치 '고독 속의 진실에의 의지'가 시문학의 한 범주를 형성하고 있기라도 하듯이 말이다. 하지만 그들의 고독은 바타유의 그것과는 성격이 다르며, 또 '고독 속의 진실에의 의지'에 의해 열리는 정신적 하늘 역시 각자마다 다르다). 그런데 만일 임종 직전의 상황에서 열리는 어떤 정신적 하늘이 있다면? 《죄인》은 전쟁의 발발과 더불어 쓰여진 일기를 토대로 하고 있다. 전쟁은 신의 부재에 대한 선언이다. 전쟁은 세계를 신의 빈자리로 가득 채운다. 전쟁은 인간뿐만 아니라 신마저도 제물로 삼으니, 전쟁 이 인간의 제단은 또한 신의 제단이다. 여기에 전쟁의 진실이 있다. 전쟁 속의 세계는 신의 무덤이다. 그러기에 전쟁 이 비극의 밤은 도처에서 고뇌에 찬 대상 없는 물음만이 들려오는 '주여 왜 나를 버리셨나이까!'의 밤이다. 전쟁의 진실 앞에서 바타유는 말한다. "역사는 늘 어떤 '주여 왜 나를 버리셨나이까!'로 끝나고 있다"라고(《명상법》). 전쟁 이 역사의 밤 속에서는, 신의 무덤 속에서는 신의 현존에 의지하는 신학의 하늘은 더 이상 열리지 않는다. 신의 무덤 속에서는 오직 '신 없는 신학'의 하늘만이 열릴 따름이다. 임종 직전의 상황에서는 자신에 대해 오해할 여지는 사라지듯이, 전쟁 이 비극의 밤 속에서는 세계에 대해 오해할 여지는 사라진다. 전쟁 속의 세계는 임종 직전의 세계이다. 그런데 만일 임종 직전의 상황에 남아있는 어떤 최후의 의지가 있다면, 임종 직전의 상황에서 열리는 어떤 정신적 하늘이 있지 않겠는가. 그리고 만일 임종 직전의 세계에 남아있는 어떤 최후의 의지가 있다면, 임종 직전의 세계에도 어떤 정신적 하늘이 열리지 않겠는가. 우리는 알고 있다. 최후의 의지는 항상 진실에의 의지라는 것을. 그것이 임종 직전의 한 개인의 의지이든, 임종 직전의 세계의 의지이든. 전쟁의 진실 앞에서 임종 직전의 세계처럼 최후의 의지 속에서 《죄인》을 쓰고 있는 바타유에게 이 개인의 의지는 임종 직전의 세계의 의지와 구별되지 않는다. 신의 무덤 속에서 열리는 '신 없는 신학'의 하늘은 단지 《죄인》의 하늘만은 아니다. 이 하늘은 또한 임종 직전의 세계에 열리는 유일한 하늘이다.

거듭 말해두도록 하자. 전쟁의 진실을. 전쟁 속의 세계는 신의 무덤이다. 신의 무덤 속에는 신이 없다. 신의 무덤 속에는 오직 신의 주검만이 나뒹굴 따름이다. 나뒹구는 신의 주검 위로 인간의 주검들이 나뒹군다. 전쟁 속의 세계는 신과 인간이 합장된 하나의 거대한 공동묘지이다. 이 공동묘지에서 아직도 살아 움직이는 것이 있다면, 그것은 단지 환영들뿐이다. 떠도는 신의 환영, 떠도는 인간의 환영. 신은 떠도는 신의 환영으로 존재할 따름이요, 인간 역시 떠도는 인간의 환영으로 존재할 따름이다. 신의 무덤 이 거대한 공동묘지는 환영의 세계이다. 인간의 환영들이 신의 환영 앞에서 환영의 몸짓으로 희망 없는 성호를 긋는 이 환영의 세계는, 인간의 환영들이 신의 환영에게 환영의 목소리 되어 되돌아오는 응답 없는 애원만을 거듭하고 또 거듭하는 이 환영의 세계는 온통 악에 사로잡혀 있다. 악에 사로잡힌 채, 악에 갉아먹힌 채, 이 환영의 세계는 악의 먹이로 주어지고 있다. 신의 무덤은 악의 먹이로 주어진 세계, 있을 수 없는 세계, 용납될 수 없는 세계, 불가不可함의 세계이다. 불가함은 악에 봉착했을 때 터져 나오는 진실의 목소리이다. 그렇지만 인간의 역사는 진실의 목소리를 들으려 하지 않는다. 인간의 역사는, "역사는 늘 어떤 '주여 왜 나를 버리셨나이까!'로 끝나고 있다"라는 이 진실을 보고자 하지 않는다. 인간의 역사는 늘 이렇게 말해왔다. 인간의 역사에서 전쟁만큼 선과 악의 경계를 확실히, 분명하게 긋는 것은 없다고. 전쟁의 발발과 동시에 세계는 한동안 잊혀졌던 선과 악의 경계를 되찾는다. 진실을 말하자면, 평화란 단지 선과 악의 경계가 잊혀진 곳 혹은 시기를 의미할 따름이다. 그리고 선악의 이원론이 다시 고개를 드는 전쟁 속의 세계에서 악은 늘 전쟁의 원인제공자의 몫으로 선의 환영에 의해 주어지고 있다. 하지만 오직 거짓만이—역사의 거짓만이—선과 악을 경계짓는다. 전쟁의 진실 속에서, 신의 무덤 속에서 선과 악의 경계는 전쟁의 폐허와 더불어 폐허로 변한다. 이 비극의 밤은 선과 악의 경계가 허물어진 혼돈의 밤이다. 이 혼돈의 밤은 선악 너머로의 밤이 아니다. 신의 무덤 이 혼돈의 밤이 혼돈의 밤인 이유는 바로 선이 부재하는 밤이기 때문이다. 이 혼돈의 밤 속에서는, 세계에 질서를 부여하는 것으로 생각되었던 선, 신의 의지처럼 생각되었던 선, 인간 영혼의 귀의처처럼 생각되었던 선, 이 도덕적·초월적·형이상학적 선에 대한 환상은 사라진다. 신의 무덤은 곧 선의 무덤이요, 신의 환영만이 떠도는 이 혼돈의 밤에 잠긴 환영의 세계에는 단지 선의 환영만이 떠돌 따름이다. 환영의 세계는 선의 환영이라도 붙잡고자 한다. 이는 바로 신의 무덤 속에서조차 신의 의지에 의지하는 신학의 태도이다. 하지만 신의 무덤 속에서는 신의 의지에 의지하는, 초월적 선에 의지하는 신학의 하늘은 닫혀있다. 즉, 선악의 하늘은 악에 의해 닫혀있다. 전쟁 속의 세계 앞에서, 신의 무덤 앞에서 신학은 무력하다. 악은 전쟁의 진실이다. 악은 신의 무덤의 진실이다. 바타유는 악에, 전쟁의 진실에, 신의 무덤의 진실에 충실하다. 바타유는 악에 갉아먹힌 이 혼돈의 세계·환영의 세계의 진실에 충실하다. 그런데 신학—교회—이 신의 무덤 앞에서 자체의 무력함이 안겨준 시련에 사로잡혀 있었던 것과는 달리—제2차 세계대전 당시 신학이 감당해야 했던 신학의 고통과는 달리—, 한편으로 신학적이지 않은 정신들은 신의 무덤의 진실 이 악 속에서조차 또 다른 도덕적 이원론을 표방하지 않았던가. 또 한편으로 신학적이기를 거부했던 정신들은 신의 무덤 앞에서 등을 돌리면서 무신론, 허무주의로 도피하지 않았던가. 신의 무덤 속에서 신학은 신의 무덤 속의 암흑의 하늘을 응시하나, 이 암흑의 하늘 아래에서조차 도덕적 이원론을 표방하는 정신들은 이 암흑의 하늘을 선과 악이 대립하는 하늘로 대체시킬 따름이며, 또 이 암흑의 하늘을 거부하는 정신들은 이 암흑의 하늘을 허무의 하늘로 대체시킬 따름이다. 하지만 바타유의 하늘은—니체의 하늘은—암흑의 하늘도 아니요, 빛과 어둠이 대립하는 하늘도 아니요, 허무의 하늘도 아니다. 비극의 밤 속에서, 임종 직전의 세계 속에서 필요한 것은 최후의 의지, 진실에의 의지이다. 신의 무덤—선의 무덤—속에서 필요한 것은 신의 무덤의 진실을, 악을 감당해 내려는 진실에의 의지이다. 진실에의 의지—최후의 의지—는 신의 무덤—선의 무덤—속에서 신의 무덤을 지키려는 개인의 의지, 세계의 의지이다. 니체가 차라투스트라의 입을 통해 들려주는 '신의 죽음'은, 바타유의 '신 없는 신학'은 바로 이 세계의 의지의 표현이다.

세상을 떠나기 한 해 전 1961년 바타유는 한 잡지사의 요청으로 가진 대담에서 사유의 슬픈 항적이요 생활의 성실한 증언인 자신의 글 '신 없는 신학'이 어디에 그 토대를 두고 있는지를 이렇게 말하고 있다. "신을 믿는 사람들 모두에게 신이 무엇을 의미하는지는 모두가 알고 있습니다. 또 그들의 생각 속에서 신이 어떤 자리를 차지하고 있는지도 모두가 알고 있습니다. 그런데 신이 차지하고 있는 자리에서 신을 제거시킨다 해도 여전히 무언가가 남아있게 되리라 생각합니다. 어떤 텅 빈 자리가 말입니다. 내가 말하고자 했던 것은 바로 이 텅 빈 자리였습니다."

이 '텅 빈 자리'는 신을 믿든 신을 믿지 아니하든 사람들에게 감당하기 힘든 것일 게다. 이는 결코 특정 종교에 국한된 문제가 아니다. 이는 바로 인간이라는 이유로 인해 인간에게 불가피한 형이상학 전반에 관계된 문제이다. 간단히 말해, 형이상학은 인간이라는 이유로 인해 인간에게 불가피한 어떤 인간의 귀의처, 귀속처를 인간 스스로 마련하려는 정신적 염원이다. 우리는 이 인간의 최후의 귀의처, 근원적 귀속처를 이름하여 형이상학적 진실이라 한다. 역사적으로 인간은 이미 이른바 선사시대에서부터—라스코 동굴의 벽화가 보여주듯이—인간의 최후의 귀의처, 근원적 귀속처를 찾아왔다. 역사적으로 인간은 시문학, 철학, 종교를 통해 형이상학적 진실을 찾아왔다. 신의 이름은 형이상학적 진실의 이름들 가운데 하나이다. 인간이라는 이유로 인해 인간은 신의 '텅 빈 자리'를 견디지 못한다. 인간이라는 이유로 인해 인간은 인간의 최후의 귀의처, 근원적 귀속처의 부재를 견디지 못한다. 신을 부정한다고 해서, 신에 무관심하다고 해서 인간이 자신의 최후의 귀의처, 근원적 귀속처까지 부정하고 또 그것에까지 무관심할 수는 없다. 신을 부정하는 자는, 신에 무관심한 자는 사실 자신의 부정, 자신의 무관심 속에서 또 다른 자신의 최후의 귀의처, 근원적 귀속처를 찾고 있는 것이다. 이것은 인간 본래의 종교성이다. 종교성은 인간의 자연이다. 인간은 인간의 자연으로 인해 형이상학적 진실을 추구한다. 시문학도, 예술도, 철학도, 신학도 모두 인간의 자연을 반영하고 있을 따름이다. 종교성은 이 모든 인간의 형이상학적 활동들의 근본적 성격인 것이다. 니체의 신의 죽음, 바타유의 '신 없는 신학'은 형이상학적 활동의 바탕인 인간 본래의 종교성을 바로 종교성의 뿌리에서부터 찾고 있다. 종교성, 인간의 자연은 신의 존재 속에 뿌리내리고 있는 것이 아니다(하지만 차라투스트라가 만난 첫 번째 인간, 숲속의 은둔 성자는 비극이 무엇인지를 모르니 또한 이를 모르고 있었다). 종교성, 인간의 자연은 신의 '텅 빈 자리'에, '신의 죽음' 속에 뿌리내리고 있는 것이다. 종교성, 인간의 자연은 인간의 최후의 귀의처, 근원적 귀속처의 부재 속에 뿌리내리고 있는 것이다. 인간에게 이 부재는 곧 비극에 다름 아니다. 인간에게 신의 '텅 빈 자리', '신의 죽음'은 곧 비극의 밤에 다름 아니다. 인간은 이 비극의 밤을 견뎌내지 못한다. 인간에게 신의 '텅 빈 자리', '신의 죽음'은 곧 악에 다름 아니다. 하지만 인간의 종교성은 바로 악에 그 뿌리를 두고 있는 것이다. 진실에의 의지—즉 종교성—는 악에서부터 비롯한다. 악은 진실에의 의지의 뿌리, 종교성의 뿌리이다.

비극의 밤—악—은 인간에게 진실에의 의지를, 종교성을 키워준다. 역설적으로 전쟁은 잃어버린 인간의 종교성을 회복시킨다. 역설적으로 전쟁 속의 세계는 비극의 밤 속에서 성스러움의 부재를 목격한다. 역설적으로 비극의 밤—악—은 인간의 깊은 진실들을 밝혀준다. 우리는 비극의 밤 속에서 진실에의 의지에 의해 씌어진 시들을, 진실에의 의지에 의해 그려진 그림들을, 진실에의 의지에 의해 작곡된 선율들을 알고 있다. 시와 예술은 악—인간의 최후의 귀의처, 근원적 귀속처의 부재—의 시련에 시달릴수록 깊은 종교성을 지닌다. 바타유의 '신 없는 신학'이 그러하듯. 거듭 말해두자. 바타유는 악에, 전쟁의 진실에, 신의 무덤의 진실에 충실하다. 신학적인 정신과는 달리, 신학적이지 않은 정신과는 달리, 그리고 신학적이기를 거부하는 정신과는 달리, 바타유의 정신은 신의 무덤 속에서 신의 무덤을 지키고자 하는 정신이다. 만일 내게 바타유의 정신을 그가 알고 있었던 다른 정신들과 관계짓는 것이 허용된다면, 나는 이 관계들을 상호 근접성에 비추어 이렇게 규정지을 수 있을 것 같다. 바타유의 정신은 신학적이지 않은 정신(이를테면 사르트르)보다는 신학적이기를 거부하는 정신(이를테면 카뮈)을, 그리고 신학적이기를 거부하는 정신보다는 신학적인 정신(이를테면 다니엘루 추기경)을 한층 잘 이해하리라고. 바타유의 정신은 선의 무덤에서조차 또 다른 도덕적 이원론을 표방하는 정신보다는 선에 대한 관념 자체를 거부하는 정신을, 그리고 선에 대한 관념 자체를 거부하는 정신보다는 선의 주검 앞에 고통스러워하는 정신을 한층 잘 이해하리라고. 다만, 만일 신의 무덤—악—속에서도 열리는 하늘이 있다면, 이 하늘은 신의 무덤 속에서 신의 무덤을 지키려는 진실에의 의지—깊은 종교성, 세계의 의지—에 의해 열리는 하늘일 게다.

암흑의 하늘도, 빛과 어둠이 대립하는 하늘도, 허무의 하늘도 아닌 하늘, 임종 직전의 세계에 남아있는 최후의 의지에 의해 열리는 하늘, 신의 무덤 속에서조차 성스러움을 찾으려는 진실에의 의지 그 깊은 종교성에 의해 열리는 하늘, 하지만 하늘로 열리지는 않은 신의 무덤 속의 하늘, 그렇지만 하늘로 열릴 날을 기다리는 비극의 밤 속의 하늘, 이 하늘은 이렇게 열리고 있다. "어제 나는 대기권의 고도를 알아볼까 하고 사전을 찾아보았다. 우리가 견뎌낼 수 있는 공기의 무게는 자그마치 17톤은 되리라고 한다. 나는 "대기권Atmosphère"이라는 단어 가까이에 있는 한 도시의 이름, **아틀릭스코***Atlixco*라는 멕시코 푸에블로 주 포포카테페틀 화산 아래 위치한 도시의 이름에 눈길을 멈췄다. 이 도시가 아마도 스페인 안달루시아 지방 남부의 도시들과 비슷할 거라 추측하다가 불현듯 나는 이 작은 도시의 모습을 머릿속에 그려보았다. 그 어떤 잊혀짐 속에서—세계의 다른 곳에서는 있는지조차 모르는—이 도시는 그토록 끈질기게 존속하고 있는 것일까? 어쨌든 이 도시는 끈질기게 존속하고 있다. 그곳의 어린 소녀들이, 가난한 여인네들이, 그리고 어쩌면 어질러진 방에서 땀과 눈물로 뒤범벅된 한 소년이… 오, 오늘의 세계여! 통곡에 목은 멜 대로 메고 (폐병 환자처럼) 천연덕스럽게 피를 토하는 세계여! 폴란드 평원에서는? 차라리 아무것도 생각하지 않는 것이. 어느 부상자의 외침! 전쟁의 혼돈보다 더 극심한 혼돈이 자리 잡고 있는 내 고독의 밑바닥에서 나는 아무것도 듣지 못한다. 단말마의 외침마저도 내게는 공허한 것 같다. 나의 고독은 하나의 제국이다. 이 제국을 차지하고자 모두들 싸우고 있다. 이 제국은 잊혀진 별—술과 앎—이다"(《죄인》).

신의 무덤 속에서 열리는 하늘, 더 이상 신이 인간에게 하늘이 되어주지 못하는 하늘, 악에 의해 닫혀버린 신학의 하늘 아래 열리는 하늘, 바타유는 이 하늘을 원하고 있다. 이 깊은 종교성의 하늘은 다름 아닌 인간의 하늘. 신의 무덤 속에서 열리는 하늘은 단 하나뿐이다. 신의 무덤 속에서 인간의 하늘이 열린다. '신의 죽음'을 통해 인간의 하늘이 열리듯. 바타유도 니체도 이렇게 열리는 하늘을 원했다.

★

바타유가 부재의 밤 그 깊은 고독 속에서 진실에의 의지로 버림받은 그리스도의 고독을 지켜보았듯이, 이제 우리도 이 하늘의 열림을 지켜보도록 하자. 만일 우리가 이 고독의 기대를 저버리지 않는다면 말이다. 바타유가 그리스도의 고독 속에 담겨있는 기대를 저버리지 않았듯이 말이다. 만일 그리스도의 고독 속에 담겨있는 기대가 무엇인지를 묻는 것이 기독교 신학의 핵심이라면, 바타유의 고독 속에 담겨있는 기대가 무엇인지를 묻는 것이 독서의 핵심일 것이다. 나는 바타유도 니체도, 또 그 밖의 시인들도 이해하지 못한다. 나는 단지 이해의 가능성을 닫아버리지 않으려고 노력할 따름이다. 니체가 그를 찾아온 한 독자에게 했다는 말이 기억난다. 이 독자가 그에게 그를 이해하겠다고 말하자, 니체는 이 독자에게 동정의 말을 건넸다고. 나는 바타유의 동정을 사고 싶지는 않으며 또 살 수도 없을 것 같다. 그렇기에 나는 단지 이해의 가능성만을 열어가고자 할 따름이다. 더욱이 '이해하다'라는 동사는 '가다', '오다', '먹다', '잠자다' 같은 동사들과는 달리 결코 완결형으로 사용될 수 없는 동사이다. 육체적 행위의 가능성은 다하기 마련인즉, 육체적 행위를 나타내는 동사는 얼마든지 완결형으로 사용될 수 있을 것이다. 하지만 정신적 행위의 가능성은 항상 못 다한 것으로 남아있기 마련이다. 사랑은 늘 못 다한 사랑이듯, 이해는 늘 못 다한 이해이다. 앎이 미완인 것은 이해가 미완이기 때문이다. '이해하다'는 늘 '이해의 가능성을 열어가다' 함이다. 이해의 가능성을 열어가는 길은 이해의 대상으로 삼는 글마다 달라지겠지만, 여기서 나는 바타유의 고독 속에 담겨있는 기대가 무엇인지를 물으면서 적어도 이해의 가능성만큼은 스스로 닫아버리지 않으려 한다. 지극히 단순한 이유에서 말이다. 이해의 가능성을 열어가는 것은 곧 나 자신의 가능성을 열어가는 것이기에.

바타유 역시 버림받은 그리스도의 고독을 지켜보는 고독 속에서 그 자신의 가능성을 열어가고 있었을 게다. 그는 십자가의 고독 속에 담겨있는 기대가 무엇인지를 묻는 가운데 그 자신의 가능성을 묻고 있다. 그 자신의 가능성이란 개인의 지성, 용기, 인내, 의지, 운 등에 의해 결정되는 어느 한 개인의 가능성을 의미하지 않는다. 바타유가 십자가의 고독을 향해 묻고 있는 가능성은 다름 아닌 인간이라는 이유에서 인간에게 열려있는 가능성이다. 신의 '텅 빈 자리'에 자신을 위치시키고자 했던 바타유는 끊임없이 이 가능성을 자신에게 묻고 있다. 그의 첫 문학 작품 〈눈의 이야기〉에서 그의 마지막 저술 《에로스의 눈물》에 이르기까지 그의 모든 글은 사실 이 가능성을 향한 물음이다. 이 물음은 그의 모든 글의 줄기이자 그의 삶의 줄기이다.

인간이라는 이유에서 인간에게 열려있는 가능성. 니체가 《비극의 탄생》에서부터, 그리고 '신의 죽음' 속에서 줄곧 이 가능성을 향한 물음을 자신에게, 우리에게 던지고 있듯이, 바타유는 신의 무덤 속에서 이 물음을 자신에게, 우리에게 던지고 있다. 니체는 이 가능성을, 빌라도 앞에 선 예수를 가리키며 한 병사가 했던 말로 가리키고 있다. "여기 인간이 있다." 또 니체는 이 가능성을 차라투스트라의 가르침, '초인'이라는 이름으로 가리키고 있다. 이러한 니체를 두고 바타유는 이렇게 말하고 있다. "미지의 존재의 꿈(신의 꿈, 우주의 꿈)이 되려는 생각은 니체가 가닿은 극한의 지점인 것 같다"(《내적 체험》). 그리고 바타유는 이 니체의 꿈과 '소통'하는 자신의 꿈을 이렇게 말하고 있다. "만일 내가 나의 내면에서 다른 사람들의 침묵이 흐르게 할 줄 안다면, 나는 디오니소스요, 나는 십자가에 못 박힌 자이다"(《내적 체험》).

인간이라는 이유에서 인간에게 열려있는 가능성, 이를 이름하여 인간의 꿈이라 한다. 인간의 꿈은 진실에의 의지에 의해 열리는 가능성이다. 진실에의 의지는 시문학, 철학, 신학에 공통된 의지인즉, 이 모든 형이상학적 활동들은 이미 헤시오도스가 인간의 꿈을 '신들을 닮은 아이들'로 표현했던 것처럼 고대 그리스 신화 이래 도처에서 인간의 전통을 만들어오고 있는 인간의 꿈의 표현이다. 인간의 꿈은 다양하고 다채롭다. 왜냐하면 인간의 꿈마다 꿈의 근원이, 꿈의 길이, 꿈의 지평이 다르기 때문이다. 그리고 이 다름이 항상 동행을 의미하지 않는다. 이 다름은 때로는 결별을 낳는다. 니체의 꿈이 기독교의 꿈과 결별하듯이. '신의 죽음'에 근원을 두고 있는 인간의 꿈은 신의 의지—신의 사랑, 신의 은총—에 근원을 두고 있는 인간의 꿈과 동행할 수 없다. 차라투스트라는 '이렇게' 그의 말을 시작하고 있다. 차라투스트라는 성자와는 함께 길을 갈 수 없다고. 인간이라는 이유에서 인간에게 열려있는 가능성, 즉 신의 의지에 의해 닫혀버린 가능성—'초인'—을 인간에게 가르치고자 하는 차라투스트라는 기독교에 허용된 인간의 가능성, 즉 신의 의지에 의해 부여된 가능성—성자—과는 함께 길을 갈 수 없다. 기독교의 가르침의 결정체인 성자와 만난 차라투스트라는 성자와 헤어질 수밖에 없다. 그리고 성자와 헤어진 차라투스트라는 기독교의 꿈의 길과는 다른 길을 갈 것이다. 이제 차라투스트라는 기독교의 가르침과의 결별을 불가피한 것으로 받아들이면서—마치 이 결별이 자의 반 타의 반인 것이기라도 하듯 안타까움과 체념이 교차하는 심정 속에서—자신의 가르침을 들려주고자 홀로 길을 갈 것이다. 외로이 자신의 그림자—'초인'—만을 길동무 삼아… 그리고 그는 기독교의 가르침 속에서는 들을 수 없는 가르침을 들려줄 것이다. 기독교의 가르침과의 불가피한 결별 속에서 시작된 차라투스트라의 가르침을 두고 니체는 말했다. "차라투스트라는 이렇게 말했다"라고.

바타유의 꿈은 차라투스트라의 가르침과 기독교의 가르침 사이에 위치한다. 바타유의 꿈은 기독교의 가르침과도 결별하지 않으면서 차라투스트라의 가르침을 동행하고자 한다. "만일 내가 나의 내면에서 다른 사람들의 침묵이 흐르게 할 줄 안다면, 나는 디오니소스요, 나는 십자가에 못 박힌 자이다." 바타유의 사유는 기독교적 사유와 니체의 사유, 이 두 사유가 결별하는 지점에 위치한다. 바타유는 기독교적 사유—'십자가에 못 박힌 자'—와 니체의 사유—'디오니소스'—가 헤어지는 모습—결코 대립과 부정이 아닌 결별의 모습—을 양자 사이에서 지켜보고 있다. 바타유는 이 헤어짐의 이유를 그 어떤 철학자보다 깊이—정확히—이해하고 있다(이 헤어짐의 이유에 대한 자세한 언급은 여기서는 하지 않기로 한다. 여기서는 다만 이 점만을 제시하고자 한다. 니체가 뚫고 있는 형이상학적 진실은 기독교가 품고 있는 형이상학적 진실과는 다르다는 점에서 우리는 이 이유를 물어야 할 것이다. 니체가 품고 있는 인간의 최후의 귀의처, 근원적 귀속처—'영구회귀'의 하늘—는 기독교의 그것—'고히 잠드소서'의 하늘—과는 다르다. 그런데 니체가 품고 있는 형이상학적 진실이 곧 기독교 형이상학에 대한 반문이라면, 니체에 대한 접근은 기독교 형이상학에서부터 출발하여야 할 것이다. 결별이 있는 곳에는 결별의 이유부터 물어야 한다. 그리고 결별은 때로는 재회를 기약하기도 한다). 사실 바타유는 '십자가에 못 박힌 자'와 '디오니소스' 사이에서, 즉 이 둘 간의 결별의 지점에서 또한 이 둘 간의 재회의 가능성을 지켜보고 있다. 다시 말해, 신의 '텅 빈 자리'에서, 즉 인간의 고독 속에서…

인간이라는 이유에서 인간에게 열려있는 가능성, 이 인간의 꿈을 바타유는 십자가의 깊고 깊은 고독 속에서, '주여 왜 나를 버리셨나이까!'의 밤 그 깊은 고독 속에서, 이 고독 속에 담겨있는 이해받지 못한 기대 속에서 목격하고 있다. "나는 그(십자가의 그리스도)를 향한 사랑에 빠져들 때면 어떤 인간의 가능성이 열려있음을 목격한다." 이 글에서 나는 지금까지 '하늘'이라는 말을 사용해 왔다. 내게 이 표현은 다소의 부적절함에도 불구하고 이 표현이 내포하는 종교성 때문에 불가피한 것이었다. 이 표현은 '가능성'이라는 말을 대체하고 있다. '하늘'이라는 말도 '가능성'이라는 말도 인간의 꿈의 표현이다. 하지만 '가능성'이라는 말은 인간의 꿈의 본질인 종교성을 담고 있지 못하다. 인간의 꿈은 종교성, 즉 인간의 자연의 발로이다. 인간의 꿈은 종교성—진실에의 의지—에 의해 열리는 것이다. 그러기에 '종교성—진실에의 의지—에 의해 인간의 가능성이 열리다'라고 말하기보다는 '종교성—진실에의 의지—에 의해 인간의 하늘이 열리다'라고 말하는 편이 훨씬 타당하리라 생각한다. '가능성'이라는 말은 이렇듯 종교성도, 인간의 자연도, 진실에의 의지도 담아내지 못한다. 내 생각에 이 모든 것을 담아낼 수 있는 유일한 인간의 언어는 '하늘'이라는 말뿐인 것 같다.

인간이라는 이유에서 인간에게 열려있는 하늘, 이 인간의 하늘은 바로 바타유가 십자가의 고독을 향한 사랑 속에서 목격한 '어떤 인간의 가능성'이다. 바타유는 십자가의 밤 속에서 어떤 인간의 하늘이 열려있음을 목격하였다. **십자가의 밤 속에 열려있는 어떤 인간의 하늘…** '신 없는 신학'은 이 하늘에 대한 접근이다. '신 없는 신학'은 신의 무덤 속에서 신의 무덤을 지키려는 진실에의 의지—개인적 의지이자 세계의 의지—에 의한 이 하늘에 대한 접근이다. 그러하니 말해두도록 하자. '신 없는 신학', 이 한 인간의 하늘은 십자가의 밤 속에 열려있는 어떤 인간의 하늘과도 닮은 하늘일 것이라고.

바타유의 하늘, 즉 일반 사람이라는 이유에서 일반 사람에게 열려있는 하늘. "이 세계는 나를, 나를 원하지는 않는다. 세계가 원했던 것은 다름 아닌 일반 사람, 즉 인간을 하나의 무한한 꿈처럼 바라볼 때의 인간—오로지 밤 속에서만(터무니없음을 그 바탕으로 하고 있는) 어떤 의미를 지닐 따름인 인간. 세계는 나를 원했던 것이 아니라 일반 사람—아랍 사람, 부랑아, 재판관 또는 도형수—을 원했다"(《죄인》).

★

십자가의 밤 속에서는 아닐지라도…

적어도 부재의 밤 속에 열려있는 일반 사람의 하늘. '디오니소스'와 '십자가에 못 박힌 자', 니체의 사유와 기독교 형이상학 간의 결별과 재회의 지점에서 바타유는 이 하늘을 열고 있다. 그리고 일반 사람의 하늘은 인간의 꿈의 바탕인 종교성에 의해 열릴 것이다. 일반 사람의 하늘은 세속성 속에서 열릴 것이다. 일반 사람의 하늘은 세속성 속에서 성스러움을 향해 열릴 것이다.

성스러움을 향해 열리는 일반 사람의 하늘. 바타유의 모든 글은 바로 이 하늘의 열림을 말하고 있다. 문학적 접근을 통해, 예술의 탄생에 대한 성찰을 통해, '일반 경제'에 관한 역사적 고찰을 통해, 에로티시즘에 대한 종교적 접근을 통해. 자신의 삶의 염원처럼, 자신의 삶이 성스러움을 향한 열림이기를 염원하듯, 그리고 한 인간의 삶이 성품이 태동하는 곳이기를 염원하듯. 하지만 나는 모른다. 성품이 태동하는 곳으로서의 인간의 삶이 어떠한 삶인지는, 성품이 태동하는 곳으로서의 인간의 삶이 어떠한 상황을 거쳐가고 있는지는, 성품이 태동하는 곳에 과연 무슨 일이 벌어지고 있는지는.

그러기에 나는 내가 모르는 것을 말하고 있다. 나는 나의 무지를 말하고 있는 중이다. 왜냐하면 나는 내가 겪어보지 못한 어떤 상황을 말하고 있기 때문이다. 그것도 정치적, 경제적, 사회적, 심리적, 천문학적 상황이 아닌 종교적 상황을, 형이상학적 상황을 말하고 있기 때문이다. 바타유는 늘 사랑을—자신의 사랑을, 어느 성녀의 사랑을—, 우정을—'공모'의 우정을—, 공동체를—'공동체가 없는 이들의 공동체'를—, 소통을—악을 통한 소통을—, 희생을—제물의 밤을—, 어떤 신비체험을, 인간의 '저주 받은 몫'을, 에로티시즘의 밤을 말해왔다. 그의 모든 글은 상황의 글이다. 그의 모든 글은 어떤 밤 깊은 상황의 글이다. 그의 모든 글은 인간의 어떤 종교적·형이상학적 상황의 글이다. '사랑'이라는 말도, '우정'이라는 말도, '공동체'라는 말도, '소통'이라는 말도, '희생'이라는 말도, '신비체험'이라는 말도, '저주받은 몫'이라는 말도, '에로티시즘'이라는 말도, '악'이라는 말도 모두 이 상황을 가리키는 밤의 지시어일 따름이다. 밤의 지시어는 곧 물음이다. 나는 이 종교적·형이상학적 상황 앞에서 이렇게 물을 수밖에 없다. 과연 무슨 일이 벌어지고 있는 것인가? 십자가의 밤 그 깊은 고독, 이 종교적·형이상학적 상황 앞에서 그렇게 바타유가 물었듯이.

성스러움을 향해 일반 사람의 하늘이 열리는 곳에, 성품이 태동하는 곳에 과연 무슨 일이 벌어지고 있는 것인가? 나의 이 물음에 바타유는 이렇게 응답하고 있다. "태동하는 성품은 악을 염원한다"라고 (《죄인》). 그렇지만 이 응답은 내게는 또 하나의 물음만을 낳을 뿐이다. 종교성의 뿌리인 악은 어떤 상황을 살라고 하는 것인가? 바타유는《내적 체험》,《죄인》,《니체에 대하여》에 뒤이어 1950년 '신 없는 신학'의 제4권으로《악의 성품》이라는 제명의 글을 준비하기도 하였다. 계획에 그친 이 글 속에서 그는 이 제명에 대한 근거를 이렇게 제시하고 있다. "선은 세계의 기초이나, 악은 세계의 정점이다." 나는 감히 말해두고자 한다. 부재의 밤 그 깊은 고독 속의 진실에의 의지, 바타유에게 있어 진실에의 의지는 악을 향한 염원이라고. 그가 겪은 역사의 밤은 세계가 악의 먹이로 주어진 비극의 밤이 아니었던가. 악은 전쟁 속의 세계의 진실, 신의 무덤의 진실이 아닌가. 악은 제단의 진실이 아닌가.

제단 위의 제물이 말한다. "죽음 너머로 나아가야 한다"라고. 십자가의 고독 그 깊은 침묵 속에서 들려오는 말, 이 말을 에로티시즘의 진실이 준비하고 있다. '나의 죽음 너머로 나아가야 한다'라고 말하면서. "내가 쾌활하게 (차라리 쾌활하게) 받아들이는 것이 있다. 즉, 죽음으로 인도하는 발걸음을 닮지 않은 것은 그 어떤 것도 나는 글로 쓸 수 없다는 것. 또 이 점만이 어떻게 달리 설명될 수 없는 이 상기된 짤막한 글들에게 일관성을 부여하고 있다"(《죄인》).

바타유의 모든 글의 일체성,《죄인》의 하늘은 이렇게 열리고 있다. 성실한 생활의 글, 성실한 사유의 글,《죄인》은 인간의 깊은 진실들에, 악에 충실한 글이다. 글은 진실의 봉인이다. 신의 무덤 속에서 신의 무덤을 지키려는 개인의 의지, 세계의 의지에 의해 열리는 인간의 하늘 속에 무엇이 새겨질 것인지는《차라투스트라는 이렇게 말했다》못지않게《죄인》이 말해주고 있는 것 같다. 내가 얼핏 본《죄인》의 하늘은 이러했다. 애원과 염원이 뒤섞인 하늘, 가련함과 욕망이 인간적 혼돈을 빚어내고 있는 하늘, 빛과 어둠이 어지럽게 교차하는 걷잡을 수 없는 모순의 하늘, 성실한 무력함 속에서 경이로움마저 자아내는 하늘…

바타유가 말하는 바타유

1956년 1월 바타유는 독일로부터 한 통의 편지를 받는다. 문학사의 측면에서 어떻게 그를 독일 독자들에게 소개해야 할지를 묻는 이 신중한 편지에 그는 다음과 같이 답신한다.

"초현실주의가 내게 끼친 영향은 지대한 것이었습니다. 하지만 나는 결코 초현실주의에 참여한 적이 없습니다. 나와 초현실주의와의 관계는 대체로 적대적인 것이었습니다.

독일 낭만파 문학은 여전히 내게 찬미의 대상이기는 하지만 나의 삶에 그다지 영향을 끼치지는 않았습니다.

내가 니체의 작품을 처음으로 접한 것은 1923년의 일입니다. 니체의 작품은 내게 무슨 다른 할 말이 있겠는가라는 생각을 갖게 하였습니다. 나는 사드의 작품을 1926년에, 그리고 블레이크와 카프카의 작품을 1935년경에 처음으로 접하였습니다. 조이스의 작품 역시 내게는 찬미의 대상이었습니다만, 또 한편으로 나는 그의 작품을 무덤덤하게 대했습니다.

에밀 뒤르켐의 저술 그리고 특히 마르셀 모스의 저술이 내게 어떤 결정적 영향을 끼친 것은 사실입니다. 그렇지만 나는 그들과는 항상 일정한 거리를 두고 있었습니다. 말하자면, 나의 사유는 어떤 주관적 체험에 그 토대를 두고 있다고 하겠습니다. 그럼에도 내가 1937년 다른 여러 사람들과 더불어 '사회학 학회'를 창립했던 것은 자칫 나 스스로 멀리해 버릴 수도 있는 세계 즉 객관성의 세계를 되찾으려는 의도가 내게 있었기 때문이라고 생각됩니다.

예술사에 관계된 나의 근래의 작업, 즉 《라스코 또는 예술의 탄생》 그리고 《마네》는 나 자신에게는 많은 의미를 담고 있습니다. 이 두 권의 책은 여러 중요한 문제들에 있어 나의 사유를 한층 분명히 말해주고 있는데, 첫 번째 책이 특히 그러합니다.

이 편지와 함께 헤겔에 관한 두 편의 글을 별도로 보내드리고자 합니다. 첫 번째 글 〈헤겔 변증법의 토대에 대한 비판〉은 내가 레몽 크노Raymond Queneau와 공동 작업한 것으로서 벌써 깨나 오래전에 쓰여진 것입니다(1931년). 이 글은 내가 헤겔의 저술과 본격적인 접촉을 시작하기 이전에 쓰여진 것이기도 합니다. 내가 헤겔의 저술과 본격적인 접촉을 시작한 것은 1933년부터의 일로서 이때부터 나는 1939년까지 알렉상드르 코제브Alexandre Kojève의 강의를 들었습니다. 《헤겔 강독에로의 입문》(갈리마르, 1947)이라는 제명으로 일부 발표된 이 강의는 내게는 가장 큰 중요성을 지닌 것이었습니다. 여기 동봉하는 두 번째 글 〈헤겔, 죽음과 희생〉은 코제브 시각의 헤겔 철학에 관한 것입니다. 이 글의 후속으로 또 다른 잡지에 게재 중인 다른 한 편의 글 〈헤겔, 인간과 역사〉는 발간되는 대로 별도로 보내드리겠습니다. 어찌 보면 헤겔의 사유는 나의 사유와는 상반적입니다. 헤겔의 사유 속에서 나는 나 자신을 단지 변증법적으로만, 달리 표현하자면 단지 헤겔식으로만 되찾을 따름입니다.

만일 귀하께서 나의 철학적 입장을 설정하시고자 한다면, 다음과 같이 말하셔도 무방하리라 생각합니다. 앎은 단지 세부적인 면들에만 관여할 따름인 반면, 나의 철학적 입장은 전체에 관여하는 앎 아닌 앎에 그 토대를 두고 있다고 말입니다. 내 생각으로, 감성은 궁극적으로 전체에 당면하게 하는 것 같습니다.

귀하께서 알고 싶어 하는 것에 모두 답변하지 않았나 생각됩니다. 내 글에 이렇듯 관심을 표명해 주신 데 대해 내 마음이 무감하지 않음을 말씀드립니다. 더욱이 나는 내 글이 프랑스 정서보다는 독일 정서에 더 가깝다고 늘 그렇게 생각해 왔으니까요."

어느 독일 편집자를 위한 이러한 자신에 대한 소개문이 어떤 문학사 개요처럼 들리는 것은 어쩌면 당연할지도 모른다. 이 답신에서 바타유는 편집자의 편리를 위해, 자신이 처음으로 접하게 될 미지의 외국 독자들을 위해 자신을 대외적으로 개요하고 있다. 그런데 바타유가 말하는 바타유를 혼잣말처럼 들려주는 또 한 편의 글이 있다. 1959년 바타유는 '신 없는 신학 총서'와 그의 마지막 저술이 될《에로스의 눈물》을 준비하는 가운데 자신의 삶을 몇 장의 종이에 정리하는 시간을 갖는다. 예순두 살에 접어든 그는 마치 자신의 지난날이 자신의 지난날이면서도 동시에 어느 제삼자의 지난날이기라도 하듯이 분명한 자취들을 삼인칭의 언어로 떠올리고 있다.

1897년 9월 10일, 비용Billon(퓌드돔Puy-de-Dôme 주)에서 태어나다.

집안은 아리에주Ariège, 퓌드돔, 캉탈Cantal 지방에 연고를 둔 집안으로서 증조부, 조부 때부터 줄곧 농부 집안이다.

아버지는 그가 태어나기 전에 이미 장님의 몸이었으며 그가 세 살이 되던 1900년부터 신체도 마비된 불구의 몸이 된다.

랭스Reims 중고등학교에 진학하다. 지극히 불량한 학생이었던 그는 1913년 1월 거의 퇴학 조치를 당하기 직전에 이른다. 그는 학업을 포기하고 그해 10월까지 집에서 할 일 없는 날들을 보낸다. 그러다가 그는 자진해서 에페르네Épernay 중학교 기숙사로 들어간다. 그때부터 그는 우수한 학생이 된다. 또한 종교적 색채와는 무관한 집안에서 자라난 그는 이 무렵 가톨릭에 마음이 기울면서 1914년 8월 정식적으로 귀의한다.

외가가 있던 캉탈 지방에서 피란 생활을 하던 중 1916년 1월 징병된다. 그는 심한 병을 앓게 되고 1917년 1월 제대 조치되어 귀가한다. 한동안 신부가 될 생각을, 보다 정확히 말해 수도사가 될 생각을 하다. 1918년 11월 파리의 고문서학교École des Chartes에 입학한다. 그는 이 대학에 수석으로 입학하여 줄곧 일등으로 최종 학년까지 진학하나 결국 이등으로 학교를 마친다.

1920년 두 달 동안 영국에서 체류하다. 와이트Wight 섬에 있는 콰르Quarr 베네딕트 수도원에 머물던 그는 가톨릭에 대한 자신의 신앙으로 인해 자신이 사랑하던 여인이 비애에 잠기게 되자 갑자기 자신의 신앙이 멀어짐을 느낀다.

고문서학교를 졸업한 그는 마드리드에 있는 히스파니아학 연구소Casa Velasquez 일원으로 임명된다. 투우에 심취하다. 그는 마드리드의 한 투우장에서 당시 스페인에서 가장 대중적인 인기를 누리고 있던 투우사들 중 한 명이었던(벨몬테Belmonte 다음으로 대중적 인기를 누리고 있던) 그라네로Granero의 죽음을 지켜본다.

1924년 7월 파리 국립도서관 직원으로 임명되다.

1914년부터 그는 이 세상에서 자신의 할 일은 글쓰기에 있음을, 특히 어떤 역설적 철학을 정립하는 데 있음을 의심치 않는다. 그에게 1923년 니체와의 만남은 결정적인 것이다. 여행을 결심하다. 이를 위해 그는 러시아어, 중국어, 심지어 티베트어까지 공부하기 시작하나, 이 공부는 그리 오래가지 못한다. 하지만 1924년 레옹 셰스토프Léon Chestov의 한 권의 러시아어 저술(《톨스토이와 니체에 있어서의 선의 관념》)을 공동 번역한다. 이때부터 미셸 레리스Michel Leiris, 그리고 앙드레 마송André Masson, 테오도르 프랭켈Théodore Fraenkel과의 우정이 시작된다. 초현실주의 그룹과도 관계를 맺다. 하지만 이로 인해 앙드레 브르통André Breton과 그 사이에 상호 적대감만이 생겨난다. 1926년 그는 《화장실 W.C.》라는 제명의 한 권의 작은 책을 쓴다(모든 권위에 대한 격렬한 도전이었던 이 책은 출판되지 않는다. 저자는 훗날 스스로 그 원고를 파괴한다). 1927년 《태양 같은 항문L'Anus Solaire》을 쓰다(마송의 판화가 함께 수록된 이 글은 1931년 시몽Simon 화랑에서 간행된다). 이 글들 전반에 흐르는 지나치게 과격한 어조와 강박적 분위기에 내심 당혹해하던 그의 한 의사 친구 도스Dausse는 그를 정신분석 전문의 보렐Borel에게 소개시켜 치료받게 한다. 정신분석에 의거한 치료는 결정적 결과를 가져온다. 이 치료 덕분으로 1927년 8월 그는 그동안 헤어나지 못하고 있었던 일련의 불운 및 암울한 실패에서 마침내 벗어나게 된다. 하지만 이 치료에도 불구하고 지적 격렬함의 상태는 여전히 지속된다.

1928년, 결혼하다. 이 무렵 조르주-앙리 리비에르Georges-Henri Rivière와의 만남은 1929년 예술잡지 《도퀴망Documents》(사료)의 창간으로 이어진다. 이 잡지의 주간 카를 아인슈타인Carl Einstein(독일 시인)은 거의 명목상의 주간에 불과하였던바, 그 이면을 들여다보면 실질적 주간은 바타유였다. 이 잡지를 통해 바타유는 상당수의 논고들을 발표하는데, 그가 발표한 이 최초의 글들 가운데는 늘 그에게 찬미의 대상이 되어왔던 골족의 주화에 대한 첫 번째 논고도 포함되어 있다(어떤 오해에 따른 당연한 결과로서 앙드레 브르통은 그가 이 논고에서 골족의 예술에 대해 비방하고 있다고 판단하게 된다).

당시 바타유와 앙드레 브르통 사이에 자리잡고 있었던 앙숙 관계로 인해 바타유는 앙드레 브르통과 결별을 선언한 초현실주의 그룹 참여자들과 돈독한 관계를 맺게 된다. 이미 그의 친구가 된 미셸 레리스와 앙드레 마송 외의 다른 이름들을 열거하자면, 자크 바롱Jacques Baron, 자크-앙드레 부아파르Jacques-André Boiffard, 로베르 데스노스Robert Desnos, 조르주 랭부르Georges Limbour, 막스 모리즈Max Morise, 자크 프레베르Jacques Prévert, 레몽 크노Raymond Queneau, 조르주 리브몽-드세뉴Georges Ribemont-Dessaignes, 로제 비트라크Roger Vitrac. 이 이름들은—1929년《초현실주의 혁명》을 통해 발표된—〈제2차 초현실주의 선언〉의 말미에 전반적으로 등장하는 이름들로서 이 선언 속에서 격렬한 공격 대상이 되고 있는 이름들이다. 그리고 이 공격은 바타유에 대한 고발로 그 끝을 맺고 있는바, 여기서 바타유는 반초현실주의 그룹을 결성하려는 의도를 지닌 인물로 지목되고 있다. 사실 반초현실주의 그룹은 결코 결성된 적이 없다. 하지만 〈제2차 초현실주의 선언〉에서 공격 대상이 되고 있는 이 인물들은—1924년 아나톨 프랑스Anatole France의 죽음을 두고 장차의 초현실주의자들이 이미 사용했던 표현인—〈한 구의 시체〉라는 제명으로 앙드레 브르통에 대한 격렬한 비방문을 발표하는 데 전반적으로 동의한다(그럼에도 이들 중 대부분은 바타유와 마찬가지로 훗날 브르통과 화해하게 된다).

〈한 구의 시체〉에 자신의 이름을 올린 이들의 많은 글들을 게재함으로써 이 논쟁의 계기가 되었던《도퀴망》지는 1931년 폐간된다. 그 후 얼마 지나지 않아 바타유는, 보리스 수바린Boris Souvarine의 주도하에《사회비판La Critique Sociale》지(1931-1934)를 발간하였던 '민주 공산 서클Le Cercle Communiste Démocratique'에 가입한다. 이 잡지에 바타유는 〈소비의 개념〉, 〈파시즘의 심리 구조〉 등 상당 분량의 연구문들을 기고하며 또 레몽 크노와 공동으로 〈헤겔 변증법의 토대에 대한 비판〉을 기고하기도 한다. 당시 바타유는, 매일처럼 국립도서관을 찾아와 '문학의 광인들'에 관한 자료 수집에 여념이 없었던 레몽 크노와 돈독한 우정의 관계를 맺는다(몇 년 후 크노는 이 자료를 바탕으로 《진흙의 아이들Les Enfants du Limon》〔1938〕을 출판한다).

'민주 공산 서클'은 1934년 해체된다. 이 시기 바타유는 몇 달 동안 신체의 병을 앓고 난 후 중대한 정신적 위기를 겪게 된다. 그는 그의 아내와 결별한다. 이 무렵에 쓰여진 《하늘의 푸르름Le Bleu du Ciel》은 이 위기를 이야기하고 있는 것은 아니지만 그렇다고 그에 대한 반영이 전혀 아닌 것도 아니다.

1935년 바타유의 개인적 주도하에 한 소규모 정치조직이 결성된다. '반격Contre-Attaque'이라는 이름의 이 조직은 우선 '민주 공산 서클'의 옛 회원들을 규합하며 또 앙드레 브르통과 어떤 분명한 화해가 있게 됨에 따라 초현실주의 그룹 전체를 포함하게 된다. '반격'은―현재 피카소Picasso가 화실로 사용하고 있는―'성 아우구스티누스 수도회의 곡물창고'에서 몇 차례 집회를 갖는데, 1936년 1월 21일에 있었던 마지막 집회는 루이 16세의 죽음을 추모하기 위한 것이었다. 이 집회에서는 브르통, 모리스 엔Maurice Heine, 바타유가 연사로 등장한다.

'반격'은 그해 겨울이 끝나갈 무렵 해체된다(바타유의 몇몇 친구들에게, 그리고 정도는 약하지만 바타유에게조차 이른바 친파시즘 경향이 있다는 게 그 해체 이유였다). 파시즘과 근본적으로 상반된 경향에도 불구하고 이렇듯 역설적으로 제기된 친파시즘 성향의 진위 여부를 판단하고자 한다면 엘리오 비토리니Elio Vittorini의 《붉은 카

네이션》과 이 책의 기이한 후기를 읽어보면 될 것이다. 분명한 것은, 그 모습 그대로의 부르주아 세계는 폭력 조장의 세계에 다름 아니라는 점이며 또 이 세계에서 폭력의 외적 형태들은 현혹적이라는 점이다(여하튼, 이 같은 현혹성은 최악의 결과로 귀결되리라는 게 적어도 '반격' 이래 바타유에게 자리잡고 있는 생각이다).

'반격'이 해체되자 그 즉시 바타유는 이 집회에 참여했던 그의 몇 친구들과 함께한 '비밀결사'를 조직할 것을 결심한다. 정치와는 등을 돌리면서 오직 하나의 종교적 목표(반기독교적이며 본질적으로 니체주의적인 종교적 목표)만을 지향했던 이 '비밀결사'에 조르주 암브로지노Georges Ambrosino, 피에르 클로솝스키Pierre Klossowski, 파트리크 발트베르크Patrick Waldberg 등이 참여한다. 마침내 이 모임은 결성되고, 또 이 모임의 취지는 부분적으로나마 잡지 《아세팔Acéphale》(머리 없는 인간)의 출간으로 이행된다. 이 잡지는 1936년부터 1939년까지 총 네 차례 출간된다. 더불어 1936년 창립된 '사회학 학회'는 어찌 보면 '비밀결사'의 대외적 활동의 성격을 갖는다. 사회학 전반보다는 '성스러운' 사회학을 그 연구 영역으로 삼았던 이 '학회'는 일련의 발표회를 통해 그 활동을 전개한다. 바타유 외에 로제 카유와Roger Caillois와 미셸 레리스가 이 '학회'의 창립을 주도하였으며, 레비츠키Lewitsky, 장 폴랑Jean Paulhan, 조르주 뒤튀이Georges Duthuit 등이 연구 발표에 기여한다.

'비밀결사', 이 이름의 모임에 대해 무어라고 말하기는 쉽지 않은 것 같다. 하지만 그 단원들 중 적어도 몇몇에게는 이 모임이 '세상 밖으로의 출구'처럼 비쳐졌던 것 같다. 이 같은 느낌은 일시적인 것이었으며 또 당연히 지속될 수 없는 것이기도 하였다. 1939년 9월 모든 단원들이 떠나간다. 바타유보다 훨씬 더 전쟁이라는 이 당면한 문제에 고심하고 있었던 다른 단원들과 바타유 사이에 불화가 생겨난다. 사실 바타유는 1938년부터 요가 수행법에 심취해 있었던 것이며, 또 사실 그는 여러 전통적 지침들에는 전혀 개의치 않은 채 무질서하고 난잡하게, 극에 달한 정신의 혼돈 속에서 요가 수행법에 심취해 있었던 것이다. 이유인즉, 1938년에 있었던 어느 죽음으로 인해 그는 찢겨진 상태에 있었기 때문이다. 전쟁 초기 그는 더할 나위 없는 고독 속에서 《죄인》을 쓰기 시작한다. 이 글에서 그는 어떤 비정통적 신비체험에 대한 단계적 기술과 병행하여 뭇 사건들이 자신에게 일으킨 반향들 중 일부를 기술한다. 1940년 말, 모리스 블랑쇼Maurice Blanchot와 만나다. 그 즉시 경외감과 일치감에 이끌려 그는 블랑쇼와 맺어진다. 《죄인》이 완결되기 전 1941년 말 그는 《내적 체험》을 쓰기 시작한다. 이 책은 이듬해 말 완결된다.

폐병이 악화된 그는 1942년 4월 국립도서관을 떠나지 않으면 안 될 처지에 놓인다. 1943년 베즐레Vézelay 마을에 거처를 정하다. 그는 이 마을에서 1949년까지 체류한다. 이 마을에 머무르면서 그는 1946년 월간지 《비평Critique》을 창간한다. 그리고 파리에는 자주 왕래하는 것으로 만족한다. 그렇지만 그는 에리크 바일Eric Weil의 적극적 협조로, 차후에는 장 피엘Jean Piel의 적극적 협조로 자신 역시 상당수의 연구물들을 게재한 이 잡지가 확실한 권위를 얻게 하는 데 성공한다.

사유 그리고 사유의 표현이 그의 주요 관심 영역으로 자리잡게 된 것은 그가 힘 닿는 데까지 시도하고 또 시도했던 뭇 체험들의 결과에 의한 것이기도 하다. 이 체험들은 얼핏 일관성이 결여된 것이기는 하지만, 바로 이 일관성의 부재는 가능성으로 주어지는 것 전체를 껴안으려는 어떤 노력 즉 다른 가능성들에 배타적인 가능성이라면 모두 부단히 배척하려는 어떤 노력을 반증하는 것이기도 하다. 바타유의 야망은 한정된 범위 내에서만 행해지는 모든 추구들에서 탈피한 어떤 존엄한 삶을 살아가는 데 있다. 사실 그에게 중요한 것은 존재하는 것, 존엄하게 존재하는 것 바로 그것이다.

바타유는 말한다. 존엄한 자는 스스로 이렇게 말한다고. "나는 아무것도 아니다"(《존엄성》, 1954). 인간은 자신의 한계에 봉착할 때 비로소 자신이 "아무것도 아님"을 안다. 이 "아무것도 아님"에 인간의 가련함이 있다. 이 "아무것도 아님"에 인간의 진실이 있다. 인간은 인간의 가련함 속에서, 인간의 진실 속에서 진정으로 신을 찾는다. 그리고 사랑도 우정도.

신, 사랑, 우정. 바타유가 말하는 바타유는 신을 찾는 바타유, 사랑을 찾는 바타유, 우정을 찾는 바타유이다. 그의 모든 글들이 우리에게 이러한 바타유를 보여주고 있다. 다만, 더 이상 글을 쓸 수 없음을 주위 사람들에게 호소하기 직전에 쓰여진 이 회고에서 그는 신의 이름, 사랑의 이름들은 침묵 속의 이름으로 남겨둔 채 우정의 이름들만을 떠올리고 있다. "애원할 신이 없는 자"일수록 침묵 속에서 신의 이름을 부른다. 그러한 그가 글자로 옮겨놓지 않은 사랑의 이름들은 실비아 마클레스Sylvia Maklès(19살의 나이로 1928년 바타유와 결혼한 그녀는 장 르누아르, 마르셀 카르네의 작품에도 출현하는 등 총 18편의 영화에 출연한다. 1935년 바타유와 결별한 그녀는 자크 라캉Jacques Lacan과 재혼하지만 전 남편의 성을 끝까지 자신의 이름으로 간직한다), 콜레트 페뇨Colette Peignot(일명 로르Laure. 이 회고에서 바타유가 1938년 이후 한동안 자신을 찢겨진 상태로 있게 만들었다고 말하고 있는 어느 죽음은 다름 아닌 로르의 죽음이다. 그녀는 바타유가 시몬 베유Simone Weil 다음으로 알게 된 여류 지성인이다. 그는 1931년 《사회비판》지에 참여하면서 그녀를 알게 되고 또 이로 인해 실비아와 결별한다. 그녀의 사후 바타유는 미셸 레리스와 함께 그녀의 유고를 정리하여 《성스러움》, 《한 소녀의 이야기》를 출간한다. 또한 그는 자신의 《죄인》 역시 1937년 가을 그녀와 함께했던 에트나 산의 등정에 대한 기억으로 끝맺고 있다), 드니즈 코추베Denise Kotchoubey(1943년 베즐레 마을에 피란처를 구하면서 만난 그녀를 위해 바타유는 이듬해 〈할렐루야〉를 쓰기 시작한다. 1948년 겨울 둘 사이에서 딸아이가 태어나고, 둘은 1951년 결혼한다. 딸아이의 탄생과 더불어 1942년 이래 직장이 없었던 바타유는 결국 일자리를 찾아 베즐레를 떠나 남불 카르팡트라Carpentras 시립도서관에 근무하게 된다)…

그리고 우정의 이름들… 파리와는 먼 곳 카르팡트라에서 바타유는 줄곧 우정의 이름들을 부른다. 1951년 여름 그는 한 친구의 주선으로 파리와 가까운 오를레앙Orléans 시 시립도서관 관장에 임명된다. 그곳에서 10년간의 생활 후 1962년 2월 다시 파리로 돌아온 바타유는 그를 위해 친구들이 마련해 준 생쉴피스Saint-Sulpice 성당 근처 한 아파트에서 몇 개월 지낸다. 그해 7월 초 죽음을 맞이할 때까지.

한 해 전 1961년 3월, 파리의 미술품 경매장 드루오 호텔Hôtel Drouot에서는 바타유에게 파리에서의 거처를 마련해 주기 위한 미술품 경매가 열린다. 이 경매에 자신의 작품을 기증한 이름들은 막스 에른스트Max Ernst, 장 포트리에Jean Fautrier, 알베르토 자코메티Alberto Giacometti, 앙드레 마송André Masson, 앙리 미쇼Henri Michaux, 후안 미로Juan Miró, 파블로 피카소Pablo Picasso, 비에이라 다 실바Vieira Da Silva, 이브 탕기Yves Tanguy 등이다.

바타유는 자신이 가장 사랑하던 마을 베즐레에 묻힌다. 아무런 묘비명도 새겨져 있지 않은 그의 묘비는 그의 이름으로 가득 채워져 있다.

GEORGES BATAILLE

1897 - 1962

이 남다를 바 없는 이름은 어느 날, 십자가에 새겨진 그리스도의 이름과 하나가 되고 싶어 하다가 '죄인'의 이름을 되찾으며…

"나는 십자가의 그리스도를 향한 사랑의 취기에 빠져들 수도 있을 것이나, 나 자신이 이 모습 이대로이니 또한 그러하지도 못한다. 나는 그를 나의 진흙탕에 뒤섞이게 하고 싶지 않다."

죄인/할렐루야

초판 발행 1쇄　2022년 3월 15일

지은이　조르주 바타유
옮긴이　신용호
펴낸곳　고려대학교출판문화원
www.kupress.com
kupress@korea.ac.kr
(02841) 서울특별시 성북구 안암로 145
Tel　02-3290-4230, 4232
Fax　02-923-6311
찍은곳　네오프린텍(주)

ISBN　979-11-90205-91-7 03860

값 14,000원
※ 잘못 만들어진 책은 바꿔 드립니다.